Zum Buch:

Es sind schon Menschen für deutlich weniger getötet worden, als ein Pfund des teuersten Tees der Welt kostet. Ob in England oder Marokko, in fernöstlichen Tempeln oder friesischen Teestuben: Auf der ganzen Welt geht man für Tee über Leichen.

Zu den Herausgeberinnen:

Anke Küpper studierte Germanistik, Romanistik und Medienwissenschaften in Hamburg, Bochum, Poitiers und Bordeaux. Seit über zwanzig Jahren arbeitet sie als Buchautorin. Neben ihren Kriminalromanen, in denen sie ihre Wahlheimat Hamburg zum Schauplatz macht, hat sie mehr als achtzig Sachbücher und Pixi-Geschichten sowie zahlreiche Quizze und Spiele veröffentlicht, darunter einige Bestseller. Sie hat bereits mehrere Krimi-Anthologien herausgegeben, ist in Hamburg als Literaturveranstalterin aktiv und leitet Schreibworkshops. Außerdem engagiert sie sich bei den Mörderischen Schwestern, im Syndikat und im writers' room Hamburg für andere Schreibende.

Franziska Henze ist in Hamburg geboren. Die promovierte Rechtsanwältin schreibt Romane und Thriller. Außerdem hat sie mehrere, zum Teil preisgekrönte Kurzgeschichten veröffentlicht. Franziska Henze ist Mitglied der Mörderischen Schwestern und Mitherausgeberin der Anthologien »Tatort Nord« und »Tatort Nord 2«.

Herausgegeben von
Anke Küpper & Franziska Henze

TEE.
MATCHA.
MORD

Teekrimis von Norddeutschland bis Japan

HarperCollins

1. Auflage 2023
Originalausgabe
© 2023 by HarperCollins in der
Verlagsgruppe HarperCollins Deutschland GmbH, Hamburg
Umschlaggestaltung von Favoritbüro
Umschlagabbildung von Maisei Raman / Shutterstock
Gesetzt aus der Stempel Garamond
von GGP Media GmbH, Pößneck
Druck und Bindung von CPI books GmbH, Leck
ISBN 978-3-365-00446-3
www.harpercollins.de

Liebe Leserinnen und Leser,
wussten Sie, dass es im 17. Jahrhundert in Holland die Empfehlung gab, täglich hundert Tassen Tee zu trinken? Oder dass man in Japan nicht nur schwarzen oder grünen, sondern auch Tee aus Gerste trinkt? Haben Sie schon vom Ayahuasca-Tee gehört, der bewusstseinserweiternd wirkt? Folgen Sie unseren Autorinnen und Autoren in 20 ausgewählten Kurzkrimis – allesamt Erstveröffentlichungen – auf mörderischen Spuren vom Teeanbau in Asien über den Seetransport bis zu tödlichen Teestunden in Norddeutschland. Ob humorvoll mit »Tea for Two« von Mary Ann Fox, historisch mit »O gesunder Trank!« von Sabine Weiß oder tragisch in Till Raethers »Setzlinge«, bei uns ist für jeden Krimi- und jeden Teefan das Passende dabei.
Alle Geschichten genießen Sie am besten mit einer Tasse Tee – ob mit oder ohne Schuss entscheiden Sie.

Ihre
Franziska Henze und Anke Küpper

INHALT

Linnert und der Schöne Tod. Henrik Siebold 7

Die Liane der Toten. Eberhard Michaely 29

O gesunder Trank! Sabine Weiß 44

Mokkatorte. Cornelius Hartz 59

Abdrift. Franziska Henze 74

Der Samowar des Zaren. Eva Jensen 94

Abwarten. Und Tee trinken. Eric Niemann 113

Tea for Two. Mary Ann Fox 143

Auslese. Kathrin Hanke 164

Schneewittchen. Hartmut Pospiech 181

Nur noch wir. Ricarda Oertel 197

Teekesselchen. Leo Hansen 211

Die Teetaufe. Arnd Rüskamp 233

Der Beigeschmack des Todes. Sandra Åslund 253

Düvelswoold. Charlotte Richter-Peill 272

Setzlinge. Till Raether 293

Eine Tasse grüner Tod. Claudia Wenk Santana 311

Die Darjeeling-Sonate. Oliver Buslau 329

Johnny war ein Teemann. Peter Gerdes 348

Fallhöhe. Anke Küpper 369

LINNERT UND DER SCHÖNE TOD
Henrik Siebold

Linnert hatte schon viele Tote gesehen, auch schlimm zugerichtete. Sie waren blutig, zerteilt, geköpft, durchlöchert, verbrannt oder aufgespießt gewesen.

Was sich ihm hier jedoch bot, war auch für ihn eine Premiere. Es war grausam und blutig, und zugleich doch auch voll bizarrer Schönheit.

Aber was genau sah er eigentlich?

Der Tote lag rücklings auf dem Fußboden. Er war nackt. Sein gesamter Körper war mit Schnittwunden bedeckt, deren tiefste sich am Hals befand und vermutlich zum Tod geführt hatte.

Die Schnittwunden aber waren nicht blutrot, wie man es hätte erwarten sollen. Sie glitzerten in einem matten Goldton.

Da kaum davon auszugehen war, dass das Blut des Toten golden war, ließ es nur einen Schluss zu. Der Mörder hatte sein Opfer erst mit einem Schneidwerkzeug getötet und anschließend die Wunden mit Farbpaste bestrichen.

Aber warum?

Linnert drehte sich zu der Mitarbeiterin der Rechtsmedizin um, die den Toten untersucht hatte und jetzt neben ihm stand. Sie war schlank und überragte den auffällig klein gewachsenen Kommissar um einiges. »Irgendeine Idee, was es damit auf sich hat?«, fragte er.

Es schien ihr schwerzufallen, sich von dem Anblick loszureißen. Schließlich sagte sie mit leiser Stimme: »Es sieht aus wie Kintsugi. Ich habe vor Kurzem etwas darüber gelesen.«

»Kintsugi?«

»Mmh. Kommt aus Japan. Irre, oder?«

Linnert wartete auf weitere Erklärungen, doch als die ausblieben, sagte er: »Lass mich raten. Kintsugi ist der kleine Bruder von Harakiri? Nur, dass man vielleicht ein goldenes Schwert dafür benutzt?«

Die Rechtsmedizinerin lachte. »Aber nein, Linnert. Es ist eine besondere Technik, mit der in Japan zerbrochene Keramik repariert wird. Meistens Teeschalen. In dem Artikel wurde es erklärt. Man klebt die Scherben mit einem speziellen Lack zusammen, in dem Goldstaub ist. Da, wo ursprünglich die Risse oder Sprünge waren, ist am Ende ein feines goldenes Muster. Oft sind die Stücke nach der Reparatur noch schöner als vorher.«

Linnert musterte erneut die Leiche. Der Tote, so viel wusste er bereits, hieß Johannes Sarau und war 52 Jahre alt. Er war der Inhaber des Teegeschäftes, in dem er sich befand und in dem Sarau rund zwölf Stunden zuvor, also am späten gestrigen Abend, ermordet worden war.

Linnert nickte der Rechtsmedizinerin noch einmal zu. Dann sah er sich in dem Laden um. Er lag im Hamburger Kontorhausviertel, bestand aus einem einzigen Verkaufsraum, der vollgestopft war mit Tee und Teeutensilien aller Art. Die Luft roch intensiv nach Vanille, Kräutern und Bergamotte. In den Regalen und auf Anrichten standen Service und Tassen, Samoware und Kannen, Filter, Stövchen, Tabletts und Dosen in vielen Farben und Formen. Dazu gab es Tütchen mit Kandis und Rohrzucker, Teegebäck und Schokolade. Jede erdenkliche Fläche war überladen damit.

Der Ruhepol inmitten des bunten Durcheinanders war eine gläserne Vitrine. In ihr standen Teeutensilien, die anscheinend aus Japan stammten, darunter Gerätschaften aus Bambus sowie grob und schief getöpferte Schalen, die für Linnerts Augen eher stümperhaft wirkten. Die kleinen Preisschildchen verrieten, dass er sich irrte. Zwei der Schalen – man nannte sie offenbar *Chawan* – waren auf die Art repariert worden, die die Rechtsmedizinerin beschrieben hatte. Sie waren zersprungen und auf kunstvolle Art mit goldenem Kitt zusammengefügt worden. Ihre Oberflächen waren von einem feinen Geäst goldener Linien durchzogen – genau wie die Leiche des Ladeninhabers.

»Kommissar! Sie können jetzt mit ihr reden.«

Ein Kollege vom psychologischen Dienst stand in der Tür zum Lagerraum des Geschäfts und winkte Linnert zu. Er hatte sich um Sandra Östlinger gekümmert, die einzige Angestellte des Ladens. Sie hatte ihren Chef am Morgen gefunden und die Polizei alarmiert.

Linnert betrat den Hinterraum. Er war ähnlich vollgestellt wie das Ladenlokal. In deckenhohen Regalen standen weiteres Teegeschirr sowie Hunderte Teedosen, deren Beschriftung zu einer Weltreise einlud: Ceylon, Assam, Uji, Aurich.

Sandra Östlinger saß zusammengesunken auf einem Klappstuhl. Sie war blass. Als Linnert auf sie zutrat, füllten sich ihre Augen mit Tränen.

»Ich verstehe es nicht! Ich verstehe es einfach nicht! Wer tut so etwas?«

Linnert nahm auf einem zweiten Klappstuhl Platz. Er sagte nichts.

Der Kommissar ruhte so sehr in sich selbst, dass sich seine Ausgeglichenheit auf die Menschen in seiner Umgebung übertrug.

So war es auch jetzt. Sandra Östlinger schniefte noch eine Weile, doch nach und nach versiegten ihre Tränen.

Linnert sagte: »Es sieht nicht nach einem Überfall aus. Ein Räuber hätte sich wohl kaum so etwas einfallen lassen.«

»Nein, bestimmt nicht.«

»Wissen Sie, was es zu bedeuten hat?«

»Sie meinen das mit dem Gold?«

»Ja. Das Kintsugi.«

Trotz ihrer Trauer und ihres Entsetzens erschien ein blasses Lächeln auf Östlingers Gesicht. »Ich weiß nicht, was das soll. Es ist völlig absurd.«

»Hatte er Feinde? Gab es Drohungen?«

»Ich glaube nicht. Obwohl …« Östlinger erstarrte jäh. Sie starrte Linnert mit aufgerissenen Augen an. »Doch! Da war etwas.«

»Erzählen Sie.«

»Es gab einen entsetzlichen Streit. Erst vor wenigen Tagen.«

»Mit wem?«

»Christian Peters. Er betreibt eine Porzellanklinik in Eppendorf.«

»Ich wusste nicht, dass Geschirr zum Arzt geht.«

Sie lachte, um sogleich doch wieder zu weinen. »Er nennt sein Geschäft so, Porzellanklinik. Wir bringen gelegentlich Antiquitäten zu ihm, vor allem japanische Schalen. Peters beherrscht die Kunst des Kintsugi wie wenige sonst.«

»Worum ging es in dem Streit?«

Sandra Östlinger starrte eine Weile ins Nichts. Dann berichtete sie Linnert, was vorgefallen war.

***

Linnert verabschiedete sich von Östlinger. Er kehrte in den Verkaufsraum zurück und sah erneut auf den am Boden liegenden Toten.

War es ein Trost?

Dass der Tod auch schön sein konnte?

***

Die Porzellanklinik, die Christian Peters betrieb, befand sich im Erdgeschoss eines stuckverzierten Gründerzeithauses im feinen Stadtteil Eppendorf. Eine Glocke läutete, als Linnert eintrat. Niemand war zu sehen. In einem Regal standen reparierte Teller oder Tassen, offenbar zur Abholung bereit. Die Sprünge und Risse in den Stücken waren nur noch zu sehen, wenn man sehr genau hinsah.

Eine Vase war mit einem filigranen Netz goldener Fäden durchwirkt. Ost trifft West. Schöner als zuvor, ganz wie die Kollegin von der Rechtsmedizin gesagt hatte. Es war atemberaubend.

Kurz darauf trat ein Mann durch eine Hintertür in den Laden. Etwa fünfzig Jahre alt, groß gewachsen. Ein Gesicht, das Empfindsamkeit ausdrückte und eher zu einem Künstler als einem Handwerker passte. Sein Lächeln war freundlich.

»Was kann ich für Sie tun?«

Linnert lächelte auf die gleiche Art.

»Sie führen Reparaturen mit Kintsugi aus?«

»Aber ja. Ich habe die Technik in Japan gelernt. Haben Sie das Stück dabei, um das es geht?«

Linnert überhörte die Frage. »Ließe sich mittels Kintsugi auch anderes reparieren? Sagen wir, eine menschliche Wunde?«

Peters schüttelte verständnislos den Kopf. »Ich bin mir nicht sicher, warum Sie ... die Antwort lautet Nein. Der Urushi-Lack, der beim Kintsugi zur Anwendung kommt, ist nur für Porzellan und Keramik geeignet.«

Linnert sah den Mann prüfend an. Peters wirkte verunsichert, was angesichts seiner seltsamen Frage nur angemessen war. Angst oder ein schlechtes Gewissen sah Linnert nicht.

»Dann lassen Sie mich anders fragen ... Wann haben Sie Johannes Sarau zum letzten Mal gesehen?«

»Ich wüsste nicht, was Sie das angeht.«

Statt einer Antwort hielt Linnert seinen Dienstausweis in die Höhe. »Also? Wann?«

»Ist etwas passiert?«

»Herr Peters?«

Der Porzellan-Doktor ruderte mit den Händen. »Es ist vielleicht vier Wochen her. Sarau bringt gelegentlich Stücke zur Reparatur. Sehr schöne Stücke, muss ich dazu sagen. In dem Fall habe ich die Sachen nach Fertigstellung zu ihm in den Laden gebracht.«

»Sie hatten Streit, ist das richtig?«

Peters rollte mit den Augen. »Streit würde ich es nicht nennen. Das letzte Stück, das er mir brachte, war etwas ganz Besonderes. Etwas, von dem ein *Chajin* nur träumen kann ... Ich konnte nicht glauben, dass Sarau es wirklich bekommen hatte.«

»*Chajin*?«

»Ein Teemensch. So nennen es die Japaner.«

»Das, was wir Deutschen Teetrinker nennen würden?«

Peters lachte. »Aber nein. Tee trinken ... das tun viele Menschen. Ein *Chajin* aber geht den Teeweg. Er widmet sein Leben dem Tee. Das ist etwas anderes.«

»Sarau war ein solcher Teemensch?«

»Durch und durch.«

»Ich verstehe … oder auch nicht. Worum ging es in Ihrem Streit?«

»Um Geld. Angesichts des Stückes, das er mir brachte, wollte ich meine Arbeit höher als üblich entlohnt haben. Allein wegen der Verantwortung. Sarau weigerte sich. Ich fand ihn geizig. Ich denke, ich werde keine weiteren Aufträge von ihm annehmen.«

»Richtig. Das werden Sie wohl nicht«, sagte Linnert. »Was genau war das für ein Ding, das Sie für ihn repariert haben?«

»Kein Ding, Herr Kommissar! Es war eine Teeschale, eine Chawan. Eine sehr besondere. Sarau hatte sie erst kürzlich erworben und wollte sie nach der Reparatur lukrativ weiterveräußern.«

»Beziffern Sie lukrativ.«

»Mindestens eine Millionen Euro. Wahrscheinlich mehr.«

»Für eine Teeschale?«

»Für die Teeschale!«

»Bitte erklären Sie mir das.«

»Nun, die Schale hat sich einst im Besitz von Sen no Rikyū befunden, dem wohl berühmtesten Meister der japanischen Teezeremonie. Der Wert eines solchen Objekts ist im Grunde nicht mit Geld zu beziffern.«

Linnert verspürte die verhaltene Freude eines Polizisten, der ahnt, dass er bei der Aufklärung eines Falles Fortschritte macht. Geld war nicht immer ein Motiv. Ging es aber um Millionen, sah es anders aus.

»Sie sagten, Sarau hat die Schale kürzlich erworben. Wissen Sie, von wem?«

Peters nickte und nannte den Namen. Linnert bedankte sich. Er wandte sich zur Tür.

Der Ladeninhaber aber hielt ihn auf. »Warten Sie, Kommissar. Könnten Sie nicht vielleicht doch erklären, was das alles soll?«

»Sicher.«

Linnert sagte es ihm.

Peters wurde blass. »Sie sagen, seine Wunden waren mit Gold bestrichen?«

»Es sah sehr schön aus.«

»Kintsugi soll heilen. Nicht töten.«

***

Kurt Eissler, der ursprüngliche Besitzer der kostbaren Teeschale, musste mindestens achtzig Jahre alt sein. Er öffnete persönlich die Haustür der herrschaftlichen Villa in Blankenese, blickte erst nach vorne, dann überrascht nach unten. »Oh!«

Linnert war an solche Reaktionen gewöhnt.

Es war seine Größe. Seine Kleinheit.

Die Menschen rechneten nicht damit. Schon gar nicht bei einem Polizisten. Wer konnte es ihnen verübeln? Sogar Linnerts Kollegen wunderten sich. Schließlich gab es Vorschriften, Einstellungskriterien. Auch körperliche Mindestvoraussetzungen. Linnert unterbot sie, bei Weitem.

Wie er es dennoch in die Reihen der Polizei geschafft hatte?

Er wusste es natürlich. Aber er schwieg darüber. Wenn man ihn fragte, lächelte Linnert nur.

»Herr Eissler, Sie haben dem Teehändler Johannes Sarau vor einigen Wochen eine Teeschale verkauft. Ich möchte mehr darüber wissen.«

Der alte Mann sah Linnert aus klugen Augen an. »Es war nicht einfach eine Schale.«

»Das hörte ich. Sie gehörte einst einem Mann namens Rikyū.«

»Selbst das ist nur die halbe Wahrheit.«

Eissler gab die Tür frei. Er führte Linnert in einen Salon, wo sie auf zwei einander zugeneigten Sesseln Platz nahmen. Der Hausherr erklärte: »Sarau wollte die Chawan seit Langem haben. Doch der Preis überstieg seine Möglichkeiten. Nun schien er die nötigen Mittel zu haben. Wir wurden handelseinig.«

»Erklären Sie mir, was es mit dieser Schale auf sich hat.«

»Dazu muss ich etwas weiter ausholen, Kommissar. Sehen Sie, meiner Familie gehört eine Firma, die seit über hundertfünfzig Jahren Handel mit Japan treibt. Mein Urgroßvater kam zu einer Zeit dorthin, als sich das Land gerade erst dem Westen öffnete. Damals war vieles im Umbruch. Altes wurde verworfen, neues ausprobiert. Dinge, die heute als kostbar gelten, waren damals wertlos. So gelangte jene einzigartige Schale in unseren Besitz. Wie Sie schon sagten, einst gehörte sie Meister Rikyū.«

»Wer genau ist er?«

»Sen no Rikyū ist der Begründer der japanischen Teezeremonie. Aber er ist zugleich viel mehr als das. Vergleichen Sie ihn mit da Vinci, mit Michelangelo, mit Beethoven, mit Mozart … dann erahnen Sie seine Bedeutung für die Japaner. Manche von ihnen würden für diese eine so besondere Schale töten … Darum habe ich es immer im Vagen gelassen, ob sie wirklich in meinem Besitz ist.«

Linnert konnte seine Verblüffung nicht verhehlen. »Was ist mit Nicht-Japanern? Würden auch sie dafür töten?«

Eissler lächelte verschmitzt. »Bei wahren Tee-Enthusiasten möchte ich es nicht ausschließen. Sie müssen den Hintergrund verstehen. Rikyū diente im 16. Jahrhundert dem großen Feldherrn Hideyoshi als Teemeister. Doch die beiden entzweiten sich, und Rikyū wurde zum Tode durch Seppuku verurteilt, also zum rituellen Selbstmord. Das war im Jahr 1591. Bevor der Meister sich entleibte, hielt er eine letzte Teezeremonie ab. Die Schale, die er dabei verwendete, war mit dem Makel seines bevorstehenden Todes behaftet. Darum zerbrach er sie.«

»Aber Sie wollen jetzt nicht sagen, dass genau diese Schale …«

»Doch, Kommissar. Das will ich sagen. Eben jene Schale fand ihren Weg über Kobe und Yokohama in die Hände meiner Familie. Bis ich sie nun an Sarau verkauft habe.«

Im Raum herrschte Schweigen. Linnert dachte, wie es seine Art war, nicht im engeren Sinne über das Gesprochene nach. Er ließ die Worte schweben, ließ sie wirken. So fanden sie von selbst den Ort, an den sie gehörten.

»Sie sagten, die Schale war zerbrochen?«

»Richtig.«

»Sarau hat also eine Million Euro für einen Haufen Scherben bezahlt?«

Eissler lachte heiter auf. »Wenn Sie so wollen, ja.«

»Soweit ich weiß, hat er die Schale nicht behalten, sondern weiterverkauft. Sie wissen nicht zufällig, an wen?«

»Nein. Aber es muss jemand sein, der viel für den Teeweg übrighat. Ein wahrer Chajin.«

Linnert nickte nachdenklich. »Wie Sie schon sagten, womöglich ein Chajin, der sogar bereit war, dafür zu töten.«

✳✳✳

Nach dem Gespräch mit Eissler lenkte Linnert seinen Wagen hinab ans nahe gelegene Elbufer. Dort stand er und sah hinaus aufs Wasser.

Linnert liebte den Fluss. Er lauschte ihm.

Die Elbe war alt und weise. Aber konnte sie ihm auch etwas über alte japanische Teeschalen sagen? Schalen von immensem Wert? Schalen, für die Menschen töteten?

Linnert fragte danach, bekam aber keine Antwort. Schlimmer noch, der Fluss lachte ihn aus.

Natürlich tat er das. Seit Äonen floss die Elbe durch dieses Land.

Wie albern waren da die Motive, die Menschen zu Mördern machten?

***

Helge Bergmann hatte als Fabrikant für Baumaschinen ein Vermögen gemacht. Nun, im Alter, hatte er sich aus dem Geschäftsleben zurückgezogen und betätigte sich als Kunstsammler und Mäzen. Seine besondere Liebe galt Antiquitäten aus dem Fernen Osten.

Linnert war durch einen Hinweis Sandra Östlingers auf Bergmann gestoßen. Zunächst hatte er sich bei ihr nach dem Käufer der einen besonderen Schale erkundigt. Davon schien Östlinger jedoch nichts zu wissen. Offenbar hatte Sarau das Geschäft vor ihr geheim gehalten. Dann fragte Linnert nach vermögenden Kunden des Teegeschäftes, und sie hatte sofort Bergmanns Namen genannt. Ein Unternehmer im Ruhestand, sehr reich. Zudem ein Chajin, ein Teemensch. Bergmann hatte bereits vieles von Sarau gekauft. Dinge von Wert. Antike Schalen, eiserne Kannen, Tuschgemälde.

Wenn jemand ein Vermögen für eine einzige Chawan ausgeben würde, dann er.

Bergmann wohnte in einem modernen Bungalow, der sich in einen parkähnlichen Garten im nördlichen Stadtteil Volksdorf schmiegte. Der Hausherr führte Linnert herum, deutete mit sichtbarem Stolz auf Rollbilder und Vasen, auf Buddhastatuen und Holzschnitte.

Durch einen Laubengang gelangten sie zu einem frei stehenden Teepavillon, futuristisch und traditionell zugleich. Glas und Stahl, dazu ein östlich geschwungenes Dach.

Das Innere des Pavillons war schlicht. Auf dem Boden lagen zwei japanische Strohmatten. In einer Wandnische hing ein Rollbild, eine angedeutete Berglandschaft im Nebel.

»Es sind nur zwei Tatami-Matten, Kommissar. Nach seinem Vorbild«, erklärte Bergmann.

»Sie meinen vermutlich Meister Rikyū?«

»Ah, Sie kennen sich aus. Sind Sie auch ein Chajin?«

»Nicht wirklich. Ich bevorzuge Kaffee.«

Bergmann lächelte nachsichtig. »Rikyū mochte es bescheiden. Wenig Platz, daher nur zwei Matten. Dazu einfache Utensilien. Der Tee macht alle Menschen gleich, Fürsten wie Diener, Krieger wie Händler. Der Meister war seiner Zeit voraus. Ein Demokrat. Vielleicht musste er deshalb sterben.«

»Um ehrlich zu sein, es ist nicht sein Tod, der mich herführt.«

»Sondern?«

Linnert sah den Unternehmer prüfend an. Bergmann wusste es nicht, da war sich Linnert sicher. Ausweichend sagte er: »Ein anderer Toter. Ich erkläre es Ihnen später. Erst einmal würde ich gerne …«

»Natürlich, Kommissar. Nehmen sie Platz. Ich hole sie.«

Linnert schlüpfte aus den Schuhen, trat auf die Reisstrohmatten und kniete sich hin. Durch die bodentiefen Fenster reichte der Blick in den Garten. Geharkter Kies, eine kunstvoll gestutzte Kiefer, ein Teich.

Stille erfüllte den Kommissar.

Frieden.

Bergmann, der sich kurz entfernt hatte, kehrte mit einem kleinen Holzkästchen wieder. Er kniete ebenfalls nieder, öffnete das Kästchen und holte einen in ein Seidentuch geschlagenen Gegenstand hervor.

Er schlug das Tuch zurück.

Die Schale war grob getöpfert und dickwandig. Ihre Farbe war ein tiefes, fast unwirkliches Schwarz, in dem feinste goldene Fäden schimmerten.

Zerbrochen vor über vierhundert Jahren. Repariert im Hamburg der Gegenwart. Objekt der Begierde. Todbringend. Wunderschön.

Bergmann betrachtete die Schale und hatte Tränen in den Augen.

Auch Linnert fühlte einen Kloß im Hals.

Mit leiser Stimme erklärte der Unternehmer: »Nur Stunden, nachdem Rikyū sie benutzt hat, nahm er sich das Leben ... Betrachten Sie diese Schale, und Sie verstehen das Wabi-Sabi.«

»Ich befürchte, ich muss passen. Wabi ... was?«

»Wabi-Sabi. Man kann es nicht übersetzen, Kommissar. Es ist das höchste Ideal der japanischen Kunst. Es geht um Stille und Einsamkeit. Um Verlorenheit. Um die Schönheit in der Vergänglichkeit.«

»Es kommt mir vor, als sprächen Sie von meinem Beruf«, erklärte Linnert.

Die beiden Männer schwiegen.

Dann stellte Linnert Fragen. Wann genau hatte Bergmann die Schale gekauft? War er finanziell in Vorleistung gegangen? Hatte er überwiesen oder in bar bezahlt? War ihm klar gewesen, dass Sarau die Schale seinerseits erst kurz zuvor erworben und sie erst einmal hatte reparieren lassen?

Bergmann antwortete offen und ehrlich. Ja, er hatte Sarau bezahlt, obwohl er die Ware erst gut zwei Wochen später erhalten sollte. Er wusste, dass Sarau sie seinerseits erst beschaffen musste. Von einer Reparatur hörte er zum ersten Mal ... aber es machte ihm nichts. Durch das Kintsugi war die Chawan noch schöner als ohnehin schon.

***

Linnert kehrte spät am Abend nach Hause zurück. Er setzte sich auf den Balkon und sah entspannt hinauf in den Himmel.

Es war einer dieser endlosen Hamburger Sommerabende, in denen das blasse Rot im Westen nicht vergehen wollte. Halb Tag, halb Nacht. Die Zeit verlor jede Bedeutung.

Die Stunden bis zum Morgen verbrachte Linnert mit Lesen. Er schlief nie viel. Es war nicht seine Art.

Seine Lektüre war das Buch eines Japaners, Kakuzō Okakura. Bergmann hatte es ihm überlassen. *Das Buch vom Tee*, so der Titel. Es war ein Klassiker, entstanden im frühen zwanzigsten Jahrhundert. Geschrieben von einem Mann, der die Kultur seiner Heimat in Gefahr sah und sie den eigenen Leuten wie auch den Westlern nahebringen wollte.

Würde Linnert darin eine Antwort finden? Auf die Frage, warum jemand Johannes Sarau erstochen und seine tödlichen Wunden mit goldenem Lack bestrichen hatte?

Okakura schrieb über den Beginn des Teetrinkens in China, über seine Einführung in Japan. Vom Zen-Buddhismus, von den Schulen der Teezeremonie und ihrem Wandel durch die Jahrhunderte. Er erwähnte auch Meister Rikyū und sein schreckliches Ende durch Seppuku, durch rituellen Selbstmord.

Okakura nannte es richtigerweise Selbsthinrichtung. Denn Seppuku war kein Selbstmord, sondern eine Todesstrafe, die der Delinquent durch die eigene Hand auszuführen hatte.

Es war fremd. Sehr japanisch.

Der Grund für Rikyūs Verurteilung galt als ungeklärt. Angeblich war er an einem Komplott gegen Fürst Hideyoshi beteiligt. Er sollte ihm vergifteten Tee servieren.

Doch es gab auch andere Theorien.

Ein Bildnis Rikyūs war hoch im Tor des Tempels Daitoku-ji aufgestellt worden, unter dem der Fürst hindurchschritt. Das Bildnis eines Dienenden hoch über dem Haupt des mächtigen Hideyoshi? Ein Frevel, der nur mit dem Tod geahndet werden konnte.

Es gab noch eine dritte Theorie. Sie ließ Linnert aufhorchen. Demnach hatte der so untadelige Meister Rikyū billige Teeutensilien zu maßlos übertreuerten Preisen verkauft. Rikyū, der fast als Heiliger verehrt wurde, war womöglich ein Betrüger.

***

»Sie müssen sie mir überlassen, Herr Bergmann. Natürlich nur leihweise.«

Es war der nächste Morgen. Linnert stand an der Tür des Bungalows, der ein Museum war. Ein Museum ohne Publikum.

Der Unternehmer verzog das Gesicht. »Aber wie stellen Sie sich das vor, Kommissar? Die Schale ist unbezahlbar!«

»Vielleicht. Vielleicht aber auch nicht.«

»Ich verstehe nicht?«

»Ich auch nicht, Herr Bergmann. Noch nicht. Umso wichtiger ist es, dass Sie sie mir ausleihen. Im Übrigen, sprachen Sie zu mir nicht von der Vergänglichkeit? Vom Wabi-Sabi? Was könnte mit der Schale im schlimmsten Falle geschehen, außer dass sie noch einmal zerbricht?«

Der Unternehmer starrte Linnert in jäher Erkenntnis an. »Sie haben recht. Warten Sie einen Moment. Ich hole sie.«

***

Als Nächstes besuchte Linnert erneut Kurt Eisslers Haus an der Elbe. Der alte Herr saß beim späten Frühstück im Salon. Es gab englischen Tee aus chinesischem Porzellan. Eine einzige gegenseitige Aneignung. Heraus kam wunderbarer Geschmack.

Linnert stellte das Kästchen auf den Tisch und nahm die Schale heraus. Pechschwarz und golddurchwirkt.

»Ist das Ihre Schale, Herr Eissler? Ist dies die Schale von Meister Rikyū, die Sie an Johannes Sarau verkauft haben?«

Eissler nahm die Chawan zur Hand, berührte sie wie den toten Körper eines verflossenen Liebhabers. Ein Lächeln wehte über sein Gesicht.

Dann stockte er, schüttelte verwundert den Kopf.

Wortlos stand er auf, verließ das Zimmer. Als er zurückkehrte, hielt er eine kleine schwarze Scherbe in der Hand, kaum größer als die Kuppe eines kleinen Fingers.

»Ich konnte nicht anders, ich musste ein winziges Stück von ihr behalten«, erklärte Eissler.

Linnert verstand sofort. Die Schale, die er von Bergmann ausgeliehen hatte, war vollständig.

Aber das war es nicht allein.

Beides war schwarz, die winzige Scherbe wie die golddurchwirkte Schale.

Doch war es nicht dasselbe Schwarz. Das eine war um winzige Nuancen heller als das andere.

Das ließ nur einen Schluss zu.

Die Schale war eine Fälschung.

***

Eine knappe Stunde später betrat Linnert die Porzellanklinik von Christian Peters.

Auch dieses Mal grüßte der Porzellanarzt freundlich. Linnert kam schnell zur Sache. »Darf ich Ihnen eine Frage stellen, Herr Peters?«

»Natürlich, Kommissar. Was möchten Sie wissen?«

»Als Sarau die Scherben der berühmten Schale Meister Rikyūs zur Reparatur brachte, waren die Teile da vollständig? Genauer gesagt, waren es die Scherben? Ließ sich die Schale vollständig zusammensetzen?«

»Seltsam, dass Sie das fragen, Kommissar. Die Antwort lautet nein. Eine winzige Scherbe, vielleicht so groß wie ein Cent, fehlte. Ich habe es erst im Zuge der Arbeit bemerkt.«

»Hat Sarau Sie gebeten, das fehlende Stück zu ersetzen? Etwa durch Kitt? Oder sollten Sie vielleicht ein entsprechendes Stückchen nachmodellieren?«

»Ich habe es ihm vorgeschlagen. Es wäre das übliche Vorgehen gewesen. Er aber wollte das nicht. Die Schale sollte so bleiben, wie sie ist. Es war ihm wichtig. Einzig, was Meister

Rikyū hinterlassen hatte, sollte ich zusammenfügen. Allerdings hat Sarau mich um Verschwiegenheit gebeten.«

»Ich verstehe.«

Linnert stellte das Holzkistchen auf den Tresen, öffnete es und holte die schwarze Schale daraus hervor.

Peters griff nach der Schale, hob sie empor, betrachtete sie von allen Seiten. Dann schüttelte er den Kopf. »Ein sehr schönes Stück. Sicherlich auch alt ... die Bruchlinien sind fast identisch. Aber das ist nicht Meister Rikyūs Schale.«

»Richtig. Wer könnte ein solches Duplikat herstellen?«

Peters dachte lange nach. »Nur jemand, der sich auskennt. Auch diese Schale dürfte wertvoll sein. Zudem muss derjenige, der das hier gemacht hat, die Kunst des Kintsugi beherrschen ... obwohl es nicht perfekt gemacht ist. Ich müsste kurz etwas prüfen ...«

Peters stellte die Schale ab, verschwand in seiner Werkstatt und kehrte kurz darauf mit einer Lupe zurück.

Noch einmal untersuchte er die Schale und besonders die feinen, goldenen Linien, die die schwarze Keramik durchzogen.

»Sehr seltsam«, murmelte er.

»Das gilt für vieles, womit ich es zu tun habe«, sagte Linnert.

»Es ist echter Urushi-Lack, zweifellos auch mit echtem Gold versetzt. Ich wollte nur sichergehen. Weil ...«

»Weil?«

Peters sah Linnert betrübt an. »Ich möchte niemanden beschuldigen.«

»Sagen Sie, was Sie sagen möchten. Das Beschuldigen übernehme ich dann.«

»Wenige Tage, nachdem ich Sarau die Schale zurückgebracht hatte, war jemand mit einer ungewöhnlichen Bitte bei mir. Die Person wollte von mir eine Dose meines Lacks erstehen. Sie müssen wissen, dass man im Internet viele billige Imitate kaufen kann, nicht aber den echten Lack und schon gar nicht mit echtem Gold. Ich weigerte mich zunächst, da ich ihn selbst herstelle, so wie ich es in Japan gelernt habe. Ich verkaufe ihn jedoch nicht. Am Ende aber ließ ich mich überreden.«

»Wer?«

Peters nannte den Namen.

Linnert seufzte.

***

Von der Porzellanklinik in Eppendorf war es nicht weit bis an die Alster.

Ein Spaziergang.

Milder Wind und die einsame Erzählung eines Haubentauchers. Ein altes Ehepaar auf einer Bank.

Linnert ging langsam.

Er war kein Teemensch. Er war ein Wassermensch. Ein Flussmensch.

Daher liebte er Hamburg.

Überall war Wasser.

Die Elbe.

Die Alster.

Sehr unterschiedlich, die beiden.

Die Elbe groß und mächtig.

Die Alster nur ein kleines, zartes Flüsschen.

Aber man durfte sich von ihr nicht täuschen lassen. Auch sie war klug. Die Alster hatte Hamburg von Anbeginn an begleitet. Sie wusste alles über die Stadt. Sie floss durch sie hindurch und blickte dabei den Menschen in ihre Fenster.

Linnert war traurig. Wie immer, wenn er davorstand, jemanden aus dem Leben zu nehmen und hinter Mauern zu sperren.

Die Alster spürte seinen Kummer. Sie tröstete ihn mit ruhigem Plätschern. Das Lächeln eines Flusses.

***

Der Kommissar klopfte gegen die Tür des Teegeschäfts im Kontorhausviertel. Der Laden war nach dem tragischen Ereignis geschlossen. Sandra Östlinger aber war dort. Sie musste Kunden und Lieferanten über das Unglück informieren, musste Bestellungen stornieren, versprochene Lieferungen absagen.

Die junge Frau ließ Linnert eintreten, schloss hinter ihm die Tür wieder ab.

»Was kann ich für Sie tun, Kommissar?«

»Eine einzige Frage beantworten.«

»Natürlich.«

»War es Ihre Idee? Oder seine? Meister Rikyūs Schale zu fälschen?«

Sie senkte den Blick. »Seine.«

»Aber Sie haben es ausgeführt, richtig?«

Östlinger nickte stumm.

»Dann kam es zum Streit zwischen Ihnen und Sarau? Vielleicht, weil Sie einen Fehler bei der Ausführung der Arbeit begangen haben? In der echten Schale fehlte eine winzige Scherbe, aber die Fälschung war vollständig?«

»Nein, Kommissar. Das spielte keine Rolle. Johannes wollte es sogar so. Er hatte Angst, dass Bergmann sonst unzufrieden sein und die Schale doch nicht würde haben wollen.«

»Warum dann? Derselbe Grund wie bei Peters? Ihr Chef war geizig und wollte Ihnen nicht genug vom Gewinn abgeben?«

Sie lachte. »Nein. Er war sehr großzügig.«

Linnert war irritiert. Täuschte er sich doch?

»Aber Sie waren es doch, oder? Erst die Stiche? Dann der Kintsugi-Lack auf seinen Wunden?«

Sie zögerte kurz, erklärte dann mit fast spöttischer Stimme: »Aber ja, Kommissar. Ich war es. Aber das geschah erst Tage später. Johannes hatte Bergmann die falsche Schale gegeben. Er hatte das Geld bekommen und gab mir die Hälfte seines Gewinns. Niemand merkte etwas. Wir hätten glücklich sein können. Mit dem Geld und mit der Schale.«

»Was ist passiert?«

»Er wollte sie ein zweites Mal verkaufen, ein zweites Mal Millionen einstreichen.«

»Eine zweite Fälschung?«

»Nein! Diesmal wollte er die echte Schale weggeben. Ich war entsetzt. Wie konnte er nur? Ich wollte es nicht zulassen. Weil sie einfach zu schön ist. Ich konnte und kann mir ein Leben ohne sie nicht vorstellen ...«

»Sie sind ein Chajin?«

Sie lächelte fein. »Durch und durch.«

»Ich verstehe.«

Östlinger schwieg. Sie wirkte völlig entrückt. Linnert folgte ihrem Blick, der sich scheinbar im bunten, wohlduftenden Gewirr des Ladens verlor, in diesem Irrgarten aus Tassen und Kannen, aus Henkelbechern und Stövchen, aus Kistchen und Kästchen, aus Gebäck und Zuckerkandis ...

Dann sah Linnert sie. Weil sie nicht bunt war, sondern so schwarz wie eine mondlose Nacht.

Er trat an das Regal heran und nahm sie zur Hand. Eine einfache Schale.

Und doch viel mehr als das.

Die letzte Chawan, die Meister Rikyūs Hände je berührt hatten.

Eine Schale, für die Japaner töten würden – und nicht nur sie.

Sondern auch diese junge Frau, die vor ihm stand.

»Und das Kintsugi? Was sollte das?«, fragte Linnert.

Sie hob die Schultern. »Ein spontaner Gedanke. Vielleicht würde man Peters verdächtigen. Oder auch Bergmann.«

»Es tut mir leid.«

»Darf ich sie ein letztes Mal halten, Kommissar?«

»Aber ja.«

Er reichte Sandra Östlinger die Schale. Sie nahm sie mit zarten Fingern entgegen, hielt sie mit geschlossenen Augen.

Dann ließ sie sie fallen.

***

Das Café befand sich nicht weit von Saraus Teegeschäft entfernt.

Linnert bestellte einen Espresso.

Er trank und seufzte.

Immer schon, sein ganzes Leben, hatte er Tee für ein Getränk des Friedens gehalten.

Die Erkenntnis, dass er sich getäuscht hatte, schmerzte.

Zugleich schmeckte ihm der Kaffee gut wie nie zuvor.

DIE LIANE DER TOTEN

Eberhard Michaely

Freiwald stellte sein Glas ab und wischte sich mit dem Handrücken den Bierschaum von den Lippen.

»Ein Schamane?«, fragte er. »Bist du sicher?«

Bönninger nickte.

»Aus Peru«, bestätigte er. »Der Rentzel weiß das, weil er ihm die Alte Försterei vermietet hat. Angeblich, um eine Teezeremonie abzuhalten.«

»Teezeremonie!«, kam es Freiwald voller Sarkasmus über die Lippen. Er trank seinen Schnaps in einem Zug und knallte den Stamper auf die Theke. »Dass ich nicht lache!«

Sie saßen im »Schwarzen Eber« am Tresen. Hansi, der Wirt, schenkte ungefragt nach. Bier und Schnaps.

»Ich will gar nicht wissen, was die in den Tee alles reinrühren!«, sagte Freiwald und machte eine abwinkende Handbewegung.

Bönninger nickte zustimmend. »Das ist bestimmt so eine Hippie-Veranstaltung. In unsere Stadt kommen ja nur noch diese Yoga- und Esoterik-Spinner. Ich habe jedenfalls schon lange keine Touristen mehr gesehen, die durchs Silberbachtal oder zu den Externsteinen gewandert sind.«

»Wanderer besuchen auch keine Kurse, die *Energiearbeit* oder *Achtsamkeitsbasierte Stressreduktion* heißen!«, rief Freiwald wütend. »Das klingt doch schon nach Räucherstäbchen und Haschzigaretten!«

Er ballte die Faust auf dem Schanktisch. »Die Polizei müsste da mal hin! Zu dieser *Teezeremonie*. Bei so einem Schamanen findet man doch bestimmt jede Menge Zeugs. Kokablätter, getrocknete Pilze, Pfeilgift … was weiß ich, was der aus dem Amazonas alles illegal bei uns einschleppt!«

»Scheiß Drogen!«, schimpfte Bönninger und nahm einen großen Schluck des frisch gezapften Biers. »Bad Meinberg ist zu einem Eldorado für Haschbrüder geworden.«

»Und Haschweiber!«, ergänzte Freiwald. »Diese jungen Dinger mit ihren Rasta-Haaren. Wie die hier rumlaufen! Nur mit einem Fetzen Stoff bedeckt! Kein Schamgefühl haben die!«

Bönninger sah sich verstohlen um. »Die sollen ja nackt tanzen, wenn sie in Trance sind«, flüsterte er.

»Nackt?« Freiwald verschluckte sich fast.

Bönninger grinste breit.

»Splitter-faser-nackt! Hat der Rentzel erzählt.«

»Hat er das schon mal … beobachtet?«, fragte Freiwald.

»Keine Ahnung.« Bönninger zog die Schultern hoch.

Freiwald strich sich nachdenklich über das Kinn.

»Man müsste sich das mal angucken, natürlich nur, um zu sehen, ob das auch stimmt.«

Bönninger hob abwehrend die Hände. »Also ich will damit nichts zu tun haben!«, sagte er.

»Aber einer muss doch überprüfen, was die da so treiben! Ob das gesetzeskonform ist«, ereiferte sich Freiwald.

»Dem Rentzel ist das egal«, sagte Bönninger. »Der ist froh, wenn er überhaupt Mieter hat! Der muss ja auch rechnen. Früher war die Alte Försterei das ganze Jahr über ausgebucht, hat er gesagt! Für Hochzeiten, Konfirmationen, runde Geburtstage. Aber wer feiert noch heutzutage? Hat ja keiner mehr Geld.«

»Früher«, murmelte Freiwald und leerte nachdenklich sein Glas. »Da war irgendwie alles ... ordentlich!«

***

Freiwald hatte den Geländewagen unweit seines Hochsitzes geparkt. Er wollte sich der Alten Försterei unbemerkt nähern. Vielleicht würde es ihm möglich sein, einen Blick auf den Schamanen zu werfen oder die Gäste der Teezeremonie in Augenschein zu nehmen. Es interessierte ihn, was in diesem Wald passierte.

Das war auch sein Wald. Seit dreißig Jahren hatte er hier sein Jagdrevier. Schon als kleiner Junge tobte er mit seinen Freunden in diesem Gehölz und spielte Cowboy und Indianer. Damals wohnten in der Umgebung noch viele Familien. Jetzt nicht mehr. Allen südlippischen Entwicklungskonzepten zum Trotz zogen die Leute in Scharen weg. Hier gab es nur noch diese Hippies!

Zügigen Schrittes ging Freiwald auf einem schmalen Pass durch das Unterholz. Ludwig, seine Deutsche Bracke, hielt er an der kurzen Leine. Nach einer Viertelstunde erreichte er den Rand einer Tannenschonung und blieb stehen. Aus dem Schutz der tief hängenden Zweige hatte er freie Sicht auf die Rückseite des zweistöckigen Holzhauses mit seiner breiten Veranda und der davorliegenden Wiese, die früher als Biergarten gedient hatte. Die Alte Försterei war ein beliebtes Ausflugslokal gewesen. Oft war hier bis in die Nacht gefeiert worden. Der Wirt hatte keine Rücksicht auf Anwohner nehmen müssen. Das nächste Wohngebäude war etwa einen Kilometer entfernt. Dieser Ort war ideal, um Drogenpartys zu feiern, und um nichts anderes würde es sich bei dieser *Teezeremonie* handeln. Da war sich Freiwald sicher.

Er musste dringend Wasser abschlagen. Beim Frühschoppen hatte er reichlich Bier getrunken und zu jedem zweiten einen Schnaps. Eigentlich hätte er gar nicht mehr fahren dürfen.

Freiwald griff sich das Fernglas, das an einem Lederriemen vor seiner Lodenjacke hing, und stellte es scharf.

Der Anblick des heruntergekommenen Hauses setzte ihm zu. Auf den ersten Blick offenbarte sich ein großer Investitionsstau. Das Dach, die Fassade, die Fenster, die gesamte Konstruktion war marode. Das Gebäude wirkte morsch und modrig. Die meiste Zeit des Jahres stand die Alte Försterei leer, und das zehrte an der Bausubstanz. Aber wer investierte noch in dieser Einöde? Alles ging den Bach runter.

Missmutig registrierte Freiwald eine Reihe tibetischer Gebetsfahnen, die zwischen den Pfeilern der Veranda gespannt waren. In seinen Augen war das Bonbonpapier auf einer Leine. Lächerlich! Aber diese Dinger hatten sie immer im Gepäck, die Haschbrüder. Und ihre bunten Yogamatten! Bestimmt an die fünfzehn Stück hingen über dem Geländer der Veranda. Und dann baumelte noch eine Regenbogenflagge vor einem der Fenster. Das Symbol für den Niedergang des Abendlandes. Freiwalds Gesichtszüge verhärteten sich.

Plötzlich hatte er den Schamanen im Visier. Das musste er sein. Seine Haut war braun und sein Haar pechschwarz. Er war klein. Ein Winzling geradezu!

Einen Medizinmann hatte sich Freiwald anders vorgestellt. Mit Federschmuck auf dem Kopf oder einem Knochen durch die Nase. Nackt, mit Penis- oder Lendenschurz. Irgendwie bizarr.

Der Mann, den er durch den Feldstecher beobachtete, trug Jeans und ein ausgeleiertes T-Shirt mit Flecken. Schäbig sah das aus. Und seine Haare hätte er auch mal wieder waschen können. Die fettigen Locken hingen ihm bis auf die Schultern. Freiwald missbilligte so einen verwahrlosten Anblick zutiefst. Er ging selbstverständlich alle zwei Wochen zum Herrenfriseur und ließ sich den Nacken ausrasieren. Richtige Männer trugen die Haare kurz. Die Ohren mussten frei liegen.

Der Schamane stand mit ausgebreiteten Armen in der Mitte der Wiese und hielt die Augen geschlossen. Langsam begann er sich im Kreis zu drehen. Seine Lippen bewegten sich kaum, und doch schien er etwas zu murmeln.

»Sitz!«, zischte Freiwald Ludwig zu, der sich neugierig vorwagte, so weit es die Leine zuließ.

Als Freiwald wieder durch das Fernglas sah, hatte der Schamane eine Zigarette angezündet. Rauchen im Wald war verboten! Gerade jetzt im Hochsommer war das gefährlich, und alleine dafür hätte Freiwald ihn gerne angezeigt. Nun lief der Mann auch noch kreuz und quer über die Lichtung, blieb vor verschiedenen Pflanzen stehen und blies den Rauch, den er in kurzen hektischen Zügen in seinen Mund saugte, auf Blätter, die er ohne erkennbaren Grund auszuwählen schien. Dabei murmelte er unablässig vor sich hin. Ab und zu verbeugte er sich.

Ein paar der Yogamatten-Besitzer kamen aus dem Haus und beobachteten ihren Zeremonienmeister. Einige machten Fotos mit ihren Handys.

Freiwald ging zu seinem Auto zurück. Er hatte genug gesehen. Dieser abergläubische Hokuspokus machte ihn wütend. Mit Bäumen eine rauchen. Was sollte der Quatsch? Er wollte hier keine Schamanen. Nicht in seinem Wald! Nicht in diesem

Haus! Die Alte Försterei war eine Gaststätte mit Tradition gewesen. Wehmütig erinnerte er sich an die alten Zeiten, als hier anständig getanzt wurde und nicht wild gezappelt, wie die jungen Leute das heute machten. Eine Kapelle hatte zünftige Musik gespielt, und die Damen waren von den Herren zu Foxtrott oder Schieber aufgefordert worden.

Damals war die Welt noch in Ordnung gewesen.

***

Ludwigs Knurren riss Freiwald aus seinen Gedanken. Neben seinem Auto standen ein Mann und eine Frau. Höchstens Mitte zwanzig.

»Weißt du, wo die Alte Försterei ist?«, fragte die zierliche Blondine.

Sie trug eine kurze, enge Jeans. Ihre Bluse hatte sie vor dem Bauch zusammengeknotet. Vermutlich wog der Schmuck, den sie trug, mehr als ihre Kleidung. Freiwalds Blick klebte an ihren Beinen. Lang waren sie und braun gebrannt. Ihre Füße waren nackt.

»Habt ihr was mit dieser *Teezeremonie* zu tun?«, fragte Freiwald.

Seine Augen verengten sich zu Schlitzen, als er das Wort Teezeremonie verächtlich durch seine Lippen presste.

Unsicher drehte sich die Frau zu ihrem Begleiter um. Der Mann machte einen Schritt nach vorn.

»Und wenn schon«, sagte er und baute sich vor Freiwald auf, um ihm die Sicht auf die langen braunen Beine zu nehmen.

Er hatte die Haare zu einem Pferdeschwanz zusammengebunden. Seine muskulösen Arme, die er nun vor seiner Brust verschränkte, waren tätowiert. Schlangen hatte er sich stechen lassen. Bunte Schlangen, ineinander verknäult, mit riesigen Giftzähnen in den weit aufgerissenen Mäulern.

»Was für einen Tee gibt's denn da? Pfefferminze?« Freiwald gab Ludwig etwas mehr Leine.

»Das geht dich gar nichts an«, sagte der Mann und griff nach der Hand des Mädchens.

»Komm!«, sagte er. »Wir gehen!«

»Zur Försterei geht's da lang!« Freiwald zeigte in die falsche Richtung. »Immer geradeaus!«

Er sah ihnen nach, bis das Unterholz sie verschluckte. Eigentlich hatte er nur dem Mädchen hinterhergesehen.

»Viel Spaß!«, flüsterte er hämisch. Er wusste, dass dieser Pfad direkt in die Brombeerhecken führte.

Ohne Schuhe in den Wald! Das würde ihr eine Lehre sein!

***

Eine halbe Stunde saß Freiwald schon vor seinem Computer. Unzählige Suchbegriffe hatte er bereits eingetippt, Veranstaltungskalender überflogen, gezielt nach Kursen gesucht, die mit Bewusstseinserweiterung warben, aber erst in einem Forum über Drogen, die ihren Ursprung in Südamerika hatten, wurde er endlich fündig. »Teezeremonie in der Alten Försterei, ein außergewöhnlicher Selbsterfahrungs-Trip« konnte er lesen. Es gab sogar einen Link zur offiziellen Seite der Stadt Bad Meinberg.

Als authentisch wurde das Ritual angepriesen. Angeblich geleitet von einem Medizinmann der Machiguenga, der das Ayahuasca selbst zubereitete.

»Aha!«

Freiwald atmete hörbar durch den offenen Mund. Sein Hemd hatte unter den Achseln schon dunkle Flecken. Hier stand er, der Name der Droge.

»Ayahuasca«, murmelte Freiwald. Davon hatte er noch nie gehört.

Sofort begann er zu recherchieren und fand Informationen und Berichte über Ayahuasca-Tee, einen psychedelisch wirkenden Pflanzensud, auch »Ranke der Seelen« oder »Liane der Toten« genannt. Freiwald las einen Artikel nach dem anderen. Aus Teilen einer Schlingpflanze und Blättern eines Kaffeestrauchgewächses über einen Zeitraum von drei Tagen gekocht, wurde der Trank hauptsächlich von Amazonas-Stämmen verwendet, um sich in Trance zu versetzen und mit ihren Ahnen Kontakt aufzunehmen. Aus der ganzen Welt reisten Menschen wegen der sagenumwobenen Wirkung dieses Gebräus nach Südamerika: Künstler, Kreative, Wohlhabende auf Sinnsuche. In Europa waren Herstellung und Konsum verboten. Der enthaltene Wirkstoff DMT fiel unter das Betäubungsmittelgesetz, und der Umgang mit der Droge war in Deutschland strafbar. Na also, da stand es. Freiwald sah seine Vermutung bestätigt: Zudröhnen wollen die sich. Von wegen *Teezeremonie*!

Nachdenklich ging Freiwald im Zimmer auf und ab. Mehrfach wollte er die Polizei anrufen. Er fühlte sich in der Pflicht, seine neu gewonnenen Informationen zu melden. Diesem Treiben musste jemand ein Ende bereiten. Aber er zögerte. Es war Sonntagnachmittag. Da saß nur ein Ordnungshüter auf der Wache. Maximal zwei. Und irgendwo fuhr noch ein Streifenwagen durch die Stadt. Sonntags wollten die Beamten keinen Stress haben, und überhaupt: Wie sollte er den Sachverhalt erklären?

»Ich weiß von einer Party, auf der Ayahuasca, die Liane der Toten, verabreicht wird. Kommen Sie schnell!«

Das klang nicht überzeugend.

Freiwald kannte die meisten Polizisten in Bad Meinberg. In seinen Augen waren die viel zu tolerant. Meist junge Burschen, die bei Vergehen oft ein Auge zudrückten. Immer redeten sie von Verhältnismäßigkeit, wenn Freiwald sich über Didgeridoo-Spieler beschwerte, die in der Innenstadt herumlärmten. Heutzutage wurde viel zu viel geduldet. Er musste die Sache selbst in die Hand nehmen. Die Zeremonie dokumentieren, Beweismittel sichern, den Schamanen stellen … und dann Anzeige erstatten. Das war der korrekte Weg!

Freiwald nahm sein Handy, wählte die Nummer von Bönninger und fluchte, weil die Ansage der Mailbox zu hören war. Den Bönninger hätte er gern mitgenommen. Auch, um hinterher einen Zeugen zu haben. Sei's drum, er würde dem Schamanen allein das Handwerk legen.

**

Gleich nach dem Abendbrot nahm Freiwald seine Doppelbüchse aus dem Waffenschrank und machte sich auf den Weg. Ludwig ließ er zu Hause. Wenn sein Fährtenhund Drogen roch, könnte er nervös werden und ihn verraten. Freiwald musste unbemerkt in die Nähe der Veranstaltung kommen.

In seinem Kopf war ein Plan gereift. Hinter der Alten Försterei gab es einen kleinen Ansitz, direkt am Rand der Lichtung. Im Herbst saß er oft dort und schoss Flugenten. Dieser Platz war ideal, um die Wiese hinter dem Haus überblicken zu können. Bei diesen hohen Temperaturen würde die Veranstaltung mit Sicherheit im Freien stattfinden.

Den Wagen stellte er auf einem Waldparkplatz ab. Bevor Freiwald sich das Gewehr über die Schulter hängte, schob er Patronen in die beiden Läufe. Er musste an seinen Selbstschutz denken. Den zugedröhnten Hippies traute er alles zu.

Entschlossen folgte er einer Rückegasse, die unweit der Alten Försterei endete.

***

Als Freiwald auf dem Ansitz aufwachte, musste er sich kurz orientieren. Er ärgerte sich, dass er eingedöst war. Hoffentlich hatte er nichts verpasst. Doch die Zeremonie schien gerade zu beginnen. Etwa vierzig Meter vor ihm saßen die Teilnehmer auf ihren Matten. Die Beine über Kreuz, die Hände auf den Knien, die Augen geschlossen. Sechzehn Hippies zählte Freiwald. Er konnte sie gut erkennen. Der Mond stand hell am wolkenfreien Himmel, und zusätzlich erleuchteten Kerzen, Fackeln und eine Feuerschale die Szenerie.

Die jungen Männer und Frauen atmeten heftig und stoßweise, wie ein Rudel Hunde nach der Treibjagd. Mit weit geöffneten Mündern saugten sie gierig Luft ein, als wollten sie ihre Lungen zum Platzen bringen, und stießen sie dann mit Druck wieder aus. Dieses laute, intensive Hecheln hatte Freiwald aufwachen lassen.

Auf der gegenüberliegenden Seite der Wiese entdeckte er den Schamanen an einem Klapptisch. Er schenkte eine dunkle Flüssigkeit aus einer großen Plastikflasche in Gläser. Das musste die Droge sein. Freiwald nahm vorsichtig die Kamera aus seiner Umhängetasche und machte die ersten Bilder des Abends. Durch das Objektiv erkannte er, wie dreckig die alte Cola-Flasche war, die der Schamane zum Transport seines Suds benutzte. Allein die Hygienevorschriften, die hier missachtet wurden, reichten für eine Anzeige. Nicht nur die Flasche sah ekelerregend aus. Der Ayahuasca-Tee besaß die Farbe von altem Motoröl. Der Schamane zog noch eine zweite Flasche aus einer Kiste, und nachdem alle Gläser zur Hälfte gefüllt waren, begann er zu singen. Das laute Atmen verebbte. Nacheinander erhoben sich die Teilnehmer, bewegten sich langsam auf den Schamanen zu und tranken. Ein Glas nach dem anderen wurde geleert. Freiwald schoss Foto um Foto. Plötzlich erkannte er die beiden Hippies, die er am Nachmittag an seinem Auto angetroffen hatte. Den Typen mit den Schlangen-Tattoos und die Hübsche mit den langen Beinen. Freiwald beobachtete das Mädchen. Sie verzog angewidert das Gesicht, trank ihr Glas aber tapfer aus.

Als alle wieder ihre Plätze auf den Matten eingenommen hatten, setzte sich der Schamane auf die Stufen der Veranda und begann zu musizieren. In der rechten Hand hielt er dabei eine Flöte und spielte darauf eine einschläfernde Melodie aus drei Tönen. Mit der linken drehte er eine Rassel.

Mindestens eine halbe Stunde lang passierte nichts. Die Jünger saßen auf ihren Matten, und der Schamane spielte die immer gleichen Flötentöne. Als wäre eine Schallplatte hängen geblieben.

Freiwald wurde langsam nervös. Wie lange würde es noch dauern, bis die Wirkung des Gebräus einsetzte? Würde überhaupt etwas passieren? Er zog einen Flachmann aus der Innentasche seiner Jacke und nahm einen Schluck zur Beruhigung.

Endlich vernahm er ein Geräusch. Ein junger Mann übergab sich lautstark in eine Plastikschale. Die umsitzenden Teilnehmer machten aber keine Anstalten, ihm zu helfen, sondern grinsten oder lachten. Hysterische Laute durchschnitten den nervtötenden Klang der Flöte und gingen teilweise in Weinen über. Freiwald war jetzt hellwach. Auf jeder Matte gab es nun etwas zu beobachten. Das Ayahuasca entfaltete seine berauschende Wirkung. Zuerst nahm es Besitz von den Körpern. Mindestens vier der Hippies krümmten sich und begannen ebenfalls, ihre Mägen zu entleeren. Kotzen schien ein Teil des Rituals zu sein. Neben jeder Matte stand vorsorglich ein Gefäß bereit.

Der Schamane blieb ungerührt. Nicht die kleinste Schwankung in der Tonfolge war zu hören. Aber er beobachtete die Reaktionen der Anwesenden mit wachem Blick.

Mehrere der Teilnehmer erhoben sich und begannen entrückt ihre Gliedmaßen zu bewegen. Sie tanzten in Zeitlupe. Andere redeten unablässig. Sie redeten, schrien, schimpften, spuckten …

Die meisten erbrachen sich. Freiwald drückte im Sekundentakt auf den Auslöser seiner Kamera. Das waren die Bilder, die er haben wollte. Aber er brauchte mehr als Fotos. Er brauchte die Droge, diese braune Plörre, von der alle Anwesenden gekostet hatten. Eine Analyse dieses Suds wäre ein unanfechtbarer Beweis für die Einfuhr und Weitergabe verbotener Halluzinogene. Damit würde er den Schamanen hinter Gitter bringen!

Eine der Flaschen war noch zu einem Drittel gefüllt. Freiwald fixierte sie und schätzte ab, ob er den Klapptisch unbemerkt erreichen könnte. Etwa achtzig Meter Entfernung waren zu überwinden. Der Schamane war damit beschäftigt, seine Schäfchen im Auge zu behalten, und die Hippies schienen ohnehin in einer Parallelwelt unterwegs zu sein. Er musste die Chance ergreifen. Jetzt!

Vorsichtig kletterte er von dem Ansitz und lehnte das Gewehr gegen die Sprossen der Leiter. Dann kroch er auf allen vieren vorwärts, umrundete die berauschten Teilnehmer in einem großen Bogen, bis er endlich neben dem klapprigen Tisch kauerte und nach der Flasche greifen konnte. Niemand schien ihn zu bemerken. Jetzt hatte er die Hippies am Arsch!

Langsam krabbelte er wieder zu seinem Beobachtungsposten zurück. Seine Knie schmerzten. Es war ihm egal. Er hatte nun ausreichend Beweise zusammen, um direkt zur Polizeiwache fahren und Anzeige erstatten zu können. Ein Lächeln huschte über Freiwalds Gesicht. Ein Lächeln des Triumphs.

Keine vier Meter war er vom Ansitz entfernt, als sein Handy klingelte. Die Melodie von »Blau blüht der Enzian« durchschnitt die Flötenklänge. Es war laut, es war schrill, es war nicht zu überhören.

»Scheiße!«, fluchte Freiwald.

»Ja so blau, blau, blau blüht der Enzian, wenn im Alpenglüh'n wir uns wiedersehn!«, tönte es immer wieder.

Hektisch fummelte er das Smartphone aus seiner Hosentasche. Bönninger, las er auf dem Display. Musste der ausgerechnet jetzt zurückrufen? Er drückte den Anruf nervös weg. Zu spät.

Die Flöte war verstummt. Freiwald kniete auf dem Boden, und als er aufsah, blickte er in den Lauf seiner eigenen Waffe.

»Trink!«

Der junge Mann hatte einen glasigen Blick. Freiwald erkannte die Schlangen-Tattoos auf seinen Armen.

»Hör mal, das war nicht so gemeint heute Nachmittag. Bleib ganz …«

»Trink!«

Der Tattoo-Mann zitterte leicht. Er war nicht Herr seiner Sinne. Freiwald konnte nicht fassen, was hier passierte. Meine Güte, dachte er, die Büchse ist entsichert!

»Trink endlich!«, schrie der junge Mann, riss das Gewehr nach oben und schoss in die Luft.

»Okay! Okay!«, sagte Freiwald, drehte den Verschluss auf und setzte die Flasche an seine Lippen.

Die Flüssigkeit roch widerlich, und als das Ayahuasca seine Speiseröhre hinunterlief, schossen ihm Tränen in die Augen. Freiwalds Magen zog sich zusammen. Spülmittel zu trinken konnte für die Schleimhaut nicht schlimmer sein. Ayahuasca war bitter, es war schmerzhaft.

»Trink, trink!«, hallte es in seinen Ohren.

Die Hippies hatten eine Traube um ihn herum gebildet. Sie klatschten in die Hände und feuerten ihn an.

»Trink, trink!«, riefen sie immer wieder ausgelassen.

Plötzlich drängte sich der Schamane durch die Umstehenden.

»No!«, schrie er. »No!«

Wütend ging er auf den Schützen zu und versuchte, ihm das Gewehr zu entreißen.

»Qué haces?«, rief er dabei. »Estás loco?«

Dann hörte Freiwald einen zweiten Schuss. Als er den Kopf zur Seite drehte, sah er den Schamanen auf dem Boden liegen. Aus unmittelbarer Nähe hatte er die Schrotladung abgekriegt. Direkt in die Brust. Sein Shirt war blutdurchtränkt. Er zuckte noch kurz, dann war es vorbei. Der junge Mann mit dem Tattoo ließ erschrocken das Gewehr fallen.

Ich muss hier weg, dachte Freiwald. Er griff nach seiner Waffe, die vor ihm auf dem Boden lag, seiner Tasche, dem Fotoapparat, der Flasche. Weg, dachte er, weg, weg! Aber er kam nicht voran. Er stolperte, hatte nicht genug Hände, um alles zu tragen, er würgte. Atmete schwer. Ihm wurde schwindelig. Dann stürzte er und wollte nicht mehr aufstehen. Zusammengerollt wie ein Embryo lag er auf dem Boden.

***

»Ihnen wird vorgeworfen, an einer Drogenzeremonie teilgenommen und dabei einen Mann mit einer Jagdwaffe erschossen zu haben.«

Freiwald saß an einem Tisch. Die Worte des Kommissars schwebten durch den Raum. Er konnte sie sehen. Sie wechselten ab und an die Farbe. Das war lustig.

»Herr Freiwald. Wir haben Zeugen, die Sie belasten, und bei Ihrer Verhaftung hatten Sie die Tatwaffe in der Hand. Nachweislich Ihr Jagdgewehr. Möchten Sie dazu etwas sagen?«

Freiwalds Magen krampfte noch immer. Sein Körper wehrte sich gegen das Pflanzengift. Er hörte Stimmen, die immer lauter wurden.

»Haben Sie die Droge verkostet?«

Freiwald hörte dem Kommissar nicht zu. Seine Mutter, sein Vater, seine Großmutter … Plötzlich waren sie da, und alle fingen an, mit ihm zu reden.

»Mama!«, rief er. »Mama!«

Sie war schon lange tot. Aber nun hatte er Kontakt zu ihr. Zu all seinen Vorfahren. Unfassbar!

»Herr Freiwald!«, sagte der Kommissar. »Sie sollten dringend einen Anwalt anrufen. Verstehen Sie, was ich sage?«

Freiwald übergab sich. Dann musste er lachen.

O GESUNDER TRANK!

Sabine Weiß

Amsterdam, 1682

Der Klang der Schiffsglocke setzte dem Bericht ein jähes Ende. Marike stieß scharf den Atem aus. Wie lange hatte sie die Luft angehalten? Schwarze Flecken tanzten über ihr Sichtfeld, als schwirrten unzählige dicke Käfer durch die Kapitänskajüte. Vielleicht taten sie das ja auch. Bei dem Grauen, das sich hier zugetragen hatte, hätte es sie nicht gewundert.

Der Kompass, das Logbuch und die Seekarten, die auf dem Tisch ausgebreitet waren, boten ihrem Blick Halt. Marike sah ihren Mann an. »Denkst du, er wird mit sich reden lassen?« Ihre Stimme klang ungewohnt brüchig. Eigentlich war sie eine patente Kapitänsfrau, schmiss den Haushalt, wenn Dries unterwegs war, kümmerte sich um seine Geschäfte und die Familie. Aber oft genug vertrieb die Sorge den Schlaf. Ihn in diesem ausgemergelten Zustand zu sehen und zu wissen, was für ein Schicksal die Schiffsmannschaft gezeichnet hatte, setzte ihr mehr zu, als sie wahrhaben wollte.

Dries schnaubte. »Wir werden sehen. Mein Vater ist nur auf seinen eigenen Vorteil bedacht und von hartem Charakter, das war er schon immer.« Fest hielt er Blickkontakt. »Was auch geschieht, du darfst nie die Hoffnung verlieren.« Wie so oft beruhigte sich ihr Geist sofort. Dries war ein gestandener Mann. Als Kapitän der VOC, der weltberühmten und machtvollen Ostindischen Handelskompanie, hatte er mehrfach die Erde umrundet, hatte Stürme überlebt, Piraten und Seeungeheuer bekämpft und im fernen Batavia den Eingeborenen und den Krankheiten getrotzt. Solange er an ihrer Seite war, konnte ihr und ihren vier Kindern nichts geschehen. Noch einmal drückte sie ihn an sich, spürte die Rippen unter Dries' abgewetztem Justaucorps, musterte verstohlen sein Gesicht. Ihr schnürte sich der Hals zu. Die Haut des Kapitäns war dunkel und lederartig, was die Schatten unter seinen Augen unnatürlich tief erscheinen ließ.

Rufe, das Tappen der Schritte auf den Planken und das Ächzen der Seilzüge verrieten, dass er gleich da sein würde. *Er.* Verachtung verhärtete ihre Züge. Ihr Sohn Joris öffnete die Kajütentür. Fahles Sonnenlicht schnitt einen Keil in den Raum. Dries straffte sich. Sie versuchte, den Kragen seines Justaucorps zu richten, doch die Herrenjacke mit den ausladenden Rockschößen war zu abgetragen, um Halt zu bewahren. Ihr Mann legte die Hand an das Gehilz seines Rapiers. Trotz allem von Kopf bis Fuß ein Kapitän, dachte Marike stolz. Nachdem ihr Mann an Deck getreten war, wandte sie sich ihrem Erstgeborenen zu, der ihrem Wortwechsel stumm gelauscht hatte. Die Entbehrungen hatten die letzten kindlichen Züge aus seinem Gesicht gemeißelt. Zum Trost strich sie über die Wange des Siebzehnjährigen. »Deine erste Reise als Lehrling des Schiffschirurgen hast du bewältigt! Ich bin stolz auf dich«, sagte sie. Joris kniff die Augen zusammen und starrte auf die Planken, also setzte sie schnell hinzu: »Es ist nicht deine Schuld, dass so viele Männer gestorben sind.«

»Das sagt sich leicht. Doch jeder Kamerad, der unter meinen Händen verreckt ist, ist einer zu viel. Und das nur, weil …« Unwirsch wollte Joris sich an ihr vorbeidrängen, besann sich dann aber und ließ ihr den Vortritt.

Der Hauch des Todes an Deck raubte Marike den Atem. Sie hatte es für ein böses Gerücht gehalten, dass man die Ostindienfahrer an ihrem Gestank erkennen konnte. Eigentlich hätten diese Handelsfregatten nach den kostbaren Gewürzen duften sollen, die die Schiffsbäuche füllten, nach Muskat, Nelken und Zimt. Doch als sie zuvor, wie jeden Tag, mit ihren Kindern zum Amsterdamer Hafen gekommen war, um Ausschau nach Dries' Schiff zu halten, war sie eines Besseren belehrt worden. Eng an eng hatten sich die Schiffe im IJ gedrängt, denn schließlich galt Amsterdam als wichtigste Handelsstadt des Erdballs, als Krone der Welt. Gewaltige Dreimaster mit vergoldetem Heckspiegel und unzähligen Kanonen, die warnend aus den Luken blitzten. Schlanke Fleuten mit Rümpfen voller Korn aus den baltischen Staaten. Fischerboote, Fähren und Transportboote, die die Waren an Land schafften. Endlich hatte sie die *Zeedijk*, Dries' Schiff, in das Hafenbecken einlaufen sehen. Aber die Fregatte stank nicht nur, sie glich mit den fauligen Segeln, den grün schimmernden Planken und der ausgemergelten Mannschaft einem Geisterschiff. Sofort hatte sie ihre Kinder zu ihrer Mutter geschickt und sich zur *Zeedijk* hinüberrudern lassen. Bei aller Wiedersehensfreude musste sie erst selbst herausfinden, wie es um Dries stand.

Umso absurder erschien ihr der Anblick, der sich ihr nun bot: Ein in Seidenpumphosen gekleideter Diener mit tiefschwarzer Haut hatte in Windeseile einen Faltstuhl und einen Klapptisch aus Elfenbein und Edelholz aufgestellt. Auf der Tischplatte glänzte eine Kanne aus feinstem chinesischem Porzellan, dazu zwei filigrane Schälchen, goldene Teelöffel und ein Töpfchen mit Kandis. Marike versuchte, gegen den bitteren Geschmack in ihrem Mund anzuschlucken. Aus dem Schiffsrumpf drang ein erhitzter Wortwechsel. Sie lief zur Luke. Tintenschwarz schien der Abgrund, der unter Deck führte.

»Du solltest nicht hinuntergehen. Großvater würde es nicht gefallen. Außerdem …«

Joris brach ab, als von unten die Stimmen aufbrandeten.

»Ich muss zu Dries. Muss ihm beistehen.«

Ihr Sohn nickte knapp. Marike folgte Joris die Stiegen hinunter. Der Gestank im Schiffsinneren war unerträglich, und das, obgleich Matrosen mit Essigwasser die Planken schrubbten und Räucherkräuter entzündeten, um die schädlichen Miasmen zu vertreiben. Trotzdem roch es nach Siechtum und Tod. Nur langsam gewöhnte sie sich an die Finsternis. Marike erschrak, als sich am Rande ihres Gesichtsfelds etwas bewegte, weiße Flecken in den Schatten zuckten. Fahle Gestalten starrten sie aus ihren Hängematten an, anscheinend zu schwach, um aufzustehen. Ein Deck tiefer husteten, keuchten und röchelten die Kranken. Am liebsten wäre sie wieder ans Tageslicht geflohen. Noch weiter ging es hinunter. Schließlich stand das Bilgenwasser zwischen den dicken Holzbohlen, schwappte um ihre Füße. Ihr Schwiegervater und ihr Gatte hatten sich vor Warenstapeln aufgebaut. Mijnheer van Visser hielt sich ein spitzenumsäumtes Taschentuch vor die Nase. Marike sah etwas Aufgewölbtes im Wasser treiben und erkannte erst beim zweiten Hinsehen eine räudige Ratte.

»Das ist wirklich alles, was du hierhergebracht hast?«, fauchte Visser.

»Ihr seid zwar durch die Lager hindurchgerast, Vater, und habt die Ladung nur flüchtig in Augenschein nehmen können. Aber ja, das ist die Handelsware, die die *Zeedijk* unter meinem Kommando aus Ostindien hierhergeschafft hat«, sagte Dries und hielt wie zum Beweis eng beschriebene Papiere hoch.

Ungläubig kopfschüttelnd starrte Mijnheer van Visser erst Dries, dann Marike an. Schließlich stürmte der Kaufmann an ihr vorbei die Treppe empor, gepresst um Luft ringend. Dries hob die Schultern, verletzt und konsterniert zugleich. Sie folgten Visser nach oben. Marike war froh, aus diesem schwimmenden Sarg wieder ans Licht zu kommen.

An Deck packte Visser die filigrane Schale, klirrte mit dem Teelöffel darin herum und stürzte den Inhalt hinunter. Sofort eilte sein Diener herbei und schenkte nach, dann verschwand er in der Kombüse. Der frühere Sklave von den Molukken schien Angst vor seinem Herrn zu haben, was Marike ihm nicht verdenken konnte; ihrem Schwiegervater rutschte leicht die Hand aus. Das Tageslicht schonte ihn nicht. Mijnheer van Visser war fett, sein Gesicht glänzte rot unter der Perücke. Sein Anzug war aus edelstem Stoff, dazu ein feinstes Spitzenjabot. Der Kaufmann hielt etwas auf sich, weshalb er auch mit der Wahl seiner Schwiegertochter nicht einverstanden gewesen war und sie weitgehend ignorierte. Nur die Tochter eines Steuermanns. Unbrauchbare Ware im Handelsgeschäft des gesellschaftlichen Aufstiegs.

»Du bist wirklich eine Enttäuschung, Dries!«, schimpfte der Kaufmann. Sein Blick war erneut auf Marike gefallen. Sie fragte sich, ob sich dieser Ausruf auf sie oder den Ausgang der Handelsreise bezog; vermutlich beides. Sofort wollte sie für Dries Partei ergreifen, zumal sie ihm ansah, wie sehr ihm diese Worte zusetzten. Doch sie wusste, dass sie sich zurückhalten musste. Es musste reichen, dass sie ihm durch ihre Anwesenheit Beistand leistete.

»Ich bin eine Enttäuschung?! Nein, ich habe das Kostbarste gerettet, was zu retten war: meine Mannschaft ...«, platzte Dries heraus.

»Menschen sind ersetzbar! Die Ware, der Gewinn allein zählt.« Visser trank das Schälchen leer und schenkte sich selbst nach. Der kalt hervorgebrachte Satz ließ Marike erschauern. Amsterdam war die reichste Stadt der Niederlande, aber die Menschen, die diesen Reichtum schufen, die dafür schufteten, galten nichts. Auch die Matrosen, die mit letzter Kraft die Planken schrubbten oder die Warenballen von Deck hievten, starrten den Kaufmann nun an. Eilig wandte Marike die Augen ab, hielt sich am Anblick der Häuserreihen Amsterdams fest, deren Ziergiebel sich wie ein Spitzensaum in den Himmel schoben. Kirchtürme und das Dach des Rathauses, eines wahren Palastes, zeichneten sich dahinter ab. Am Anleger und an den Grachten drängten sich Kaufleute, Seemänner und Karrenfahrer. Das Herbstlaub der Bäume setzte bunte Farbtupfer. Der Gedanke an den kommenden Winter verschaffte ihr Beklemmungen.

Dries hatte die Hände zu Fäusten geballt. Ganz steif vor mühsam beherrschter Wut stand er da. »Lasst mich erklären, was geschehen ist. Trinken wir ein Kopje Tee zusammen wie zivilisierte Geschäftsleute, wie Vater und Sohn. Dann werdet Ihr verstehen ...«

Wieder ließ Visser seinen Sohn nicht ausreden, sondern machte eine schroffe Geste. »Wenigstens eine brauchbare Idee. Bei diesem Rückschlag ist eine Stärkung dringend nötig. Doktor Bontekoe, also Cornelis Dekker, du kennst ihn ja, hat mir geraten, den Leib beständig zu befeuchten, sonst ist es mit der Gesundheit aus«, sagte er wie zu sich selbst. Visser ließ sich auf den Klappstuhl fallen, der unter seinem beträchtlichen Gewicht ächzte, und befahl seinem Diener, Dries zu bewirten. Ali ließ den Tee in eine weitere blauweiße Porzellanschale perlen. Aus einem Korb holte der Diener Teekuchen, Früchte und Mandeln, die er auf einem Silbertablett drapierte. Marikes Schwiegervater wusste zu leben. Nur sie hielt er kurz. Geizig war er. Auch jetzt machte Mijnheer van Visser keine Anstalten, auch Joris und ihr etwas anzubieten. Doch Dries hieß einen Matrosen, auch für sie Schälchen zu holen, und reichte ihnen zum sichtlichen Verdruss ihres Schwiegervaters das Silbertablett. Marike nahm ein kleines Stück Kandis in den Mund und sog vorsichtig die heiße Flüssigkeit ein. Sofort mischte sich Süße mit dem herben Teegeschmack. »Tee ist für ein langes Leben unabdingbar. Einhundert Tassen pro Tag hat Doktor Bontekoe mir empfohlen«, sagte Mijnheer van Visser beim nächsten Schluck.

»Einhundert Tassen?! Das ist lächerlich!«, rief Dries aus. »Du glaubst doch nicht etwa, was dieser Arzt in seinem ›Teetraktat‹ geschrieben hat?! Die Herren haben Bontekoe bezahlt, damit er ein Loblied auf den Tee singt, schließlich ist dieser eine der wichtigsten Handelswaren der von ihnen geführten VOC!«

Visser fuhr auf. »Das macht es nicht weniger wahr! Tee ist das Handelsgut, von dem du ebenfalls deinen Lebensunterhalt fristest, also halte dich mit dem Spott zurück. Sonst muss ich mich nach einem anderen Kapitän umsehen – Familie hin oder her.«

Dries presste die Lippen aufeinander, seine Kiefer mahlten. Beherrscht begann er mit seinem Bericht. Sein Vater trank dabei Tee, als sei er süchtig danach. Tee, Kaffee und Trinkschokolade – das sind die wichtigsten Heilmittel unserer Zeit, Luxusartikel, die wir einfachen Leute uns kaum leisten könnten, für die unsere Männer aber ihr Leben lassen, dachte Marike bitter. Bis zu einhundertfünfzig niederländische Gulden kostete ein Pfund Tee, und das, wo ein Geselle nur einen einzigen Gulden pro Tag verdiente. »Die von Euch genehmigte Verpflegung war weitaus zu knapp bemessen. Meine Mannschaft darbte auf unserer Reise, nicht wenige plagte der Scharbock, und die Zähne fielen ihnen aus. Stürme brachten uns vom Weg ab, zerrissen unsere Segel und spülten das wenige Schlachtvieh über Bord. Nur mit äußerster Anstrengung konnten wir verhindern, auf ein Riff geworfen zu werden. Wenn ich nicht am Kap haltgemacht und einige Waren verkauft hätte, um die *Zeedijk* reparieren zu lassen und die Männer zu versorgen ...«

»Nicht irgendwelche Waren, sondern kostbarsten Tee aus China hast du verscherbelt! Du hättest die Männer antreiben müssen. Die Peitsche muss sprechen und nicht dein verweichlichtes Herz. Dann wäret ihr schneller und mit kompletter Ladung in Amsterdam angekommen.«

»So kann auch nur ein Buchhalter reden! Wir hätten noch mehr Verluste zu beklagen gehabt. Joris kann bezeugen ...«

»Interessiert mich nicht. Dein Sohn ist ein Versager, wie du. Der Schiffsarzt und er hätten die Männer wieder zusammenflicken müssen.« Joris zuckte neben ihr zusammen. Dries machte einen impulsiven Schritt auf seinen Vater zu. Den Griff seines Rapiers hielt er umfasst, als würde er die Waffe gleich ziehen. Auch Marike wäre am liebsten protestierend aufgesprungen.

»Gebt mir das Geld, um die Männer auszubezahlen, meine Heuer und meinen Anteil, dann gehen wir Euch aus den Augen, Vater«, sagte Dries mit gepresster Stimme.

Die Porzellanschale klirrte beim Abstellen so heftig, dass Marike fürchtete, sie bräche entzwei. »Nein. Ihr habt mich schon genug gekostet.«

Dries schoss auf seinen Vater zu. Auch einige Matrosen waren näher gekommen, die Gesichter von Fassungslosigkeit gezeichnet. Andere murrten. Marike sah aus dem Augenwinkel, dass sich ein Schiffsjunge an einer Holztruhe zu schaffen machte. Säbel kamen zum Vorschein. Drohte ein Blutvergießen?

»Das könnt Ihr nicht machen! Die Matrosen werden rebellieren! Sie werden Sturm laufen gegen Euch und die Pfeffersäcke der Stadt!« Dries war nun ebenso hochrot wie sein Vater. Marike sah die Ader an seiner Schläfe pulsieren und sorgte sich schrecklich um ihn.

Visser verschränkte die Arme vor der Brust. Schneeweiß blitzten die Spitzen seines Seidenhemds aus den Ärmeln seines Justaucorps hervor. Die edelsteinbesetzten Ringe an seinen Wurstfingern funkelten. Mit calvinistischer Bescheidenheit nahm er es nicht so genau. »Und wie ich das kann! Du hast es dir selbst zuzuschreiben, dass ihr bei dieser Reise leer ausgehen werdet.«

Zornbebend packte Dries seinen Vater, riss ihn hoch. Marike wollte dazwischengehen. Nur das nicht! Dries durfte es sich nicht mit seinem Vater verscherzen. Sie brauchten das Geld, um die Familie über den Winter zu bringen. In diesem Augenblick brach ihr Mann zusammen. Dries wandte sich zuckend auf dem Boden, seine Augen rollten, Blut quoll aus seinem Mund. Marike konnte es kaum fassen. War das ein Albtraum? Sie stürzte zu ihm. Rufe hallten über das Deck. Joris kniete sich neben sie, der Schiffschirurg lockerte Dries' Hemdkragen, flößte ihm eine Flüssigkeit aus einer Phiole ein. Nichts, was sie taten, linderte sein Leiden. Mit einem Mal rührte Dries sich nicht mehr. Ihr Sohn tastete an Dries' Hals, dann an dessen Handgelenk, beugte sich über ihn und lauschte dem Atem. Joris sah Marike in die Augen. Aus tränenverschleiertem Blick erkannte sie, dass er den Kopf schüttelte. Marikes Welt stürzte in sich zusammen. Sie stieß einen kehligen Laut aus. Ihr geliebter Dries war tot! Was sollte aus ihr und ihren Kindern werden? Um sie drehte sich alles. Sie bebte am ganzen Leib, dann hüllte Schwärze sie ein.

Etwas Heißes auf ihren Lippen, stark und süß. Wie lange war sie ohnmächtig gewesen? Sofort war die Erinnerung da. Marike wollte die Augen nicht öffnen. Wollte nicht erwachen. Wollte kein Leben ohne Dries. Jemand hob sie hoch. Sie setzte sich auf, ließ Kopf und Schultern hängen. Erneut eine Teeschale an ihren Lippen. Sie kniff sie zusammen. Tränen tropften auf ihr Kleid. Ein lauter Wortwechsel.

»... was bildest du dir ein! Nun, wo dein Vater tot ist, bist auch du deine Stelle los!«

»Aber ich ...«

»Wenn du frech wirst, dann werde ich dafür sorgen, dass dich kein anderer Amsterdamer Kapitän je anheuert!«

Die Worte ihres Schwiegervaters trafen Marike ins Herz. Sie musste sich zusammenreißen. Musste kämpfen. Für ihre Kinder eintreten. Denjenigen zur Rechenschaft ziehen, der an Dries' Tod schuld war. Penetrant wollte Ali sie wieder zum Trinken bringen. Wieso war Dries so plötzlich gestorben? War der Tee vielleicht vergiftet gewesen? Grob schob sie die Hand des Dieners mit der Teeschale weg.

Marike rieb entschlossen über ihr Gesicht, richtete sich auf. Neben ihr lag ein Körper unter einem Laken. Dries. Der geliebte Mensch, ein Leichnam nur noch. Eilig wandte sie den Blick ab. Ihr Schwiegervater auf seinem Prunkstuhl, das Teeschälchen in den Pranken. Er wirkte erschüttert und zugleich selbstgerecht. Mied es, sie anzusehen. Joris und der Schiffschirurg musterten sie bestürzt. Dahinter umringte das Schiffsvolk sie. »Geht es dir besser? Ich fürchtete schon, du würdest auch ...« Die Stimme ihres Sohnes brach, seine Lider waren geschwollen, als habe er geweint. Marike stemmte sich hoch, strich ihren Rock fahrig glatt. Vor ihrem Schwiegervater würde sie sich keine Blöße geben. Zusammenbrechen konnte sie später.

»Ihr habt ihn umgebracht. Ihr habt Dries ermordet«, sagte Marike laut. Die Matrosen kamen näher, drohend, wie ihr schien. Niemand verlud jetzt noch Waren. Stattdessen meinte sie, scharfe Klingen hinter den Rücken der Männer aufblitzen zu sehen.

Mijnheer van Visser räusperte sich nervös. »Beruhige dich, Marike. Glaubst du, der Tod meines Sohnes schmerzt mich nicht? Lass uns reden. Wir werden uns in die Kapitänskajüte zurückziehen.« Der Kaufmann eilte voraus, als flüchtete er, ließ sich jedoch das Teegedeck nachbringen. Die Tür ließ er offen stehen. Visser wollte sich selbst nachschenken, aber nur noch ein Tropfen kleckste aus der Kanne. Als habe er es geahnt, kam Ali hinterher. In die große Teekanne mit doppelter Öffnung ließ er Teeblätter rieseln, dann füllte er aus einem Kessel dampfendes Wasser ein. Ein köstlicher Duft verbreitete sich in dem Salon, der jedoch Marikes Trauer und Zorn nicht mildern konnte. Visser ging es nicht schnell genug, er verpasste Ali einen Tritt.

Den Gedanken an den Giftanschlag verwarf sie; ihr Schwiegervater hatte ganze Sturzbäche dieses Tees getrunken. »Dries ist gestorben aus Auszehrung, aus Wut und Erbitterung. Ihr habt ihn und seine Mannschaft ausgebeutet, um im Reichtum zu schwelgen. Ihr seid …«

»Ein trauernder Vater.« Visser kippte den frischen Tee, der brühheiß sein musste, hinunter, verzog aber keine Miene. »Du solltest auch etwas Tee trinken. Tee beruhigt.«

Doch Marike wollte sich nicht beruhigen. »Ihr werdet die Mannschaft wie vereinbart ausbezahlen. Joris wird seinen Lohn bekommen. Mir werdet Ihr Dries' Heuer auszahlen und eine Gratifikation dazu.«

»Das werde ich keinesfalls tun. Durch Dries' unerlaubten Verkauf der Ware am Kap …«

Dieses Mal fiel sie ihm ins Wort. »Doch, Ihr werdet.« Ihre Stimme ließ keinen Widerspruch zu.

»Du willst mir drohen? Ich hätte nie zulassen dürfen, dass Dries dich heiratet! Wir sind eine angesehene Regentenfamilie – und du bist nur Abschaum, wie sich in deinem Benehmen mal wieder zeigt.«

Marike wurde schlecht. Sie riss sich zusammen. »Matrosen – habt ihr gehört, was er sagt?«, rief sie. Es tat gut, ihrer Wut freien Lauf zu lassen.

Die Männer näherten sich der Kajütentür, Säbel, Messer und Knüppel in den Händen. Joris führte sie an. »Mörder!«, zischte einer.

Beschwichtigend hob Mijnheer van Visser die Hände. Er schwitzte heftig. »Ali, komm her!« Der Diener war jedoch verschwunden; er musste die Kajüte verlassen haben, nachdem sein Herr ihn getreten hatte. Visser ließ die Schultern hängen. »Schon gut! Lass uns verhandeln.« Er schenkte Tee nach, reichte ihr eine Schale, die in seinen Händen bebte, stürzte das Getränk hinunter. War es normal, so viel zu trinken, ohne austreten zu müssen? Sein Bauch war schon ganz aufgebläht.

»Joris, hol Papier, Tinte und Feder. Schaff außerdem die Geldkassette heran. Jeder bekommt sein Geld. Alles soll schriftlich festgehalten werden. Auch, dass ihr alle beim nächsten Mal auf diesem Schiff wieder anheuern dürft, wenn ihr es wollt. Und dass die Summe für die Verpflegung bei der nächsten Reise aufgestockt wird.«

»Das geht nicht! Diese Vereinbarung würde mich in den Ruin …«, begann ihr Schwiegervater. Doch Joris hatte die Sachen schon herangeschafft. Immer mehr Matrosen strömten nun in die Kajüte. Ihre ausgemergelten Gestalten schienen zu glühen. Mijnheer van Visser sprang auf, taumelte angstvoll zurück. »Das ist Meuterei!«

»Trinkt noch einen Tee. Das öffnet die Gefäße und entspannt die Nerven«, sagte Marike kühl. Sie durfte sich nicht anmerken lassen, dass sie sich fürchtete. Kaufleute wie ihr Schwiegervater waren Raubtiere, die die kleinste Schwäche spürten. Es wäre ein Leichtes für ihn, sie und ihre Familie zu vernichten. Nachdem Visser getrunken hatte, reichte sie ihm das Schreibzeug. Unruhig trat er von einem Fuß auf den anderen. Mit dem Finger weitete er den Spitzenkragen. Noch eine Schale Tee, von der sich die Hälfte jedoch wegen seines Zitterns über Kinn und Brust ergoss. Kläglich sah er aus. Marike hatte beinahe Mitleid mit ihm. Doch sie musste stark sein. Dries zu ehren, ihren Kindern zuliebe. Auch wenn der Gedanke an seinen Tod sie innerlich verzweifeln ließ.

In diesem Moment schüttelte ihr Schwiegervater den Kopf, das Gesicht zu einer hasserfüllten Grimasse verzogen. »Gar nichts werde ich! Ihr alle werdet wegen Meuterei gerichtet werden! Auch Joris und du, du …«, schrie er unvermittelt. Visser stieß zwei Matrosen beiseite und stürmte aus der Kajüte, ehe ihn jemand aufhalten konnte. Schiffsleute wollten ihn packen. Zu spät. Der Kaufmann hatte die Reling erreicht und brüllte wie am Spieß: »Meuterei! Hilfe!« Auf den umgebenden Schiffen wandten sich ihnen die ersten Gesichter zu. Niemand würde ihnen glauben, wenn der angesehene Mijnheer van Visser gegen sie aussagte. »So helft mir doch! Meuter...« Auf einmal erstarrte Visser, fiel wie von der Axt getroffen langhin. Marike war an Joris' Seite, als dieser den Herzschlag kontrollierte. Sie musste das Ergebnis nicht abwarten. Die Augen ihres Schwiegervaters waren gebrochen, ein bräunliches Rinnsal kleckerte aus seinem Mund. Noch ein Toter. Das hatte sie nicht gewollt. Das Erbe würde vermutlich Vissers Bruder einstreichen. Was sollte nun aus ihr und ihren Kindern werden? Marike heulte vor Enttäuschung und Trauer auf.

Plötzlich übertönte eine Stimme ihr Weinen: »So ist das, wenn man den Hals nicht voll bekommt.« Der Klang ließ sie herumfahren. Zunächst Unglauben. Dann durchfuhr eine Welle heißer Freude sie. Dries stand hinter ihnen, das Leichentuch umflatterte wie ein Umhang seine Schultern. Sie fiel ihrem Mann in die Arme, weinte vor Erleichterung. Das war ein Wunder! Dries küsste zärtlich ihre Stirn. »Ich wusste, dass ich mich auf dich verlassen kann. Und jetzt brühe mir bitte einen Kaffee, Ali. Die Mannschaft muss endlich ausbezahlt werden, und wir müssen dieses Schreckensschiff verlassen«, sagte er. Der Diener verneigte sich vor seinem neuen Herrn und machte sich mithilfe des Schiffskochs sofort ans Werk. »Die *Zeedijk* kommt in die Werft und wird runderneuert. Ab jetzt brechen bessere Zeiten an. Bessere Zeiten für uns«, setzte Dries kämpferisch hinzu.

Marike sah sich um. Joris und die Seeleute schienen wenig überrascht darüber, dass ihr Mann von den Toten auferstanden war. Kurz durchzuckte sie der Gedanke, ob diese Wendung von langer Hand geplant oder ob tatsächlich Gift im Spiel gewesen war. Hatte man sie absichtlich in Trauer und Aufruhr versetzt, um die Lage auf die Spitze zu treiben? Oder war die letzte Tasse Tee einfach zu viel gewesen?

MOKKATORTE

Cornelius Hartz

»Du meine Güte! Was wollen Sie?«

»Mund halten!« Der Mann fuchtelte mit der Pistole, was Emma Ahrens als Signal deutete, sich an den Küchentisch zu setzen.

Sie schien richtig gedeutet zu haben.

»Sonst noch wer hier?«

In ganzen Sätzen reden konnte der Mann offenbar nicht. Auch zehn Jahre nach dem Ausscheiden aus dem Schuldienst stieß es Emma Ahrens noch übel auf, wenn sich jemand nicht die Mühe machte, ordentlich mit der deutschen Sprache umzugehen. Subjekt, Prädikat, Objekt.

»Mein Mann ist beim Kegeln.«

»Wann kommt er wieder?«

Emma Ahrens zuckte die Schultern. »Gute Frage. Ich schätze mal, nicht vor Mitternacht.«

»Der kegelt bis Mitternacht?«

»Die trinken dann immer noch einen.« Oder zwei, drei, vier, fügte sie in Gedanken hinzu.

»Gut.«

Eine Antwort auf ihre Eingangsfrage hatte Emma Ahrens immer noch nicht erhalten. Sie zögerte, sie noch einmal zu stellen, bis der Mann die Pistole vor sich auf den Küchentisch legte.

»Was wollen Sie denn von mir?«

»Von dir? Gar nix, Oma.«

So etwas Rüdes, sie als »Oma« zu betiteln. Was für ein Flegel!

»Erst mal 'nen Moment ausruhen.«

Im selben Augenblick sah sie draußen das Blaulicht. Es wurde heller, der rhythmische Schein spiegelte sich auf den Wandfliesen, und dann verschwand es wieder.

Der Mann war sichtlich erleichtert. Emma Ahrens musterte ihn. Um die dreißig, schätzte sie. Ein mächtiger Bauch, ein dickliches Gesicht. Schmale Nase, fleischige Wangen. Die Ohren ein wenig abstehend. Sie versuchte sich seine Züge einzuprägen, war in Gedanken bereits auf der Polizeidienststelle, wo sie ein Phantombild anfertigte.

»Sind Sie auf der Flucht?«

Der Mann sah sie einen Moment lang entgeistert an, dann seufzte er und nickte leicht.

»Vor der Polizei?«

»Vor der Heilsarmee bestimmt nicht.« Er gluckste.

»Was haben Sie denn ausgefressen?«

»Geht Sie nix an.«

»Ich mache uns erst mal einen Tee, was, junger Mann?«

Regelrecht verwirrt sah der Kerl sie nun an. So ganz helle schien er wirklich nicht zu sein. Ob er sie überhaupt verstanden hatte?

»Einen Tee-ee«, wiederholte Emma Ahrens. »Möchten Sie auch einen?«

Der Mann schüttelte den Kopf. »Ja. Nee.«

»Was denn nun? Ja oder nee?«

»Hinsetzen!«

»Entschuldigen Sie, aber wie soll ich Ihnen denn einen Tee machen, wenn ich sitze? So lange Arme habe ich nun auch wieder nicht.«

Der Mann lachte. Ein hohes, meckerndes Lachen.

Was war denn auf einmal so witzig? Ihre Arme reichten von hier aus wirklich nicht bis an die Arbeitsplatte, auf der der Wasserkocher stand.

Dennoch blieb Emma Ahrens sitzen, immerhin war der Mann bewaffnet, und bei einem, der nicht ganz helle war, musste man mit allem rechnen, das kannte sie zur Genüge.

Sie sah auf die Küchenuhr. Viertel vor acht. Wo der wohl jetzt um diese Zeit herkam, und was wohl in der Tasche war? Die große Sporttasche stand neben dem Küchentisch, und nach den Bewegungen des Mannes zu urteilen, als er in ihr Haus eingedrungen war, sie mit vorgehaltener Waffe in die Küche bugsiert, sich auf dem Küchenstuhl niedergelassen und die Tasche abgestellt hatte, war sie nicht ganz leicht. Auch wenn der Mann nicht gerade wie eine Sportskanone wirkte, Kraft hatte er sicherlich, davon war auszugehen.

Ob Geld in der Tasche war? Es war nicht mehr als eine Vermutung, aber doch eine recht schlüssige, wie Emma Ahrens fand. Geldscheine wiegen mehr, als man meint, das hatte sie neulich erst gelesen, eine Hunderteuronote wog eins Komma null zwei Gramm, komisch, für so etwas hatte sie ein Gedächtnis. Dinge, die niemand wissen muss. Zum Glück hatte sie für andere Dinge ebenfalls ein Gedächtnis, sonst wäre sie ja auch nicht die Koryphäe gewesen, die sie gewesen war, die fähigste und gebildetste Deutsch- und Mathematiklehrerein im ganzen Kreis Plön, das hatte ihr Schulleiter gesagt, bei der Feierstunde anlässlich ihres dreißigjährigen Dienstjubiläums, und sie war ganz rot geworden, als alle geklatscht hatten.

Sie rechnete schnell nach. Ein Hunderterbündel brachte es demnach auf hundertzwei Gramm. Wie viele davon würden in die Tasche wohl hineinpassen? Wenn sie die zylindrische Form so betrachtete, Volumen gleich Pi mal Radius hoch zwei mal Höhe, wie lang mochte die Tasche sein, vierzig Zentimeter? Hundertzwanzig Hunderterbündel schätzte sie, das wären eins Komma zwei Million in Hunderteuronoten, und die kämen auf zwölf Komma drei Kilo, so viel wie eine Kiste Sprudel. So eine Tasche ließ man nicht gerade am kleinen Finger baumeln.

»Ist Geld in der Tasche?«

Der Mann sah sie mit großen Augen an. Ob er ihre Frage schon wieder nicht verstanden hatte? Vielleicht war er Ausländer? Aber seinen wenigen bisherigen Worten war zwar kein allzu großer Scharfsinn zu entnehmen, aber eben auch kein Akzent. Dem äußeren Anschein nach könnte er vielleicht Däne sein, aber auch das hätte sie sofort gehört, dafür hatte sie ein untrügliches Ohr. Sie beschloss, darauf zu achten, wenn er das nächste Mal etwas sagte.

Sie wurde aus dem Gesicht des Mannes nicht so richtig schlau, dabei hatte sie gelernt, Gesichter zu lesen, es war sozusagen Teil ihres Berufes, aber vor allem natürlich Gesichter von Kindern und Jugendlichen, nicht von dreißigjährigen Verbrechern, und dickliche Gesichter waren ohnehin schwieriger. Ja, ja, die Dicken. Wer sich so gehen ließ, machte es eben allen schwer, den Eltern, den Lehrern, den in der eigenen Küche als Geiseln Festgehaltenen.

Irgendetwas musste hinter der glänzenden Stirn des Dicken geschehen sein, denn auf einmal sagte er: »Ach, ist ja nun auch egal.«

Definitiv kein Däne, beschloss sie. Was nun seinem Bekunden nach »egal« war, war ihr allerdings nicht ganz klar. Wahrscheinlich war ihm egal, ob sie erfuhr, was er da trieb, da er nicht davon ausging, dass sie, eine alte Frau mit dicker Brille, der Polizei viel würde erzählen können.

»Stimmt, da ist Geld drin.«

»Das nicht Ihnen gehört.«

»Jetzt schon.« Wieder das meckernde Lachen. Wie ein übermütiger Ziegenbock.

»Entschuldigen Sie, aber das ist nicht korrekt. Wenn Sie das Geld widerrechtlich entwendet haben, gehört es ja nicht auf einmal Ihnen. Da könnte ja jeder kommen.«

»Nee, nee, da kann eben nicht jeder kommen. Wir hatten einen Plan, der war bis ins Letzte ausgetüftelt.«

»Soso, einen Plan. Und dass Sie jetzt hier in meiner Küche sitzen, war das auch Teil des Plans?«

Der Mann verzog das Gesicht wie ein Zwölfjähriger, dem man auf den Kopf zusagte, dass er während der Klassenarbeit gespickt hatte.

»Sie sagten: wir. Wo sind denn die anderen?«

Er zuckte die Achseln. »Die haben sich aus dem Staub gemacht.«

»Aber die Beute haben Sie mitgenommen?«

»Jo.« Er grinste. »Wissen Sie was, machen Sie mir doch mal 'nen Tee. Was Warmes ist vielleicht gar nicht schlecht.«

»Was möchten Sie? Schwarzen Tee? Grünen hätte ich auch da. Auch Pfefferminz- und Kräutertee. Wobei Letztere beiden streng genommen gar keine Tees sind, die …«

»Scheißegal«, unterbrach sie der Mann.

»Apropos kein echter Tee: Rooibos vielleicht?«

»Was?«

»Rooibos-Tee mit Vanillearoma.« Auf den hatte sie jetzt Lust, und warum sollte sie mehr unter dem ungehobelten Eindringling leiden als nötig?

»Ja, klingt gut.«

Emma Ahrens stand auf und ging zur Arbeitsplatte. Sie nahm den Wasserkocher, füllte ihn, und während sie die Teekanne aus dem Schrank holte, sah sie aus dem Augenwinkel, wie der Mann die Pistole vor sich auf den Tisch legte und ein Päckchen Zigaretten und ein Feuerzeug aus der Jackentasche kramte.

»Sie wollen hier doch wohl nicht rauchen?«, fragte sie entgeistert.

»Doch, das will ich. Geben Sie mir mal 'nen Aschenbecher.« Er zündete sich eine Zigarette an, nahm einen tiefen Zug und blies den Rauch in den Schirm der Küchenlampe, die über dem Tisch hing.

»Hier gibt es keinen Aschenbecher.« Sie musste sich sehr zusammenreißen, nicht laut zu werden. »Dies ist ein Nichtraucherhaushalt.«

Der Mann lachte kurz und hell auf. »Glauben Sie, das interessiert mich? Na gut, dann muss ich eben auf den Boden aschen.«

»Moment, Moment.« Sie holte eine ihrer weniger schönen Tassen aus dem Küchenschrank, füllte sie einen Fingerbreit mit Wasser und stellte sie vor den Mann auf den Tisch. »Bitte sehr.«

Der Mann nickte und klopfte die Asche seiner Zigarette auf dem Rand der Tasse ab.

Inzwischen hatte das Wasser gekocht. Sie gab drei Löffel losen Tee in den Teefilter, hängte diesen in die Teekanne und schüttete das heiße Wasser darüber. Dann holte sie zwei weitere Tassen und Untertassen aus dem Schrank, stellte alles auf den Tisch, dazu das Milchkännchen aus dem Kühlschrank und zwei Teelöffel aus der Schublade. Dann nahm sie wieder Platz.

Was, wenn es ihr gelang, nach der Pistole zu greifen? Würde sie überhaupt damit umgehen können? Man musste einen Hebel lösen, um sie zu entsichern, so viel wusste sie. Würde ihr das sofort gelingen? Hätte der dicke Mann genug Angst vor der Waffe, um sie ihr nicht sofort wieder zu entringen?

Vielleicht sollte sie sie sich schnappen und dann flugs ins Schlafzimmer laufen und hinter sich abschließen. Dann hätte sie genug Zeit, sich mit dem Mechanismus vertraut zu machen. Wie der Dicke da am Küchentisch saß, sah er nicht so aus, als wäre er besonders schnell oder behände. Das musste sie ausnutzen.

Wenn er nach seiner Teetasse griff – das wäre der Moment. In der einen Hand hielt er die Zigarette, da musste er ja zwangsläufig mit der anderen die Tasse ergreifen, und dann hätte er keine mehr für die Waffe frei. Vielleicht sollte sie ihm vorher noch den heißen Tee ins Gesicht schütten? Aber das brachte sie bestimmt nicht fertig. Einem anderen Menschen wehtun. Schmerzen ertragen, das hatte sie gelernt in fünfzig Ehejahren, mehr als genug, aber so direkt jemandem Schmerzen zufügen, das konnte sie nicht. Und überhaupt – der Mann wäre sofort auf hundertachtzig, wenn ihr Plan dann nicht gelang, würde er sie im Affekt erschießen, das war so sicher wie die Tatsache, dass die Abiturienten immer dümmer wurden und die Butter immer teurer.

Sie schaute auf die Küchenuhr. Die vier Minuten, die der Tee ziehen musste, waren gleich um. Gleich kam der große Moment. Dummerweise drückte der Mann seine Zigarette aus. Aber er holte sofort eine neue aus der Schachtel, die er nun auf dem Küchentisch liegen ließ, und zündete sie sich an. Das kam wirklich wie gerufen. Sie spielte in Gedanken durch, was gleich geschehen würde. Er würde mit der rechten Hand die volle Teetasse ergreifen, und sobald er sie an die Lippen setzte, würde sie sich die Pistole schnappen. Sie lag fast mittig auf dem Küchentisch, ein wenig näher an seinem Platz als an ihrem, aber sie musste trotzdem nur die Hand ausstrecken.

Und dann ins Schlafzimmer, dort stand der zweite Telefonapparat, sie würde die Polizei rufen, und wenn der Mann das mitbekam, würde er sofort verschwinden. Wie lange würde sie bis ins Schlafzimmer brauchen? Sicher keine fünf Sekunden. Steckte der Schlüssel von innen? Natürlich steckte er, wo sollte er denn sonst sein. Fünf Sekunden, eine weitere fürs Abschließen. Bis dahin hätte der Dicke sich sicher gerade einmal von seinem Stuhl gelöst. Steckte der Schlüssel wirklich? Vielleicht reichte es notfalls auch, wenn sie die Tür hinter sich schloss und den Fuß davorstellte. Wenn der Dicke sich mit seinem Wanst in vollem Lauf dagegenwarf, allerdings nicht. Aber da hatte sie das Ding bestimmt schon entsichert, und dann konnte sie einen Warnschuss abgeben und ihn dann in Schach halten. Einen Warnschuss, aber wohin? Ins Fenster? Auf keinen Fall, was das kostete! Und der Glaser käme ja auch frühestens morgen. In die Decke vielleicht? Oder auf den Boden? Aber was, wenn es einen Querschläger gab? Ruhig, ruhig, Emma, ermahnte sie sich, der Schlüssel wird stecken, und du wirst in aller Ruhe eins eins null anrufen. Wichtig war jetzt erst einmal nur eines: nach der Pistole greifen, wenn der Mann die Teetasse in die Hand nahm.

Der Tee hatte lange genug gezogen. Sie nahm den Filter aus der Kanne, legte ihn vorsichtig in die Spüle, setzte den Deckel auf die Kanne und drehte sich um.

»Warten Sie, ich mach Platz«, sagte der Mann, nahm die Pistole und steckte sie in die Innentasche seiner Jacke.

Verflixt.

Sie tranken schweigend Tee. Drei Stück Zucker hatte sich der Mann in seine Tasse getan. Kein Wunder, dass der so dick war. Korpulent, so hatte man früher dazu gesagt. Auch so ein Wort, das niemand mehr benutzte. Woher kam es wohl? Sicherlich von lateinisch *corpus, corporis*, der Körper. Und die Endung? Vielleicht übers Französische. Ein Lehnwort, wie Trottoir oder Gendarm. Wie der wohl vor der Polizei davongelaufen war? Die *Olsenbande* kam ihr in den Sinn, der Dicke mit der Schiebermütze, wie der vor einem Schutzmann davonrennt, der über seine eigenen Füße stolpert. Was für Gedanken, gerade jetzt.

Sie hielt die Stille nicht mehr aus. »Was haben Sie eigentlich überfallen, eine Bank?«

Der Mann schüttelte den Kopf. »Einen Geldtransporter.«

»Haben sie das schon öfter getan?«

»Nee, 'ne Bank schon mal. Also Sparkasse, hat aber nicht viel gebracht außer Ärger.«

»Dann haben Sie also schon im Gefängnis gesessen.«

Er nickte.

»Haben Sie keine Angst, da jetzt wieder zu landen?«

»Nö.«

»Obwohl Sie mir hier so viel erzählen? Sie sind ja nicht einmal maskiert. Haben Sie gar keine Angst, dass ich …« Sie sprach den Satz nicht zu Ende. Die Konsequenz ihres Gedankens wurde ihr jetzt erst klar, und sie ärgerte sich sofort maßlos darüber, dass sie das nicht vorher schon durchdacht hatte. Und gleich bei der ersten Gelegenheit zumindest versucht hatte, nach der Waffe zu greifen.

Der Mann grinste wieder, aber diesmal sah es nicht mehr so freundlich aus. »Sie glauben doch nicht im Ernst, dass ich Sie am Leben lasse?«

»Nun, ich war eigentlich davon ausgegangen, dass …«

»Schnauze!« Der Mann schlug mit der Faust auf die Tischplatte, dass die Teetassen schepperten.

Es war wohl ihr Schicksal, immer an Männer zu geraten, die ihren Jähzorn nicht unter Kontrolle hatten.

»Ich sag dir jetzt mal, wie das hier laufen wird, Oma.«

Jetzt duzte der sie auch noch. So ein Flegel. Schnitt ihr das Wort ab und duzte sie.

»Ich warte hier noch, bis dein Mann zurückkommt«, fuhr er fort. »Dann knall ich euch beide über den Haufen, nehm euer Auto und verdufte.«

»Unser Auto?«

»Ganz genau.«

»Natürlich.« Beinahe hätte sie ihm verraten, dass ihr Mann mit dem Bus zum Kegeln gefahren war. Dass sie gar kein Auto besaßen. Dass sie hoch verschuldet waren. Dass ihr Mann mit seiner kleinen Elektrikerfirma insolvent gegangen war und danach als Erstes ihren Audi verkauft hatte, um wenigstens ein paar seiner kleineren Gläubiger zufriedenzustellen. Dass sie mit ihrer Pension vor allem die Hypothek für das Haus abbezahlte und die nichtsnutzige Tochter unterstützte, die ihr Mann mit dieser widerlichen Rita gezeugt hatte, die vergangenes Jahr vor den Bus gelaufen war.

Aber das ging den Dicken natürlich alles gar nichts an, und so sehr es ihr auch widerstrebte, zu lügen, manchmal musste es eben sein. In diesem Fall, um den Eindringling in seinem Glauben zu belassen und nicht zu irgendeiner Kurzschlusshandlung zu veranlassen.

Sie musterte den Mann. War so einer in der Lage, zwei Menschen zu töten? Harmlos sah er zwar nicht direkt aus, aber weich, ja, das war das richtige Wort, weich, weichlich vielleicht sogar. Dennoch, ins Herz konnte man niemandem schauen. Das wusste niemand besser als sie. Manche Menschen waren zu allem Möglichen fähig, das man ihnen nie zugetraut hätte.

Der Kerl schenkte sich eine weitere Tasse Tee ein. Wieder drei Zuckerwürfel. Schlürfen tat er auch noch. Widerlich.

»Hast du was zu futtern da?«

Sie zögerte. »Nein, nicht wirklich. Ich muss morgen einkaufen fahren.«

»Ach, lüg mich doch nicht an.« Wieder schlug der Rüpel mit der Hand auf den Tisch. »Ich hab genau gesehen, dass da 'ne Torte im Kühlschrank ist.«

Ihr lief es kalt den Rücken hinunter.

Die Torte.

Sie rührte sich nicht, es gelang ihr nicht.

Der Mann langte in seine Jacke und zog die Pistole hervor. Er drückte mit dem Daumen einen kleinen seitlichen Hebel nach oben. Das war also der Sicherheitsmechanismus. Das hätte sie auch noch hinbekommen.

»Los, beweg deinen Hintern, Oma. Torte.«

Eine Frechheit, eine ab-so-lu-te Frechheit. Die entsicherte Waffe auf sie zu richten, das war wirklich das Allerletzte.

Sie stand auf und ging langsam zum Kühlschrank, holte das gute Stück heraus. Mokkatorte, die Lieblingstorte ihres Mannes. Heute Mittag hatte sie sie fertig bekommen, als ihr Mann Mittagsschlaf gemacht hatte. Sie war zu aufgeregt gewesen, um zu schlafen. Die Phiole hatte sie direkt draußen in die Mülltonne geworfen, sicher ist sicher.

Ihre Hände zitterten, als sie die Teekanne forträumte und stattdessen die Torte auf den Küchentisch stellte. Der Mann schien es nicht zu bemerken.

Sie sah förmlich, wie ihm das Wasser im Mund zusammenlief.

Emma Ahrens holte einen Kuchenteller aus dem Schrank, eine Kuchengabel, das große Messer und den Tortenheber aus der Schublade.

»Das Messer gib mal gleich her, nicht dass du auf dumme Gedanken kommst.« Der Mann fuchtelte mit der Waffe, und sie reichte ihm das Messer, mit dem Griff voran. »Setz dich wieder hin.«

Sie gehorchte und sah zu, wie er sich ein gewaltiges Stück abschnitt und mit dem Tortenheber auf den Teller hievte. Die Waffe hatte er wieder eingesteckt.

Schon hatte er die Gabel in der Hand.

Nein, es ging nicht, das konnte sie nicht zulassen. »Hören Sie, das ist nicht gut für Sie. Ich ...«

»Ach ja?«, unterbrach sie der Dicke. »Hör mal, Oma, ich hab dich nicht um deine Meinung gebeten. Reicht mir schon, wenn meine Frau mir immer die Kalorien vorzählt.«

»Aber ...«

»Schnauze, verdammt! Kein Wort mehr!«

Dann eben nicht. Wer nicht hören will, muss fühlen.

Dem Mann schien es zu schmecken, in Windeseile vertilgte er das gewaltige Stück.

Sie hatte alles versucht, da konnte ihr keiner was vorwerfen, und wenn sie ehrlich war, war sie auch ziemlich gespannt, ob alles so eintreten würde, wie sie es in den Büchern gelesen hatte. In den Büchern, die sie sich aus der Leihbücherei holen musste, weil sie kein Geld mehr hatte, sich welche zu kaufen. Weil ihr Mann das, was ihnen von ihrer Pension noch blieb, versoff und verhurte.

Die darin beschriebenen Symptome von S-2-Propylpiperidin waren recht vielfältig gewesen, aber das Wichtigste, die

Lähmung der Gliedmaßen, trat als Erstes ein, und das war auch ganz gut so, denn so hatte der dicke Mann keine Chance mehr, die Pistole zu ziehen, als er merkte, dass etwas nicht stimmte.

Er hatte nicht einmal ihre Backkünste gelobt, der Gierschlund.

***

Als ihr Mann um halb eins nach Hause kam, stank er wie immer nach Schnaps und billigem Parfüm. Er machte große Augen, als er die Küche betrat und dort ein sehr dicker und sehr toter Mann am Tisch saß.

Emma Ahrens erzählte mit knappen Worten, um wen es sich handelte.

»Wieso ist der denn tot?«

Sie zuckte die Schultern. »Was weiß ich? Herzinfarkt? Die Aufregung?«

»Dick genug isser ja. Wo bleibt denn die Polizei?«

»Die hab ich gar nicht angerufen.«

»Wieso das denn nicht? Du bist aber auch für alles zu dämlich.«

»Entschuldige, aber wenn die Polizei kommt, dann wird sie das hier doch sicher mitnehmen.« Sie wies auf die Sporttasche, die nach wie vor neben dem Küchentisch stand. »Die Frage ist, ob wir wollen, dass sie es mitnimmt.«

»Und was soll das sein?«

»Schau doch mal rein.«

Die folgenden zwanzig Minuten brachte ihr Mann damit zu, Geld zu zählen. »Knapp über eine Million!«, rief er, als er fertig war.

Emma Ahrens grinste. Sie hatte beinahe richtig geschätzt.

Als Nächstes ging ihr Mann mit Spaten und Schaufel in den Garten und verscharrte den Dicken.

Als der Morgen graute, war er fertig. Schweißüberströmt kam er zurück in die Küche. Seine Schuhe hinterließen dunkelbraune Spuren. Er hatte es offenbar nicht für nötig gehalten, sie auf der Fußmatte abzutreten, und wer würde das wieder wegmachen? Er sicher nicht.

Er nahm dort Platz, wo zuvor der Dicke gesessen hatte, und ihr fiel erst jetzt auf, wie sehr die beiden einander ähnelten. Dass er auf dem Stuhl eines Toten saß, schien ihn nicht weiter zu stören.

Sie hatte sich im Wohnzimmer aufs Sofa gelegt, aber an Schlaf war nicht zu denken gewesen. Als sie seinen Schlüssel in der Haustür gehört hatte, war sie wieder aufgestanden und in die Küche gegangen. Sie räumte den Geschirrspüler aus, Tassen, Teller, Messer und Tortenheber waren wieder sauber.

Sie setzte sich ihrem Mann gegenüber, der gerade dabei war, die letzten Geldbündel wieder in der Sporttasche zu verstauen.

»Was machen wir denn mit all dem Geld?«, fragte sie ihn.

»Ich hör immer ›wir‹.« Die Augen ihres Mannes funkelten. »Ich hab doch die ganze Arbeit gemacht. Du hast hier rumgesessen, wie immer. Aber damit ist jetzt Schluss. Morgen bin ich weg mit der Kohle. Dann kannst du hier versauern. Und jetzt mach mir was zu essen, ich hab ganz schön Kohldampf.«

»Ich hab aber nichts da, ich muss erst einkaufen.«

»Nicht mal 'n Wurstbrot?«

Emma Ahrens schüttelte den Kopf.

»Na toll.«

»Sonst iss halt ein Stück Torte.«

»Was denn für 'ne Torte?«

»Mokkatorte, die magst du doch immer so gern.« Und das Mokkaaroma, fügte sie in Gedanken hinzu, das hat so eine leicht bittere Note, die den Geschmack lebensbeendender Chemikalien glatt überdeckt. Beinahe hätte sie gelächelt.

»Gut, besser als nix.« Er langte ordentlich zu, das erste Stück war im null Komma nix verputzt. »Backen kannste wenigstens, auch wenn du sonst nicht zu allzu viel nütze bist.«

»Soll ich dir noch einen Tee machen?«

»Frag doch nicht so blöd. Was glaubst du denn?«

Emma Ahrens wandte sich um, nahm den Wasserkocher, füllte ihn, und während sie die Teefilter aus dem Schrank holte, sah sie aus dem Augenwinkel, wie ihrem Mann der Kopf auf die Brust sank. Eine weißliche Flüssigkeit rann ihm aus dem Mundwinkel, und sie ging in Gedanken zum hundertsten Male durch, was sie dem alten, kurzsichtigen Doktor Bohn erzählen würde, der nachher den Herzstillstand diagnostizieren und den Totenschein ausstellen würde. Eine Urne hatte sie auch schon ausgesucht.

Was sie mit dem vielen Geld anstellen sollte, das würde sie sich ein andermal überlegen.

ABDRIFT

Franziska Henze

Mit schweißnassen Fingern taste ich in der Brusttasche meines Jacketts nach der Visitenkarte, finde das kleine Stück Pappe und spüre mit Erleichterung, wie sich die eingeprägten Buchstaben unter meinen Fingerspitzen wölben. *Strubel Consulting.* Das bin ich. Bastian Strubel, Geschäftsführer. Ich sehe aus dem Kabinenfenster auf die Zuckerwattewolken herab. Die besten Vorboten. In Gedanken gehe ich noch mal alles durch, was ich über Larissas Eltern in Erfahrung bringen konnte. Ihre Mutter, Ellen Reimers ist Geschäftsfrau, Ende 50, sie hat Tee-Reimers zum größten Teehandel in ganz Deutschland gemacht. Über ihren Vater habe ich nichts gefunden. Keinen Bericht, kein Foto, nichts. Es ist, als gäbe es ihn nicht.

Ich bin nervös. Früher habe ich mir nie den Kopf zerbrochen, wenn ich die Eltern einer Freundin zum ersten Mal getroffen habe. Aber ich wurde auch noch nie zu einer Kreuzfahrt eingeladen, schon gar nicht von Leuten, die ich nicht kenne.

Mit lautem Knall sackt die Boeing plötzlich ab. Mein Magen rutscht augenblicklich in den Hals. Ohne Anschnallgurt wäre ich gegen die Decke geprallt. Fest werde ich in den Sitz gepresst, als der Pilot die Maschine wieder nach oben zieht. In meiner Brust wird es eng. Mühsam gelingt es mir, das Asthmaspray aus der Hosentasche zu fummeln, gierig sauge ich den erlösenden Sprühstoß ein. Sekunden später atme ich wieder normal, und die Maschine gleitet dahin, als wäre nichts gewesen.

Larissa lehnt den Kopf an meine Schulter. Sie riecht warm und weich und ein wenig nach Vanille. »Schau mal, man kann den Flughafen von Dubai schon sehen.«

Ich vermeide den Blick aus dem Fenster. Beim Fliegen sind Start und Landung die gefährlichsten Momente, vor allem so dicht am Meer. »Verrate mir doch, was für eine geheimnisvolle Kreuzfahrt wir antreten. Ist es einer dieser großen Pötte? Aida irgendwas?«

»Später.« Tiefe Grübchen bohren sich in ihre Wangen. »Vorher muss ich dich noch etwas fragen.« Sie wendet sich zu mir, während die Maschine in den Sinkflug geht. »Ich wollte das eigentlich später machen, auf der Reise. Aber ich will nicht, dass meine Mutter ... Es ist schöner, wenn nur wir beide ...«, sie seufzt, »Bastian Strubel, ich liebe dich. Willst du mich heiraten?«

***

Unser Taxi passiert ein Kreuzfahrtschiff, so riesig, da passt das niedersächsische Dorf, aus dem ich stamme, dreimal hinein. Wulstige rote Lippen sind auf die Schiffsspitze gepinselt, an der Seite steht »Aida Vida«. Also doch. Ich reibe mir innerlich die Hände. Zwei Wochen mit Larissa auf einem Luxusdampfer mit Pools, Restaurants, Kinos – mein persönlicher Sechser im Lotto. Und wenn ihre Eltern anstrengend werden, ist genug Platz, um ihnen aus dem Weg zu gehen. Das Taxi beschleunigt und braust an den Touristen vorbei, die anstehen, um an Bord zu gelangen.

»Aber ...« Ich sehe mich um, durch das Rückfenster werden die Menschen kleiner. Kurz darauf bremst unser Fahrer ab, hält an.

»Wir sind da. Sie warten schon.« Larissa hält dem Fahrer eine Banknote hin, schlüpft aus dem Auto.

Gleich werde ich die Eltern meiner Verlobten kennenlernen. Ich wische mir die schweißnassen Hände an den Hosenbeinen ab, atme tief durch, steige aus. Aber was ist das? Larissas Eltern stehen vor der Gangway zu einem gewaltigen Containerschiff, länger als ein ICE. Sollten wir nicht besser mit dem Taxi zurück zur Aida fahren? Die steht am anderen Pier, und ihr Vater sieht nicht sonderlich rüstig aus. Doch statt uns alle wieder einsteigen zu lassen, lädt der Fahrer das Gepäck aus und braust Sekunden später davon. Ich verstehe nicht.

»Schatz, komm her!« Larissa zieht mich zu einer elegant gekleideten Frau in weißer Hose und hellblauer Bluse, das Geld tropft ihr aus allen Poren. Neben ihr, in gebückter Haltung und weniger prätentiös, ein älterer Mann in zerknittertem dunklem Anzug. »Darf ich vorstellen, meine Eltern.« Larissa küsst die Mutter auf die Wange, umarmt den Vater, ohne ihn zu berühren.

»Bastian Strubel. Freut mich, Sie kennenzulernen.« Ich strecke die Hand zur Begrüßung aus, doch Ellen Reimers ergreift sie nicht. Stattdessen taxiert sie mich, als wären wir auf dem Markt. Dann wendet sie sich Larissa zu. »Das ist er also. Na ja. Der Letzte sah besser aus.«

Heiß schießt die Röte in meine Wangen. Meine Mutter wirkt auf manche Menschen einschüchternd, hatte Larissa mich vorbereitet, doch mit dieser offenen Abneigung habe ich nicht gerechnet. Ich erwarte, dass Larissa etwas sagt, doch die lacht nur, als habe ihre Mutter einen guten Witz gemacht.

Im selben Moment stiefelt mit schweren Schritten eine Frau mit kurzen Haaren, kantigem Kinn und sonnengegerbter Haut die Gangway herab. Weiße Bluse, schwarze Schulterklappen mit vier goldenen Streifen. »Dann sind ja alle da.« Sie umarmt Larissas Mutter, dann Larissa, klopft dem Vater auf die Schulter. »Hallo, Jens!« Zuletzt wendet sie sich mir zu. »Willkommen auf der Nava Regent. Mein Name ist Carola Harms, ich bin die Kapitänin.« Ihr Händedruck ist fest. Sie pfeift kurz auf zwei Fingern. Aus dem Nichts erscheinen zwei Männer in dunkelgrünen Overalls, auf ihren Köpfen weiße Sicherheitshelme, die Hände stecken in Arbeitshandschuhen. »Wir dürfen keine Zeit verlieren, unser Timeslot ist eng.« Die Männer tragen unsere Koffer an Bord. Die Kapitänin und Ellen Reimers folgen.

»Was soll das?«, flüstere ich so leise, dass ich mich selbst kaum höre.

»Eine Kreuzfahrt auf einem Containerschiff. Ist das nicht toll? Auf Touri-Dampfern, das kann doch jeder. Wir fahren mit Carola auf dem Frachter. Das machen wir jedes Jahr.«

»Wo sind denn die anderen Urlauber?«

»Es gibt keine. Nur wir und die Crew.« Sie drückt mir einen flüchtigen Kuss auf die Wange, eilt dann an Bord.

Unschlüssig bleibe ich an Land stehen. Soll ich wirklich …?

Ihr Vater beugt sich zu mir. »Wenn ich Ihnen einen Rat geben darf, junger Mann: Sollte Ihnen Ihr Leben lieb sein, machen Sie, dass sie wegkommen, solange sie noch können. Es sind schon viele auf See geblieben.«

Soll das ein Witz sein? Ich kann mir Angenehmeres vorstellen, als auf einem Frachtschiff zu reisen, aber lebensgefährlich?

Ich streiche mit dem Daumen über meinen Ringfinger, spüre den Ring, den Larissa mir vor wenigen Augenblicken angesteckt hat. Er ist mir zu groß.

»Jährlich sterben mehr als zwanzig Menschen bei Kreuzfahrten«, er steht jetzt so dicht neben mir, dass ich seinen schnapsgeschwängerten Atem auf der Wange spüre.

»Komm schon«, Larissa winkt aufgeregt vom Deck. »Das Schiff legt gleich ab.« Ich packe den kalten Handlauf und steige die Gangway hinauf. Als ich mich umsehe, steht ihr Vater noch immer am Pier.

**

An Bord rennt Larissa vorweg wie ein aufgeregtes Kind. »Ich zeige dir unsere Kammer!« Es geht geradeaus bis zur Kommandobrücke, dann treppauf. Die Schiffsmotoren dröhnen unter meinen Füßen. Zu spät, um es sich anders zu überlegen.

»Kabine heißt das auf Schiffen«, rufe ich ihr durch den Lärm nach. Der kurze Moment der Korrektur gibt mir das Gefühl, die Lage wieder im Griff zu haben. Dann eben keine Zerstreuung im Bordkino. Immerhin ist das Schiff genug, dass man sich aus dem Weg gehen kann.

»Auf Frachtschiffen nennt man das Kammer«, belehrt Larissa mich, stößt eine Tür zu ihrer Linken auf und knipst das Licht an. »Ist das nicht gemütlich?« Sie zieht mich aufs Bett, das von einem dunklen Holzregal umrahmt wird. Tatsächlich sieht es aus wie ein Hotelzimmer inklusive Schreibtisch und Einbauschrank. Vor dem Fenster hängen halbhohe dunkelblaue Vorhänge. Ich schiebe einen zur Seite, doch statt dass er den Blick aufs Meer freigibt, sehe ich den rostbraunen, gewellten Stahl eines Containers. Ich bin gefangen auf diesem

Schiff, mit dieser Familie, sogar in dieser Kammer. Der Gedanke breitet sich in meiner Brust aus, lässt kaum Platz zum Atmen. Vorsichtshalber taste ich nach dem Asthmaspray in meiner Hosentasche. Ich drücke den Daumenballen meiner rechten Hand, wie es mir der Therapeut im Krankenhaus bei meinem letzten Aufenthalt gezeigt hat. Schon besser. Ich darf nicht bei jedem kleinen Schreck zum Spray greifen. Es gibt kein Problem. Ja, wir sind auf dem offenen Meer, aber ich habe mein Handy. Ich kann jederzeit nachsehen, wo wir uns befinden, die Seemeilen mit dem Finger nachverfolgen. Zur eigenen Bestätigung hole ich mein Handy heraus, doch auf dem Display blinkt ein Wort, das meinen Puls erneut in die Höhe treibt: *Netzsuche.*

Larissa zuckt mit den Achseln, als ich es ihr zeige. »Das ist auf hoher See normal. Digital Detox. Wir haben erst wieder Funk, wenn wir im nächsten Hafen sind.«

»Warum hast du mir das nicht vorher gesagt?«, frage ich und weiß selbst nicht, ob ich nur das Handynetz oder diese ganze Reise meine.

»Wärst du dann mitgekommen?« Sie beugt sich vor, öffnet den obersten Knopf meines Hemdes. »Hier haben wir ganz viel Zeit für uns. Ich bin so glücklich, dass du Ja gesagt hast«, säuselt sie, während ihre Hand weiter nach unten gleitet.

***

»Weißt du, was in den Containern ist?«, frage ich, als wir erschöpft nebeneinanderliegen.

Larissa ruht in meinem Arm, ihre Haare sind zerzaust.

»In einigen unter Deck auf jeden Fall Tee. Darjeeling First Flush, die Grundessenz für Reimers´ Goldblatt«, äfft sie den

Tonfall ihrer Mutter nach. »Carola fährt immer die Tee-Route von Indien, über Dubai, durch den Suezkanal und dann hoch bis nach Deutschland. Aber keine Angst, wir fahren nicht die ganze Strecke mit.« Sie lacht. »Meine Eltern haben vor Jahren eine Reise zu den Tee-Plantagen gemacht und den Weg des Friesengolds bis nach Deutschland verfolgt, so sind sie darauf gekommen. Mich haben sie zur Oma abgeschoben.«

Ich überlege, wie ich den nächsten Satz beginnen soll. »Deine Eltern …«

»Meine Mutter meint das nicht so. Das ist ihre Art von Humor. Auch wenn ich sie manchmal umbringen könnte, ist sie doch …«

»Das meinte ich nicht. Dein Vater hat gesagt, ich solle nicht an Bord gehen, wenn ich an meinem Leben hänge.«

»Das hast du ihm geglaubt?« Larissa grinst. »Er wird langsam seltsam. Außerdem ist Jens mein Stiefvater. Mein richtiger Vater starb auf einer ihrer Seereisen, als ich fünf war. Ich erinnere mich kaum an ihn, auch wenn alle sagen, ich sei ein Papakind gewesen.« Sie windet sich aus meinem Arm, dreht die Haare zu einem Knoten im Nacken, steht nackt im Türrahmen. »Ich springe schnell unter die Dusche.«

»Dann schaue ich mir ein wenig das Schiff an.«

»Teestunde um vier in der Offiziersmesse.«

»Aye, aye!« Ich hebe die Hand zum Salut.

Als ich aus der Kammer trete, pralle ich mit einem Mann in weißem Hemd zusammen. »Ah, unser Gast.« Sein Gesicht mit den hängenden Wangen erinnert an das einer Bulldogge. »Jansen, ich bin der Erste Offizier. Ich mache einen Sicherheitsrundgang übers Schiff. Wenn Sie möchten, können Sie mich begleiten.« Ohne eine Antwort abzuwarten, sprintet er die Treppe zum Oberdeck hinauf, ich komme kaum hinterher. »Unser Schiff fasst knapp sechstausend Container, da finden blinde Passagiere leider oft Platz, um sich zu verstecken«, ruft er mir durch den Fahrtwind zu, während sein Blick suchend durch die Reihen wandert, »ich werde das Gefühl nicht los, dass wir wieder einen an Bord haben«, er nickt einem Mann in grünem Overall zu, der den Boden neben dem Aufgang zur Kommandobrücke mit einem Schleifgerät bearbeitet, »den letzten haben wir im Materiallager entdeckt. Wir sollten noch die Lager- und Vorratsräume absuchen.«

***

In der Offiziersmesse sitzen die Kapitänin, Larissa und ihre Mutter schon am Tisch, als Jansen und ich eintreten und die letzten beiden eingedeckten Plätze einnehmen. Keiner sagt etwas.

»Wo ist denn dein Stiefvater?«, raune ich Larissa zu.

»Der ist an Land geblieben.«

»Er hat Angst, wir würden uns seiner auf hoher See entledigen«, ergänzt ihre Mutter, während sie sich einschenkt. Alle lachen. Der Kandis knackt laut in ihrer Tasse. Sie stellt die Kanne vor mir ab.

»Danke«, lehne ich ab, »ich bevorzuge Kaffee.« Ich greife nach der schwarzen Thermoskanne, die in der Mitte des Tisches steht.

Larissas Mutter packt klauenartig mein Handgelenk. »Das ist unser Goldblatt«, giftet sie, »Sie müssen …«

»Mama, Carola«, unterbricht Larissa, »ich will euch etwas sagen.« Sie setzt sich aufrecht hin, wartet, bis sie die Aufmerksamkeit aller hat. Ihre Mutter lässt mich los, greift zur Teetasse.

»Wir werden heiraten!«, triumphierend deutet Larissa auf den goldenen Ring an meinem Finger, den sie mir vor wenigen Stunden angesteckt hat.

Blässe legt sich augenblicklich über Ellens Gesicht wie ein Brautschleier. Die Tasse gleitet ihr aus der Hand, und eine gelbgoldene Flüssigkeit ergießt sich über den Tisch, bildet einen See, der langsam in der weißen Tischdecke versickert. Sekunden später hat sie sich wieder gefangen. »Wie lange kennt ihr euch doch gleich?«, ihr scharfer Ton schneidet die Luft.

»Seit drei Monaten und sechs Tagen. Und ich werde Bastians Namen annehmen«, Larissa reckt angriffslustig das Kinn vor. Am liebsten würde ich aufspringen. Herausschreien, dass das Ganze Larissas Idee gewesen sei, ich selbst mit der Verlobung noch warten wollte, zumindest, bis ich einige Dinge in Ordnung gebracht hatte. Stattdessen ducke ich mich unter dem prüfenden Blick meiner künftigen Schwiegermutter.

»Herzlichen Glückwunsch«, sagt diese schmallippig. »Larissa sagte, sie hätten ebenfalls eine erfolgreiche Firma mit mehreren Mitarbeitern?«

»Ja. Strubel Consulting. Wir beraten Unternehmen beim Börsengang.« Mit brüchiger Stimme presse ich die Lüge hervor. Warum nur konnte Larissa nicht den Mund halten.

»Strubel Consulting? Nie gehört … Und Sie konnten sich einfach so für zwei Wochen freimachen?«

Ich nicke, stehe dann auf. »Entschuldigen Sie mich bitte, ich muss ein wenig an die Luft.«

Meine Schuhsohlen knatschen auf den Stufen, die zum Oberdeck führen. Eisiger Fahrtwind schlägt mir ins Gesicht, als ich an der Bug-Reling stehe. In wenigen Minuten wird die Sonne ins aufgewühlte Wasser gleiten, dessen Gischt einen feinen Nebel auf meine Haut spuckt. Mit zusammengekniffenen

Augen versuche ich, am Horizont Land auszumachen, doch da ist nur die Weite des Meeres. Ich bin ihren Fragen ausgewichen, im wahrsten Sinne des Wortes. Aber wie oft geht das auf diesem Schiff, auf dem wir zusammengepfercht in den Räumen hockten wie Schweine auf dem Weg zur Schlachtbank? In den ersten Wochen unserer Beziehung hatte ich Spaß daran, Larissa meine Geschichten aufzutischen, doch mit jedem weiteren Tag ihrer Bewunderung verstrickte ich mich mehr in meinen Lügengebilden, glaubte mir die Mär des erfolgreichen Geschäftsmannes fast selbst. Den richtigen Moment, die Wahrheit zu sagen, habe ich längst verpasst. Ich werde abwarten, bis wir auf den nächsten Hafen zusteuern, um mit ihr zu reden. Sollte sie wütend werden, kann ich dort von Bord gehen.

Die Dunkelheit setzt augenblicklich ein. Ringsherum ist alles schwarz, als habe uns jemand eine Decke übergestülpt, unter der nur noch die Bordlichter leuchten.

Ich höre ein Geräusch hinter mir, glaube, aus dem Augenwinkel jemandem hinter einem haushohen Containerstapel weghuschen zu sehen. Eine weitere Person kommt vom Heck des Schiffes auf mich zu, wendet sich ab, als sie mich bemerkt, wie ein Kind beim Versteckspiel. Jetzt ist nichts zu hören, außer dem Brummen der Maschinen und dem Jaulen des Windes. Dennoch habe ich das Gefühl, nicht allein hier draußen zu sein.

Es sind schon viele auf See geblieben, kommen mir die Worte des Alten wieder in den Sinn. Wie leicht wäre es, hier jemanden verschwinden zu lassen! Ein Schauer rinnt meinen Rücken hinab.

Beim langen Gang durch das Schiffsinnere mit den niedrigen Decken, den unzähligen Türen und dem silbernen Handlauf an den Wänden muss ich an einen Krankenhausflur denken, nur dass es hier nicht nach Desinfektionsmittel und Urin, sondern nach Metall und Schwefel riecht. Aus einem Raum klingen mehrere Männerstimmen durcheinander, als spielten sie ein Gesellschaftsspiel. Immer wieder ist das Wort Money zu hören. Ein lauter Pfiff bringt die Männer augenblicklich zum Schweigen. Bemüht, kein Geräusch zu machen, schleiche ich an die offene Tür heran. *Crewmesse* steht auf dem Schild. Dicht an die Wand gelehnt, spähe ich hinein. Auf einem Stuhl mitten im Raum thront, wie eine Königin, Larissas Mutter, neben ihr steht die Kapitänin. Nacheinander treten die Besatzungsmitglieder an Frau Reimers heran, halten die Hände auf, und sie zählt jedem zweihundert Euro in die Hand. Plötzlich wird die Tür ganz aufgestoßen, und ein Matrose kommt heraus. Zu schnell, als dass ich mich verstecken könnte. Sein Blick hinterlässt Gänsehaut auf meinem Rücken, die ich auch nicht loswerde, nachdem längst die Tür ins Schloss gefallen ist.

***

Unsere Kammer ist leer, als ich zurückkehre. Larissa muss irgendwo auf dem Schiff unterwegs sein. Ich setze mich an den Schreibtisch, starre auf die glatte Oberfläche. Nicht einmal ein Buch habe ich dabei. Aber in meiner Tasche müsste noch die Illustrierte sein, die ich mir am Flughafen gekauft habe. Ich ziehe den Reißverschluss auf. Nackte Panik ergreift mich beim Blick in meine Tasche. Jemand hat meine Sachen durchsucht, es ist alles durcheinander. Ich wühle mit beiden Händen, schiebe die Sachen hin und her. Mein Tablet ist weg und, schlimmer noch, mein Terminplaner. Wer auch immer ihn hat, weiß Bescheid: Ich bin selbstständiger Masseur und mache Hausbesuche bei alten Damen. Lang ist die Liste der Namen, Adressen und den Abkürzungen dahinter, denn ich notiere mir, was ich aus ihren Portemonnaies und Schmuckstücken entwende, während ihnen die Tropfen, die ich ihnen verabreiche, vermeintlich Entspannung bringen. Es ist nicht schwer, meine Notizen zu entschlüsseln. Warum nur habe ich den Planer überhaupt mitgenommen? Ich bin verloren.

Ich rede mir ein, dass Larissa mir verzeihen wird, wenn ich ihr die Wahrheit sage. Sie liebt mich, will mich heiraten. Ich finde sie in hitziger Diskussion mit ihrer Mutter im Aufenthaltsraum unter Deck. »Du lügst doch! Ich lass mir das nicht von dir kaputt machen, Mama. Diesmal nicht!«

Die Ohrfeige klatscht laut auf Larissas Wange.

Erst jetzt nehmen die beiden Notiz von mir.

Larissa wendet sich mir zu, als sei nichts geschehen. »Aus der Kammer meiner Mutter fehlt Schmuck, sie denkt, dass du das warst.«

Hitze wallt in mir auf. Bei meinen Kundinnen bin ich innerlich für solch eine Situation gewappnet. Doch nicht jetzt, nicht hier. »In unserer Kammer war auch jemand. Mein Tablet ist weg.« Ich lege all meine Entrüstung in die Worte.

Larissas Mutter starrt mich an, ich kann ihren Blick nicht deuten. Hat sie meinen Terminplaner?

»Wir gehen zu Carola«, sagt sie schließlich.

Die Kapitänin steht am Steuerstand, als wir die Kommandobrücke betreten. »Besuch. Wie nett. Habt ihr schon Hunger? Abendessen gibt's um acht.«

»Man hat mir Schmuck entwendet.« Ellen stützt den Arm in die Hüfte.

»Bastians Tablet fehlt auch«, setzt Larissa nach. »Du hast einen Dieb in deiner Crew.«

»Das sind gravierende Anschuldigungen. Bevor ich meine Leute zusammenrufe, muss ich mir ein Bild von der Lage machen. Kommt.« Mit langen Schritten eilt sie voraus, reißt als Erstes die Tür zu unserer Kammer auf. »Also?«

Ich deute auf meine Tasche. »Mein Tablet fehlt, das war in der Tasche.« Larissa greift nach der Tasche, schüttelt sie demonstrativ über dem Bett aus. Meine Sachen fallen aufs Bett, Schuhe, Pullover, alles ein wildes Durcheinander, in dem ich eine Goldkette und ein Armband entdecke, und für einen Moment gerät mein Herz ins Stolpern.

»Da ist ja mein Schmuck.« Der Spott in Ellens Stimme ist schlimm, schlimmer noch der Blick, den Larissa mir zuwirft.

»Deine Mutter will mir was unterschieben«, raune ich Larissa zu und spüre, dass es wie eine lahme Ausrede klingt. »Glaub mir!«

»Lass mich! Ich muss nachdenken. Ich weiß gerade nicht, wem ich glauben soll. Wir sehen uns beim Abendessen.«

**

Am liebsten würde ich sofort das Schiff verlassen, aber wie? Der Erste Offizier hat gesagt, wir halten erst wieder in Muscat, und das auch nur, um weitere Container zu laden. Ich haste durch die langen Gänge, treppauf, treppab, beim Laufen kann ich besser denken. Die Orientierung habe ich längst verloren, aber – und das ist das einzig Gute auf diesem Schiff – es ist wie eine Insel. Ganz unten im Maschinenraum arbeiten mehrere Männer, sie geben mir zu verstehen, dass ich hier nichts zu suchen habe. Eine schmale Treppe führt mich zum Containerlager unter Deck. Das Licht der Notleuchten wirft gespenstische Schatten zwischen die kalten Türme aus Stahl. Ich bilde mir ein, dass das ganze Lager nach Tee riecht. Wütend schlage ich gegen einen dunkelroten Container, halte erst inne, als ein rotes Rinnsal meine Faust entlangläuft. Wie konnte alles nur so aus dem Ruder laufen? Ich wende mich ab, will wieder hinaufklettern, höre ein Scheppern. Eine Wasserflasche rollt zwischen zwei Containern hervor, ich trete näher, sehe einen zusammengerollten Schlafsack. Ich glaube, ich habe einen blinden Passagier gefunden. Sicher ist er auch der Dieb.

Die Kapitänin ist weder auf der Brücke noch in einer der Messen, doch ich möchte niemand anderem von meiner Entdeckung berichten. Mit dem Handy, auf dem ich ein Beweisfoto habe, in der Hand gehe ich die Gänge entlang, schließlich höre ich ihre raue Stimme aus dem Aufenthaltsraum, will klopfen. »Du musst Larissa die Wahrheit sagen.«

Geistesgegenwärtig drücke ich die Aufnahmetaste auf dem Handy.

»Wie stellst du dir das vor?« Das kieksige Zicken von Larissas Mutter. »Wenn Larissa erfährt, dass Tee-Reimers ihr gehört, sobald sie verheiratet ist, kann es ihr gar nicht schnell genug gehen, und ich sitze auf der Straße. Reimers-Tee ist meine Firma, ich habe sie zu dem gemacht, was sie heute ist!«

Ich traue meinen Ohren nicht.

»Ich bin für dich da. Wie damals bei Cord«, sagt die Kapitänin.

»Ich wollte ihn nicht töten. Wer hätte gedacht, dass mein Schubser ihn über Bord …«

»Das weiß ich. Trotzdem, er hatte es verdient.«

Ich unterdrücke einen Jubelschrei. Spontan habe ich einen Plan.

***

Larissa hat sich zum Abendessen hübsch gemacht, sogar die Ohrringe angelegt, die ich anlässlich ihres Geburtstages aus dem Schmuckkasten von Frau Liebholt genommen habe. Sie lächelt, als sie mir die Kelle für das Labskaus reicht. »Der Steward sagt, aus der Kombüse sei Essen verschwunden. Sie vermuten, dass ein blinder Passagier an Bord ist, die Crew sucht schon überall. Bestimmt war er es auch, der in den Kammern war.« Das schlechte Gewissen steht ihr ins Gesicht geschrieben. Doch so schnell werde ich ihr nicht verzeihen, mich verdächtigt zu haben.

»Wir sollten noch mal über deine Reaktion vorhin sprechen, aber nur wir beide, bei einem Glas Wein in unserer Kammer«, sage ich mit ernstem Ton.

※※※

Ich hatte nie vor, die K.-o.-Tropfen bei Larissa anzuwenden, aber heute Abend habe ich noch eine Verabredung. Es dauert nicht lang, bis Larissa leise schnarcht, dünne Speichelfäden rinnen aus ihren Mundwinkeln. Vorsichtig ziehe ich die Tür hinter mir ins Schloss.

Ihre Mutter erwartet mich bereits auf dem Hauptdeck, sie hat den Zettel, den ich unter ihrer Tür durchgeschoben habe, also gefunden. Wie leicht könnte ich ihr hier, so dicht am grollenden Wasser, einen Stoß verpassen. Ein kleiner Schubs nur, und sie wäre weg, und mit ihr all meine Probleme.

»Es gibt kein Strubel Consulting«, beginnt sie und hält meinen Planer hoch. Sie hat ihn also. Vermutlich hat sie mir auch ihren Schmuck untergeschoben.

»Ja und?«, frage ich gedehnt. Glaubt sie tatsächlich, sie könne mich so leicht in die Flucht schlagen?

»Wer sind all die Frauen in diesem Buch?«

Ich bleibe ihr die Antwort schuldig.

»Larissa wird Sie verlassen, wenn sie erfährt, dass Sie sie belogen haben.«

»Wer weiß«, sage ich. »Vielleicht wird sie eher Sie verlassen, wenn sie erfährt, dass sie nicht mehr auf Sie angewiesen ist, weil ihr Tee-Reimers gehört, sobald wir verheiratet sind?«

Sie macht einen Schritt auf mich zu, strauchelt, fasst sich mit einer Hand ans Herz, klammert sich mit der anderen an die Reling. »Ich verstehe. Wie viel wollen Sie, damit Sie uns in Ruhe lassen?«, presst sie hervor.

»Sie verstehen gar nichts. Ich will ihre Tochter«, ich mache eine Pause, »und für den Anfang fünfhunderttausend.«

»Das werde ich nicht zulassen.«

»Doch. Ansonsten erfährt ihre Tochter auch, dass ihr geliebter Vater nicht an einem Herzinfarkt gestorben ist, sondern dass Sie ihn über Bord gestoßen haben und unsere feine Kapitänin Sie gedeckt hat.« Ich halte das Handy hoch, spiele das aufgezeichnete Gespräch ab. Das Entsetzen verzerrt ihr Gesicht zu einer feisten Grimasse. »Jetzt geben Sie mir meine Sachen.«

Langsam senkt sie den Kopf, zieht die Schultern hoch wie ein Stier, der den Angriff plant. Dann wirft sie mit einer hastigen Bewegung mein Buch über die Reling in die Dunkelheit, eilt schließlich davon.

Ich laufe ihr nicht nach. Sie wird zur Vernunft kommen und meine Forderung erfüllen, da bin ich mir sicher. Ich schiebe mein Handy zurück in die Hosentasche und gehe zur Treppe.

Der Stoß im Rücken trifft mich hart und unvermittelt, ich schaffe es nicht, den Handlauf zu greifen, und stürze die schwere Eisentreppe hinunter. Als ich unten aufschlage, knackt mein rechter Knöchel laut. Heißer Schmerz schießt augenblicklich hinein. Ich schreie auf.

Eine dunkle Gestalt beugt sich über mich. »Du Scheißkerl, halt die Klappe«, zischt die Kapitänin, setzt sich auf meine Arme und tastet meine Taschen ab, nimmt sich das Handy.

»Mein Fuß, ich glaube, er ist gebrochen«, wimmere ich. Tränen steigen auf, ich kann mich nicht erinnern, jemals solche Schmerzen gehabt zu haben. »Bitte.«

»Jammerlappen.« Mit dem Griff eines Kampfringers dreht die Kapitänin mich auf den Bauch.

»Nicht!« Ich versuche, mich herauszuwinden, doch ihre groben Pranken halten mich erbarmungslos fest, fesseln mir Hände und Ellenbogen hinterm Rücken. Schließlich zwingt sie mir den Mund auf, presst einen zerknüllten Stofffetzen hinein. Augenblicklich scheint mir das Atmen unmöglich, das Verlangen nach meinem Asthmaspray ist so groß wie nie, doch es steckt für mich unerreichbar in der Hosentasche. Bleib ruhig, sage ich in Gedanken zu mir selbst, bleib ruhig!

Ächzend richtet sie sich auf, dreht mich zurück auf den Rücken. »Das passiert, wenn man sich in Dinge einmischt, die einen nichts angehen.« Mit festem Griff packt sie mich an Jacke und Hose, hebt mich an, versucht, mich die Treppe wieder hinaufzuschleppen. Ich mache mich so schwer ich kann. Wenn sie es schafft, mich nach oben zu zerren, wird sie mich ins Wasser werfen wie einen alten Sack.

Nach wenigen Minuten muss sie einsehen, dass sie mich nicht allein ans Oberdeck bekommt. Wütend lässt sie mich zu Boden gleiten, nur um kurz darauf meinen verletzten Knöchel zu packen. Ich stöhne auf, als sie ihn dreht, mich an dem Fuß hinter sich herzieht wie einen bockigen Hund. Mein Gesicht schrappt über den Boden, an einer Metallleiste reißt mir die Wange auf.

Larissa! Sie wird mich suchen, wenn ich nicht ins Bett komme. Doch dann fallen mir die K.-o.-Tropfen wieder ein. Mir wird schwarz vor Augen.

***

Ich komme wieder zu mir, als ich Geräusche höre. Ist das diese verrückte Kapitänin? Wo zum Teufel bin ich? Wie viel Zeit ist seit meinem Sturz vergangen? Um mich herum herrscht totale Finsternis. Ich liege mit dem Gesicht an einer kalten Fläche, zusammengeschnürt wie ein Paket. In den Armen habe ich kaum noch Gefühl, dafür pocht mein Fuß lauter als mein Herz. Der Knebel hat sämtliche Spucke aufgesogen, ich kann nur noch durch die Nase atmen. Und ich könnte schwören, dass die Luft, die ich einatme, nach Tee riecht. Mühsam versuche ich, mich aufzusetzen, doch mein Kopf stößt oben an. Auch auf der Seite haue ich nach wenigen Zentimetern gegen etwas Hartes, eine Kiste. Plötzlich durchzuckt mich ein Gedanke: Das ist eine Kiste mit dem verfluchten Reimers-Goldblatt. Ich ahne, wo ich bin. *Vorräte, luftdicht*, hatte ich auf den Aufklebern an den Schränken im Vorratsraum gelesen, als ich mit dem Ersten Offizier durchs Schiff gelaufen bin. Dies muss einer der Schränke sein, in denen die Vorräte gelagert werden, die vor Feuchtigkeit und Schädlingen geschützt werden müssen. Luftdicht! Oh mein Gott, ich muss hier raus!

»Carola«, dringt dumpf die Stimme von Larissas Mutter zu mir durch, »wir müssen reden.«

Die Angst legt sich wie eine kräftige Hand um meinen Hals. Werden die Frauen mich jetzt gemeinsam entsorgen?

»Larissas Freund«, setzt die Kapitänin an, »er ist …«

»Ich habe eine Entscheidung getroffen«, unterbricht Larissas Mutter, »ich werde meiner Tochter Tee-Reimers überlassen. Für mich ist es an der Zeit loszulassen.«

»Nein. Das darfst du nicht, nach allem, was ich für dich getan habe!« Die Stimme der Kapitänin überschlägt sich vor Wut.

»Dieser Bastian hat mich in der Hand, er hat unser Gespräch belauscht«, sagt sie bitter. »Ich hätte Cord niemals stoßen dürfen.«

»Grün und blau hat er dich geprügelt, hier bei mir auf dem Schiff! Soll ich dir was sagen? Du hast ihn damals nicht über Bord geschubst, du nicht!«

»Willst du sagen, dass …«

»Mama, Carola, hier seid ihr!«

Das ist Larissa! *Mein Schatz, ich bin hier! Die sind alle verrückt. Hol mich hier raus, ich weiß nicht, wie viel Zeit mir noch bleibt.* Die Laute aus meinem geknebelten Mund sind nicht mehr als ein Dröhnen in meinen Ohren. Ich stoße mit dem Kopf gegen die Decke, muss auf mich aufmerksam machen!

Jemand schlägt von außen gegen die Kiste. »Ruhe da drinnen«, befiehlt die Stimme der Kapitänin. »Meine Leute haben einen blinden Passagier gefunden. Im nächsten Löschhafen werde ich ihn dem Zoll übergeben.«

Den Teufel wird die Kapitänin tun und mich irgendwelchen Behörden aushändigen. Verrecken lassen wird sie mich. Immer wieder schlage ich mit dem Kopf gegen die Kiste. Larissa muss doch merken, dass ich es bin!

»Mama, ich …«

»Larissa, lass Carola und mich bitte kurz allein, wir haben etwas Wichtiges zu besprechen.«

»Hört mir doch endlich zu! Bastian ist weg! Seit gestern Abend schon. Er hat nicht in unserer Kammer geschlafen.«

»Dein Freund? Der ist weg.« Auf einmal ist die Kapitänin ganz laut, will, dass ich sie höre. »Als heute früh der Lotse an Bord kam, hat dein Bastian die Besatzung angebettelt, ihn mit an Land zu nehmen. Es konnte ihm gar nicht schnell genug gehen.«

»Er hat mich also bestohlen und sich dann aus dem Staub gemacht.« Da ist nichts mehr von Verzweiflung in der Stimme von Larissas Mutter. Ich sehe ihr zufriedenes Gesicht förmlich vor mir.

Larissas Schluchzen trifft mich tief im Inneren. »Ich dachte wirklich, Bastian sei anders. Stattdessen verschwindet er wie ein Feigling.«

Immer wieder stoße ich mit dem Kopf gegen die Decke. *Ich bin noch hier, mein Schatz! Bitte! Ich liebe dich!* Mein Atem beschleunigt sich, Hustenreiz steigt in mir auf, in meiner Brust wird es ganz eng. Verzweifelt ringe ich nach Luft. Ich brauche mein Spray, sofort, doch es ist unerreichbar in meiner Hosentasche. Mein Puls rast. Ich ringe unter dem Knebel ein letztes Mal nach Luft.

DER SAMOWAR DES ZAREN

Eva Jensen

Männer sterben früher als wir.

So hat es die Natur vorgesehen.

Jahrtausende lang umsorgte der Mann die Frau, bewachte sie, ließ ihr keine potenzielle Bedrohung zu nahe kommen – oder zumindest nichts, was er selbst für eine Bedrohung hielt –, und dann starb er vor ihr. Gefallen im Kampf, verwundet bei der Jagd, früh dahingerafft von Krankheiten, die unsereins erst viel später oder gar nicht trafen. Denn machen wir uns nichts vor: Im Grunde sind wir Frauen das widerstandsfähigere Geschlecht. Zäher auf langen Strecken. Krisensicherer. Weniger krankheitsanfällig. Tausende von Jahren blieb die Frau zurück, trauerte angemessen um ihren Mann, litt vielleicht sogar unter dem Verlust, und dann, nach einer gewissen Zeit, begann sie, ihr eigenes Leben zu führen.

Ich kann mich noch sehr gut daran erinnern, dass früher, als ich selbst noch eine junge Frau war, überall alte Damen anzutreffen waren. In Cafés und Restaurants, in Sportvereinen und Kirchengemeinden, auf Reisen, in Museen, Theatern und Kinos. Fröhlich, gut gelaunt, neugierig, interessiert und nie allein, doch immer ohne Männer. In den beiläufig aufgeschnappten Gesprächen erklang immer wieder ein Wort wie eine Zauberformel: Witwe.

Es war ein Bild der Hoffnung. Eine Zeit, auf die ich mich schon damals, in den ersten Jahren meiner Ehe, freute.

Doch leider begann der Mensch, der Natur ins Handwerk zu pfuschen. Der Mann zog kaum noch in den Kampf oder auf die Jagd, und wenn er sich doch verletzte, sorgten Medizin und Wissenschaft dafür, dass er seine Wunden überlebte. Überhaupt hat die Medizin den Lauf der Dinge gehörig verändert. Diabetes, Bluthochdruck, Herzinfarkt und Co wurden behandelbar und verloren ihren Schrecken. Hier Tabletten, dort Spritzen, vielleicht auch eine Operation – und schon war das, was noch zur Zeit meiner Eltern zum sicheren Tod geführt hätte, nicht viel mehr als ein Zipperlein, verbunden mit lästigen Arztbesuchen. Und was ursprünglich so sinnvoll erdacht war, die feine Balance von Leben, Tod und dem Überleben der Frau, ging kläglich den Bach runter.

Bitte verstehen Sie mich nicht falsch. Ich hasste meinen Mann keineswegs. Ich bedaure nicht einmal, ihn geheiratet zu haben. Unsere Ehe war, von den üblichen Stolpersteinen des Lebens abgesehen, harmonisch, und im Laufe der Jahre haben wir viel auf die Beine gestellt. Wir haben ein Haus gebaut, vier Kinder großgezogen, uns über jedes einzelne unserer bisher sieben Enkelkinder gefreut. Aber nach fünfundvierzig Jahren gemeinsamen Lebens muss dann auch irgendwann mal gut sein. Finde ich. In Gedanken bei den munteren Zirkeln der gut gekleideten, wissbegierigen und kulturell gebildeten Damen meiner Jugend hatte ich mich auf die Freiheit meines Witwendaseins gefreut und bereits Pläne geschmiedet: Ich wollte endlich täglich zum Yogakurs gehen, Bonsais züchten, meine Lieblingszeitung abonnieren und sämtliche Museen und Galerien meiner Stadt kennenlernen. Ich wollte meine Freundinnen regelmäßig und ohne vorherige Absprachen zu mir einladen, die Bars der Stadt besuchen, Cocktails und exotische Rezepte ausprobieren und einen literarischen

Salon gründen, bei dem berühmte Autorinnen zu Gast sein würden.

Die Zukunft lag vor mir, strahlend und schön, wie der Hope-Diamant. So stellte ich es mir vor.

Als mein Mann in das Rentenalter eintrat, hatte er Bluthochdruck, Diabetes und bereits einen Herzinfarkt hinter sich. Sport und Fitness waren nie seins gewesen, stattdessen trank er gerne sein Gläschen Wein und hatte eine Vorliebe für Schweinebraten und Grillfleisch. Die Voraussetzungen für mein baldiges Witwendasein waren also bestens. Ich rechnete mit einem, vielleicht zwei gemeinsamen Jahren, nach deren Ablauf endlich mein eigenes, selbstbestimmtes Leben beginnen würde. Eine absehbare Angelegenheit. Doch ich hatte nicht mit unserem jungen und dynamischen Hausarzt gerechnet. Der Blutdruck war dank einer Tablette morgens und einer abends bald kein Thema, gegen den Diabetes bekam mein Mann Insulin, und täglich machte er seine Kardioübungen. Üblicherweise hat er es mir überlassen, mich zu kümmern – vom Haus über das Kaminholz bis hin zu Weihnachtskarten und -geschenken. Doch um seine Medikamente sorgte er sich penibel. Keine einzige Tablette ließ er aus. Den Blutzucker kontrollierte er vor und nach jeder Mahlzeit, Blutdruck und Puls mindestens zwei Mal täglich, und über jeden dieser Werte führte er genau Buch. Er änderte sogar seine Essgewohnheiten und aß plötzlich Gemüse und Rohkost. Es ging ihm gut, tatsächlich sogar eher besser – und die Aussicht auf das Ende schwand. Stattdessen war er da. Immer.

Morgens beim Frühstück las er die Zeitung. Auch wenn er mir großzügig das Feuilleton überließ, nutzte mir das wenig. Sobald ich einen Artikel zu lesen begann, kommentierte er, was er selbst las und erwartete meine Meinung dazu. Meine vorwurfsvollen Blicke übersah er. Wenn ich am Nachmittag Zeit hatte, einen Roman zu lesen, legte er sich auf die Couch. Sein Schnarchen war so durchdringend, dass ich mich kaum konzentrieren konnte. Meine dezenten Hinweise, dass das Bett doch viel bequemer zum Schlafen sei, ignorierte er. Ich selbst konnte aber zum Lesen nicht ins Schlafzimmer umziehen, weil ich im Bett grundsätzlich nicht lesen kann. Ich bekomme einen steifen Nacken, und irgendwann beginnen meine Hände zu kribbeln. Ein unangenehmes Gefühl. Meine Idee, einen gemütlichen Sessel zu kaufen und ins Schlafzimmer zu stellen, kommentierte er nur mit einem Kopfschütteln – wozu? Brauchen wir nicht. Wir haben doch das Wohnzimmer.

Am Abend war ich dann gezwungen, mit ihm fernzusehen. Meist irgendwelche schrägen oder blutigen Serien, über deren Humor ich nicht lachen konnte oder von denen mir schlecht wurde. Ich habe ihn gebeten, mit Kopfhörern seine Serien zu schauen und mich mit dem Rücken zum Bildschirm hingesetzt, damit ich mich in meine Lektüre vertiefen konnte. Doch das nutzte auch nichts. Meistens lachte er so laut, dass ich erschrocken aufgesprungen bin oder mein Weinglas umgestoßen habe.

Wenn er tagsüber am Esstisch an seinen alten Dingen herumgebastelt hat, ließ er mich grundsätzlich daran teilhaben. Er kommentierte jeden seiner Handgriffe, fragte mich nach Gegenständen, die ich ihm holen sollte, oder nach meiner Meinung, auch wenn ich überhaupt nichts von Radios, Toastern oder Ledertaschen verstehe. Sogar die Zeiten, die bis zum Eintritt seiner Pension noch meine Freiräume gewesen waren, existierten nicht mehr. Mein Mann verließ das Haus kaum noch, und schon gar nicht ohne mich. Er begleitete mich sogar zum Einkaufen. Endlich können wir ganz viel Zeit miteinander verbringen, sagte er immer und lächelte dabei.

Ob ich das auch wollte, hat er nie gefragt. Deshalb musste etwas geschehen, ich wusste nur nicht wie und wann.

Bis die Vorsehung eingriff, die gute alte Vorsehung, von der ich bis vor Kurzem geglaubt habe, sie sei meine Freundin.

Es war ein kurzer Artikel in dem Wochenblatt, das kostenlos in unserem Briefkasten liegt. Im Polizeibericht hieß es, unweit von Schleswig sei eine Frau umgebracht worden. Sie war mit einem Schlafmittel betäubt worden, das der Täter in das Teekonzentrat eines Samowars gemischt hatte, und dann im Schlaf mit einer hohen Dosis Insulin getötet worden. Auf die Schliche gekommen war man dieser Tat nur, weil der Mörder sie selbst gestanden hatte.

Das klang vielversprechend. Ich recherchierte und fand heraus, dass Insulin recht unzuverlässig tötet, solange das Opfer noch bei Bewusstsein ist. Die Symptome einer Überdosis – Übelkeit, Schweißausbrüche, starke Unruhe, Zittern, mitunter auch Krämpfe – sind erheblich. Jeder Mensch würde aus freien Stücken den Notruf wählen. Außerdem wirkt Insulin oral verabreicht nicht, sondern muss gespritzt werden. Ich fragte mich, wie ich das bewerkstelligen sollte, ohne dass mein Mann etwas ahnte. Gerade er, der so genau über seinen Diabetes Bescheid wusste und auf jedes noch so kleine Signal seines Körpers achtete. Dieser Umstand musste auch dem Mörder aus dem Zeitungsartikel bekannt gewesen sein, sonst hätte er wohl kein Schlafmittel eingesetzt. Die meisten Schlafmittel sind aber, wenn man sie nicht als ganze Tablette schluckt, ziemlich bitter. Auch das habe ich recherchiert. Und warum hätte mein Mann freiwillig eine ihm unbekannte Tablette schlucken sollen? Oder gleich mehrere auf einmal –

nur um ganz sicherzugehen? Der Mörder in dem Zeitungsartikel hatte deshalb die Tabletten in das Teekonzentrat des Samowars gemischt. Dieser Absud ist stark und bitter und somit die ideale Darreichungsform. Nur ... woher bekam ich einen Samowar?

***

Auch hier kam mir meine alte Freundin, die Vorsehung, zu Hilfe.

Eines der wenigen Hobbys meines Mannes war es, über Flohmärkte zu streifen und dann tütenweise altes Zeug mit nach Hause zu bringen: alte Lampen, seltsame Geräte, die man schon seit vierzig Jahren im Haushalt nicht mehr braucht, Porzellan, Bilder, bis hin zu kleineren Möbelstücken. Er reparierte diese Dinge, polierte sie, bastelte daran herum, machte sie wieder hübsch – und ich musste dann einen Ort zum Stellen oder Hängen für diesen nutzlosen Kram finden. Doch das nur nebenbei. Auf einem dieser Flohmarktbesuche erstand er einen Samowar.

Ich weiß noch, wie wir beide über diesen Markt schlenderten, der in einem Parkhaus stattfand, weil es Herbst war und das Wetter mal wieder alles andere als geeignet, um sich draußen aufzuhalten. In dem Parkhaus war es kalt und zugig, es roch nach staubigen Büchern, muffigen alten Kleidern und der beinahe schon für Flohmärkte obligatorischen Waffelbude. Während mein Mann von Stand zu Stand schlenderte, in altem Schrott wühlte und in Verzückung geriet über ein fürchterliches grünes Telefon mit großen schwarzen Tasten, stand ich abseits, fror und sehnte mich nach meinem Zuhause, einer Tasse sorgsam aufgeschlagenem Matcha und dem Roman, den ich gerade las und der so gute Rezensionen erhalten hatte. Und da sah ich den Samowar. Er stand auf einem mit Silberbesteck und staubigem Kristallzeug überladenen Tisch. Ein gedrungenes, verschnörkeltes Ungetüm, angelaufen und schmutzig, aber offenbar nicht verrostet. Ich erkannte sofort, worum es sich handelte. Jetzt stellte sich nur die Frage, wie ich meinen Mann auf den Samowar aufmerksam machen sollte, ohne Verdacht zu erregen.

Doch auch hier griff meine Freundin, die Vorsehung, wieder ein. Mein Mann entdeckte den Samowar nämlich selbst. Sofort deutete er darauf und begann, mit der Verkäuferin zu sprechen. Sie holte das Ding nach vorne, zeigte meinem Mann die silberne Kanne auf der Krone, den Hahn am Kessel, und dann fielen die Zauberworte, für die ich ihr dankbar war:

»Es ist ein antiker Samowar aus versilbertem Kupfer, etwa Ende 19. Jahrhundert, noch mit Kohle befeuert. Sehen Sie diese Gravur an der Seite? Das deutet darauf hin, dass er im Haushalt der Zarenfamilie benutzt worden ist.«

Das Jagdfieber meines Mannes war geweckt. Ob der Samowar tatsächlich vom Zaren und seiner Familie benutzt worden war – wer konnte das schon wissen? Vielleicht waren es nur die Dienstmädchen, die sich regelmäßig ihren Tee damit zubereitet hatten, oder der Hoflieferant für Schuhcreme. Aber das war egal. Dies war der Samowar des Zaren. Und mit stolzgeschwellter Brust und fünf Hundertern weniger in der Brieftasche trug mein Mann das Ungetüm nach Hause. Als Liebesbeweis für mich, die Teetrinkerin, die doch bestimmt gerne mal herausfinden würde, wie man in Russland den Tee genießt.

Es hätte nicht besser laufen können, und ausnahmsweise verdrehte ich nicht die Augen, sondern sagte, wie schön ich den Samowar fand. Ich konnte mein Glück kaum fassen.

Die folgenden Tage zerlegte mein Mann den Samowar in seine Einzelteile. Ganz sorgfältig, auf einem Laken auf dem Esstisch breitete er sie aus, putzte und polierte sie und zeigte mir jedes Mal den Fortschritt. Erst, als er mit allem zufrieden war, setzte er das Gerät wieder zusammen. Stolz präsentierte er es mir: Der Kessel war so blank, dass man sich darin spiegeln konnte, jeder Griff und Knopf schimmerte und glänzte. »Das ist Elfenbein«, sagte er und zeigte mir die Griffe am Wasserkessel und an der Kanne. »Richtiges, echtes Elfenbein. Da wette ich mit dir. Schau mal hier, die Gravur. Das ist das Zeichen des Zaren. Das habe ich gegoogelt. Jetzt müssen wir den Samowar nur noch testen.«

Natürlich erklärte ich ihm nicht, dass vermutlich irgendein polnischer oder russischer Handwerker erst vor wenigen Monaten dieses Emblem in den Wasserkessel eingeritzt hatte, um eben Käufer zu täuschen. Wie käme sonst ein Gerät mit dieser Geschichte auf einen gewöhnlichen Flohmarkt in einer norddeutschen Kleinstadt? Ich wollte ihm seine letzte Freude nicht verderben. Außerdem hatte ich anderes zu tun. Ich musste mich über die Zeremonie des Teetrinkens aus diesem Ding informieren, herausfinden, wie man einen mit Kohle betriebenen Samowar bediente, alle notwendigen Zutaten besorgen und vor allem planen, wie genau ich vorgehen würde, um meinem Mann ein würdiges und sicheres Ende zu bereiten.

Endlich war die Chance gekommen, auf die ich so lange gewartet hatte. Es war ein weiterer freundlicher Wink des Schicksals, dass mein Mann keine Ahnung von Tee und schon gar nicht von Samowaren hatte. Ich hatte völlig freie Hand.

Lange und sorgfältig wählte ich die Teesorte. Stark sollte sie sein, bitter. Je stärker und bitterer, dachte ich, desto besser würde der Absud den Geschmack der Schlaftabletten überdecken. Ich erkundigte mich bei Teehändlern und in Foren. Dann war es endlich so weit, ich hatte die passende Teesorte und die richtigen Kohlen gefunden und kaufte ein.

An einem Montagnachmittag fand unsere Samowar-Zeremonie statt. Sie verlief reibungslos. Ich hatte für das Konzentrat die dreifache Menge Tee gewählt und ihn statt fünf Minuten eine Viertelstunde ziehen lassen. Mein Mann verzog ein bisschen das Gesicht beim Trinken. Aber er beschwerte sich nicht – es war schließlich ein Samowar aus dem Besitz des Zaren, den er noch dazu eigenhändig restauriert hatte. Er trank drei Tassen. Von den Insulinspritzen merkte er nichts, und um Mitternacht war ich Witwe.

***

Drei Tage später verließ mich das Glück.

Der Bestatter war gerade gegangen, als es wieder klingelte. Ein Paar stand vor der Tür. Der Mann in seinem akkuraten Dufflecoat sah aus, als wolle er mir den Wachturm vor die Nase halten und mich vor dem Ende der Welt warnen. Dann fiel mein Blick auf seine Begleiterin. Motorradstiefel, Lederjacke und zerzauste Kurzhaarfrisur passten nicht ins Bild von Zeugen Jehovas.

»Frau Hannelore Behrendt?« Ihre Frage klang, als wüsste sie die Antwort, wollte sich aber absichern.

»Ja?«

»Katja Greve, Kripo Schleswig.« Aus der Tasche ihrer Jeans zog sie einen Ausweis, sodass ich ihren Namen schwarz auf weiß hatte. »Das ist mein Kollege Daniel Kowalski. Dürfen wir einen Moment hereinkommen?«

Mein Herzschlag beschleunigte sich jäh, und für einen winzigen Moment überlegte ich, den beiden die Tür vor der Nase zuzuschlagen. Doch ich beruhigte mich rasch. Mein Mann war zu Hause gestorben, die herbeigerufene Notärztin war jung gewesen, unerfahren und nicht aus unserer Gegend. Bestimmt hatte sie nur korrekt sein wollen und als Todesursache »ungeklärt« angekreuzt. Außerdem hätte ich mich damit nur verdächtig gemacht. Es hat alles seine Richtigkeit, sagte ich mir und ließ die beiden ins Haus.

Während ich den beiden Polizisten den Weg ins Wohnzimmer zeigte, überlegte ich, woher ich sie kannte, sie kamen mir beide vertraut vor. Vielleicht vom Einkaufen in Schleswig? Oder von einem Restaurantbesuch? Unsere Gegend ist überschaubar, die Touristen erkennt man schnell, und wir Einheimischen laufen einander ständig über den Weg. Das musste es sein.

»Bitte, nehmen Sie Platz.« Ich nahm die Tasse vom Couchtisch. Sie war noch handwarm von dem Kaffee, den der Bestatter getrunken hatte.

Die Kaffeemaschine werde ich wohl bald verschenken, dachte ich. Mein Mann hatte nicht vom Kaffee lassen können. Ich aber trank ausschließlich Tee.

»Ihr Verlust tut uns aufrichtig leid«, meldete sich nun zum ersten Mal Herr Kowalski zu Wort. Er hatte eine angenehme Stimme, ruhig, freundlich, teilnahmsvoll. Er hätte bestimmt einen guten Pastor abgegeben. »Wir sind hier, weil wir noch ein paar offene Fragen klären müssen. Das ist Routine, wenn auf dem Totenschein ungeklärte Todesursache angegeben wird.«

»Darf ich Ihnen etwas anbieten? Herr Franke vom Bestattungsunternehmen war gerade da, um über die Beisetzung zu sprechen. Der Kaffee in der Maschine ist bestimmt noch warm.«

»Vielen Dank«, sagte Herr Kowalski, »für mich nicht.«

Auch Frau Greve lehnte ab. Stattdessen stand sie auf und ging zu dem Sideboard, auf dem der Samowar thronte. Seit ich Witwe war, hatte ich noch keine Zeit gefunden, ihn wegzuräumen. Sollte ich ihn über das Internet verkaufen? Es gab bestimmt Sammler, die sich über dieses schöne Stück freuen würden. Zum Herumstehen und Einstauben war es jedenfalls viel zu schade, und ich würde bestimmt keinen Tee daraus trinken wollen. Ich bevorzuge japanische Grüntees aus meiner Kyusu. Oder Matcha.

»Ein Samowar«, stellte Frau Greve fest. »Ist der funktionstüchtig?«

»Ja. Es war das letzte Stück, das mein Mann auf dem Flohmarkt gekauft hat. Er hat ihn eigenhändig wieder hergerichtet. Alte Dinge zu restaurieren, das mochte er. Er hat oft gesagt, dass er im Grunde den Beruf verfehlt hatte und eigentlich Restaurator hätte werden sollen. Stattdessen ist er in der Finanzwirtschaft gelandet.« Ich seufzte und fühlte zum ersten Mal, dass ich meinen Mann vermisste. Aufrichtig. Aber dafür war ich endlich Witwe, und irgendwas war ja schließlich immer. »Der Verkäufer auf dem Flohmarkt hat behauptet, dass der Samowar aus dem Besitz des Zaren stammt. Darauf würde die Gravur an der Seite hindeuten. Wahrscheinlich stimmt das nicht. Aber der Gedanke hat uns gefallen.«

Herr Kowalski stand auf und schaute sich nun ebenfalls den Samowar an.

»Meine Oma hatte auch einen«, sagte er. »Es war das Hochzeitsgeschenk eines Onkels, der ein hoher Parteifunktionär in Polen und deshalb oft in Moskau war.« Die Art, wie er den Samowar betrachtete, erinnerte mich an Joachim – ein Mensch, der alte, schöne Dinge liebte. »Haben Sie schon Tee daraus getrunken?«

»Ja. Am Montag haben wir ihn zum ersten Mal in Betrieb genommen. Das war kurz bevor ...« Ich brach ab. Plötzlich fiel mir auf, dass Kowalski den Deckel der Kanne abgehoben hatte – mit einem Taschentuch zwischen den Fingern. Er schaute hinein, und der Blick, den er danach seiner Kollegin zuwarf, gefiel mir gar nicht. Hatte ich mich verraten? Aber womit?

»Vor dem Tod Ihres Mannes?« Kowalskis Stimme wurde sanft, und er schloss den Deckel der Kanne wieder. Frau Greve nickte knapp, zog ihr Handy aus der Tasche und ging in den Flur. Gern hätte ich gewusst, mit wem sie telefonierte, doch mir wollte auf die Schnelle keine Ausrede einfallen, um ihr hinterhergehen und lauschen zu können. Außerdem bat mich Kowalski, mich wieder zu setzen.

»Schildern Sie bitte die Stunden vor dem Tod Ihres Mannes.«

»Gut. Aber ich weiß wirklich nicht ...«

»Es gibt da noch ein paar offene Fragen. Vielleicht klären die sich von selbst. Sie haben es doch nicht eilig?«

»Eigentlich ... nein. Obwohl jetzt natürlich viel zu tun ist, auch wenn sich zum Glück um das meiste der Bestatter kümmert. Aber haben Sie denn nicht dringendere Aufgaben?«

»Im Moment nicht. Wir müssen ohnehin auf die Kollegen warten.« Kowalski lächelte freundlich. »Wir haben Zeit. Erzählen Sie doch einfach, wie der Montag abgelaufen ist.«

Ich saß in meinem Sessel und fühlte mich unwohl. Richtig unwohl. Diesen Kowalski mochte ich gar nicht mehr. Sein Lächeln kam mir falsch vor, geradezu hinterlistig.

Ich schilderte unseren Tagesablauf. Kowalski hörte zu und machte sich Notizen auf einem Block, den er aufgeklappt in der Linken hielt, wie ein Reporter in einem alten Film. Frau Greve kam dazu und stellte Zwischenfragen. Vor allem schienen sie sich dafür zu interessieren, was Joachim an seinem letzten Tag gegessen hatte. Also konzentrierte ich mich auf die Mahlzeiten – Bratkartoffeln, Brötchen, Croissants, Obst, Joghurt – und erfand noch einiges dazu. Schokolade, Waffeln, Kekse ... lauter Speisen, die ein Diabetiker nur mit äußerster Vorsicht genießen durfte. Ich dachte daran, was ich der Notärztin erzählt hatte: dass mein Mann trotz des Diabetes nicht wirklich diszipliniert gewesen sei, oft Süßigkeiten gegessen und seinen Blutzuckerspiegel nur sporadisch kontrolliert habe. Was natürlich nicht stimmte, aber das wussten die beiden ja nicht. Weder Notärztin noch Kripo hatten meinen Mann gekannt.

Wenn sie den Hausarzt fragen? schoss es mir durch den Kopf. Dann sage ich einfach, dass Joachim beim Arzt immer geschwindelt und seine notierten Werte grundsätzlich verbessert hat.

Je mehr ich erzählte, desto gelassener wurde ich. Erst als ich schilderte, wie sich mein Mann am Nachmittag zunehmend unwohl gefühlt hatte, sodass er direkt nach dem Teetrinken ins Bett gegangen ist, fielen mir die ernsten Gesichter der beiden Polizisten auf meiner Couch auf.

Offenbar hatte ich einen Fehler gemacht.

»Frau Behrendt, Ihr Mann hat also in seinen letzten Stunden viele Dinge gegessen, mit denen er als Diabetiker überaus vorsichtig hätte sein müssen – und das auch noch in großen Mengen. Zum Beispiel fünf Stücke Zucker für eine Tasse Tee. Ist Ihnen das gar nicht aufgefallen?«

»Mein Mann hat sich oft heimlich vollgestopft, er liebte Süßigkeiten. Mir ist es aufgefallen, weil weniger Kekse oder Pralinen auf dem Teller lagen. Natürlich habe ich mit ihm geschimpft. Fast täglich. Doch er konnte es einfach nicht lassen. Manche Menschen rauchen oder trinken Alkohol, mein Mann liebte Süßes.« Mein Herzschlag dröhnte in meinen Ohren, meine Hände waren eiskalt. Würden die beiden diese Erklärung schlucken? Entspann dich, Hannelore! ermahnte ich mich. Sie können nichts beweisen. Insulin ist im Körper nicht nachweisbar. Das hast du gelesen!

Frau Greve beugte sich vor und schaute mir direkt ins Gesicht.

»Wie erklären Sie sich dann, dass der Rechtsmediziner in Kiel im Blut Ihres Mannes einen viel zu niedrigen Blutzuckerwert festgestellt hat? Auch die übrigen Blutwerte weisen eher auf eine schwere Unterzuckerung hin. Außerdem ist der Langzeitwert im Blut geradezu vorbildlich – was sich im Übrigen mit den Werten deckt, die uns der Hausarzt Ihres Mannes bereits freundlicherweise zur Verfügung gestellt hat.«

Ich blinzelte. »Darf er das?«

»Mit einem richterlichen Beschluss, ja.« Das war Kowalski mit seiner Pastorenstimme. »Es passt nicht zusammen, Frau Behrendt.«

Ich zuckte mit den Schultern. »Vielleicht hat mein Mann versehentlich zu viel Insulin genommen?«

»Versehentlich?« Die beiden tauschten einen raschen Blick. »War ihr Mann unaufmerksam? Vergesslich?«

Das brachte mich auf eine neue Idee. Ich kramte rasch aus dem Gedächtnis alles hervor, was mir Freundinnen und Bekannte über die Erlebnisse mit ihren Angehörigen erzählt hatten. Völlig abwegig war das nicht, Joachim war im passenden Alter gewesen.

»Joachim war in letzter Zeit tatsächlich sehr zerstreut. Er hat mich oft nach Dingen gefragt, die er eben erst in den Händen gehabt hatte. Manchmal fehlten ihm die Worte, und es kam vor, dass er ohne Schuhe oder Jacke in den Garten gegangen ist. Bei nächster Gelegenheit wollte ich das bei seinem Arzt ansprechen.«

»Tatsächlich?« Kowalski hob eine Augenbraue. Ich mochte ihn immer weniger. Beide nicht. »Ich werde Ihnen eine Geschichte erzählen.«

Er erzählte von einer Samowar-Zeremonie, die für einen der Teilnehmer tödlich ausgegangen war – mit einem Schlafmittel im Teekonzentrat hatte man das Opfer betäubt und ihm anschließend eine Überdosis Insulin verabreicht. Das Opfer hatte alle Warnzeichen der Hypoglykämie verschlafen und war schließlich im Koma verstorben.

Mir wurde heiß und kalt. Das war die Geschichte, die ich im Wochenblatt gelesen und die mich inspiriert hatte.

»Vielleicht sollten wir Ihnen etwas erklären, Frau Behrendt«, sagte Frau Greve, und ich hatte den Eindruck, dass sie nur mit Mühe ein schadenfrohes Lächeln unterdrückte. »Die Geschichte, die mein Kollege eben erzählt hat, ist wahr. Es haben einige lokale Medien darüber berichtet, und wie es der Zufall so will, haben mein Kollege und ich den Fall bearbeitet und aufgeklärt.«

Schlagartig fiel mir ein, warum mir die beiden so bekannt vorgekommen waren. Ich musste ihre Fotos oder wenigstens ihre Namen bei meinen Recherchen gesehen haben! Die Vorsehung, die ich bisher für eine gute Freundin gehalten hatte, hatte mich schändlich im Stich gelassen. Mir wurde schlecht.

»Außerdem ist der Rechtsmediziner, der Ihren Mann obduziert hat, auch mit dem alten Fall vertraut. Er hat im Magen Ihres Mannes Reste extrem starken schwarzen Tees gefunden. Die Notärztin hatte in ihren Stichworten zur Anamnese den Samowar erwähnt. Das hat ihn aufhorchen lassen. Er hat den Mageninhalt und das Blut Ihres Mannes auf Spuren von Schlafmittel untersucht – und sie in beidem gefunden. Außerdem zeigten die Blutwerte die Anzeichen einer starken Unterzuckerung. Der Professor hat daraufhin den Körper Ihres Mannes buchstäblich Zentimeter für Zentimeter mit der Lupe untersucht und tatsächlich eine ungewöhnliche, gerötete Einstichstelle gefunden.«

»Oh. Meinen Sie, mein Mann hat sich zu viel Insulin gespritzt? Glauben Sie an einen Selbstmord?«

Kowalski schüttelte den Kopf.

»Sie haben uns doch gerade erzählt, wie Sie Ihren schon halb schlafenden Mann die Treppe hochgebracht haben. Sie hätten ihn fast geschleift, waren Ihre Worte. Wie soll er sich selbst das Insulin gespritzt haben?«

Ich verschränkte meine kalten, tauben Finger ineinander.

»Sie meinen also, er wurde …«

»Ermordet. Ja.« Frau Greve schaute mich fest an. »Und zwar von Ihnen.«

Ich wollte schlucken, aber in meinem Mund gab es keine Feuchtigkeit mehr. Nichts. Nur Sandpapier.

»In wenigen Minuten trifft die KT ein«, sagte Kowalski. »In der Kanne des Samowars kleben Teeblätter. Die werden natürlich untersucht. Wenn unser Verdacht stimmt, werden sich darin Rückstände des Schlafmittels finden, das bei Ihrem Mann nachgewiesen wurde.«

»Den Insulinpen haben Sie bestimmt schon entsorgt. Aber

in dieser Gegend kommt die Müllabfuhr erst freitags. Mit ein bisschen Glück finden wir den Pen in der Mülltonne – mit Ihren Fingerabdrücken darauf.«

Mir fiel siedend heiß ein, dass ich tatsächlich keine Handschuhe getragen hatte. Warum auch? Ich war so sicher gewesen, dass mir niemand etwas würde nachweisen können! Warum hatte ich den Pen nicht bei den Nachbarn in den Müll geworfen?

Draußen heulte der Wind ums Haus, die Dachrinne klapperte, rechts über der Terrasse. Joachim hatte die Schelle festziehen wollen und das offenbar vergessen. Jetzt konnte er es nicht mehr.

Es klingelte. Frau Greve sprang auf und öffnete die Haustür. Dann bevölkerten Gestalten in weißen Schutzanzügen mein Wohnzimmer. Ich saß im Sessel und sah zu, wie sie ihre Koffer aufklappten und Pinsel, Dosen und anderes Zeug herausholten.

Wollen Sie das Wohnzimmer streichen? wollte ich fragen. Stattdessen musste ich lachen. Ein Lachen, das irgendwie nicht zu mir gehörte. Es machte mir Angst – und nicht nur mir, denn Greve und Kowalski tauschten einen besorgten Blick.

»Wie sind Sie eigentlich auf die Lösung gekommen?«, fragte ich, als ich mich endlich beruhigt hatte. Aus Romanen wusste ich natürlich, dass ich besser hätte schweigen und auf einen Anwalt bestehen sollen. Aber ich konnte nicht anders.

»Wie schon gesagt, wir beide waren mit der Aufklärung des Falls betraut, über den Sie zweifellos gelesen haben. Der Rechtsmediziner wusste, wonach er suchen muss, und wenige Stunden nach dem Tod sind viele Werte noch nachweisbar. Das wurde Ihnen zum Verhängnis.«

Ich stützte meine Ellenbogen auf die Knie und rieb mein Gesicht.

»Es passte alles so gut zusammen: der Artikel in der Wochenzeitung, der Samowar auf dem Flohmarkt. Ich war mir so sicher ...«

»... dass wir Ihnen nicht auf die Schliche kommen? Wenn die Notärztin sich nicht exakt an die Vorschriften gehalten hätte, wäre dieser Mord wahrscheinlich übersehen worden. Aber die Ärztin war korrekt, und die Parallelen zu unserem alten Fall waren augenfällig.« Frau Greve beugte sich vor. »Warum haben Sie es getan? Hat Ihr Mann Sie betrogen oder misshandelt?«

»Nein! Nichts dergleichen. Aber nachdem ich mich über vierzig Jahren um alles gekümmert habe, wollte ich endlich mein eigenes Leben führen. Tun, was mir gefällt. Ist das denn zu viel verlangt?«

»Nein«, sagte Kowalski, und er klang jetzt fast traurig. »Nur der Weg, den Sie gewählt haben, um dieses Ziel zu erreichen, ist falsch.« Er erklärte mir meine Rechte, und erst, als ich im Dienstwagen auf der Rückbank saß, verstand ich wirklich, was passiert war: Ich wurde wegen des dringenden Verdachts, meinen Mann ermordet zu haben, verhaftet.

Am Fenster glitten Felder vorbei. Kowalski drehte sich auf dem Beifahrersitz um.

»Eines verstehe ich immer noch nicht, Frau Behrendt. Ihr Mann schien doch ein freundlicher, aufgeschlossener Mensch gewesen zu sein.«

»Ja, das war er. Tatsächlich.«

»Wieso haben Sie nicht mit ihm über Ihre Wünsche gesprochen? Sie hätten doch bestimmt eine Lösung gefunden.«

Ich schaute Kowalski verblüfft an.

»Auf diesen Gedanken bin ich nie gekommen.«

In Schleswig nahm man mein Geständnis zu Protokoll, dann brachte man mich nach Flensburg ins Untersuchungsgefängnis. Wenn ich es richtig verstanden habe, befürchtet man, ich könnte mir etwas antun. Hier sitze ich nun in einer kleinen Zelle, eine entsetzliche Umgebung, in der man sich unmöglich wohlfühlen kann. Die Wände sind grau, das Fenster ist vergittert, das Waschbecken und die Toilette sind aus Edelstahl. Das Bett ist schmal, und die Bettwäsche ist grün kariert. Endlich, seit über vierzig Jahren, bin ich Witwe und habe sehr viel Zeit für mich. Doch genießen kann ich es nicht.

Ich verabscheue grüne Bettwäsche, und ich mag keine Karos.

ABWARTEN. UND TEE TRINKEN.
Eric Niemann

Dimitri Ionesco stand inmitten einer unwirklichen Szenerie. Strahlender Sonnenschein schien ihn zu umgeben, ein gleißendes Licht, vor dem er sich mit einer Sonnenbrille hätte schützen müssen. Doch er tat es nicht. Er blinzelte nicht einmal, als er den Blick schweifen ließ, über die schneeweißen Täler, die ihn umgaben, hier, auf der Spitze der Welt. Die zerklüfteten Bergketten waren die stummen Zeugen einer fast achtzigjährigen Geschichte seit der Erstbesteigung des Mount Everest, die, würden sie reden, von erschütternden Schicksalen und triumphalen Siegen hätten erzählen können.

Eine feine Säule stieg über der Teetasse empor und verflüchtigte sich, noch bevor sie das Gesicht von Dimitri Ionesco erreichte.

»Wollen Sie die Jacke nicht ausziehen? Ist doch viel zu dick, Sie müssen sich doch totschwitzen.« Nora Pohl machte sich ernsthaft Sorgen um Ionesco, der vor einem Jahr einen Herzinfarkt zwar überstanden hatte, aber noch nicht wieder ganz der Alte war. Zumindest war Nora Pohl dieser Ansicht, die Ionesco nicht teilte.

»Dass Sie sich immer Sorgen um mich machen. Es geht mir gut, wirklich.«

»Sie haben abgenommen«, sagte sie in einem vorwurfsvollen Ton.

»Ja, Gott sei Dank. Ich war das, was man gemeinhin mit dem Begriff ›fettleibig‹ umschreibt.«

»Jetzt übertreiben Sie aber maßlos. Für Ihr Alter hatten Sie eine Top-Figur, und nun sehen Sie etwas kränklich aus.«

»Papperlapapp. Meine Blutwerte sind viel besser als noch vor einem Jahr, ich kann also nicht so viel falsch gemacht haben.«

Ionesco sah auf die Tasse und deren Inhalt. »Der Tee ist kalt.«

Die Aufnahmeleiterin nahm ihm die Tasse ab. »Wir haben schöne Fotos gemacht, das sollte erst mal reichen.«

Ionesco sah auf die Uhr. »Wo bleibt nur der Friedo? Ist der jetzt ...«

Mitten im Satz klingelte es an der Tür zum Studio.

»Sie bleiben bitte in der Kulisse, Herr Ionesco. Der Maskenbildner kommt zu Ihnen und pudert Sie für den Dreh ab.«

Pohl ging in den Flur und öffnete die Tür. Christian von Friedberg hatte, wie auch Ionesco, volle, ergraute Haare und war von schlanker Statur.

»Entschuldige, Nora. Der Verkehr – und dann kein Parkplatz.«

Pohl nickte verständnisvoll. »Ist mein Kollege schon da?«, fragte er und warf einen Blick den Flur entlang.

Ionesco war schneller als Pohl. »Dein Kollege wartet seit einer halben Stunde auf dem Mount Everest und steht sich die Beine in den Bauch.«

※※※

»Welch Freude, dich wiederzusehen, mein lieber Dimi.«

»Ganz meinerseits, Friedo. Muss ja eine Ewigkeit her sein,

dass wir uns gesehen haben. Warte mal. Letzte Woche Dienstag, beim Dreh.«

»Red nicht rum, lass dich schminken und komm zu mir auf den Everest. Ich will nicht den ganzen Tag hier stehen.«

Von Friedberg zog seinen Mantel aus und reichte ihn Pohl. »Seit dreißig Jahren geht das jetzt so. Nörgeln, meckern, pöbeln. Dabei ist er eigentlich ein ganz angenehmer Zeitgenosse. Er zeigt es nur nicht so gerne, stimmt´s, Dimi?«

Pohl legte den Mantel ab und nahm die Kamera zur Hand. »Stellst du dich ganz kurz neben Herrn Ionesco auf die Markierung? Ich will das Licht prüfen.«

Ionesco war noch immer auf Krawall gebürstet. »Du warst doch schon mal hier im Studio, oder? Dann weißt du doch, dass es hier in der Umgebung keine Parkplätze gibt.«

»Ja, weiß ich, aber die gäbe es auch nicht, wenn ich eine halbe Stunde früher losgefahren wäre.«

»Eben. Deshalb lässt man sich bringen oder nimmt ein Taxi.«

Pohl verließ die beiden in Richtung Teeküche.

»Wenn es keine Parkplätze gäbe, dann wäre ich ja schließlich nicht hier. Sag mal, warum siezt du die Nora eigentlich?«

»Wahrscheinlich parkst du in zweiter Reihe, so wie ich dich kenne, und löst damit gerade einen Verkehrsstau aus. Ich sieze Frau Pohl, weil es sich noch nicht ergeben hat, ihr das Du anzubieten.«

»Auf was für eine Gelegenheit wartest du denn? Dass ihr gemeinsam auf einer einsamen Insel strandet?«

»Dein Sarkasmus kann einem manchmal ganz schön auf den Senkel gehen. Vielleicht könntest du …«

Pohl war zurück. »Friedo, lässt du dich bitte auch vorbereiten.«

Von Friedberg machte Anstalten, seinen für die Aufnahmen definierten Platz zu verlassen, hält kurz inne und blickt erstaunt auf. »Wo ist eigentlich der Chef?«

»Ja, wo ist denn Herr Martens?«, konkretisierte Ionesco die Frage.

Pohl sah auf die Uhr. »Jetzt, wo ihr es sagt. Der hätte schon längst hier sein müssen.«

Ionesco winkte ab. »Ist vielleicht ganz gut so. Nervt auch ein bisschen, der feine Herr, mit seinen Vorschlägen, wie wir unseren Job zu machen haben.«

»Der wievielte Spot ist das jetzt eigentlich, den wir für seinen Tee machen? Der sechste?«

»Der achte«, antwortete Pohl.

Ionesco nickte zur Bestätigung. »Und der gelackte Herr Martens war bislang immer mit von der Partie und hat aus dem Off herumgequakt.«

»Er wird es verschmerzen, wenn er dich einmal nicht live sehen wird, mit der dampfenden Teetasse in der Hand und deinem ikonischen ›Abwarten und Tee trinken‹.«

»Das traust du mir zu? Dass ich das hinbekomme? Ohne Applaus des Senior-Chefs der weltberühmten Berliner Teemischung?«

Von Friedberg lächelte und klatschte in die Hände. »Bravo. Du kannst ja auch Sarkasmus.«

»Komm, lass uns den Spot doch kurz mal trocken durchgehen.«

»Willst du mich verarschen, Dimi?«

»Nein, nein. Lass uns das Ganze mal durchspielen.«

»Also schön. Ich weiß zwar nicht, wofür das gut sein soll, aber okay.«

Pohl befestigte die Kamera auf dem Stativ. »Ich habe gerade

versucht, Herrn Martens zu erreichen. Auf dem Handy meldet er sich nicht, aber ich habe auch seine Festnetznummer.«

»Ist das nicht ein Fall für dich, Friedo? Der von sich meint, er sei nach dreißig Dienstjahren als Fernsehkommissar besser als die Originale? Also die echten Polizisten?«

Von Friedberg ignorierte die Frage und stellte sich auf das grüne Kreuz auf dem Boden, das seine Position festlegte. »Dimi, schau«, rief er unvermittelt. »Unsere gesamte Ausrüstung rutscht gerade die Nordflanke des Mount Everest herunter.«

Ionesco nickte betroffen.

»Ja, was ist denn jetzt?«, fragte von Friedberg hilflos. »Wie sollen wir den Hillary-Step herunterkommen ohne gescheite Ausrüstung?«

Ionesco lächelte und zuckte mit den Schultern. Von Friedberg hob beschwörend die Hände in den Himmel. »Himmelhergottsakrament. Wir werden hier oben sterben! Was sollen wir denn tun?«

Von Friedberg starrte Ionesco mit weit aufgerissenen Augen an. Der nahm aus dem Nichts eine Teetasse in die Hand und führte sie zum Mund. »Abwarten«, sagt er mit sonorer Stimme. Dann sah er direkt in die Kamera und nippte an der Tasse. »Und Tee trinken. Martens Berliner Teemischung.« Ionesco schloss die Augen. Sein Gesicht erinnerte an einen Mann, dem mit duftendem Öl der Hintern massiert wird. »Wunderbar.«

**

»Puh, wie gut, dass wir das noch einmal durchgegangen sind, Dimi. Das wäre sonst kolossal in die Hose gegangen«, sagte von Friedberg.

Ionesco tat so, als überhöre er den süffisanten Unterton in von Friedbergs Stimme. »Ja, finde ich auch. Dann können wir jetzt direkt loslegen. Wenn du deine Maske aufgesetzt hast. Ich meine, wenn die Maske dich gepudert hat.«

»Ich lasse mich pudern, und du kannst ja noch an deiner Rolle feilen«, sagte von Friedberg und stieg über die Watteballen. »Ich brauche nicht lange.«

Ionesco nickte bestätigend. »Wenn der Herr Martens in der nächsten Viertelstunde nicht da ist, dann nehmen wir den Spot ohne ihn auf. Sind ja alle da, hab die Kollegen vom Licht und vom Ton schon gesehen. Und Frau Pohl natürlich auch. Ich hab nächste Woche keine Zeit, das Ding muss heute im Kasten sein.«

»Beruhig dich, Dimi.«

»Ich bin die Ruhe in Person.« Von Friedberg legte seinem Kollegen behutsam die Hand auf die Schulter.

»Sag mal, was bist du denn jetzt so entspannt? War da vielleicht etwas in deinem Tee?«

»Jepp«, sagte Ionesco und lachte auf.

Von Friedberg sah ihn ungläubig an. »Das ist jetzt nicht dein Ernst, oder?«

Ionescos Grinsen reichte von Ohr zu Ohr. »Mein vollster Ernst.«

»Du? Alkohol? Oder Drogen?«

Ionesco zog die Schultern in die Höhe und die Mundwinkel herunter. »Tja. Ich bin dem weißen Zeug verfallen.«

»Kokain?«, fragte Friedo ungläubig.

Ionesco schüttelte langsam den Kopf. Von Friedberg zog unwillkürlich die Augenbrauen zusammen.

»Nun sag schon, was hast du dir da in den Tee gemischt.«

Ionesco holte tief Luft und nahm dann Blickkontakt zu von Friedberg auf. »Wir kennen uns jetzt schon vierzig Jahre,

Friedo, und dreißig Jahre machen wir Sonntag-Abend-Krimiunterhaltung.« Ionesco holte tief Luft und ließ sie langsam entweichen. »Ich glaube, ich sollte es dir anvertrauen. Das bin ich dir schuldig.«

Von Friedberg nickte. Ionescos Blick wanderte unruhig durch das Zimmer und blieb schließlich auf von Friedbergs Schulter hängen. Ionesco schien mit sich zu kämpfen. Seine Lippen zitterten leicht.

»Friedo, weißt du ... ich ... ich nehme jetzt immer ein Stück Zucker in den Tee.«

Ionesco riss die Augenbrauen in die Höhe und stieß einen Schrei aus. »Hab ich dich jetzt auch mal gefoppt. Hahaha! Jetzt sag nicht, du hast echt geglaubt, dass ich auf meine alten Tage noch zu harten Drogen greife.«

Von Friedberg stimmte in das Lachen ein. »Nein, nein, du, ich muss dich enttäuschen, du und Drogen, das war von vornherein klar, dass das eine schlecht inszenierte Komödie war.«

Beide lachten noch ein wenig vor sich hin, bis Nora Pohl auf die beiden zutrat. »Ich kann Herrn Martens auch auf Festnetz nicht erreichen. Das ist schon sonderbar. Er war ja sonst total zuverlässig, fast überkorrekt.«

»Wollen wir den Take dann morgen aufnehmen?«, fragte Pohl die beiden Schauspieler.

Ionesco schüttelte heftig den Kopf. »Das geht nicht. Ich muss morgen spielen, ich habe eine Nachmittagsvorstellung.«

»Was wird denn gegeben?«, wollte Friedo wissen.

»Ein Klassiker. Arsen und Spitzenhäubchen.«

»Aha, und du bist der Tote in der Truhe«, erwiderte von Friedberg und lachte, während ein Maskenbildner in seinem Gesicht herumfuhrwerkte.

»Ja, genau der. Entspricht perfekt meinen schauspielerischen Qualitäten. Aber nun lass uns endlich anfangen.«

»Okay, wir machen zunächst einen Soundcheck.« Pohl gab dem Tonmann ein Zeichen, der nickte.

»Was ist denn passiert, reizende Elise, nachdem sie mich in ihrer Güte doch so oft ihrer Treue versichert haben? Sie seufzen, während ich voller Glück und Freude bin? Bereuen Sie vielleicht, mich so glücklich gemacht zu haben? Bedauern Sie vielleicht, dass …«

»Danke. Herr von Friedberg, bitte.«

»Na, Friedo, da hast du dich ja richtig in Rage geredet. Aus welchem Stück stammte das denn?«

»Das war Valère aus dem Geizigen von Molière.«

»Bitte nur Herr Ionesco.«

»Ja, natürlich. Ich kann ja etwas aus Arsen und Spitzenhäubchen vortragen, zum Beispiel den Moment, als ich …«

»Danke, das reicht.«

***

»Der Tee ist kalt«, sagte Ionesco lapidar. »Ich brauche heißes Wasser zum Aufgießen.«

Pohl sah zum Tonmann, dann zur Lichtfrau, und die schaute zum Maskenbildner, um schließlich selbst in die kleine Teeküche zu gehen und den Wasserkocher anzustellen.

Der Maskenbildner wandte sich mit einer Quaste von Friedbergs Hals zu, was dem Schauspieler sichtlich missfiel.

»Nee, wirklich, das reicht jetzt.«

Der Mann hatte vermutlich des Öfteren mit renitenten Diven zu tun und beendete augenblicklich den Vorgang.

Aus der Küche war ein Klacken zu hören, als das Teewasser den Siedepunkt erreicht hatte.

»Gut«, sagte Pohl, als sie an die künstliche Schneelandschaft auf dem Dach der Welt trat. »Hier ist heißes Wasser, halten Sie mir mal die Tasse hin.«

Sie lugte über den Rand auf den Boden der Tasse. »Da ist kein Teebeutel drin.«

Ionesco imitierte ein Lächeln. »Sie sollten sich direkt bei der Polizei bewerben, Frau Pohl. Denn: Ja, es ist kein Teebeutel in der Tasse, denn ich möchte vermeiden, mich in den Watteschnee übergeben zu müssen, wenn Martens Berliner Teemischung Spezial mein Zäpfchen benetzt.«

»Also bitte, ihr beiden, ziehen wir das ganze doch nicht unnötig in die Länge«, sagte von Friedberg genervt. »Nora, du schüttest ihm jetzt heißes Wasser in die Tasse, und Dimi, du musst nicht mehr den sterbenden Schwan geben.«

Pohl schüttete heißes Wasser in die Tasse, Ionesco nickte ihr zu. Die beiden begaben sich in Positur. »Licht okay«, sagte die Lichtfrau. »Ton okay«, rief der Tonmann. Pohl nickte. »Okay, Kamera läuft. Berliner Teemischung die Erste, und ... bitte.«

***

Dimitri Ionesco und Christian von Friedberg benötigten nur eine Einstellung, dann war der Spot für die Berliner Teemischung von Martens im Kasten. Die beiden erfahrenen Schauspieler warben seit nunmehr elf Jahren für den Beuteltee, dessen Genuss, so das Versprechen, selbst in schier ausweglosen Situationen Ruhe und Gelassenheit bescherte. Nora Pohl hätte gerne eine zweite Einstellung gedreht, aber die beiden Haudegen waren mit ihrer ersten Interpretation einer dramatischen und lebensbedrohenden Katastrophe am Mount Everest zufrieden. Und da es dieses Mal keinen wie Mario Martens gab, der ohnehin an allem etwas auszusetzen hatte, war der Dreh bereits nach gut einer Stunde wieder beendet. Die Requisiteure bauten die Fototapete mit dem beeindruckenden Bergmassiv und die Watteballen ab, der Maskenbildner schminkte die beiden Schauspieler ab, und Nora Pohl versuchte ein letztes Mal, den Spiritus rektor der ältesten Berliner Teemarke zu erreichen. Erneut ohne Erfolg.

***

Es klingelte nur einmal, dann nahm Christian von Friedberg das Gespräch an.

»Hast du was von Mario Martens gehört?«, fragte Ionesco.

»Bislang noch nicht, und Nora auch nicht.«

»Habt ihr beiden heute telefoniert? Oder läuft da sogar was zwischen euch?«

»Quatsch.«

»Wo hast du denn die letzte Nacht verbracht, Friedo?«

»Jetzt redest du fast schon wie dein Alter Ego, der neugierige Berliner Hauptkommissar.«

Ionesco lächelte und nickte. »Ist ja auch nicht weiter verwunderlich, so oft, wie ich den schon verkörpert habe. Hast du das nicht, dass du manchmal im Privatleben in die Rolle rutschst?«

»Nee, und das kann auch gerne so bleiben. Ich glaube sowieso, dass ich wie ein Polizist denke, so oft, wie ich einen gespielt habe. Aber das habe ich dir ja schon mal gesagt.«

»Was meinst du?«

»Dass ich einen Fall, egal welcher Art, vermutlich schneller aufklären würde als jeder Polizist.«

»Ach, das meinst du. Dein Superhirn. Deine Erfahrung als Fernseh-Kommissar. Dein Instinkt.«

»Ganz genau.«

»Schon merkwürdig, dass der Martens sich nicht gemeldet hat. Nicht angerufen, und auch keine Nachricht geschickt.«

Von Friedberg nickte. »Hoffentlich ist ihm nichts passiert.«

»Na, nun wollen wir mal den Teufel nicht an die Wand malen«, sagte Ionesco. »Einer der ersten Sätze, die ich auf Russisch gelernt habe, war *Поживём – увидим.*«

»Verrätst du auch, was das auf Deutsch heißt?«

»Werden wir weiterleben, werden wir sehen.«

»Aha. Mit anderen Worten: ›Abwarten und Tee trinken‹.«

»Genau. Wie der Slogan von Martens' Berliner-Teemischung. Ein gutes Omen, findest du nicht?«

Von Friedberg wich der Frage aus. »Wie war deine Aufführung heute?«

»Ganz gut. Wir hatten aber einen kleinen Zwischenfall. Es gibt da eine Szene, in der ich etwas von einem Blatt ablese, und dann hole ich eine Brille aus meinem Jackett, ich trage da meine Privatklamotten, also, ich setze die Brille auf und beginne etwas steif zu lesen.«

Von Friedberg verstand nicht, worauf Ionesco hinauswollte. »Ja, und?«

»Ich konnte den Text nicht lesen.«

»Hattest du deine Muttersprache verloren? So eine Art kurzzeitige Sprachamnesie?«

»Ich kann den Text ja ohnehin auswendig und muss den nicht ablesen, aber es wäre auch nicht gegangen, weil in der Brille andere Gläser waren als sonst. Die waren so stark, dass ich alles nur verschwommen sehen konnte.«

»Da wollte dir irgendjemand einen Streich spielen.«

»Ja, aber warum? Ich verstehe gar nicht, was das soll.«

»Hast du dich mit jemanden im Ensemble überworfen?«

»Ich? Nein! Aber selbst wenn: Wer macht denn so was und tauscht eine Brille aus?«

»Keine Ahnung. Was hast du gemacht?«

»Was sollte ich schon machen? Ich habe natürlich weitergespielt.«

Von Friedberg sah auf die Uhr. »Hör zu, hast du jetzt Zeit?«

»Wieso, was hast du vor?«

»Ich bin in zehn Minuten bei dir.«

※※※

»Was wird das jetzt, Friedo? Willst du mich entführen? Oder sagst du mir noch, was du vorhast?«

»Wir fahren in die Stargarder Straße.«

Ionesco versuchte, den Grund für die Reise durch den dichten Berliner Verkehr von Friedbergs Gesicht abzulesen, was ihm aber erwartungsgemäß misslang. »Wird das jetzt eine Überraschung? Ich habe erst im Dezember Geburtstag.«

Von Friedberg war ganz und gar nicht zum Scherzen zumute. Ganz im Gegenteil. Er wollte Klarheit. »In der Stargarder Straße hat Mario Martens ein Apartment.«

Ionesco suchte einige Sekunden nach den richtigen Worten. »Wir fahren zum Apartment von Mario Martens. Daraus schlussfolgere ich zweierlei: Du weißt, dass Herr Martens dort ein Apartment besitzt, und zum anderen, dass du nachschauen möchtest, ob bei ihm alles in Ordnung ist. Habe ich das richtig verstanden?«

Von Friedberg nickte.

»Das bringt mich zu zwei Fragen. Erstens: Woher weißt du, dass Herr Martens dort ein Apartment besitzt, und zweitens: Kann es sein, dass du gerade deine Rolle als Hauptkommissar nicht ablegen kannst und in einem Vermisstenfall ermitteln willst, von dem noch gar nicht klar ist, ob es ein Vermisstenfall ist?«

»Deshalb will ich ja bei Mario vorbeifahren und schauen, ob er da ist – damit wir ausschließen können, dass es sich um einen Vermisstenfall handelt.«

»Aber wäre dafür nicht die Polizei zuständig? Also die richtige Polizei? Oder zunächst einmal seine Familie?«

»Mario hat keine Familie. Also keine Frau oder Kinder, und beim Bruder in Hamburg habe ich schon angerufen, da ist er nicht.«

»Moment, Moment, jetzt mal langsam. Du nennst ihn nicht wie ich Herr Martens, sondern Mario. Du kennst ihn also besser als ich, oder hast du wie immer ganz jovial beim ersten Kontakt das Du angeboten? Woher weißt du, dass er keine Frau und keine Kinder hat, dafür aber einen Bruder, von dem du sogar die Telefonnummer hast? Apropos: Wieso lebt der Teepapst von Berlin in einem Apartment in der Stargarder Straße und nicht in einer Villa am Wannsee?«

Von Friedberg bog in die Stargarder Straße ein. »Ich weiß gar nicht, ob du das alles wissen willst, Dimi.«

»Wenn ich es nicht wissen wollte, hätte ich wohl kaum gefragt. Also: Was zum Teufel läuft hier gerade?«

Von Friedberg manövrierte den Wagen in eine Parklücke und stellte den Motor ab. »Also gut. Ich kenne Mario Martens besser als du …«

»Wen nicht?«

»Lass mich ausreden.« Von Friedberg starrte geradeaus durch die Windschutzscheibe. »Ich kenne Mario Martens besser, als du denkst. Er hat eine Villa in Zehlendorf, aber er hat auch seit einigen Jahren ein Apartment hier in der Stargarder Straße. Das nutzt er, wenn er im Kiez unterwegs ist und nicht mehr zurückfahren will.«

»Don´t drink and drive! Sehr löblich.«

»Er will nicht zurückfahren, wenn er etwas getrunken hat, ja.« Von Friedberg holte tief Luft. »Oder wenn er sich hier mit seinem Partner trifft.«

Ionesco drehte sich zu von Friedberg und beugte sich leicht vor. »Martens ist schwul? Willst du das sagen? Und hat sich hier mit jungen Strichern getroffen?«

»Nein, das will ich nicht sagen.« Der Ton bekam eine gereizte Note.

Von Friedberg fiel es sichtlich schwer auszusprechen, was er so viele Jahre vor seinem Kollegen und der Öffentlichkeit verheimlicht hatte. Er musste es aber gar nicht aussprechen, denn Ionesco kam ihm zuvor.

»Er hat sich hier mit dir getroffen.«

Von Friedbergs Blick war noch immer starr geradeaus.

»Ja. Seit fast sieben Jahren.«

Ionesco ließ sich in den Wagensitz zurückfallen.

»Das … glaube ich nicht.« Er schüttelte den Kopf. »Und was ist mit Andrea?«

Von Friedberg schien sich noch immer nicht zu bewegen, als würde er keine Energie vergeuden wollen. »Andrea liebt

Frauen. Es ist ein Zweckbündnis, wir spielen das Paar seit elf Jahren. Da kommt uns unsere Ausbildung zugute.«

»Deswegen hat Martens auch uns ausgewählt. Weil du mit ihm ... weil du ... also, weil ihr liiert seid.«

Von Friedberg nickte. Die beiden schwiegen sich eine Zeit lang an.

»Friedo, warum hast du mir das denn nie erzählt?«

Nun blickte von Friedberg zu Ionesco. »Warum hätte ich das tun sollen? Du erzählst mir doch auch nicht, mit wem du ins Bett gehst.«

»Das ist ja wohl was anderes.«

»Ach ja?? Ich wüsste nicht, warum. Ich bin ja nun kein anderer Mensch als noch vor einer Stunde, oder?«

»Natürlich nicht. Ich finde es auch echt okay, dass du ... schwul bist.«

»Oh, vielen Dank«, sagte von Friedberg sarkastisch. »Ich finde es übrigens auch okay, dass du es nicht bist.«

»Ja, das ist ja auch ...« Ionesco stockte.

»Normal? Wolltest du das sagen?«

»Nein. Aber hetero zu sein ist ja wohl eher die Norm als homosexuell.«

Von Friedberg streckte des Kinn nach vorne und nickte. »Klar. Schwul zu sein ist nicht die Norm. Also unnormal sozusagen.«

»Herrgott, Friedo, nun dreh mir doch nicht die Worte im Mund herum.«

»Tue ich gar nicht. Aber ich verstehe, dass du diese Information jetzt erst mal sacken lassen musst. Ich würd dich nur bitten, es für dich zu behalten, okay?«

»Ja, natürlich«, entgegnete Ionesco. »Es ist nur so schade, dass du dich verstecken musst. Weil es ja wirklich nichts Schlimmes ist.«

»Ich verstecke mich nicht, Dimi. Ich habe eine Entscheidung getroffen, mit der ich leben kann. Zumindest besser, als wenn es bekannt wäre.«

Ionesco nickte eifrig. »Ja, klar, wie du meinst. Über meine Lippen – kein Wort.«

»Gut. Du musst auch nicht mit hochkommen, ich kann selber nachschauen.«

»Ich komme mit ... also, wenn es dir nichts ausmacht.«

Von Friedberg sah Ionesco an. »Ich glaube, ich hätte es dir nicht sagen sollen. Aber ich habe gedacht, dass das jetzt eine gute Gelegenheit wäre. Aber ... na, egal, dann komm halt mit.«

***

Von Friedberg klingelte. Nichts geschah. Er klingelte erneut. Nichts.

»Hast du keinen Schlüssel? Ich meine, wenn ihr euch hier getroffen habt, dann ...«

»Wenn wir hier sind, dann sind wir zusammen hier. Deshalb besteht kein Grund, warum ich einen Schlüssel haben sollte.«

Von Friedberg drückte auf einen Knopf, unter dem der Name »Hüsen« stand.

»Wer ist Hüsen?«, fragte Ionesco.

Bevor er eine Antwort erhielt, ertönte das Summen des Türöffners.

»Also, wer ist jetzt Herr Hüsen?«, wiederholte Ionesco seine Frage im Treppenhaus.

»Pssst, schrei hier nicht so rum. Wirst es gleich selbst sehen.«

»Aha. Auch ein Freund von Martens? Oder vielleicht von dir?«

Von Friedberg, der einige Stufen vor Ionesco die Treppe emporstieg, hielt inne und drehte sich zu seinem Kollegen um. »Mal so, mal so. Wenn Mario Lust hat, dann steigt er in einen Latex-Anzug und klopft beim Nachbarn, und wenn mich die Gier übermannt, dann komm ich hier bereits im Latex-Anzug angefahren und stürze dann in die Wohnung von Herrn Hüsen. Manchmal machen wir uns auch zu dritt gegenseitig übereinander her, wenn wir unsere Geilheit nicht mehr kontrollieren können.«

Ionesco starrte seinen Kollegen an. Dann hob er beschwichtigend die Arme. Von Friedberg seufzte, drehte sich um und stapfte schwer genervt die Stufen bis zum 3. Stock empor.

Als auch Ionesco den dritten Stock schnaufend erreicht hatte, öffnete sich langsam die Wohnungstür von Martens' Nachbarn, der zu Ionescos erstaunen eine Nachbarin war.

»Hallo, Frau Hüsen«, begrüßte von Friedberg die Frau.

»Ach, der Herr Kommissar«, sagte sie, und die Wangen der alten Dame schienen zu glühen. »Wollen Sie den Herrn Martens mal wieder besuchen?«

Von Friedberg warf einen flüchtigen Blick auf Ionesco, der sich nicht regte. »Der Herr Martens hat sich seit einigen Tagen nicht mehr gemeldet, und da wollte ich nachsehen, ob alles in Ordnung ist.«

»Ach, Sie sind ja so ein netter Mensch.« Frau Hüsen deutete auf Ionesco. »Und wer ist er?«

»Das ist mein Freund und Kollege, Hauptkommissar …«
»Friedo!«
»Wer bitte?«, fragte Frau Hüsen.

»Mein Freund und Kollege Dimitri Ionesco. Er ist auch ein Bekannter von Herrn Martens.«

»Ach, der Herr Martens hat ja so viele Bekannte. Manchmal denke ich: jeden Monat ein Neuer.«

Frau Hüsen lachte, und von Friedberg lachte angestrengt mit.

»Haben Sie denn in seiner Firma schon nachgefragt?«

»Nein, aber es ist ja Sonntag, da arbeitet Herr Martens nicht«, sagte von Friedberg und schob ein »Soviel ich weiß« nach.

»Der Herr Martens ist so ein netter Mensch«, erläuterte Frau Hüsen.

»Das ist er in der Tat. Umso mehr hat es uns verwundert, dass er nicht zu unserer Verabredung erschienen ist.«

»Das dürfen Sie auch nicht machen«, sagte Frau Hüsen tadelnd.

»Äh, was dürfen wir nicht machen?«, fragte Ionesco verwundert.

»Na, nicht zu der Verabredung mit Herrn Martens erscheinen.«

»Das haben Sie falsch verstanden, Frau Hüsen«, sagte von Friedberg. »Herr Martens ist nicht zur Verabredung erschienen.«

»Nein?«

»Nein«, bestätigten von Friedberg und Ionesco unisono.

»Das sieht ihm gar nicht ähnlich.«

»Das dachten wir uns auch. Und daher wollten wir …«, begann von Friedberg den Satz, den Frau Hüsen beendete.

»Sie wollen nachschauen, ob ihm etwas passiert ist. Sie sind ja wirklich sehr gute Freunde. Warten Sie, ich hole den Schlüssel.«

»Sie haben einen Schlüssel für seine Wohnung?«, fragte von Friedberg verwundert.

»Natürlich. Ich mache doch bei ihm sauber, zweimal die Woche. Was mache ich nur, wenn ihm etwas zugestoßen ist? Ich bekomme doch nur eine ganz kleine Rente.«

»Wir sagen Ihnen Bescheid, Frau Hüsen, wenn etwas vorgefallen ist. Wenn alles in Ordnung ist, werfen wir Ihnen den Schlüssel durch den Briefkastenschlitz Ihrer Wohnungstür, einverstanden?«

»Ja, machen Sie das bitte. Aber es wird schon nichts passiert sein. Er ist so ein netter Mann.«

Mit einem Lächeln übergab die alte Dame von Friedberg den Schlüssel zur Wohnung, und er öffnete ohne Zögern die Wohnungstür.

»Du weißt schon, dass das hier ein Einbruch ist, oder?«, flüsterte Ionesco.

Frau Hüsen hatte sich wieder in ihre Wohnung zurückgezogen, beobachtete aber durch den Türspalt das Geschehen.

***

Die beiden Männer traten in den Flur der Wohnung, Ionesco schloss die Tür hinter sich.

»Einbruch ist ein hartes Wort, Dimi.«

»Mag sein. Aber zutreffend. Denn du bist ohne Martens Kenntnis in seiner Wohnung.«

»Er ist ja auch kein Fremder, wie ich versucht habe zu erklären. Oder hast du es nicht verstanden?«

»Doch, doch. Ich meine nur, formaljuristisch sind wir ...«

»Mario?«, rief von Friedberg. »Bist du hier?«

Die beiden horchten in die Wohnung hinein.

»Ich wünschte, wir wären jetzt auf einem Dreh und in unserer Rolle«, sagte Ionesco.

»Aha. Wieso?«

»Weil bei den Drehbüchern immer klar ist, dass uns nix Ernsthaftes passiert. Oder zumindest am Ende alles wieder gut wird.«

»Schau du ins Badezimmer, ich gehe ins Schlafzimmer«, wies von Friedberg seinen Kollegen an.

»Bist du bescheuert, ich geh nirgendwo alleine rein.«

»Dann komm halt mit.«

»Ich könnte natürlich verstehen, wenn es dir unangenehm ist, wenn ich in euer Schlafzimmer …«

Von Friedberg blieb stehen und sah Ionesco an. »Es ist das Schlafzimmer von Mario Martens. Laber jetzt nicht so einen trivialen Scheiß. Ich stehe dicht vorm Nervenzusammenbruch.«

»Verstehe. Entschuldige. Mario ist ja schließlich dein … Ja, gehen wir also nachsehen.«

Doch: keine Spur von Mario Martens.

»Vielleicht ist er kurzfristig weggefahren. Ein Todesfall in der Familie«, mutmaßte Ionesco.

»Das erklärt nicht, warum er mich nicht zumindest angerufen hat.«

»Aber das hier könnte es erklären.«

»Sein Handy«, sagte von Friedberg erstaunt.

»Das sollten wir der Polizei mitteilen.«

»Und wie begründen wir, dass wir in seiner Wohnung waren? Wie gesagt, ich möchte ungern, dass jeder mitbekommt, dass er und ich …«

»Aber wenn wir es mit einer Straftat zu tun haben, dann …«

Die beiden hatten die Wohnungstür erreicht. Ionesco öffnete sie und stieß einen spitzen Schrei aus.

»Mein Gott, Dimi. Das ist Frau Hüsen. Erkennst du sie etwa nicht mehr?«

Ionesco wandte sich direkt an die Nachbarin. »Sie sollten doch in ihrer Wohnung bleiben«, sagte er tadelnd.

»Entschuldigen Sie, Herr Kommissar. Aber ich wollte Ihnen noch etwas sagen, was bei ihren Ermittlungen vielleicht wichtig ist.«

»Bei welchen Ermittlungen? Frau Hüsen, wir …«, hob Ionesco an, aber von Friedberg bremste ihn aus.

»Ja, reden Sie, Frau Hüsen. Was haben Sie denn noch für uns?«

»Der Herr Martens hat heute ganz früh das Haus verlassen. Ist ja eher untypisch für ihn. Noch vor acht Uhr.«

»Woher wissen Sie denn, dass …«, setzte Ionesco an, kam aber erneut nicht weiter.

»Hat Herr Martens gesagt, wo er hinwollte?«

»Nein.«

»War er besonders gekleidet?«

»Nein, wie immer eigentlich.«

»Oder hat er sich irgendwie auffällig verhalten?«

Frau Hüsen schüttelte den Kopf.

Die beiden Männer nickten der alten Dame zu und waren bereits die erste Treppe hinuntergestiegen, als Frau Hüsens Gesicht über dem Treppengeländer erschien. »Moment. Also, ich weiß nicht, ob es wichtig ist, aber er hatte eine Aktentasche dabei.«

Ionesco und von Friedberg sahen einander an.

»Was ist daran so ungewöhnlich, Frau Hüsen?«

»Mit einer Aktentasche aus dem Haus gehen? Am heiligen Sonntag?«

***

Von Friedberg parkte seinen Fiat 500 vor der Polizeiwache Berlin-Kreuzberg. Sie betraten das Backsteingebäude an der Bebelallee und wurden von Oberkommissar Jakob Alici zunächst misstrauisch beäugt.

»Also, dieser Teefabrikant wird seit gestern Morgen vermisst, richtig?«

»Jawohl.«

»Vielleicht ist er zum Teetesten an die Nordsee gefahren.«

»Ist er nicht, das hätte er mir gesagt«, erwiderte von Friedberg.

»Sie sind ein Freund von Herrn Martens?«

»Richtig.«

»Ein Freund oder DER Freund?«

»Ein Freund. Ein sehr guter Freund. Deshalb kann ich auch sagen, dass es absolut untypisch ist, dass er sich nicht meldet.«

»Wie auch«, entgegnete Alici. »Sie haben doch gesagt, dass Sie sein Handy in der Wohnung gefunden haben. Wie soll er sich da auch bei Ihnen melden?«

»Ja, aber er wäre doch nie ohne sein Handy weggegangen. Da ist definitiv etwas passiert.«

Alici musterte die beiden.

»Ich kenne sie doch irgendwoher.«

»Wir möchten eine Vermisstenanzeige aufgeben«, sagte Ionesco.

Alici schüttelte heftig den Kopf. »Noch zu früh. Aber wir können …«

Das Gesicht des Kommissars hellte sich auf. »Jetzt weiß ich es. Sie sind diese beiden Fernseh-Detektive.«

Die Angesprochenen nickten.

»Und nun wollen die Herren Fernseh-Detektive mal selbst ein bisschen Sherlock Holmes und Doktor Watson spielen.«

»Wie? Was meinen Sie damit?«, wollte Ionesco wissen und lehnte sich auf den Tresen zwischen ihnen und dem Kommissar.

»Das ist doch offensichtlich. Er ist der Meinung, wir würden uns die ganze Geschichte ausdenken. Dass wir eine Schraube locker haben, richtig, Kommissar Alici?«, fragte von Friedberg.

»Das haben Sie gesagt.«

»Komm, Dimi, wir gehen. Der Kommissar würde vermutlich einen Kriminalfall nicht erkennen, wenn er selbst das Opfer wäre.«

***

»Kannst du fahren? Ich bin fix und fertig.«

»Klar.« Ionesco klemmte sich hinter das Lenkrad. »Ich glaube, wir befinden uns an einem Ort, den Holmes und Watson nur selten aufsuchen.«

»Als da wäre?«

»Eine Sackgasse, mein Lieber.« Er zog seine Brille aus der Sakkotasche. »Ach nee, ist ja immer noch die falsche Brille.«

Von Friedberg drehte sich ruckartig zu ihm. »Das ist es. Die Brille.«

»Das ist eine Brille, ja. Sehr gut, Friedo. Jetzt lehn dich zurück und entspann dich. Ich kann auch ohne Brille fahren.«

»Nein, nein, das meine ich nicht«, sagte von Friedberg aufgeregt. »Du hast gesagt, dass du die Brille während der Vorstellung im Sakko hattest und dass du dir nicht vorstellen könntest, wer aus dem Ensemble dir einen Streich gespielt haben könnte.«

»Ich wüsste nicht, warum …«

»Du hattest doch genau dieses Sakko auch an, als du zu den Aufnahmen vom Werbespot gekommen bist.«

»Sag mal, drehst du jetzt völlig durch, Friedo?«

»Nein«, schrie von Friedberg. »Ich drehe nicht durch.«

»Macht auf mich aber gerade einen anderen Eindruck.«

»Du hast Marios Brille eingesteckt. Gestern Vormittag! Verstehst du nicht?«

»Nein, noch nicht.«

»Als wir den Werbespot gedreht haben! Da hast du seine Brille in dein Sakko gesteckt.«

»Warum hätte ich das tun sollen?«

»Du hast es doch nicht absichtlich getan. Du dachtest, es wäre deine. Weil sie so ähnlich aussieht. Schwarzes Gestell, Marke Woody Allen.«

»Ja, und wenn dem so wäre, was würde das dann bedeuten?«

»Ganz einfach. Dass Mario im Studio war, bevor wir dort eingetroffen sind, und dass er von dort aus verschwunden ist.«

***

»Ich kenne Herrn Martens jetzt schon so lange, er hat mich damals in der Hochschule angesprochen«, sagte Pohl schluchzend. »Er hatte eine Arbeit von mir gesehen, einen Kurzfilm.« Sie weinte bittere Tränen. »Ich habe einfach schreckliche Angst, dass ihm etwas passiert ist.«

»Wir werden herausfinden, was Herrn Martens zugestoßen ist. Wir haben sogar schon eine wirklich gute Spur«, sagte von Friedberg bestimmt.

»Wirklich? Wo ist er denn?«, fragte Pohl überrascht.

»Das wissen wir noch nicht. Aber wir wissen, wer es wissen könnte.«

Pohl sah die beiden erstaunt an. »Ja, aber was macht ihr denn dann noch hier?«

»Habe ich doch gerade gesagt: Wir kennen jemanden, der wissen könnte, was mit Mario Martens passiert ist.«

»Du meinst doch wohl nicht mich?«, fragte Pohl irritiert. Dann sah sie auch an Ionescos Gesichtsausdruck, dass die beiden es ernst meinten. »Ihr denkt doch wohl nicht, ich hätte mit Marios Verschwinden zu tun?«

»Ah, jetzt ist der Herr Martens auf einmal Mario. Sehr interessant«, sagte Ionesco schmunzelnd.

»Aber ich kenne Herrn Martens doch eigentlich gar nicht so richtig.«

»Ich denke, er hat dich in der Filmhochschule angesprochen, und du hast dich ziemlich geschmeichelt gefühlt.«

»Ja, aber was hat das mit der Entführung zu tun?«

»Entführung?«, hakte von Friedberg nach. »Wer redet denn von Entführung? Bislang ist er lediglich verschwunden. Aber du scheinst ja mehr drüber zu wissen.«

»Ihr seid ja verrückt. Ich könnte ihm doch nie etwas antun.«

»Sag uns, was du weißt, Nora. Wo ist Mario?«, fragte von Friedberg mit Nachdruck.

Pohl konnte oder wollte nicht mehr. Schluchzend schlug sie die Hände vors Gesicht.

»Er hat mich nicht gesehen. Wir arbeiten nun schon so lange zusammen, aber ich war immer nur die Aufnahmeleiterin. Er hat mich behandelt wie ein Neutrum.«

»Soll das heißen, Sie haben ihn entführt?«

»Jetzt kann er mal spüren, wie das ist, wenn man nicht beachtet wird, wenn man sich einsam fühlt«, sagte sie verächtlich und rieb sich die Tränen von den Wangen.

»Um Himmels willen, Nora, was hast du mit ihm gemacht?«

»Ich habe ihm das angetan, was er jahrelang mir angetan hat: gar nichts. Ich habe gar nichts mit ihm gemacht«, sagte sie mit brüchiger Stimme. »Es geht ihm gut.«

»Du sagst uns jetzt auf der Stelle, wo wir ihn finden«, forderte von Friedberg sie auf.

»Warum sollte ich das tun?«, fragte sie trotzig.

»Weil Sie nur so eine Chance haben, einigermaßen glimpflich aus der Sache herauszukommen.«

Pohl sah die beiden nacheinander an. »Also schön. Er sitzt in einer Zelle im alten Polizeigebäude.«

***

Die beiden Männer rasten in von Friedbergs Fiat durch die Berliner Straßen, nachdem sie Nora Pohl auf einem Stuhl gefesselt und Kommissar Alici informiert hatten.

»Da hinten den Weg rein, der führt runter an die Spree«, herrschte Ionesco seinen Kollegen an.

Von Friedberg bog ab und hielt den Wagen kurze Zeit später an, stellte den Motor ab und sprang aus dem Auto. Das alte Polizeihochhaus war von einem Bauzaun umgeben, der das unbefugte Eindringen verhindern sollte.

»Da drüben ist eine Lücke«, stellte Ionesco fest.

Die beiden Schauspieler schlängelten sich durch die offene Stelle und rannten zum gläsernen Eingangsportal. Die Tür war nicht verschlossen, und so traten sie ein.

»Hallo, Mario, bist du hier?«, rief von Friedberg.

Keine Antwort.

»Ich mache mir gleich in die Hose. Hier werden ja meine schlimmsten Ängste bedient – Dunkelheit, Verlassen in einem leer stehenden Gebäude, blutige Verbrechen ...«

»Still«, zischte von Friedberg.

»Was hast du?«

»Hörst du das nicht? Dort drüben! In dem Gang.«

Ionesco stand wie angewurzelt da.

»Ich bin hier«, rief jemand aus dem Dunkel.

Von Friedberg reagierte als Erster und rannte in den dunklen Gang. Als Ionesco aufschloss, stand von Friedberg vor einer massiven Stahltür. »Ich bin hier drin«, rief Martens.

Von Friedberg schob den schweren Metallriegel zur Seite und zog die Tür auf.

Mario Martens trat vorsichtig auf die Schwelle der Tür. Er erkannte von Friedberg, und die beiden fielen einander in die Arme.

»Es freut mich ja, dass ihr beide euch wiederhabt, aber ich möchte dieses Gebäude so schnell wie möglich verlassen.«

Martens hakte sich bei von Friedberg unter, und sie gingen schnellen Schrittes zurück zum Eingangsportal. Zu ihrer Überraschung mussten sie feststellen, dass sie dort nicht allein waren.

***

»Nora«, rief von Friedberg überrascht. Alle drei waren stehen geblieben. Von Friedberg löste sich von Martens und ging langsam auf Pohl zu.

»Wie hast du dich befreien können?«

»Gar nicht«, sagte Pohl lapidar und lächelte geheimnisvoll.

»Ich habe sie befreit«, sagte jemand, und einige Sekunden später trat dieser Jemand aus dem Schatten des Eingangsportals und stellte sich neben Nora Pohl.

»Kommissar Alici«, sagte von Friedberg erstaunt. »Ich verstehe nicht.«

Mario Martens ging schweigend an von Friedberg vorbei und trat zu Alici.

»Mario. Was hat das zu bedeuten?«, stotterte von Friedberg.

»Im Grunde ist es nicht schwer zu verstehen«, sagte Ionesco und gesellte sich ebenfalls zu der kleinen Gruppe, die nun vor dem irritierten Christian von Friedberg stand.

»Mario … Dimi … Was … was … was?«

»Was das zu bedeuten hat, Friedo?«, fragte Ionesco. »Kannst du dir das nicht denken?«

»Ich … ich … glaube, ich träume. Das kann doch alles nicht wahr sein.«

Ionesco trat einen Schritt auf von Friedberg zu.

»Doch, lieber Friedo. Du träumst nicht. Bevor ich dich über den eigentlichen Grund unseres Zusammentreffens aufkläre, eines vorweg: Ich bin enttäuscht von dir.«

»Warum? Was habe ich dir getan?«

Ionesco stellte sich dicht an von Friedberg und flüsterte ihm ins Ohr. »Du bist seit Jahren mit diesem wunderbaren Mann zusammen, Mario Martens, und hast es vor mir, einem deiner besten Freunde, verheimlicht.«

Von Friedberg wollte etwas sagen, aber Ionesco schnitt ihm das Wort ab. »Der eigentliche Grund, warum Mario Martens verschwunden war …« Ionesco deutete auf Martens,

»… warum Nora Pohl ihn entführt hat …«, Ionesco zeigte auf Pohl, »… und warum Kommissar Alici die Tatverdächtige befreit hat …«, Ionesco nickte in Richtung des Kommissars, »… liegt darin begründet, dass du, lieber Friedo, ja immer behauptet hast, du könntest jeden Kriminalfall genauso gut wie ein echter Kommissar lösen. Und tatsächlich …« Ionesco breitete die Arme aus. »Du hast den Fall Mario Martens gelöst.«

Von Friedberg starrte die Anwesenden nacheinander an. »Ihr habt das alles inszeniert? Mario, ich habe … wie konntet ihr mir nur so etwas antun?«

»Wir brauchten diesen letzten, ultimativen Beweis«, sagte Martens und lächelte vielsagend.

»Beweis? Wovon redest du?«

Aus dem Gang traten nun Polizisten hervor, die Rollwagen vor sich herschoben, gefüllt mit kalten Platten und Getränken.

»Ich verstehe nicht … was soll das?«

Kommissar Alici trat zu von Friedberg. »Aufgrund herausragender Leistungen und der positiven Darstellung eines Polizisten …«, Alici winkte einen Kollegen heran, der ihm eine gerahmte Urkunde übergab, »… überreichen wir Ihnen, lieber Christian von Friedberg, wie bereits zuvor Ihrem Kollegen Dimitri Ionesco die Ernennungsurkunde zum Kommissar ehrenhalber. Herzlichen Glückwunsch.«

Kommissar Alici überreichte dem verdutzten von Friedberg unter dem Applaus der Anwesenden die Urkunde.

»Die Entführung. Die Brille. Das war alles inszeniert«, stammelte von Friedberg.

Und nun fiel auch bei ihm die Spannung ab, und er lachte, aus Freude und Erleichterung, bis ihm die Tränen über das

Gesicht liefen. »Na wartet«, sagte er und besah sich nacheinander die Bande der Verschwörer. »Das zahle ich euch heim.«

»So? Was hast du denn vor?«, fragte Ionesco, als der Applaus abgeebbt war.

Von Friedberg lächelte vielsagend. »Abwarten. Und Tee trinken.«

TEA FOR TWO

Mary Ann Fox

»For the female of the species
is more deadly than the male.«
– RUDYARD KIPLING

Charles hatte schon zu Lebzeiten immer eine gewisse Ähnlichkeit mit einem Fisch gehabt. Sein schmaler Körper steckte meist in grauen Anzügen, das fahle Haar lag schlaff am Kopf, unter der hohen Stirn blickten leicht hervorstehende Augen kurzsichtig in die Welt. Und dann, dann waren da ja noch seine Lippen.

Helen McEwan unterdrückte einen kleinen Schauder und griff nach einem weiteren Scone, den sie sorgsam aufbrach und dann mit dick eingekochter Sahne und Erdbeermarmelade bestrich.

Charles' Lippen. Früher hätte sie seine Lippen als voll beschrieben, in schwachen Momenten vielleicht sogar als sinnlich. Aber heute? Sie warf einen schnellen Blick auf den Rasen, wo Charles in der warmen Junisonne lag. Heute musste sie ehrlich zugeben, dass seine Lippen schlicht unnatürlich dick waren. Dick und feucht. Wobei gerade auch der stetige Nieselregen aus dem Rasensprenger, die weit aufgerissenen starren Augen und das unkontrollierte Zucken seines Körpers diesen Eindruck unterstützten. Charles, der Fisch.

Beherzt biss sie in den Scone, kaute genüsslich, tupfte sich dann mit der dünnen Stoffserviette etwas Marmelade aus dem Mundwinkel und bewunderte den kleinen Regenbogen, den die warme Junisonne in den feinen Wassernebel des Rasensprengers zauberte.

Das Einzige, was jetzt noch zu ihrem Glück fehlte, war eine Tasse Tee. Aber alles hatte seinen Preis.

***

»Eric!«

Eric Johnson saß vor dem zu einem kleinen Wohnstudio umgebauten Schuppen, der seit einigen Wochen sein neues Zuhause war. Besagter Schuppen stand hinter Claras Cottage im Dorf Rosehaven, das sich seit Jahrhunderten fast unverändert an die Küste Cornwalls unweit der Mündung des Hellford River schmiegte. Hätte man Chief Inspector Eric Johnson vor zwei Jahren gesagt, dass er sein ordentliches Reihenhaus in Turro mit seinem gepflegten Rosengarten und seiner ruhigen Beschaulichkeit gegen ein Leben in Rosehaven an der Seite einer neuen Frau eintauschen würde, hätte er nur ungläubig die Augenbrauen hochgezogen. Aber dann kam Clara, und er verkaufte sein Haus und zog nach Rosehaven. Zwar nicht direkt in das Cottage seiner neuen Frau – sie beide waren lange genug allein gewesen, um die Risiken einer gegenseitigen 24-Stunden-Belagerung realistisch einzuschätzen –, aber eben nah genug.

Er lächelte Clara an, die mit den für sie typischen schnellen kleinen und äußerst energischen Schritten durch den Garten auf ihn zugeeilt kam. Die Kletterrosen der Art Schneewittchen, die mit feinem Duft an einem Rundbogen emporwuchsen, wichen zwar nicht vor Clara zurück, aber Eric meinte zu sehen, wie sie sich bei ihrem Nahen bemühten, umso strebsamer und eifriger zu wachsen. Clara hatte diese Wirkung auf ihre Umgebung. Auf Pflanzen und auf Menschen. In anderen Zeiten wäre sie ein verdammt guter Feldherr gewesen. Heute war sie unangefochtene Vorsitzende des Gartenvereins, der freiwilligen Feuerwehr und aller anderen für das Dorfleben unabdingbaren Vereine und Institutionen Rosehavens.

»Eric!«

Aufgeregt blieb seine frisch angetraute Ehefrau vor ihm stehen.

»Du wirst es nicht glauben! Angela Hickson hat es von Jane Landsbury, die wohl mit Ruth Millford gesprochen hat, und die hat es von Geraldine Hayes gehört. Die Polizei ist gerade die Dorfstraße entlanggefahren.«

Sie machte eine kleine Pause und wartete auf eine Reaktion. Eric jedoch hatte schon nach den beiden ersten Namen den Überblick verloren und versuchte verzweifelt, sich die Gesichter zu den jeweiligen Personen ins Gedächtnis zu rufen. Clara kannte einfach jeden einzelnen Bewohner Rosehavens und wahrscheinlich auch der gesamten Grafschaft und vergaß nur allzu oft, dass Eric das nicht tat.

»Charles McEwan ist tot.«

»Was? Wer?«

»Charles McEwan! Du hast ihn vor drei Wochen bei der Bürgerversammlung kennengelernt. Londoner, frisch in Rente. Schlank, Anzugträger, graues, schütteres Haar, sehr höflich? Seine Frau Helen lebt schon seit zwanzig Jahren durchgehend hier, er war nur jedes zweite Wochenende zu Besuch. Helen McEwan? Klein, elegant, ein blonder Bubikopf? Sie hat im letzten Jahr bei der Tombola versucht zu mogeln. Du weißt schon, ihnen gehört das Cottage am Ende der Church Lane. Der Garten mit den wunderbaren David-Austin-Rosen?«

Bevor Eric sortiert hatte, was Clara ihm gerade erzählte, klingelte sein Diensthandy.

***

Der weiße Gartentisch stand auf einem gepflasterten Rondell, bis zu dem der feine Sprühregen des stetig laufenden Rasensprengers nicht reichte. Zum Glück, denn auf dem Tisch häufte sich eine ansehnliche Zahl goldgelber Scones. Eine blaue Schüssel mit Clotted Cream und eine weitere mit Erdbeermarmelade standen daneben. Ein eleganter Teller, die dazu passende feine Tasse und eine Teekanne mit einem filigranen Muster aus rosafarbenen Rosenblüten rundeten das Bild ab. Der perfekte Cream Tea. Eric Johnson merkte, wie sein Magen auf äußerst unpassende Art und Weise zu knurren begann.

Vor ihm am Tisch saß Helen McEwan, lächelte ihn an und schien ganz in der Rolle der Gastgeberin aufzugehen.

»Nehmen Sie doch Platz.«

Eric zog die Knie des weißen Einmalschutzanzuges etwas hoch und ließ sich auf einen der Stühle sinken. Die Überzieher an seinen Füßen waren von seiner Kletterpartie durch die Beete und entlang der hohen Gartenmauer erdverschmiert.

Mrs. McEwan hob mit einem bedauernden Blick die Teekanne an.

»Ich fürchte, der Tee ist mittlerweile kalt und ungenießbar, und ihre reizende Kollegin erklärte mir, ich dürfte die Terrasse hier noch nicht verlassen.«

Eric sah zur Rasenfläche, auf dem immer noch die Leiche von Charles McEwan im Wasserregen des Rasensprengers lag. Anscheinend gab es ein kleines Problem damit, die Wasser- und wohl auch Stromzufuhr für den Rasensprenger abzuschalten. Wobei Eric die Gefahr eines potenziell tödlichen Stromschlages nicht gerade als klein bezeichnet hätte.

»Mein Beileid.«

Helen McEwan nickte. Sie war ruhig, gefasst. Ihre Hände zitterten nicht, ihre Kiefermuskeln waren entspannt, und sie hatte Eric mit offenem Blick begrüßt. Sie schien weder geweint zu haben noch mit den Tränen zu kämpfen. Kurz überlegte er, ob sie vielleicht unter Schock stand, aber verwarf den Gedanken wieder. Nichts an der Frau vor ihm schien in Unruhe geraten zu sein.

»Können Sie mir kurz schildern, was passiert ist?«

»Oh, natürlich. So ganz genau weiß ich das selbst nicht. Ich habe hier gesessen und auf den guten Charles gewartet. Wir trinken immer am Nachmittag unseren Tee im Freien, wenn das Wetter es denn dann erlaubt. Charles hatte ein Problem mit dem Rasensprenger, er war am Morgen nicht wie geplant angegangen, und er wollte das vor dem Tee noch reparieren. Eine Nachbarin kam vorbei, Geraldine Hayes. Sie haben sie sicherlich schon im Dorf gesehen, sie hat einen dieser kleinen runden Hunde, die immer so absolut entzückend hecheln, einen Mops, nicht? Er heißt Winston. Merkwürdiger Name, oder? Wir haben uns unterhalten, über das Wetter und so, und als Geraldine gerade um die Ecke gebogen war, hörte ich eine Art Knall, und Charles lag da, und ich muss wohl kurz aufgeschrien haben, denn Geraldine kam angerannt, fast ebenso atemlos wie ihr Hund, und bestand darauf, dass ich den Rasen nicht betreten sollte, und das tat ich dann auch nicht.«

»Sind Sie nicht im ersten Moment zu ihm gerannt?«

Eric wusste, dass sie das nicht getan hatte. Ihre Kleidung war trocken. Außerdem hätte sie dann möglicherweise ebenso wie ihr Mann einen Stromschlag bekommen.

»Nein. Dazu blieb mir gar keine Zeit, und Geraldine war wirklich sehr deutlich darin, dass ich sitzen bleiben sollte. Die Gute war ganz aufgeregt.«

Helen McEwan plauderte über den Tod ihres Mannes, als spräche sie über das Wetter.

»Wären Sie zu ihm gerannt, hätten sie wahrscheinlich auch einen Stromschlag bekommen.«

»Ach ja?«

»Ja. Wobei das nicht unbedingt bei jedem Menschen zum Tod führen muss.«

Sie hörte ihm mit unbewegter Miene zu. Wahrscheinlich hätte er wirklich ebenso gut über das Wetter reden können.

»Hatte Ihr Mann irgendwelche Vorerkrankungen?«

»Oh ja. Also, Charles hat so einen Herzschrittmacher, wissen Sie. Er machte immer Witze, dass ein Elektrozaun wie an der Weide von Millers bissigem Hengst für ihn das Ende bedeuten würde. Ich habe ihm das ehrlich gesagt nicht ganz geglaubt und dachte, er würde nur fürchterlich übertreiben. Männer in einem bestimmten Alter neigen nun ja dazu, immer alles etwas auszuschmücken. Wahrscheinlich hängt das mit dem sinkenden Testosteronspiegel zusammen oder mit dem Haarausfall.«

Eric zuckte getroffen zusammen und bemühte sich, nicht mit den Händen nach seinem sorgsam über etwaige Lücken gekämmten Haar zu tasten.

»Aber ihr Mann hat nicht übertrieben. Ein kleiner Stromschlag hätte ihn umbringen können.«

Er schaffte es so gerade, nicht ein »wie man ja jetzt unschwer sehen kann« anzufügen. Helen McEwan schaute ihn leicht erstaunt an.

»Oh, wirklich? Dieser komische elektrische Zaun hätte ihn töten können? Erstaunlich. Dann hätte er ja nur auf einem Spaziergang stolpern müssen und …«

Sie machte eine kleine flatternde Bewegung mit den Händen.

»… zapp und wusch.«

Eric war kurz sprachlos, dann riss er sich zusammen und fuhr mit der Befragung fort.

»Mrs. McEwan, wissen Sie, wie man den Strom und das Wasser für die Bewässerung hier ausschalten kann?«

»Nein, mein Lieber. Leider nicht. Die Schalter müssen irgendwo in der Garage neben dem Haus sein. Aber Genaueres weiß ich nicht. Ich kenne mich mit dieser ganzen Technik nicht aus. Fürchterlich altmodisch, ich weiß. Letztens musste ich sogar den Postboten bitten, mir das neue Radio einzustellen. Ich habe einfach nicht verstanden, wofür diese ganzen Knöpfe da waren.«

Eric sah auf ihre braun gebrannten und von kleinen Kratzern und Abschürfungen übersäten Hände. Gärtnerinnenhände.

»Aber es ist doch ihr Garten, oder?«

»Ich weiß, ich weiß, ich sollte es wissen, oder? Aber Charles hat die ganzen Leitungen und Kabel erst im letzten Monat verlegt. Er ist ja erst seit März in seinen wohlverdienten Ruhestand. Er hat eine Menge gelesen, das Material bestellt und begonnen, im Rasen und in den Beeten überall solche Gräben auszuheben.«

Eric hatte schon bemerkt, dass ein Teil des ansonsten makellosen Gartens etwas derangiert aussah. Vor allem fielen ihm zwei große Rosenstöcke ins Auge, die trotz der guten Bedingungen in diesem Jahr – nicht zu trocken, nicht zu nass, dazu früh milde Nächte – mickrig aussahen und keine einzige Blüte trugen.

Helen McEwan war seinem Blick gefolgt, und zum ersten Mal hörte er in ihrer Stimme so etwas wie Trauer.

»Meine Rosen. Oder das, was von ihnen übrig ist. Das sind eine Graham Thomas und eine Louise Odier. Ich habe sie schon seit fünfzehn Jahren, und sie sind trotz ihres Alters immer wieder aufs Schönste erblüht.«

Sie seufzte leise.

»Mein Mann hat sie Anfang April einfach ausgegraben und versetzt, stellen Sie sich das einmal vor! Unter ihnen mussten wohl unbedingt diese gelben Rohre für die Leitungen verlaufen.«

Nun war es an Eric, entsetzt aufzublicken.

»Er hat sie ausgegraben? Im April? Aber …«

Seine Gärtnerseele litt, und Helen McEwan, die seine Anteilnahme spürte, nickte vehement.

»Ja. Er hat mich nicht einmal gefragt, und als ich nach dem Frühstück in den Garten kam, lagen sie einfach einige Meter weiter auf dem Rasen. Er verstand gar nicht, warum mich das so aufgeregt hat. Ich habe Charles mehrfach erklärt, dass ich weder ein Bewässerungssystem noch eine Beleuchtung brauche. Dass ich sehr wohl mit einem Wasserschlauch und meiner Gießkanne zufrieden bin. Aber er hatte einfach ein Faible für Technik.«

Sie ließ den Blick über ihren Garten schweifen.

»Warum in aller Welt meine Rosen auch nachts angeleuchtet werden mussten, war mir ein Rätsel. Die Nachbarn haben sich schon beschwert über das viele Licht.«

Eric nickte. Hier in Cornwall konnte man bei wolkenlosem Himmel nachts mehr Sterne sehen als an vielen anderen Orten des Landes. Eben weil es nicht so viel künstliches Licht gab. In London zum Beispiel sah man keinen einzigen Stern, da es einfach nie wirklich dunkel wurde. Lichtverschmutzung, das war das Wort, das er vor Kurzem in einem Artikel gelesen hatte. Helen McEwan freute sich sichtlich über sein Verständnis, beugte sich ein Stück zu ihm vor und senkte vertrauensvoll ihre Stimme.

»Er sprach sogar davon, einen Pool anzulegen.«
»Einen Pool?«
»Jawohl, einen Swimmingpool. Hier, in meinem Garten. Er sagte, wir wären eh bald zu alt, um so viel in Ordnung zu halten. Er wollte den hinteren Bereich des Grundstückes einebnen und einen Pool bauen.«
Eric spürte ihre Wut und hakte nach:
»Aber sie haben sich doch sicherlich gefreut, dass ihr Mann nun ganz hier lebte und nicht mehr die meiste Zeit in London?«
Helen McEwan lehnte sich mit einer schnellen Bewegung zurück.
»Inspector Johnson, ich bitte Sie. Natürlich habe ich das nicht. Er hätte gefälligst schon vor Jahren seine Midlife-Crisis haben sollen. Ich hatte fest damit gerechnet, dass er mir vor zehn Jahren verkündet, er hätte eine jüngere Frau kennengelernt und würde für immer in London bleiben. Und was macht er? Nichts. Arbeitet und geht dann in den Ruhestand. Hierher. Zu mir. Und will einen Pool bauen. Einen Pool!«
Sie schüttelte den Kopf.
»Warum mein Mann sich nicht eine jüngere Frau gesucht hat, war mir ein Rätsel. Wahrscheinlich lag es doch an dem fehlenden Testosteron und an den Haaren.«

»Das haben sie sich gewünscht? Dass er sie verlässt und mit einer jüngeren Frau in London bleibt?«

Er versuchte zu verstehen, was Mrs. McEwan ihm da gerade erzählte.

»Ja, natürlich. Das war der Plan. Aber stattdessen kommt er hierher, erklärt mir strahlend, er würde nun endlich seine Tage neben mir verbringen können, gräbt wie ein wild gewordener Maulwurf Gänge durch meinen Garten und schafft es dann, sich an seinem eignen Projekt einen tödlichen Stromschlag zu holen.«

Eric versuchte, das eben Gehörte zu sortieren. Doch Helen McEwan ließ ihm keine Zeit dazu.

»Fragen Sie schon.«

»Was?«

Eric dachte an die Scones, die immer noch verlockend und goldgelb vor ihm auf dem Tisch lagen.

»Na, trauen Sie sich. Fragen Sie mich. Ich habe schon damit gerechnet.«

Eric dämmerte, dass Mrs. McEwan bedauerlicherweise nicht von den Scones sprach. Er räusperte sich.

»Mrs. McEwan?«

»Ja, Inspector Johnson?«

»Haben Sie Ihren Mann getötet?«

Sie schüttelte den Kopf und sah ihm direkt in die Augen.

»Charles hat sich selbst umgebracht – er hat dieses Zeug unter meinem Garten verbuddelt – und nun liegt er da.«

Eric erkannte, dass Helen McEwan nicht mehr zu dem Tod ihres Mannes sagen würde, und so lehnte er sich nachdenklich in seinem Stuhl zurück. Nicht ohne einen weiteren sehnsüchtigen Blick auf die Scones zu werfen. Aber anscheinend würde ihm seine Gastgeberin keines der so köstlich aussehenden

Brötchen anbieten. Nicht, solange kein heißer Tee zur Verfügung stände. Kein Scone ohne Tee. Nun gut. Er wollte gerade Aufstehen, als Helen McEwan noch einmal das Wort ergriff.

»Was halten Sie von einer Kleinstrauchrose, Inspector? Ich habe letztens eine Neuzüchtung gesehen, die sich *Remember Me* nannte und herrlich gefüllte Blüten hatte.«

Eric schaute erstaunt auf.

»Rosen? Wofür?«

»Für sein Grab natürlich. Ich denke, sie würde sich dort sehr hübsch machen.«

***

»Und?«

Eric sah Dr. Herriot gespannt an, als er vorsichtig auf den mittlerweile freigegeben Rasen trat und neben der zum Glück nicht mehr zuckenden, aber völlig durchnässten Leiche von Charles McEwan stehen blieb.

»Tod durch Stromschlag.«

Die Ärztin kam aus der Hocke zu ihm hoch.

»Der Schlag muss zum sofortigen Tod geführt haben, warum, kann ich erst nach einer Obduktion mit Bestimmtheit sagen.«

»Seine Frau erzählte mir, dass er einen Herzschrittmacher hatte.«

»Das passt. Aber auch für einen gesunden Menschen wäre das wohl potenziell tödlich gewesen. Keine Ahnung, was der Mann sich dachte, als er das alles hier selbst machte. Strom und Wasser ist nun mal wahrlich keine ganz ungefährliche Kombination. Wenn man den Schrittmacher dazunimmt, hatte er keine Chance.«

»Also ein Unfall?«

»Das zu entscheiden ist Aufgabe des Coroners. Haben Sie etwa Zweifel, Eric?«

»An der Todesursache? Nein.«

»Aber?«

Er zuckte mit den Schultern und sah dann zu dem kleinen Sitzplatz hinüber, wo Helen McEwan mit ruhiger Hand damit beschäftigt war, sorgsam die Teller und die Teekanne auf ein Tablett zu stapeln.

»Aber sie hatte den Tisch nur für eine Person gedeckt, nicht wahr?«

***

Als Eric nach Hause kam, hörte er Stimmen aus dem Garten. Clara saß zusammen mit einer Frau an dem großen Holztisch im Schatten eines großen Walnussbaumes. Warum wunderte es ihn kein bisschen, dass seine Gattin gerade mit Geraldine Hayes, deren Mops friedlich unter ihrem Stuhl vor sich hin schnarchte, Tee trank?

»Clara, Mrs. Hayes.«

»Setz dich.«

Clara zog den Stuhl neben sich ein Stück hervor, und Eric ließ sich dankbar fallen.

»Ich habe deinen Lieblingskuchen gebacken.«

Eric war nicht auf den Kopf gefallen und wusste, woher der Wind wehte.

»Clara, du weißt, dass ich nicht über eine laufende Ermittlung sprechen darf.«

»Ja, natürlich. Das verstehen wir.«

»Mir sind da die Hände gebunden. Ich darf nicht mit Außenstehenden reden.«

Clara lächelte ihn an. Der Kuchen duftete wunderbar. Eric war sich zwar klar, dass er, wenn er die nächsten Jahre nicht aufgehen wollte wie ein Hefekloß, eine gewisse Disziplin in Hinblick auf Claras Backwaren an den Tag legen sollte. Aber er liebte Claras Schokoladenkuchen. Und immerhin hatte er keinen der Scones von Mrs. McEwan bekommen. Clara schnitt mit einem Messer ein großes Stück ab, hob es an und hielt es ihm unter die Nase.

»Das ist Erpressung.«

»Oh nein, nein. Das ist ein Schokoladenkuchen mit einer Füllung aus Brandysahne und frischen Himbeeren.«

Eric seufzte.

***

»… der Schalter zur Wasser- und Stromversorgung ist in der Garage installiert. Und zwischen dieser und der Terrasse, auf der Helen McEwan saß, lag Charles McEwan. Der Weg und der Rasen zwischen Garage und Terrasse war klitschnass, und unter Strom gesetzt – Mrs. McEwans Kleidung trocken.«

»Sie hätte durch die Beete gehen können?«

»Ja, vielleicht. Ich habe aber keine Spuren in der weichen Erde gesehen, und Mrs. McEwan trug helle Leinenschuhe und eine weiße Hose. Nachdem ich durch die Beete zur ihr geklettert war, waren meine Überzieher erdverschmiert.«

Er steckte sich die letzte Gabel des hervorragenden Kuchens in den Mund und seufzte leise. Ob ein zweites Stück … Er schüttelte den Kopf und sah in die Runde.

»Aber das ist nicht der einzige Grund, warum es allem Anschein nach einfach ein Unfall gewesen sein muss. Denn da ist da ja noch Ihre Aussage, Geraldine.«

»Meine? Was habe ich denn mit der ganzen Sache zu tun?«

»Sie sind die Zeugin, die dafür sorgt, dass ich das erste Mal in meiner Karriere glaube, dass sich mein Bauchgefühl irrt.«

Geraldine Hayes starrte ihn mit großen Augen an.

»Sie waren auf dem Weg hinter dem Cottage unterwegs, der an den Klippen entlang bis zum Hafen führt. Zusammen mit Ihrem Hund. Auf dem Weg haben Sie Helen McEwan auf der Terrasse sitzen gesehen, der Tisch war schon für den Nachmittagstee gedeckt. Und Sie sahen Charles McEwan auf dem Rasen kniend, wie er an der Wasserversorgung arbeitete. Sie haben sich gegrüßt und kurz ein paar Worte ausgetauscht. Das Wetter. Mrs. McEwan erklärte Ihnen, dass es wohl ein Problem mit dem neuen Sprenger gibt. Charles McEwan hat etwas gegrummelt und war ansonsten auf seine Arbeit konzentriert. Mrs. McEwan lud Sie ein, doch auf einen Tee hereinzukommen. Aber Ihr Hund zog Sie weiter, und sie verabschiedete sich.«

»Ja, der gute Winston liebt seinen Nachmittagsspaziergang ...«

Winston, der unter dem Tisch schnarchend schlief, öffnete kurz ein Auge, als er seinen Namen hörte.

»Auf jeden Fall schrie Mrs. McEwan kurz darauf, und Sie liefen die wenigen Meter den Weg zurück. Sie sahen, wie Charles auf dem Rasen lag und seine Frau auf der Terrasse saß.«

»Oh ja, ein wirklich fürchterlicher Anblick, ich meine, Charles so liegen zu sehen. Helen sah allerdings weniger hilflos aus, eher, nun ja, ich weiß nicht, wie ich es sagen soll, aber ...«

»Sie haben bei der Vernehmung als Erstes das Wort gelangweilt benutzt.«

»Oh, habe ich das? Also ja, aber das war doch sicherlich nur der Schock, ich meine, der Anblick ...«

Eric nickte, aber er sah das Funkeln in Geraldine Hayes' Augen. Wenn sie gelangweilt *gesagt* hatte, hatte sie es auch *gemeint*.

»Sie haben zum Glück schnell begriffen, dass Mrs. McEwan die Terrasse nicht verlassen durfte, der nasse Rasen könnte immer noch gefährlich sein, und haben mit Ihrem Telefon dann die Polizei gerufen, richtig?«

»Ja. Mein Mann, Gott habe ihn selig, war ja bei der freiwilligen Feuerwehr, und vor vielen Jahren gab es doch einmal diesen Unfall mit der Stromleitung oben an der Baustelle an der Bundesstraße. Erinnerst du dich, Clara?«

»Oh ja, sehr genau. Es hatte geregnet, und der Wind hatte eine der Leitungen runtergerissen, und sie landete neben den Arbeitern.«

Geraldine seufzte.

»Nach dem Einsatz hat er mir alles erzählt und auch, wie der junge Arbeiter damals da gelegen hatte und keiner zu ihm konnte, solange nicht der Strom abgestellt war. Du warst damals dabei, nicht wahr?«

Clara nickte.

»Es war grausam, nicht zu ihm zu können. Aber wir wollten kein weiteres Leben riskieren. Alles war nass, wir in unserer Kleidung auch, es war zu gefährlich. Er hat schwerverletzt überlebt.«

Eric vergaß manchmal, dass Claras Arbeit bei der freiwilligen Feuerwehr nicht nur darin bestand, Geld für den Weihnachtsbasar zu sammeln.

»Auf jeden Fall wusste ich einfach, dass niemand den Rasen betreten durfte – und Charles, also er ...«

Sie brach ab und sah Hilfe suchend zu Eric, der ihr aufmunternd zunickte.

»Sie haben ganz richtig gesehen, dass man für Charles McEwan nichts mehr hätte tun können. Die Ärztin hat mir bestätigt, dass er sofort tot war.«

»Ah, das beruhigt mich doch sehr.«

Eric gab auf und lud sich ein zweites Stück Kuchen auf den Teller.

»In der kurzen Zeit zwischen dem Plausch mit Ihnen, Geraldine, und dem Schrei hätte Helen McEwan es niemals bis zur Garage geschafft, um an die Schalter für den Rasensprenger und das Licht zu kommen. Nicht durch die Beete, ohne dabei matschig zu werden und Spuren zu hinterlassen, und nicht über den Weg oder den Rasen, ohne ebenfalls klitschnass zu werden und möglicherweise selbst einen Stromschlag zu riskieren. Und die Zeit wäre für beides ohnehin viel zu kurz gewesen.«

»Ja, Winston und ich waren höchstens einige Meter weit gekommen, als wir schon zurückliefen.«

Eric seufzte und griff nach seiner Gabel.

»Es muss ein Unfall gewesen sein.«

✳✳✳

Unruhig versuchte Eric, eine bequeme Position zum Schlafen zu finden. Er und Clara hatten am Abend gemeinsam gegessen und dann einen Film geschaut. Sie teilten die Leidenschaft für die alten Klassiker, und Clara hatte Hitchcocks *Bei Anruf Mord* ausgewählt. Sie liebte die Kostüme und bewunderte Grace Kelly – und er liebte es, neben ihr auf dem Sofa zu sitzen und schlaue Kommentare über die logischen Fehler in der Handlung und die völlig realitätsferne Schilderung der Polizeiarbeit von sich zu geben. Ein perfekter, friedlicher Abend. Clara hatte schon zeitig das erste Mal unauffällig gegähnt und war direkt nach dem Film ins Bett gegangen. Eric hatte sich mit einem langen Kuss von ihr an der Terrassentür verabschiedet und war durch den in Mondlicht getauchten Garten vor Verliebtheit fast schielend zu seinem Häuschen gegangen. Doch der Schlaf wollte nicht kommen. Das könnte zum einen an den zwei Stücken Schokoladenkuchen liegen, keine Frage. Aber vielleicht auch daran, dass ihm das Bild von Charles McEwans Leiche nicht aus dem Kopf ging. Er fluchte und zwang seinen unruhigen Geist, an etwas anderes zu denken. Am Wochenende würde er mit Clara in die Nähe von St. Ives fahren, dort hatten die neuen Besitzer eines alten Anwesens den historischen Rosengarten zu neuem Leben erweckt und würden die Tore das erste Mal für Besucher öffnen. Doch bei dem Gedanken an Rosen landete er wieder bei den McEwans. Verdammt.

Der Film heute Abend – wie oft hatte er ihn schon gesehen! Ray Milland und Grace Kelly. Der Ehemann, der den Wohnungsschlüssel für den Mörder seiner Frau in ein Versteck legte. Und dann am Ende doch überführt wurde. Clara, die ihn lachend ansah und ein großes Stück von einer Schokoladentorte abschnitt. Ihr Kuss hatte nach Schokolade und Sommer geschmeckt. Gerade als sein Geist und sein Körper immer tiefer in das Niemandsland zwischen Wachen und Schlaf sanken und die Bilder des Tages begannen, sich zu einem wilden Traum zu formierten, riss ihn das Klingeln seines Diensthandys wieder zurück in die Wirklichkeit.

***

»Was zum Teufel …!«

Eric schnappte nach Luft. Er stand fassungslos im Licht mehrerer Taschenlampen in Helen McEwans Garten und starrte auf die Frau vor ihm.

»Was zum Teufel machst du hier?«

Clara, die eine dunkle Hose und einen ebensolchen Kapuzenpullover trug und zu seiner Verwunderung einen geschlossenen Regenschirm in der Hand hielt, wollte ihm gerade antworten, als Helen McEwan wütend versuchte, sich an ihm vorbeizudrängen.

»Sie ist eingebrochen! Wie eine schäbige Diebin. Sie wollte mich bestehlen!«

Clara schüttelte den Kopf.

»Ich war spazieren und habe ein merkwürdiges Licht in deiner Küche gesehen, und da wollte ich mich als besorgte Nachbarin und Freundin nur davon überzeugen, dass es dir gut geht.«

»Humbug! Du bist eingebrochen, du alte Schlampe.«

Eric hatte seine liebe Mühe, Helen McEwan zurückzuhalten. Sie trug einen seidenen Schlafanzug und den dazu passenden Morgenmantel, ihre Füße waren nackt.

Clara zog, unbeeindruckt von der wütenden Frau vor ihr, mit einer langsamen Bewegung einen schwarzen Kasten von der Größe einer Zigarettenschachtel aus der Tasche.

»Gehört das dir, Helen?«

Helen McEwan wurde blass und trat einen Schritt zurück.

»Das habe ich noch nie gesehen.«

Sie wandte sich an Eric.

»Entfernen Sie diese Person von meinem Grundstück – oder Sie werden es bereuen.«

Clara lächelte nur.

»Oh, wenn es dir nicht gehört, dann macht es dir sicher nichts aus, wenn ich auf diesen Knopf drücke, oder?«

Bevor Helen McEwan antworten konnte, hatte Clara schon auf den Knopf gedrückt. Der Rasensprenger setzte sich in Bewegung, und feiner Regen legte sich über den Garten.

»Nein!«

Helen McEwan schrie laut auf und rannte panisch vom Rasen hinunter in Richtung Haus. Clara hingegen öffnete nur ruhig ihren Regenschirm.

»Ähm, Clara?«

Eric sah auf den immer nasser werdenden Rasen und seine eigene tropfende Kleidung hinab und dann zu seiner Frau.

»Muss ich mir wegen irgendetwas Sorgen machen?«

»Nein, mein Lieber. Geraldine und ich haben natürlich darauf geachtet, dass die Leitungen für die Beleuchtung keinen Strom mehr haben. Wir werden nur nass, nicht mehr.«

Dann verdunkelten sich ihre Augen.

»Im Gegensatz zu dem armen Charles. Er hatte keine Chance, oder?«

Sie hielt weiterhin den schwarzen Kasten in der Hand, und Eric erkannte nun genauer, was es war. Langsam ergab alles Sinn.

»Helen McEwan hatte eine Fernbedienung?«

»Natürlich. Eine Funkfernbedienung. Wie sonst hätte sie den Strom und das Wasser anstellen sollen von da, wo sie saß?«

»Aber sie hat behauptet, sie hätte keine Ahnung von Technik.«

Im selben Moment, in dem der Satz über Erics Lippen gekommen war, schalt er sich einen Idioten. Er war Polizeibeamter. Chief Inspector. Es war seine Aufgabe, nichts zu glauben und alles zu überprüfen. Clara lachte.

»Und da sie eine Frau über sechzig ist und große runde Augen machen kann, hast du es noch nicht mal im Traum hinterfragt, oder? Das ist ...«

»Chauvinistisch.«

Eric wusste, wann er einen Fehler besser eingestand.

»Ich wollte dumm sagen, aber das Wort tut es auch.«

Sie sah ihn mitleidig an.

»Helen, die übrigens nur ein Jahr älter ist als ich, hat einen Computer im Haus und kann lesen. Zwei Dinge, die völlig ausreichend sind, um herauszufinden, wie so eine simple Anlage funktioniert und wie man irgendwo einen Zwischenschalter einbauen kann, der auf ein Funksignal reagiert. Ich habe es in weniger als einer halben Stunde verstanden.«

»Ist das etwa Helen McEwans Fernbedienung?«

»Das? Nein. Das ist Geraldines. Für ihr Garagentor.«

»Aber ...«

Verwirrt schaute er auf den Rasensprenger, der stetig seiner Arbeit nachging.

»Aber dann ...«

Clara lachte, dann hob sie ihre Stimme.

»Du kannst rauskommen, Liebes.«

Der Rasensprenger ging aus, und Eric sah, wie eine zweite Frau, ähnlich gekleidet wie Clara, aus dem Schatten der Garage hervortrat und ihn fröhlich anlächelte.

»Geraldine war so nett, auf mein Kommando hin den Rasensprenger aufzudrehen.«

»Dann war es also ...«

»... ein Trick. Helen hat ihre Fernbedienung wahrscheinlich schon längst aus der Teekanne gefischt und verschwinden lassen. Aber wenn ihr ein bisschen grabt, findet ihr sicher die Stelle, wo sie an den unterirdischen Leitungen den Zwischenschalter eingebaut hat – und sie trägt bei der Gartenarbeit nie Handschuhe.«

Eric nickte. Fingerabdrücke.

Aber dann dämmerte ihm, was Clara noch gesagt hatte.

»Aus der Teekanne gefischt?«

»Aber natürlich. Sie musste die Fernbedienung schnell verschwinden lassen, da Geraldine hier ja jeden Moment zurückkommen könnte. Und dafür gab es nur ein gutes Versteck.«

Eric schüttelte den Kopf. Vielleicht war es wirklich an der Zeit, in Pension zu gehen und das Feld den Kollegen zu überlassen. Er warf einen Blick auf Clara und Geraldine und verbesserte sich schnell. Er würde das Feld besser den Kolleginnen überlassen.

Ihm war kalt, er war müde und merkte, wie die Nässe langsam, aber sicher durch seine Kleidung drang. Da hörte er Claras Stimme dicht an seinem Ohr.

»Komm, ich bringe dich erst einmal nach Hause. Was du jetzt brauchst, ist eine schöne Tasse Tee.«

AUSLESE

Kathrin Hanke

Alles war schwarz. Wohin sie auch blickte. Nur Dunkelheit. Und es war still. Lediglich ihr eigenes Atmen war zu hören. Wäre das nicht gewesen, hätte Viola gedacht, sie sei tot. Sie konnte sich nicht regen, so sehr fesselte sie die Finsternis. Eine Stimme in ihrem Kopf sagte ihr, sie solle sich nicht von dem Dunklen einlullen lassen, und so begann sie, nur Kraft ihrer Gedanken, gegen sie anzukämpfen. Eigentlich war es ein Kampf mit sich selbst, den sie gerade ausfocht.

Das linke Auge hatte sie bereits zugekniffen. Jetzt schloss sie auch ihr rechtes Lid und löste sich auf diese Weise aus der schwarzen Umklammerung, da jene sie nun nicht mehr einhüllte, sondern lediglich vor ihr lag. Wie ein tintenschwarzer, nächtlicher See, über dem jedoch kein einziger Stern leuchtete.

Sachte machte sie mit der Hand eine kaum merkliche Auf- und Abbewegung. Gleichzeitig schlug sie ihr rechtes Augenlid wieder auf, und dann sah sie ihn: den kleinen, kaum ein Haar breiten Streifen, der in der Schwärze aufblitzte. Erleichtert öffnete sie nun auch ihr linkes Auge, hob gleichzeitig ihren Kopf hoch und stellte die Teetasse vorsichtig wieder zurück auf die Untertasse, die auf dem runden, hölzernen Tisch, an dem sie saß, bereitstand.

Da sie Linkshänderin war hatte sie schon zuvor die schlichte henkellose Tasse mit der rechten Hand siebenmal hintereinander kreisförmig im Uhrzeigersinn sanft geschwenkt. Danach hatte sie sie wieder auf die Untertasse gestellt, sich über die Tasse gebeugt und gespannt hineingeschaut. So, wie es richtig war. Das tat sie jeden Morgen nach dem Frühstück, um zu sehen, was ihr das Teeorakel für den Tag offenbarte. Heute war es so bedrohlich gewesen, dass ihr Herz sofort sein Klopfen beschleunigte. Sie konnte sich kaum beruhigen, doch dann hatte ihre Hand wie von selbst erneut nach der Teetasse gegriffen und sie hochgenommen. Deswegen war zwar dieses achte Mal Schwenken nicht vorgesehen, und auch nicht das direkte Hineinschauen, ohne die Tasse wieder auf die Untertasse zurückzustellen, aber das Universum würde Viola und ihr ungewöhnliches Handeln sicher verstehen.

Die Mittvierzigerin erhob sich von ihrem Stuhl, blies die Kerzen auf dem Tisch aus und nahm den danebenliegenden Amethysten an sich. Der Edelstein hatte bereits ihrer Großmutter gehört, die ihn ihr auf dem Totenbett vermacht hatte – er hatte auf einem Zettel mit einem großen geschriebenen »V.« drauf auf dem Nachttisch der Großmutter gelegen, und Viola hatte ihn dort am Morgen entdeckt. Genau wie die gerade einmal dreiundsiebzigjährige Tote. Niemand hatte auch nur geahnt, dass Mienchen, wie alle die eigentlich putzmuntere Großmutter nannten, in dieser Nacht für immer in die andere Welt gehen würde. Das war das erste Schreckliche, was Viola geschehen war und sie zuvor bereits in den Teeblättern gelesen, aber nicht hatte deuten können. Zwölf Jahre alt war sie damals.

In das Teeblattlesen hatte Mienchen, die eigentlich Hermine geheißen hatte, sie eingeführt, und heute hatte sie wieder jenes Bild von damals auf dem Grund ihrer Tasse gesehen, das sie dieses Mal jedoch durch ihr Eingreifen verändert hatte. Ob es ihr gelungen war? Sie könnte einen neuen Tee aufbrühen und ihn abermals befragen, doch ein inneres Gefühl riet ihr, es zu lassen, denn womöglich würde sie auf diese Weise das Schicksal nur noch mehr herausfordern.

Viola konzentrierte sich auf die Erleichterung, die sich nach ihrem minimalen Eingriff in ihr ausgebreitet hatte. Natürlich hieß das nicht, dass alles gut war. Aber sie wollte es so gern glauben. Immerhin hatte sich der Teesatz nur geringfügig verändert. Zuvor war er ein einziger Klumpen gewesen, der einem Wirbelsturm glich und gänzlich den Tassenboden bedeckte. Nach ihrer fast unmerklichen Manipulation durchzog ihn nun wenigstens eine kleine trennende Haarlinie. Dadurch zeigte der Teesatz jetzt etwas anderes als das, was sie vorher noch auf den ersten Blick hin in dem Muster erkannt hatte. Sonst wäre es wirklich übel. Nun erinnerte das Teesatzbild an zwei Kontinente. Das verhieß zwar auch nichts Gutes, sondern so etwas wie Trennung oder Zwist, aber es war eben kein Tornado mehr, der umfassendes Unheil bis in die Grundfesten bedeutete.

Als Viola jetzt das Zimmer verließ, umfühlte sie den runden Amethyst in ihrer Hand. Er unterstützte ihr Drittes Auge, ihr Medium zwischen Geist und Seele, indem er ihre Fähigkeit zur Erkenntnis und Intuition stärkte. Sie hoffte inständig, er hatte ihr geholfen, richtig zu handeln. Konnte sie sich wirklich anmaßen, das Schicksal überlisten zu wollen? Oder wollte sie sich einfach selbst beschummeln? Wahrscheinlich war es eine Mischung aus beidem.

Das, was ihr der Teesatz zu Anfang gezeigt hatte, hatte sie in ihrer ganzen Zeit erst zweimal gesehen, und kurz darauf war Schreckliches passiert. Das erste Mal war es die dunkle

Wolke über ihrer Großmutter gewesen, die in der Nacht darauf verstarb. Das zweite Mal, als sie das Unheil gesehen hatte, war in der darauffolgenden Nacht ein weiterer geliebter Mensch gegangen. Bei dem Gedanken an ihn schossen Viola die Tränen in die Augen, die sie sich sofort rigoros wegwischte. Vielleicht hatte sie das Schreckliche dieses Mal ja wirklich abwenden können. Oder hatte sie es jetzt nur noch schlimmer gemacht? Sie wusste es nicht, obwohl sie das Dritte Auge besaß und der Amethyst ihre Hand wärmte. Ihr ungutes Gefühl kehrte zurück, und das Bild ihrer Tochter tauchte vor Violas Geist auf.

***

Konstantin wälzte sich im Bett hin und her. Er war hundemüde und nickte auch immer wieder ein, doch der richtig tiefe, wohlige Schlaf wollte sich nicht einstellen. Er kannte das schon. Es war Vollmond. Da ging es ihm meist so. Darüber hinaus hatte er sich vorhin mit Jasmin gestritten, und das machte ihm zu schaffen. Hätte sie jetzt neben ihm gelegen, hätte er sich an sie herangekuschelt und um Verzeihung gebeten. Aber sie lag nicht neben ihm. Verdammt aber auch! Er hatte Dinge gesagt, die er nicht hätte sagen sollen. Dinge, von denen er wusste, dass sie seine Freundin mitten ins Herz treffen würden. Dinge, die sie ihm im Vertrauen erzählt und die er gegen sie ausgespielt hatte. Und das Schlimmste: Er hatte es ganz bewusst getan. Er hatte Jasmin verletzen und wehtun wollen. Das hatte er definitiv geschafft und belastete ihn nun.

Als er jetzt durch die stille, nur vom durch den Vorhangspalt scheinenden Licht des Mondes unterbrochene Dunkelheit bemerkte, wie sachte die Türklinke zu seinem Zimmer heruntergedrückt wurde, glitt ein Lächeln über seine Lippen. Jasmin! Die alte Bauernholztür ging langsam auf, wie Konstantin an dem leisen Quietschen der Scharniere hörte. Schnell schloss er seine Augen. Er stellte sich schlafend, um Jasmin dazu zu verleiten, ihn zärtlich wachzuküssen. Vielleicht mussten sie ja gar nicht über ihren miesen Streit sprechen, sondern könnten nach dem Wachküssen einfach in Leidenschaft zueinander finden. Bisher hatte das stets geholfen, wenn sie sich gestritten hatten.

Für einen kurzen Moment war es still im Zimmer, dann drang das leise Quietschen erneut an sein Ohr – sicher war Jasmin hineingeschlüpft und hatte die Tür wieder geschlossen. Nun hörte er vorsichtige Schritte auf dem Dielenboden, die immer näher kamen und an seinem Bett stoppten. Konstantin musste an sich halten, vor Freude nicht nach seiner Freundin zu greifen und sie zu sich ins Bett zu ziehen. Um sich zu zügeln, drückte er seine Lider fester auf seine Augen. Ob Jasmin seine Anspannung bemerkte? Er hoffte nicht. Sie sollte wirklich denken, dass er schlief.

Warum tat Jasmin nichts? Warum umarmte und küsste sie ihn nicht? Sie schien nur reglos an seinem Bett zu stehen. Oder nein, sie bewegte sich wieder, er hörte ihre nackten Füße auf dem Boden tapsen. Von ihm weg! Hatte sie es sich anders überlegt? Er lauschte angespannt und wog ab, ob er es riskieren konnte ein Augenlid zu öffnen, um zu sehen was sie machte. Er ließ es bleiben. Erst wenn sie wirklich zur Tür ging und diese öffnete, würde er ihr zeigen, dass er wach war. Und dann würde er sie schon in sein Bett holen. Schöner wäre es allerdings, wenn sie von allein zu ihm käme und ihn verführte.

Fast hätte er vor Freude etwas lauter ausgeatmet, als er wahrnahm, wie ihre Schritte sich ihm wieder näherten. Erneut blieb sie stehen, und er hörte nur ihren schweren Atem. Er merkte, wie seine Lider vor Ungeduld flackerten, doch in der Dunkelheit würde sie das sicher nicht sehen. Dann bestieg sie das Bett und setzte sich rittlings auf ihn. Er fand es schade, dass sie vorher nicht seine Decke beiseitegeschlagen hatte, dennoch verspürte er durch die dicken Daunen hindurch ein erwartungsvolles Kribbeln in seinem Unterleib. Jasmin schien es genauso zu gehen. Sie atmete jetzt schneller und bewegte sich ganz leicht auf ihm. Es erschien ihm, als würde sie sich vorbeugen, denn ihr Atemgeräusch kam näher. Gleich! Gleich weckte sie ihn sicherlich durch einen Kuss, und dann würden sie sich lieben, und ihr verdammter Streit würde sich in nichts auflösen.

Nichts dergleichen geschah. Zuerst begriff er nicht, was mit ihm passierte. Etwas Weiches drückte sich plötzlich auf sein Gesicht. Es war nicht Jasmins Kopf oder Oberkörper. Aber was war es dann? Und was sollte das? Er wollte die Augen aufschlagen, doch es gelang nicht. Das Weiche lag zu kräftig auf ihnen. Was tat seine Freundin da? Erst langsam kam es in seinem Hirn an, dass es ein Kissen sein musste, was ihm mit aller Kraft auf das Gesicht gehalten wurde und Mund und Nase bedeckte. Die Erkenntnis traf ihn wie ein Schlag: Das hier hatte nichts mit einem Vorspiel zu tun, seine Freundin war gerade dabei, ihn zu ersticken!

Konstantin versuchte, seinen Kopf unter dem Kissen zu bewegen und sich davon zu befreien. Er schaffte es nicht. Gleichzeitig rief er »Jasmin, lass das«, doch es kam nur als Brummen aus seinem durch das Kissen zugedrückten Mund heraus. Verzweiflung und Wut machten sich in ihm breit. Er strampelte mit den Beinen, probierte Jasmin durch Aufbäumen von sich herunterzuschütteln, aber sie saß auf ihm wie ein geübter Rodeo-Reiter. Wenn er wenigstens seine Arme zuhilfe nehmen könnte! Die lagen jedoch seitlich an seinen Körper gepresst unter der Decke, und Jasmin hatte sie mit ihren Knien fixiert. Was war bloß in seine Freundin gefahren? Das war absolut kein Spiel mehr, sie versuchte wirklich, ihn zu ersticken! Dabei entließ sie keinen einzigen Ton. Sagte nichts, drückte nur das vermeintliche Kissen auf sein Gesicht und hielt seinen Körper mit ihrem Gewicht und ihren Beinen in Schach. Er machte noch einmal Anstalten, sich ihrer zu erwehren, aber er kam nicht gegen sie an. Dabei war sie so schmächtig.

Konstantin merkte, wie ihn seine Kräfte verließen. Sein Mund wollte sich öffnen, schaffte es sogar einen Spalt, um die lebenswichtige Luft zu schnappen, aber sie wurde ihm versagt. Er begann unter seinem Gesichtsgefängnis zu husten, und dann traf ihn die Todesangst wie eine Wucht. Er spürte, wie sein Puls plötzlich raste. Gleichzeitig schoss eine Energie in seinen Körper, die ihn erneut aufbäumen ließ, doch es half nichts. Jasmin hielt ihn nach wie vor wie eine Zange und drückte weiterhin das Kissen oder was es auch immer war auf sein Gesicht. Sie wollte ihn tatsächlich töten! Nur wegen dieses blöden Streits? Was war in sie gefahren? Wenigstens hatte er jetzt seine Augen durch das Aufbäumen öffnen können, aber das brachte ihm nichts.

Konstantin wurde schwummerig, sein ganzer Körper kribbelte jetzt, in seinen Ohren rauschte es heftig, und in seinem Kopf tönte nur der eine Gedanke: Warum, Jasmin? Warum? Von einer Sekunde auf die andere wurde die Schwärze um ihn herum noch schwärzer, fuhr in ihn hinein, breitete sich in seinem Hirn aus, und dann war nichts mehr.

✳✳✳

Ausgeruht stand Viola in ihrer großen Wohnküche und bereitete das Frühstück zu. Für ihre Tochter und deren Freund, die gestern am späten Nachmittag angekommen waren und das Wochenende hier verbringen wollten, hatte sie bereits Quarkbrötchen gebacken und auf den Tisch gestellt. Außerdem herzhaften Aufschnitt und süßen Aufstrich. Für sich selbst bereitete sie gerade Lahpet thoke zu. Etwas anderes aß sie morgens nie, weil sie das Gefühl hatte, der Teeblattsalat würde ihrem Dritten Auge dienen, wenn sie aus dem Tee las. Auch sonst tat ihr dieser Salat, der vorrangig aus eingelegten Teeblättern bestand, gut. Ihrem Körper und ihrer Seele. Besonders heute konnte sie das gebrauchen. Obwohl sie ausgesprochen gut geschlafen hatte, worüber sie sich wunderte, beschäftigte sie nach wie vor der Tornado, der sich ihr gestern im Teesatz gezeigt hatte, und sie hoffte nach wie vor, das Unheil, das von ihm ausging, abgewendet zu haben. Was war, wenn etwas mit Jasmin geschah? Allein die Vorstellung zerriss ihr das Mutterherz.

Viola nahm eine Schüssel aus dem Regal, machte dabei aber aus irgendeinem Grund eine blöde Bewegung, sodass ihr das Steingut aus der Hand glitt und auf den Küchenfliesen zersprang. Sie erschrak. War sie einfach so nervös, oder war das ein Vorbote des Unheils gewesen? Ach, wenn sie es doch bloß wüsste …

Nachdem sie die Scherben zusammengekehrt hatte, wandte sie sich wieder der Zubereitung ihres Salats zu. Kennengelernt hatte sie Lahpet thoke, als sie als junge Frau durch Südostasien gereist war und dort bei ihrem Aufenthalt in Myanmar dieses Nationalgericht gekostet hatte. Den Teeblattsalat hatte es dort an jedem Straßenverkaufstand gegeben. Die Einheimischen hatten ihn damals aus einer Plastiktüte heraus gegessen, während sie durch die Straßen eilten. Wahrscheinlich taten sie es nach wie vor so. Für Viola war das nichts. Sie aß ihn aus einer Schüssel.

Die Zeit in Südostasien war das erste und einzige Mal, dass sie überhaupt in ihrem Leben verreist gewesen war. Noch heute, wenn sie an diese Reise dachte, wunderte sie sich selbst über den Mut, den sie damals aufgebracht hatte, um ihrem Dorf, wenn auch nur für einen überschaubaren Zeitraum, den Rücken zu kehren. Sie hatte es aus Liebe getan, und aus dieser Liebe war Jasmin entstanden. Erneut dachte Viola für einen flüchtigen Moment an das Bild, das ihr gestern der Teesatz gezeigt hatte, dann schob sie es schnell wieder aus ihrem Kopf, indem sie sich auf ihren Salat konzentrierte. Die Hauptzutat war eine ordentliche Menge an fermentierten Teeblättern. Inzwischen und nach langem Herumdoktern baute sie die Schwarzteepflanzen selbst an, nutzte sie für ihre Lesungen und fermentierte sie für ihren Salat. Aktuell versuchte sie sich darüber hinaus an einer Teemischung, die ihrem Lieblingstee Earl Grey gleichkam. Bis vor Kurzem hatte sie ihn sich noch gekauft. Da ihre Schwarzteepflanzen jedoch unter ihren Händen ordentlich gediehen, was nicht jeder Teeanbauer in deutschen Landen behaupten konnte, und ihr die Bergamottezugabe in den gekauften Packungen ein Quäntchen zu viel war, hatte sie es sich in den Kopf gesetzt, ihre ganz eigene Earl-Grey-Mischung herzustellen. Sie fand, sie hatte es fast geschafft, und freute sich bereits darauf, wenn sie Jasmin und Konstantin gleich davon probieren ließ. Vor allem auf Jasmins Meinung war sie gespannt – ihre Tochter hatte einen sehr sensiblen Geschmackssinn.

Viola holte eine neue Schüssel vom Regal und füllte den fermentierten Tee für den Salat hinein. Daraufhin begann sie, die bereitgelegte Tomate in Stückchen zu schneiden, schrak jedoch heftig zusammen, als ein markerschütternder Schrei durchs Haus gellte. Viola ließ sofort das Messer fallen, eilte aus der Küche und nahm auf der Treppe nach oben zwei Stufen auf einmal.

Die Tür zum Gästezimmer stand offen, und sie hörte daraus ihre Tochter wimmern. Viola blieb wie angewurzelt auf dem Treppenabsatz stehen. Was war hier los? Hatte Jasmin sich mit ihrem Freund gestritten? Oder hatte er ihr womöglich etwas angetan? War das Unheil nun doch über ihr Haus gekommen? Spontan wollte Viola ins Gästezimmer sprinten, um ihrer Tochter zu Hilfe zu eilen und Konstantin die Leviten zu lesen, doch sie riss sich zusammen. Manchmal durfte man in solchen Situationen nicht übereilt handeln, sondern sollte sich erst einmal ein Bild machen.

Auf Zehenspitzen pirschte sich Viola an das Gästezimmer heran und linste am Türrahmen vorbei hinein. Jasmin lag bäuchlings auf dem Bett, hatte den Kopf in die Daunendecke gedrückt und weinte bitterlich. Konstantin war nirgends zu sehen. Hatte er sich heute Nacht etwa aus dem Staub gemacht und ihre Tochter sitzen gelassen? Zuzutrauen wäre es ihm. Viola war noch nie ein Fan von ihm gewesen. War es das, was ihr der Teesatz gestern mitgeteilt hatte? War es das Leid ihrer Tochter, das auch ihr als Mutter das Herz schwer machen würde? Bestimmt. Eine Welle der Erleichterung ging durch Viola hindurch. Liebeskummer war furchtbar, aber glücklicherweise nicht das Ende der Welt.

Sie stieß sich vom Türrahmen ab und trat an ihre noch immer wimmernd weinende Tochter heran. Sachte legte sie

Jasmin ihre Hand auf die zuckende Schulter, die dadurch hochschreckte. Die Mutter sah in die tränenvollen Augen ihres Kindes und fragte liebevoll: »Schatz, was ist passiert?«

»Er ist tot! Konstantin ist tot!«, schleuderte Jasmin ihr verzweifelt entgegen, und erst jetzt sah Viola, dass unter der Decke ein regloser Körper lag. Ihr Blick, mit dem sie zuvor einzig ihre Tochter fixiert hatte, wanderte hinauf zum Kissen, auf dem Konstantins Kopf gebettet war. Sein Gesicht war wachsweiß, und die starren Augen blickten leer nach oben.

※※※

Viola saß am Küchentisch und wog ihr Telefon schwer in der Hand. Sie starrte es an wie eine Maus die Schlange, als ob es ihr gleich die Entscheidung abnehmen würde, den Arzt zu rufen. Doktor Lindemann, der Dorfarzt, war schon alt und kannte sie bereits eine halbe Ewigkeit. Manchmal fragte er sie sogar nach ihrer Meinung und bat sie um alternative Heilmittel aus ihrem Kräutergarten. Darüber hinaus konnte er auch nicht mehr astrein gucken. Das hatte sie grad neulich wieder im Dorfladen festgestellt, als sie zufällig auf ihn getroffen war und er sie aufforderte, »seine Brille« zu sein. Sie hatte ihm dann das Kleingedruckte auf irgendeiner Handcreme, die er seiner Frau mitbringen wollte, vorgelesen. Aber konnte sie das Risiko eingehen, ihn eine Leichenschau machen zu lassen? Was, wenn Doktor Lindemann doch das sah, was sie gesehen hatte? Nur aufgrund ihrer langen Vertrautheit würde er sicherlich nicht schweigen.

Konstantin war definitiv nicht auf normale Weise verstorben. Jemand hatte ihn erstickt. Das hatte sie sofort an den nur stecknadelkopfgroßen Einblutungen rund um seine Augen gesehen. Außerdem hatte sie kleine, blaue Fusselchen in Konstantins Haaransatz, an seinen Nasenlöchern und um seinen Mund herum entdeckt. Viola nahm an, sie stammten von einem der Kissen, die auf dem Sessel im Gästezimmer lagen. Zumindest der Farbe nach zu urteilen. Wenn der Doktor das bemerken würde, hätte sie umgehend das Haus voller Polizei, und das wollte sie nicht. Viola wusste, dass ihre Tochter sofort als Täterin verdächtigt werden würde. Oder natürlich sie selbst. Immerhin war niemand in der Nacht in ihr Haus eingedrungen, um Konstantin das anzutun. Zumindest gab es keine offensichtlichen Einbruchspuren. Das hatte Viola eben gecheckt. Aber wer anderes als ein Fremder sollte Konstantin erstickt haben? Sie selbst war es nicht gewesen und Jasmin ganz sicher auch nicht. Die konnte keiner Fliege etwas zuleide tun. Doch würde man ihr das glauben? Natürlich würde die Polizei Konstantin auf Fremd-DNA untersuchen und wahrscheinlich auch das ganze Haus oder zumindest das Gästezimmer nach Spuren. Das würde allerdings dauern, und in der Zwischenzeit würde die Polizei ihr kleines Mädchen in die Mangel nehmen. Vor allem, wenn Jasmin ihnen erzählte, dass sie die Nacht nicht neben ihrem Freund, sondern getrennt von ihm in ihrem alten Kinderzimmer übernachtet hatte. Viola empfand das als großes Glück, denn wer weiß? Womöglich hätte Konstantins Mörder auch vor Jasmin nicht Halt gemacht. Viola mochte gar nicht daran denken! Und wenn der Mörder Jasmin verschont hätte, wäre diese heute Morgen neben einem Toten aufgewacht. Ebenso eine furchtbare Vorstellung, die in Violas Leben leider bereits vorgekommen war. Über die langen Jahre hatte sie es geschafft, dieses traumatische Erlebnis zu verdrängen, doch jetzt kam es wieder hoch.

Viola fröstelte. Sie legte das Telefon auf den Tisch und zog ihre Stola fester um ihre Schultern. Sie wollte dieses schreckliche Bild der Leiche neben sich nicht vor ihrem inneren Auge sehen. Es war der Mann gewesen, den sie geliebt hatte. Jasmins Vater, die sie da bereits unter ihrem Herzen getragen hatte. Am Abend zuvor hatte sie ihrem Geliebten von ihrem gemeinsamen Kind erzählt, und dann war er in der Nacht vermutlich von einer Giftschlange gebissen worden und elendiglich gestorben, während sie seelenruhig neben ihm geschlafen hatte. Dabei hatte sie auch diese Tragödie zuvor im Teesatz gesehen, es aber dennoch nicht abwenden können – es war das zweite Schreckliche in ihrem Leben gewesen, und jetzt war es wieder passiert. Zum dritten Mal. Und immer war das Bild ein Tornado gewesen.

Jasmin wusste nichts von den Tornados. Auch hatte Viola ihr nichts über Konstantins Todesumstände gesagt. Ihre Tochter glaubte immer noch, dass ihr Freund einfach so gestorben war. An einem Herzinfarkt oder einem Aneurysma. Aber Viola wusste es besser, und sie würde herausfinden, was geschehen war, bevor sie Doktor Lindemann in ihr Haus holte und der eventuell die Polizei. Noch hatte sie keine Ahnung, wie sie das anstellen sollte, aber ihr würde schon etwas einfallen. Es war aber auch verflixt. Natürlich könnte sie den Teesatz zu Rate ziehen, aber es würde ihr den letzten Nerv rauben, den sie jetzt so sehr brauchte, wenn der ihr nichts Gutes zu präsentieren hatte. Nein, in dieser Situation musste sie auf ihre Intuition hören und die hieß, niemanden einzuweihen. Da Jasmin in ihrem alten Kinderzimmer schlief, nachdem Viola ihr einen starken Beruhigungstee aufgebrüht hatte, hatte sie momentan freie Bahn, und die wollte sie nutzen. Entschlossen stand sie von ihrem

Stuhl auf und trat an den Küchentresen, auf dem noch immer die Zutaten für ihren Teeblattsalat lagen. Heute würde sie bestimmt nichts essen können, deswegen packte sie alles zurück.

***

Im Gästezimmer roch es bereits nach Tod. Ging das so schnell? Oder bildete Viola sich den Geruch nur ein? Sie ging durchs Zimmer, vorbei an dem Sessel, auf dem wie immer geordnet die zwei blauen Kissen drapiert waren, vorbei am Bett, von dem sie ihren Blick abwendete, hin zum Fenster. Sie öffnete es komplett und sog die frische, von leichtem Regen feuchte Frühlingsluft ein, die ihr bewusst machte, wie sehr sie lebte, obwohl nur drei Schritte von ihr entfernt der Tod zugeschlagen hatte. Wenn der Tod einen Menschen holen will, dann tut er es, und in diesem Fall hatte der Sensenmann es wirklich gewollt, das hatte ihr der Teesatz schließlich gestern gesagt. Der Gedanke bereitete ihr Unbehagen, und sie strich sich instinktiv über die Stirn, um ihn wegzuwischen. Irgendwas war da noch in ihrem Kopf, in ihrem Unterbewusstsein, aber sie konnte es nicht greifen. Sie erschauerte kurz, und dann machten ihre Beine wie von selbst die wenigen Schritte an das Bett heran.

Konstantin starrte immer noch mit leerem Blick an die Zimmerdecke. Sollte sie seine Augen schließen? Viola scheute sich vor dem Anfassen. Sie konnte sich nicht rühren. Nur sein lebloses Gesicht betrachten. Leblos? Hatte er nicht gerade seine Oberlippe ganz leicht bewegt? Nur minimal? Sie hielt den Atem an und sah genauer hin. Fokussierte Konstantins halb geöffneten Mund. Da, da war die Bewegung wieder!

Hatten sie sich geirrt? War Konstantin nicht tot? Atmete er etwa noch? Beklommen stierte sie ihn weiter an, dann begriff sie. Ein Luftzug hatte einen Hautfetzen auf seinen spröden Lippen in Schwingung versetzt.

Durcheinander trat Viola vom Bett weg und ließ sich auf dem Sessel nieder. Da sie sich einfach hatte sinken lassen, saß sie ungemütlich, und so stand sie wieder auf, um die Kissen zu richten. Sie nahm das erste hoch und stutzte. Wieso lag da ihr Amethyst? Sie erinnerte sich nicht, ihn dort hingelegt zu haben. Jasmin oder auch Konstantin konnten es jedoch auch nicht gewesen sein, denn sie hatte ihn gestern Abend beim Zubettgehen wie immer auf ihren Nachttisch gelegt. Heute hatte sie ihn noch nicht zur Hand genommen, weil sie bisher nicht aus dem Tee gelesen hatte. Außerdem war sie nur einmal vorhin mit Jasmin in diesem Zimmer gewesen, und da hatte sie weder den Stein dabeigehabt noch auf dem Sessel gesessen.

Viola nahm den Amethyst auf und schluckte. Wie in Trance ging sie in ihr eigenes Schlafzimmer, öffnete die Schublade ihres Nachttisches und zog einen alten Zettel hervor. Er war aus einem Spiralblock herausgerissen, und lediglich ein »V.« prangte darauf. Sie hatte es nie wahrhaben wollen, doch jetzt musste sie es sich eingestehen: Nicht ihre Großmutter hatte das »V.« in ihrer ältlichen Schnörkelschrift dort draufgeschrieben. Es war ein »V.«, wie es Schulkinder ihres Alters in der Schule gelernt hatten, es war ein »V.«, wie sie es immer noch schrieb.

Ja, sie hatte Mienchen als kleines Mädchen immer wieder angebettelt, ihr den Amethyst zu schenken, doch die Großmutter hatte ihn ihr verweigert. Sie hatte gemeint, er sei zu stark und Viola noch zu jung, um ihre ganze seherische Kraft zu entfalten. Konnte es sein, dass sie das Mienchen …? Hatte sie sich den Halbedelstein auf grausame Weise besorgt? Auch Mienchen war in einer Vollmondnacht gestorben. Genauso wie Konstantin. Und wie Jasmins Vater … Konnte das sein? War sie selbst der Tornado? Hatte sie sich selbst im Teesatz gesehen? Hatte sie, Viola, die drei …? Sie wollte den Gedanken nicht zu Ende denken. Aber sie musste. Vor allem wegen dieser Vollmondnächte. Schon als Kind war sie geschlafwandelt.

Erneut griff Viola in die Schublade und angelte ein kleines Fläschchen heraus. Sie hatte es in ihrem Rucksack gefunden, als sie so jäh durch den Tod ihres Geliebten in Thailand wieder zurück nach Deutschland gekommen war. Nachdem sie zu Hause gewesen war, hatte sie ihren Rucksack auf dem Bett ausgekippt, und auch das Fläschchen war herausgefallen. Obwohl sie es nicht kannte und nicht gewusst hatte, wie es in ihren Rucksack gekommen war und was es beinhaltete, hatte sie es wie eine Reliquie aufbewahrt. War Gift darin? Hatte es gar keine Schlange gegeben? Hatte sie …? Aber warum? Weil der werdende Vater sich nicht über sein Kind gefreut hatte? Das war doch nur seiner ersten Überraschung geschuldet gewesen!

Und Konstantin? Gut, Viola hatte den Streit zwischen ihm und Jasmin mitbekommen, und er hatte die Seele ihrer Tochter verletzt, aber war das ein Grund?

Noch immer hielt Viola das Fläschchen in der Hand. Jetzt nahm sie auch den Zettel wieder hoch, den sie eben kurz abgelegt hatte. Dann verließ sie ihr Schlafzimmer.

***

Viola saß auf ihrem Stuhl an ihrem Tisch in der Teeleseecke, wie sie die kleine Nische nannte. Ihre Augen waren geschlossen, und ihr Kopf war auf die Brust gesackt. Sie hatte die Kerzen angezündet und entsprechend ihrem Ritual den Amethyst davorgelegt. Vor ihr stand auf der Untertasse ihre Tasse, in der noch der Teesatz zu sehen war – ein Richterhammer, das Symbol für Schuld. Neben die Tasse hatte sie das Stück Papier aus dem Ringblock gelegt und darauf das Fläschchen. Es war wie die Teetasse leer.

SCHNEEWITTCHEN

Hartmut Pospiech

Warum ich nach Varanasi ging? Weil die Party in Goa mir keinen Spaß mehr machte. Weil irgendwer behauptet hatte, dass Mia in Varanasi aufgetaucht sei. Und weil Varanasi ein guter Ort ist, wenn man etwas für sein Seelenheil tun will.

In meinem uralten Reiseführer hatte ich ein Hotel gefunden. Reserviert. Und die Warnungen gelesen. Denn schon am Bahnhof fing mich ein Taxifahrer ab, der gut Englisch sprach und mir einen günstigen Preis für die Fahrt anbot. Als ich ihm die Adresse des Hotels nannte, behauptete er, es sei vor drei Tagen abgebrannt. Er könne mir ein erstklassiges Hotel empfehlen. Ich bestand darauf, zum Hotel *Ganga Fuji* gebracht zu werden, worauf er mich nicht mehr fahren wollte.

Ich suchte mir ein Tuk Tuk. Der Fahrer sprach kein Englisch, verlangte ein paar Rupien mehr – und brachte mich zum Rand der Altstadt. Als ich ihn nach dem Hotel fragte, deutete er auf eine Gasse, für die sein Tuk Tuk zu schmal war.

Obwohl dort gerade mal Platz für zwei Menschen nebeneinander war, kamen mir junge Männer auf Mopeds entgegen, die mit Begeisterung abwechselnd Gaspedal und Hupe bedienten. Ich kannte das Gedränge in indischen Städten, aber mir war doch unbehaglich.

Die Provision für das Hotelzimmer staubte ein anderer ab, ein freundlicher Inder, der mir mit sicherem Blick gefolgt war und darauf vertrauen konnte, dass fremde Goras wie ich sich verliefen und auf Hilfe angewiesen waren. Obwohl ich ihn auf Hindi ansprach, bekam ich nur Touristen-Small-Talk auf Englisch, während er mich durch das Labyrinth führte. Er brachte mich in weniger als zehn Minuten zum Hotel, das natürlich nicht abgebrannt war. Ich verzichtete darauf, ihm die Provision hinterher wieder abzunehmen, sondern gab ihm noch ein kleines Trinkgeld. Ich bestehle grundsätzlich nur Touristen.

Das Hotel *Ganga Fuji* war trotz Provision günstig. Der Name erklärte sich bei einem Blick aus dem Fenster: Von meinem Zimmer im vierten Stock aus hatte ich freie Aussicht wie von einem Berggipfel, und übersah eine Ebene von hellbraunen Häusern, weil das Hotel alles überragte, was hier in den letzten dreitausend Jahren gebaut, neugebaut und umgebaut worden war. Ich rätselte aber, warum die Fenster vergittert waren. Dann hörte ich Lärm von draußen: Auf einem Häuserdach stand ein Mann und machte Krach mit Dosen und Rasseln. Auf einem anderen Dach in der Nähe sammelte sich ein Rudel Affen. Die Makaken beobachteten den Mann, bis er vom Dach stieg, und verteilten sich dann wieder. Bevor ich das Fenster verschließen konnte, sprang ein weiblicher Affe auf das Sims und starrte mich an.

Ich hätte aufspringen und die Äffin verscheuchen können, aber ich war gleichermaßen fasziniert wie schockiert über ihre Kaltblütigkeit. Denn ihr war es anscheinend egal, dass ich im Zimmer war. Routiniert schaute sie durch das Gitter, ob es hier etwas zu holen gab. Da sie offenbar nichts Interessantes sah, senkte sie den Kopf und schaute mich aus den Augenwinkeln an.

Ich verstand, dass sie ein Profi war, wie ich, holte einen Pfirsich und legte ihn ihr auf die Fensterbank. Sie nahm ihn, doch mit einem Blick, der andeuten mochte, dass sie mehr erwartet hatte. Dann ließ sie sich in die Tiefe fallen, um anderswo Ausschau zu halten.

Ich suchte mir erst mal einen Chai wallah.

Ich fand einen ein paar Ecken weiter, an einem Weg, der unwesentlich breiter war und deshalb in der Altstadt als Hauptstraße gelten musste. Der Teestand zwängte sich in eine Nische mit schmutzigen grauen Wänden. Der Chai wallah hatte sanfte dunkle Augen und einen Schnauzbart. Der Bart erinnerte mich an den Hausmeister in meiner Grundschule.

Der Chai wallah bereitete seinen Tee bedächtig zu. Ich erkannte bei ihm die Melancholie, die bei vielen Menschen in Indien unter einer devoten Oberfläche gärt. Es sind die, die hart für ihr Brot arbeiten müssen, und wenn sie nicht vom Leben abgestumpft sind, sind sie traurig, auf eine Weise, die jedem, der es bemerken möchte, nahegeht.

Ich bestellte einen Masala Chai. Der Chai wallah schien überrascht, dass ich auf Hindi bestellte, dann wandte er sich seinem Aluminiumkessel zu, der auf einer offenen Feuerstelle stand. Ich bekam den Tee in einem schlichten Glas und setzte mich auf eine der beiden schmalen Holzbänke vor dem Stand.

Der Chai war stark, mit viel Milch und Zucker, ich erkannte Sternanis, Zimt und Kardamom, eine feurige Note von Ingwer. Aber wie bei allen guten Chais waren noch mehr Gewürze darin, vielleicht Fenchelsamen, vielleicht eine Spur Pfeffer. Ich würde hier öfter hinkommen, würde versuchen, weitere Zutaten zu erschmecken. Mir Leute ansehen. Mir Kundschaft aussuchen.

Hier waren viele Inder und noch mehr Touristen unterwegs, die Touristen wegen der Sehenswürdigkeiten, die Inder wegen der Erlösung. Das Gedrängel war für meine Zwecke hilfreich. Portemonnaies und Brieftaschen lassen sich leichter stehlen, wenn man nicht auf Abstand achten muss. Andererseits musste ich sauber arbeiten, denn wenn jemand Alarm schlug, würde ich nicht so schnell verschwinden können wie anderswo.

Gerade als ich mit der Arbeit beginnen wollte, kam ein bulliger Mann mit kurz geschnittenen Haaren und bestellte harsch einen Tee. Er deutete auf die Zeitung und erzählte, dass sein guter Parteifreund, der indische Ministerpräsident, am Abend zuvor bei einem Teestand in der Nähe erschienen war. Er habe dort einen Zitronentee getrunken und sich angeregt mit der anwesenden Kundschaft unterhalten. Die Nachricht habe sich schnell verbreitet, zumal auch Reporter Fotos gemacht und berichtet hatten.

Während der Mann erzählte, stand der Chai wallah wortlos dabei. Als der Bullige seinen Tee entgegennahm, schaute ihn der Chai wallah an, noch melancholischer als vorher.

»Zitronentee«, sagte er. Dann machte er mit seinem Teekessel weiter.

Ich fragte den Bulligen, ob ich einen Blick in die Zeitung werfen könne. Widerwillig gab er sie mir, ließ mich dabei nicht aus den Augen. Die Geschichte über den Teestand hatte ich schnell durch, das einzig interessante Detail war, dass der Ministerpräsident auch mal ein Chai wallah gewesen war. Als ich die Zeitung zurückgeben wollte, fiel mir die Schlagzeile auf: »*Snow White* in exklusivem Einkaufszentrum ausgestellt«. *Snow White, Schneewittchen*, war ein großer weißer Diamant, der vor einigen Jahren in Indien gefunden wurde. Nun war *Schneewittchen* in der Schweiz geschliffen worden und machte eine Ausstellungstour um die Welt, bevor der Stein in der Sammlung eines reichen Inders verschwand. Als ich die Zeitung zurückgab, sah mich der Bullige noch einmal kritisch an. Er ging, ohne seinen Tee zu bezahlen.

Ich bedankte mich beim Chai wallah für seinen hervorragenden Tee, bezahlte und ging arbeiten. An den Ghats, den Treppen am Fluss, beobachteten die Touristen mit leichtem Schauder Männer, die im verdreckten Fluss ein Bad nahmen. Hier konnte man sich zwar von seinen Sünden befreien, aber sich dabei auch mit etwas anstecken, was im Fluss herumschwamm.

Die Arbeit gestaltete sich angenehm, aber als ich später in der Altstadt zugreifen wollte bei einem Ehepaar aus Italien, kamen mir auf einmal zwei Männer in die Quere, die eine Bahre auf ihren Schultern mitten durch das Gewimmel trugen. Die Bahre war mit weißem Leinenstoff bedeckt, darunter zeichnete sich die Silhouette eines Körpers ab. Mir wurde heiß und kalt, als mir klar wurde, was sie da trugen, und musste den Besitzer einer vermutlich ansehnlichen Brieftasche gehen lassen. Als ich den ersten Schock verdaut hatte, folgte ich den Männern. Sie trugen die Bahre in Richtung des Flusses und erreichten bald eines der Ghats. Mehrere Feuer brannten, und Schwaden von dunklem Rauch trieben herüber. An einer Seite thronte ein riesiger Stapel mit Holzplanken. Die Männer lieferten die Bahre ab, als sie zurückkehrten, fragte ich sie nach ihrer Arbeit. Sie waren stolz darauf, die Toten zu den Ghats zu bringen. Schließlich war das hier Varanasi, und wer sich hier verbrennen ließ, konnte sicher sein, eine große Abkürzung zur Erlösung von allen irdischen Plagen genommen zu haben. Im Übrigen transportierten sie auf Wunsch auch weltliche Dinge. Einer der beiden drückte mir gleich seine billige Visitenkarte in die Hand: *Ganga Varanasi Transport – schnell – zuverlässig – günstig*. Natürlich gab es keinen Firmensitz, sondern nur eine Handynummer.

Auch an den nächsten Tagen war der Besuch des Ministerpräsidenten Gesprächsthema, und die Laune des Chai wallah schien weiter zu sinken, als der Bullige vorbeikam und berichtete, dass Pappus Teestand über Nacht zu einer Touristenattraktion geworden sei und sich des Andrangs kaum noch erwehren könne. Ich versuchte, mit ihm ins Gespräch zu kommen. Nur zögerlich rückte er damit heraus, dass er Chetan hieß, ursprünglich aus Gujarat stammte, dass es dort eine Frau in seinem Leben gegeben hatte und dass es nicht gut ausgegangen war. Nun hatte er in Varanasi ein neues Leben begonnen. Ich erzählte ihm, dass ich schon zehn Jahre in Indien lebte und jemanden in Varanasi finden wollte. Er hörte mir zu, sagte nichts. Aber er schien sich zu freuen, wenn ich täglich zu ihm kam.

Ich wusste schnell, dass ich in Varanasi mein Auskommen haben würde. Es gab einen unablässigen Strom von Touristen, viele Orte, wo Menschen staunend anhielten, und ich zugreifen konnte: in den Souvenirläden und den pittoresken Handwerksläden in der Altstadt oder an den Ghats, wo man sich von Ferne gruseln konnte, wenn Rauch aufstieg, und wo abends die Melas stattfanden und die Touristen staunend den Gesängen und der Musik lauschten. Beides, Gesang und Musik, klang zunächst eintönig, steigerte sich aber allmählich immer mehr in einen Rausch. Dazu erzeugten die beleuchteten Boote, die während der Melas auf dem Ganges herumfuhren, eine Atmosphäre irgendwo zwischen Gottesdienst und Rummelplatz.

Aber die Begegnung mit den beiden Männern und der Bahre hatte mir den Spaß verdorben. Und allmählich wurde mir klar, warum. Ich konnte hier weiter meinem Job nachgehen und eine gute Zeit haben, aber für mehr würde es nicht reichen. Seit Mia verschwunden war, und das war schon mehr als ein Jahr her, hatte mich Unruhe gepackt. Bis dahin hatte ich einfach in den Tag hinein gelebt, jetzt war mir das nicht mehr genug. Und als ich ein paar Tage später bei Chetan saß und Tee schlürfte, hatte ich eine Idee: Ich würde Indien ganz verlassen und zurück nach Deutschland gehen. Aber dafür brauchte ich Geld. Mehr Geld, als ich mit Taschendiebstahl verdienen konnte.

So kam ich darauf, *Schneewittchen* zu stehlen.

***

Das *AFT Plaza* lag in der Nähe des Bahnhofs, auf der Webseite hatten die Betreiber vollmundig von einer luxuriösen Einkaufserfahrung gesprochen. Tatsächlich war es eine stinknormale Shoppingmall mit Geschäften auf drei Etagen um ein großes Atrium herum: weitläufige Modeläden mit einer üppigen Auswahl an Saris, Elektronikshops, Handyläden, ein Reisebüro, Imbissstände mit Dhosas und Pakoras, eine McDonald's-Filiale, ein Chai wallah. In der Mitte des Atriums lag ein blinkender künstlicher Springbrunnen, und davor prangte *Schneewittchen* in einer Glasvitrine. Es war den Betreibern des Plaza vermutlich nicht klar, dass ein gläserner Sarg sehr passend war für einen Edelstein namens *Schneewittchen*.

Neben der Vitrine standen zwei Wächter, die grimmig schauten und Schnellfeuergewehre trugen, die man in einem Einkaufszentrum wohl kaum benutzen konnte, und so taten sie, als ob sie die schüchternen Frauen, die selbstbewussten Paare und die aufgeregten Kinder nicht wahrnahmen, die auf den Edelstein deuteten und fragten: Papa, wie viel ist so ein

Stein wert? Die Wachen waren bärtig und wild und sahen aus, als ob sie ihre blauen Uniformen liebend gerne gegen Kleidung für eine Großwildjagd eingetauscht hätten.

Ich ging ins Reisebüro und ließ mich beraten. Bedeutende indische Sehenswürdigkeiten sollten es sein, und Miss Balan, eine resolute Brünette, versicherte, mir einen guten Preis zu machen. Sie zeigte mir Fotos vom Palast der Winde in Jaipur, vom Taj Mahal, und als ich darauf nicht ansprach, präsentierte sie mir die Höhlen von Ajanta und Ellora. Ich zeigte mich unfähig, eine Entscheidung zu treffen, und versprach, bald wiederzukommen. Danach trank ich beim Chai wallah im Erdgeschoss einen Tee und beobachtete die Vitrine und die Wächter. Der Chai war schrecklich süß und gleichzeitig unangenehm bitter, weil man nur den Sternanis und die Nelken herausschmeckte, aber der Stand hatte die beste Aussicht und lag außerhalb des Sichtfeldes der Sicherheitskameras.

***

Nach zwei Wochen hatte ich immer noch keine Idee, wie ich den Diamanten klauen sollte. Weil die Sicherheitsmaßnahmen gut genug waren und die Wächter bei aller Überheblichkeit ihren Job tun würden. Aber die Erfahrung hatte mich gelehrt, hartnäckig zu bleiben und weiterzusuchen, bis sich eine Gelegenheit ergab.

Währenddessen ging ich meinem Tagesgeschäft nach, hoffte leise darauf, dass mir Mia über den Weg laufen würde. Schließlich verdiente sie ihr Geld auf dieselbe Weise wie ich, also würde sie auch da Kundschaft finden, wo ich es tat.

Ich wurde nachlässig bei der Arbeit. Sonst hatte ich alle möglichen Vorsichtsmaßnahmen getroffen, zum Beispiel die, nicht da zu klauen, wo ich meine Pausen machte, aber nun befiehl mich eine merkwürdige Ungeduld, und so bestahl ich eines Tages einen Amerikaner, der am Stand von Chetan gerade einen Chai gekauft hatte. Er bemerkte den Diebstahl und beschuldigte Chetan erst, der Dieb zu sein, dann, mit den Dieben unter einer Decke zu stecken, und wollte die Polizei holen. Chetan wusste nicht, wie ihm geschah, und sah nicht so aus, als ob er sich gegen die Anschuldigungen wehren könne. Also musste ich eingreifen, den hilfreichen Mittouristen spielen, und bei der Suche nach dem verschwundenen Portemonnaie hatte ich natürlich Erfolg. Ich überreichte dem Überraschten seine Brieftasche, die ich angeblich unter einer Holzbank gefunden hatte, und fragte ihn, ob auch alles noch vorhanden sei. Man könne ja nie wissen. Natürlich waren Geld und Kreditkarten noch da, und der Amerikaner bot mir einen Finderlohn an, den ich natürlich nicht annehmen konnte. Als er davonging, blickte mich Chetan länger an, und mir wurde klar, dass er einen Verdacht hatte, was ich den lieben langen Tag tat. Ich versuchte, mich zusammenzureißen und mich auf das zu besinnen, was mich erfolgreich gemacht hatte.

Am Tag danach kam der bullige Mann wieder an den Stand, schnauzte Chetan an, dass er ihm gefälligst einen Tee bringen solle, und versuchte, ein Gespräch mit mir anzufangen. Woher ich käme. Aus Deutschland, sagte ich. Vielleicht hätte ich besser Dänemark sagen sollen. Denn der bullige Mann verriet mir sofort, dass er viel von Deutschland halte, denn die Inder und die Deutschen seien beides arische Völker und somit das Beste, was es auf der Welt gebe. Das habe auch Adolf Hitler erkannt, der ja ein bedeutender deutscher Staatsmann gewesen sei, fast so bedeutend wie der derzeitige Ministerpräsident. Adolf Hitler sei Indien besonders verbunden gewesen, und er habe als Zeichen der Wertschätzung das indische Sonnensymbol, die Swastika, als Wahrzeichen für seine Partei gewählt. Deshalb schätzten, so sagte der bullige Mann, er und viele andere Inder Adolf Hitler und Deutschland ganz besonders.

Ich verriet dem bulligen Mann nicht, dass ich seine Interpretation der deutschen Geschichte nicht teilte.

Diesmal schien der bullige Mann seinen Tee bezahlen zu wollen, aber als Chetan ihm noch ein buntes Tütchen mit Kartoffelchips reichte, erkannte ich, dass dabei auch ein Umschlag war, den der bullige Mann einsteckte, ohne nachzusehen. Ich beobachtete ihn, auch bei anderen Läden in der Straße holte er sich offenbar den Teil ab, von dem er glaubte, dass er ihm zustand.

Als er außer Sicht war, verriet mir Chetan, dass er im Magistrat der Stadt tätig war, und also ein wichtiger Mann, mit dem man es sich besser nicht verderben solle. Vielleicht wollte er mich davor warnen, ihn zu bestehlen.

***

Zwei weitere Wochen vergingen.

Morgens kam die Äffin an fast jedem Tag an mein Fenster, bevor ich herunterging, und ich gab ihr jedes Mal einen Pfirsich. Sie aß ihn sofort, und nach einigen Tagen begann ich, mir einen Apfel zu schälen und ihn auf dem Hotelbett zu essen, während sie auf der anderen Seite des Gitters den Pfirsich verspeiste. Wenn sie weitergezogen war, ging ich zu Chetan, der mir ohne Worte einen Masala Chai zubereitete, und manchmal sogar lächelte. Je nach seiner Laune variierte er die

Gewürzmischung ein wenig, mal war der Tee melancholisch bitter, dann fast scharf, als ob er auch noch Chili hinzugefügt hatte. An einem Tag, an dem der Tee mild schmeckte, fast wie ein warmer Regentag in Deutschland, verriet mir Chetan, dass es eine Frau gab, eine gute Frau, wie er sagte. Dann stockte er, als ob er zu viel verraten habe.

Drei Tage später rückte er damit heraus, dass er bei den Eltern der Frau die Zustimmung für die Heirat einholen wollte. Er befürchtete, sie nicht zu bekommen, weil sein Stand nicht genug Geld einbrachte.

***

Ich hatte nur noch zwei Wochen Zeit, bis *Schneewittchen* in ein Hotel in Indonesien gebracht werden sollte, und immer noch hatte ich keinen Plan, wie ich an den Diamanten herankommen konnte. Nachdem ich im Reisebüro alle möglichen Sehenswürdigkeiten erwogen und die Geduld von Miss Balan bereits gehörig strapaziert hatte, buchte ich einen Trip zu den Tempeln von Khajuraho. Dort waren unzählige Menschen in Stein gehauen, die sich der tantrischen Liebe hingaben. Das, so hoffte ich, würde meine Laune bessern. Außerdem gefiel mir der Gedanke, dass diese Sehenswürdigkeit wohl nur deshalb nicht zerstört worden war, weil man die Tempel siebenhundert Jahre im Dschungel vergessen hatte.

Hinterher setzte ich mich an den Stand des Chai wallah im Plaza und trank widerwillig seinen Tee. Ich war fast so weit, meinen Plan, *Schneewittchen* zu stehlen, aufzugeben, als ich mit einem der beiden Wächter, Rahul, ins Gespräch kam. Ausnahmsweise trank er einen Chai und keinen Energy Drink aus der Dose. Er war sehr von sich und der Wichtigkeit seines Jobs überzeugt. Ich behauptete, ein Tourist zu sein, der unbedingt die Tiger im Ranthambhore-Nationalpark in Rajasthan besuchen wollte. Ich gestand ihm, dass ich eigentlich darauf aus war, nicht nur auf Foto-Safari zu gehen, sondern einen echten Tiger zu erlegen. Das machte Eindruck auf Rahul, zumal ich zu verstehen gab, dass derjenige, der mir behilflich war, eine Tiger-Safari zu organisieren, nicht ohne Belohnung bleiben sollte. Er versprach, sich umzuhören.

Während Rahul versuchte, mit mir im Gespräch zu bleiben, verriet er mir das, wonach ich die ganze Zeit gesucht hatte. Er erzählte, er müsse zurück an die Arbeit, weil *Schneewittchen* nicht über Nacht in der Vitrine blieb, sondern vom Manager des Plaza an jedem Abend in einen Safe in den Verwaltungsräumen im fünften Stock gebracht wurde. Und an jedem Morgen eine halbe Stunde vor Öffnung der Mall zurück in die Vitrine.

Auf einmal gab es eine Möglichkeit, den Diamanten an mich zu bringen. Es musste mir nur gelingen, nahe genug an den Manager heranzukommen. Zugleich hatte ich den Eindruck, mich beeilen zu müssen, denn ich fühlte mich beobachtet. Ich konnte zwar nie jemanden entdecken, der sich an meine Fersen heftete, aber mein Instinkt hatte mich noch nie getrogen.

Eine Woche, bevor der Diamant weiterziehen sollte, wagte ich den Versuch. Und auch wenn ich in der ganzen Zeit keine Spur von Mia gefunden hatte, war sie im entscheidenden Moment doch dabei. Denn sie hatte mir gezeigt, wie man sich überzeugend verkleidet und schminkt. Ich hatte das nie für wichtig gehalten, um Touristen zu bestehlen, aber nun konnte ich das, was ich bei ihr gelernt hatte, gut gebrauchen.

Da ich nicht größer bin als ein durchschnittlicher Inder, und in Kurta und Leinenhose gekleidet war, mit einer dunklen Perücke, dunkler geschminktem Teint und einem sorgfältig angeklebten Schnurrbart, fiel ich nicht auf. Es half sicher auch, dass ich eine Abwesenheit von Miss Balan im Reisebüro genutzt hatte, um ihren Mitarbeiterausweis zu kopieren.

Mein erster Anlauf schlug fehl, weil der Manager zu früh aus seinem Büro kam, aber dabei konnte ich beobachten, wie der Transport von *Schneewittchen* genau vonstattenging. Einen Tag später betrat ich das Plaza erneut durch den Mitarbeitereingang für meine exklusive Einkaufserfahrung.

Beim zweiten Anlauf stieg ich im rechten Moment im Fahrstuhl zu, als der Manager in Begleitung von Rahuls Kollegen zur Galerie herabfuhr. Mit ein wenig Niespulver erzeugte ich ein klein wenig Aufregung und tauschte dabei den schlichten Leinenbeutel, in dem *Schneewittchen* die Nacht verbrachte, gegen einen gleichartigen Beutel aus.

Ich hatte nicht viel Zeit, denn der Diebstahl würde schnell auffallen, und verschwand eilig durch einen Seitenausgang. Meine Hoffnung, dass die Polizei sich auf den Bahnhof konzentrieren würde, um eine überstürzte Abreise des Diebs zu verhindern, erfüllte sich nicht. Die Wege in die Altstadt waren bereits abgesperrt, als ich dort ankam.

Gut, dass ich vorgesorgt und die Herren von *Ganga Varanasi Transport* bestellt hatte. Gegen ein großzügiges Entgelt trugen sie mich durch die Kontrolle: auf einer Trage, mit einem Leinentuch bedeckt. Als ich unter dem Tuch lag und aufmerksam horchte, ob ich durch die Kontrolle kam, verspürte ich zum ersten Mal seit Langem wieder Lust zu leben. Im Hotel legte ich meine Verkleidung ab und versteckte den Diamanten in der Matratze.

Erst in diesem Moment wurde mir klar, dass ich mir bisher nur Gedanken über den Diebstahl gemacht hatte, und noch keinen Moment darüber, wie ich ein so auffälliges Diebesgut zu Geld machen konnte.

Ich beschloss abzuwarten.

Am nächsten Morgen kam die Äffin wie üblich zu Besuch an mein Fenster, zur Feier des Tages hatte ich ihr eine Mango besorgt. Aber bevor ich sie ihr geben konnte, polterte es an der Tür meines Hotelzimmers, und ich hörte eine schneidende weibliche Stimme: »Varanasi Police! Open the door! Immediately!« Ich hatte keine Ahnung, wie sie auf mich gekommen waren, wie sie mich gefunden hatten, und ich hatte keine Lust, mich im Besitz des Diamanten festnehmen zu lassen. Indische Gefängnisse haben keinen guten Ruf.

Im Bruchteil einer Sekunde fällte ich eine Entscheidung. Ich hole den Diamanten aus dem Versteck. Ich schaute ihn noch einmal an, dann legte ich ihn der Äffin hin. Es polterte erneut an der Tür, und ich antwortete, dass ich kommen würde. Die Äffin schien noch nicht recht zu wissen, was sie von dem Schmuckstück und vom Lärm an der Tür halten sollte.

»Open the door!«, befahl die Stimme. Ich konnte nicht länger warten und öffnete die Tür. Nicht die Polizei stand draußen, sondern Mia.

Ich weiß nicht, was mich fassungsloser machte: dass sie nicht die Polizei war, oder dass sie noch schöner war, als ich sie in Erinnerung hatte. Ich starrte sie einfach an: ihre zierliche Figur, ihre schwarzen, kurzen Haare, ihr angenehm gebräunter Teint, das unverschämte Lächeln, das ich immer so gemocht hatte.

Sie tat beleidigt. »Warum hast den Coup ohne mich abgezogen? Nur damit ich zu dir zurückkomme?«

Ich drehte mich zum Fenster um. Die Affendame griff in aller Seelenruhe nach dem Diamanten und ließ sich vom Fenstersims fallen.

Auch Mia hatte die Äffin bemerkt und sah mich fragend an. Ich blickte noch einmal auf das leere Fenstersims und nickte. Wir sahen uns an. Dann fingen wir beide an zu lachen.

Mia blieb. Vorerst. Gleich am nächsten Morgen sagte sie mir, dass es nicht von Dauer sei. Wie sie das letzte Jahr verbracht hatte, wollte sie auch nicht erzählen.

Wir redeten nicht über *Schneewittchen*, sondern gingen gemeinsam zu Chetan und tranken Chai. Chetan zwinkerte mir zu, wenn Mia nicht hinsah. Dann gingen wir los, jeder in seine Richtung, und bestahlen Touristen. Abends trafen wir uns im Hotel, aßen gemeinsam, tranken etwas. Wie wir es früher in Goa gemacht hatten.

Aber nach einer Woche sagte Mia morgens: »Es wird Zeit.« Ich versuchte nicht, sie zum Bleiben zu überreden. Sie küsste mich zum Abschied und ging. Zehn Minuten später hing der Duft ihres Parfüms noch im Zimmer, aber ich war mir nicht mehr sicher, ob sie wirklich da gewesen war.

Auch ich wollte abreisen. Nach der Enge von Varanasi war ein Besuch bei den Tempeln in Khajuraho genau das Richtige. Und genug Touristen gab es dort auch. Zum Abschied legte ich der Äffin drei Pfirsiche an das Gitter. Sie verspeiste sie, während ich meinen Apfel aß. Dann griff sie hinter sich und legte etwas auf das Fenstersims. Es war *Schneewittchen*.

Zuerst berauschte mich ein Hochgefühl über die wunderbare Rückkehr des Diamanten. Aber es wich schnell der Ernüchterung. Ich würde *Schneewittchen* nicht zu Geld machen können. Ratlos saß ich neben meinem gepackten Koffer.

Schließlich ging ich zu Chetan und bestellte einen Chai. Als der bullige Mann kam, rief ich bei der Polizei an und danach bei der lokalen Zeitung. Dann platzierte ich den Leinenbeutel mit dem Diamanten in der Kurta des bulligen Mannes. Kurz darauf kam die Polizei, der bullige Mann zeterte, protestierte, drohte damit, den Ministerpräsidenten zu Hilfe zu holen, aber als der Diamant zum Vorschein kam, verstummte er. Ein Journalist war zur Stelle und machte Fotos, als die Polizei den Mann abführte. Auch Chetan befragte und fotografierte der Reporter.

Ich verabschiedete mich von Chetan und wünschte ihm alles Gute für seinen Teestand. Und seine Heiratspläne. Als ich ging, war er bereits umringt von Menschen, die bei einem Tee alles aus erster Hand über die unerwartete Rückkehr des Diamanten erfahren wollten.

Dann machte ich mich auf den Weg zum Bahnhof. Der bullige Mann würde seine Sprache wiederfinden, und vielleicht würde ihm auch der Ministerpräsident helfen. Aber ein Mann, der seinen Tee nicht bezahlt, hat eine Lektion verdient.

NUR NOCH WIR
Ricarda Oertel

»Hier.« Sanft schiebe ich die Tasse über den Küchentisch. Wölkchen steigen von der trüben Flüssigkeit auf.

Milena schnuppert und verzieht das Gesicht. Die Tränenspuren schimmern im Licht der Hängelampe. »Was ist das, Mama?«

»Gute-Nacht-Tee. Mit Lavendel, Melisse und Baldrian. Das wird dich beruhigen.«

Mein Herz bricht. Noch immer zucken ihre Schultern nach dem Schmerz, den ich ihr zufügen musste. Vielmehr das Leben. Nein. Der Tod. Ich war nur die Botschafterin.

»Wo ist mein Papa jetzt?«

Die leise Frage brennt mir ein Loch in die Seele, direkt neben das andere, das schon vorher da war. Beide Löcher vereinen sich zu einem großen.

Einen Moment kann ich nichts sagen. Vielleicht haben diese Krater in mir die Stimmbänder gleich mit verätzt. Was soll ich auch antworten? Stattdessen deute ich auf die Tasse. »Trink erst mal.«

Milena schlürft an dem Tee. Ihre schmalen Lippen kräuseln sich widerwillig. Die hat sie von dir.

»Ich weiß, Spatz. Es schmeckt komisch, ein bisschen wie …« Ich taste nach Worten, als wären sie Sterne im Dunkeln, die es irgendwo doch noch geben muss.

»Wie warme Kuhpisse mit Maggi?« Sie entblößt das schiefe Milchzähnchen. Bald wird es rausfallen.

Ich versuche mich an einem Lachen, und sie stimmt ein, aber es klingt zu spitz.

»Also ...« Entschlossen wischt sie sich mit dem Ärmel über den Mund. »Wo ist er jetzt?«

Ich hebe die Schultern. »Das weiß niemand so genau.« Hört sich wenigstens geheimnisvoll an.

»Im Himmel? Torben hat mal gesagt, dass Tote in den Himmel kommen. Zu den Engeln.«

Hastig nicke ich. »Ja! Da hat er bestimmt recht.«

Ernst imitiert Milena meine Kopfbewegung. »Da geht es ihm gut, oder?«

Ich schlucke trocken. »Auf jeden Fall.« Die Luft vor mir scheint zu flackern, verliert sich in Wellenlinien. Ich habe den Schock noch nicht verwunden. Aber ich muss funktionieren. Für sie. Für uns. Die wir »Hinterbliebene« sind. Bis zum Tag X, der uns wieder vereint. Ich spüre den Schweiß in meinen Achseln. Jeden einzelnen Tropfen, der aus der Haut schießt, als habe er sich seinen Weg ins Freie erkämpft.

Ich muss eine Annonce aufgeben, wenigstens das. Nur eine Todesanzeige, ohne Angaben zur Beerdigung. Damit sie nicht dort auftaucht. Sie, die uns die letzten Monate deines Lebens zur Hölle gemacht hat. Am besten wäre es, niemand wüsste, wann die Beisetzung stattfindet. Einen Abschied nur für Milena und mich, das wünsche ich mir. Ohne hilflose Beileidsbekundungen und mitfühlende Blicke. Aber so wird es nicht sein. Es gibt sie immer. Die anderen. Sie stören mich. Am liebsten wäre ich mit dir und Milena auf eine einsame Insel ausgewandert. Dann würdest du vielleicht noch leben. Nur dich und unsere Kleine brauchte ich für mein Glück. Niemanden sonst.

»Sieht er mich von da, Mama?« Milenas brüchige Stimme holt mich zurück ins Jetzt.

»Aber klar!« Wieder nicke ich eifrig, und ich weiß nicht, wer mehr aus der Zeit gefallen ist, unsere Tochter oder ich oder dein Herz, Daniel, das mit gerade mal vierzig den Dienst quittiert hat. Ein Infarkt. Du bist einfach gegangen, ins große Unbekannte, und lässt mich hier so verdammt allein.

In meinem Kopf summt es. Ich brauche mehr Alkohol. Aber erst wenn Milena den Tee endlich ausgetrunken hat und schläft, statt mich mit Fragen zu quälen.

***

Der Kopfschmerz, mit dem ich erwache, ist unerträglich. Immerhin habe ich es nachts ins Bett geschafft und finde mich nicht auf dem Sofa wieder. Aus dem Kinderzimmer dringt kein Laut, der Tee hat seine Wirkung getan. Ich lasse Milena schlafen. Sie soll nicht in die Kita, gestern habe ich sie vorläufig entschuldigt. Wir brauchen Zeit für uns allein, und ich möchte sie vor Fragen bewahren, denen sie nicht gewachsen wäre.

Stöhnend rappele ich mich aus den Kissen, bleibe einen Moment an der Bettkante sitzen. Das Laminat unter den nackten Fußsohlen gaukelt mir Halt vor. Im Durchgang zum Bad streife ich schmerzhaft den Türrahmen. Der Restalkohol. Ich schrubbe mit der Zahnbürste den schalen Geschmack aus dem Mund und tapse in die Dusche. Das kalte Wasser versetzt mir einen Schock, doch schlagartig fühle ich mich wach. So ist es gut. Ich muss agieren, für Milena.

Mit einem Glas Wasser setze ich mich an den Küchentisch, während der Kaffee dunkel durch die Maschine tropft. Ich habe zwei Löffel mehr Pulver hineingegeben als sonst. Die Zeitung von gestern liegt noch da, gefaltet, ungelesen. Lustlos blättere ich durch die Seiten. Was geht mich die Welt an, ohne dich darin, Daniel? Dann stoße ich auf die Todesanzeigen. Schwarze Striche, die dem Unfassbaren einen Rahmen geben sollen. Kreuze, verwelkte Rosen, kitschige Sprüche. Das alles will ich nicht für dich. Ein Tropfen landet mit einem dumpfen Geräusch auf dem Papier. Ich weine also. Wie abgelöst ich von mir bin. Eine leere Hülse, ein Zombie. Der nasse Fleck über den schwarzen Buchstaben vor mir lässt sie verschwimmen. Ich starre darauf, kneife eine neue Träne weg, bis sie sich klar zu einem Namen gruppieren. Deinem Namen. Ich halte den Atem an. Daniel. Daniel Bachmann. Mein Herz hämmert wild. Ungläubig lese ich die Zeilen. Deine Todesanzeige. Ich habe sie nicht aufgegeben.

Das kann nur sie gewesen sein! Tatsächlich: Da steht ihr Name. Natalie. Die dich mit ihrem Liebeswahn verfolgt hat. Sich nie abschütteln ließ, was wir auch versucht haben. Die dich bedrängt hat, wo immer du warst, in dem irren Glauben, du gehörtest zu ihr. Totaler Realitätsverlust! Du hast nie etwas von dieser Person gewollt. Ignorieren änderte nichts. Reden änderte nichts. Drohen änderte nichts. Auf die Hilfe der Polizei konnten wir auch nicht bauen. Dieser schreckliche Psychoterror war es, der am Ende zum Infarkt geführt hat, da bin ich sicher. Natalie ist verantwortlich für deinen Tod – und jetzt das!

In stiller Trauer und ewiger Liebe, Deine Natalie.

Ich fege die Zeitung vom Tisch. Das ist zu viel! Einfach schamlos, mehr, als ich ertragen kann. Ich beiße mir in die Faust, um nicht loszubrüllen, mir die Wut, den Schmerz, die Empörung von der Seele zu schreien. Es wäre ein Schock für Milena, davon geweckt zu werden. Ich japse nach Luft. Hetze hin und her, ein Tier im Käfig.

»Mama?«

Ertappt wende ich mich um. Milena steht im Nachthemd in der Küchentür, zerzaustes Haar. Hasis abgewetzte Schlappohren streifen den Boden. Ihre Augen sind kugelrund.

»Alles gut, mein Spatz. Ich bin nur so unruhig. Wegen der Beerdigung und so weiter.«

Sie sieht mich herzerwärmend an und überlegt. »Vielleicht brauchst du auch Kuhpisse mit Maggi?«

Ich lächele schwach. »Gute Idee, aber lieber erst heute Abend. Ich muss mich ja um alles kümmern.«

»Stimmt. Das Frühstück zum Beispiel.« Sie hält das Stofftier in die Höhe. »Hasi hat Hunger, weißt du.«

***

Der Moment ist da. Ich stehe ein paar Meter entfernt von der Grube, in die sie gerade deinen Sarg versenken. Milenas Hand halte ich fest umklammert, während der Trauerredner Worte in die Luft spricht, denen ich nur mit Mühe folge. Eben erwähnt er mich, deine Frau, die du zurücklässt. Er sagt, wie liebevoll du gewesen seist. Wie verantwortungsbewusst, ein passionierter Jäger. Mir zittern die Knie.

Natürlich sind wir nicht allein. Es sind zu viele Menschen hier. All die anderen, die sich nie verhindern lassen. Ich trage einen großen Hut, von dem ein schwarzer Schleier herabhängt und mein Gesicht verdeckt, mich beschützt. Keiner soll die vom Heulen geröteten Wangen, die verquollenen Lider sehen, und ich will niemandem in die Augen schauen. Ihre Anteilnahme, ob echt oder falsch, würde den Schmerz nur verschlimmern. Warum geht ihr nicht alle?

Milena trippelt neben mir auf der Stelle, bestimmt friert sie. Es ist kühl, aber windstill, die Bäume tragen kaum noch Blätter. Im Unterschied zu mir blickt sie sich neugierig um. Als sei das alles ein spannendes Happening. Es ist eine Gnade, dass sie die Tragweite des Verlustes noch nicht begreifen kann. Ihr Vater, der sie nicht aufwachsen sehen wird. Dieser Mann, mit dem ich Hand in Hand zu ihrer Einschulung gegangen wäre. Mit dem ich auf Milenas Abschlussball und irgendwann bei ihrer Hochzeit getanzt hätte ... wir wären zusammen alt geworden. Alt und glücklich. So viele gute Jahre – gestrichen. Ich schluchze auf. Jemand wendet mir den Kopf zu, die Brauen sorgenvoll verkniffen.

Schluss mit den Gedanken, nicht jetzt, nicht hier. Ich werde nicht zusammenbrechen, das bin ich dir und Milena schuldig. Also atme ich tief ein, drücke den Rücken durch. Und lasse den Blick kurz über die Trauergäste schweifen. Ein Fehler. Mir sacken beinah die Beine weg. Sie ist hier. Natalie. Mit verzerrtem Gesicht steht sie da, schwarzes Kleid, schwarzer Mantel, den Kopf gesenkt, mit zitternden Lippen, wie eine trauernde Witwe. Sie hat es gewagt herzukommen! Ohne ein Restgefühl von Anstand und Würde, ohne Respekt vor seiner Familie, unserem Verlust.

Ich will sie ohrfeigen. Sie mit derben Worten des Platzes verweisen. Weg von deiner letzten Ruhestätte. Aber ich stoppe mich. Dies ist dein Begräbnis. Die letzte Würdigung. Ich darf ihr nicht die Macht geben, diese Zeremonie zu stören.

Woher ich die Beherrschung nehme, weiß ich nicht. Vielleicht ist es Milenas Hand in meiner. Ich drücke sie noch fester, beiße mir auf die Unterlippe. Meine Kleine hebt den Kopf und sieht mich unschuldig an. Gut, dass sie nichts ahnt.

Über den inneren Kampf verpasse ich beinahe das Ritual, Erde auf deinen Sarg rieseln zu lassen. Ich habe gar nicht mitbekommen, wann der Trauerredner seine Ansprache beendet hat. Langsam löse ich meine Hand von Milenas und greife nach der kleinen Schaufel. Die Erde plumpst staubend aufs Holz nieder. Ich trete zurück. Am liebsten würde ich so schnell wie möglich weg von hier, zusammen mit Milena, die jetzt auch tapfer ein Schäufelchen schüttet.

Dann spüre ich Natalies Blick auf mir. Er brennt mir ein Loch durch den Schleier. Wenigstens kann sie meine Augen nicht sehen. Aber ich ihre. Verwirrung steht in ihnen geschrieben. Kapiert sie etwa nicht, wer ich bin? Doch. Der Ausdruck verwandelt sich in blanken Hass. Ein Ruck geht durch sie hindurch. Sie nähert sich unauffällig, bloß zwei Schritte. Bin nur ich es, die hört, was ihre Lippen zischen? Ganz leise, aber die Worte schneiden sich in mein Fleisch wie Messerstiche. »Verschwinde, oder ich töte dich.«

Da ist erst wieder dieses Summen im Kopf, wie nach einem Hammerschlag, aus dem sich langsam das Begreifen schält. Die Erkenntnis durchspült eiskalt meine Adern. Sie wird nicht aufhören. Sie ist mit uns noch nicht fertig. Sie wird eine Bedrohung bleiben für mich, für Milena. Das darf, das *werde* ich nicht zulassen.

***

»Komm, mein Spatz, trink.« Ich bemühe mich, das Zittern meiner Finger unter Kontrolle zu bringen. »Es schmeckt ganz süß. Diesmal hab ich ein bisschen Kandis mit reingetan.« Ohne wäre der Tee heute ungenießbar.

Milena sitzt in ihrem Bett und zieht einen Schmollmund.

»Ich brauch den nicht. Ich bin doch auch so schon ganz müde. Da waren sooo viele Leute. Haben die alle meinen Papa gekannt?«

Ich nicke. »Vom Jagdverein.«

»Ui.«

»Jetzt trink mal, ja?« Ich streichele ihre Wange. »Mama zuliebe.«

Sie nimmt seufzend die Tasse. »Okay.«

Endlich schlürft sie tapfer die ersten Schlucke. Vor Erleichterung atme ich aus. Es gibt nur diesen einen Weg, wie auch immer mein Plan nachher ausgeht. Besondere Umstände erfordern besondere Maßnahmen. Andernfalls werden wir nie Ruhe finden.

Sie kuschelt sich ein, und ich singe ein Schlaflied. Gebe ihr einen Kuss. Dann lasse ich wie immer die Tür halb offen stehen. Obwohl sie heute auch ohne den Lichtstrahl aus dem Flur einschlafen wird. Sie hat fast alles ausgetrunken.

Nach einer halben Stunde schaue ich zu ihr hinein und flüstere ihren Namen. Alles still. Jetzt muss ich es durchziehen.

Leise verlasse ich die Wohnung. Ich weiß genau, wo ich hinmuss. Das Endreihenhaus von Natalie liegt im Zwitscherviertel, wo die Straßen Vogelnamen haben. Es ist nur eine kurze Fahrt durch den Ort. Ich parke den Wagen am Straßenrand unter einem Baum und bleibe im Dunkeln sitzen. Starre auf das im Erdgeschoss erleuchtete Fenster, das einen Teil der Küchenfronten preisgibt. Verdammt, sie ist nicht allein. Nur die Köpfe sind zu sehen, anscheinend sitzt sie zusammen mit zwei anderen am Esstisch. Ich hätte nicht gedacht, dass ein Mensch wie Natalie überhaupt Kontakte hat. In meinem Mund bildet sich ein säuerlicher Geschmack. Mein Herz klopft schneller. Wieder dieses Summen, etwas will sich mir durch den Kopf bohren, eine Warnung. Aber ich ignoriere sie. Es ist Zeit, dass es aufhört. Diese wahnhafte Frau hat dein Herz regelrecht gesprengt, unseren Frieden zerstört, und ich werde nicht zulassen, dass sie weitermacht mit ihrem Hass. Deshalb harre ich hier aus. Egal, wie lange es dauert, irgendwann wird ihr Besuch aufbrechen. Gut, dass ich dafür gesorgt habe, dass Milena nicht aufwacht.

Regen setzt ein und trommelt sachte aufs Autodach, während die Stunden vergehen. Ich fröstele. Endlich. Kurz nach elf öffnet sich die Haustür. Ein Mann und eine Frau treten heraus, Natalie bleibt im beleuchteten Flur zurück und schließt die Tür hinter ihnen. Die beiden verlieren sich in der Nacht. Das nasse Laub auf dem Bürgersteig glänzt im Mondlicht.

Entschlossen streife ich die Lederhandschuhe über und schließe die Autotür so geräuschlos wie möglich. Es ist besser, mein Anblick trifft diese Frau unvorbereitet. Wenn es nicht anders geht, werde ich klingeln, aber ich habe die Hoffnung, mir durch die Hintertür Zutritt verschaffen zu können.

Also umrunde ich das halbe Grundstück und stoße die Gartenpforte auf. Sie quietscht in den Angeln, ich lasse sie offen stehen. Der feuchte Rasen, über den ich schleiche, ist hochgewachsen. Durch die geschlossenen Vorhänge hinter den Terrassenfenstern schimmert Licht. Rechts führt eine Außentreppe hinab zur Kellertür. Ich halte die Luft an und drücke die Klinke – offen. Im Keller empfängt mich kühle Finsternis, es riecht nach Schimmel. Mit dem Handy leuchte ich mir den Weg durch irgendein Gerümpel, bloß nirgendwo gegenstoßen. Kein Wunder, dass diese kranke Person ihr Leben null im Griff hat. Ich finde den Aufgang ins Erdgeschoss und nehme lautlos Stufe für Stufe.

Auf der vorletzten bleibe ich im Verborgenen stehen und recke den Hals, erhasche einen Blick in den Flur. Ich traue meinen Augen nicht. Das bist du, Daniel, und schaust mich von einem gerahmten Foto auf der Kommode an. Ein Wimmern dringt durch meine Kehle, das ich sofort mit vorgehaltener Hand ersticke. Der Raum dreht sich. Daneben ein anderes Bild. Es zeigt wieder dich, diesmal mit Natalie. Du hast einen Arm um ihre Schultern gelegt. Wie ist das möglich? Ich fasse mich schnell. Eine Fotomontage, das muss es sein. Niemals hättest du mich betrogen. Gänsehaut zwängt mich ein bis in die Haarwurzeln. Ich sollte wieder gehen, statt mich in die Nähe dieser Irren zu wagen. Sie hat mir gedroht.

Aber genau deshalb bin ich hier.

Ich lasse mein Handy in die linke Jackentasche gleiten, meine Hand findet den Messergriff in der rechten, hält ihn unsichtbar umklammert. Suchend tappe ich in den Flur. Die Türen stehen offen. Auf der einen Seite liegt das Wohnzimmer. Gegenüber die Küche. Totenstille, bis auf eine tickende Uhr. Wo ist das Biest? Oben?

Ein Klicken. »Was tun Sie hier?«

Erschrocken drehe ich mich um. Eine Gewehrmündung richtet sich auf mich. Natalie blickt von der Treppe herab, die in den ersten Stock führt. Noch immer in dem schwarzen Kleid. Wo zur Hölle hat sie dein Jagdgewehr her?

Von dem Messer in meiner Jackentasche weiß sie nicht, doch das nutzt mir gerade nichts. Ehe ich sie erreichen könnte, würde sich schon ein Schuss lösen. Ich gehe instinktiv einen Schritt rückwärts, hebe zitternd die leeren Hände in die Höhe.

»Sie verlassen sofort mein Haus!« Ihre Stimme ist eisig.

»Hören Sie bitte.« Ich hasse mich für mein Flehen. »Wir müssen miteinander reden. Daniel hätte –«

»Ich habe nichts mit Ihnen zu besprechen. Machen Sie, dass Sie wegkommen.« Sie hält das Gewehr unbeirrt am Anschlag.

»Das tue ich. Aber Sie haben mir gedroht. Das kann ich nicht zulassen. Halten Sie sich von uns fern!«

Kaum merklich lässt sie die Waffe ein Stück sinken. »Ich mich fernhalten?« Schnaubend stößt sie die Luft aus. »Sie sind vollkommen wahnsinnig. Und erwähnen Sie seinen Namen nicht. Nie wieder!«

Ich lache bitter. »Ich habe wohl das Recht, von meinem Mann zu sprechen.«

»Ihrem Mann.« Sie schaut mich an. Auf eine Weise, die ich nicht ertrage.

Das Summen im Kopf beginnt erneut, ein Gedanke will sich hindurchbohren. Der Boden unter mir scheint zu schwanken, ich taumele einen Schritt zurück, stoße mit der Hüfte gegen die Kante der Kommode. »Ja«, flüstere ich. »Mein Mann. Daniel. Wir waren füreinander bestimmt.«

»Sie reden wirres Zeug.« Der Puls an ihrem Hals klopft. Vor Zorn? Aber sie lässt das Gewehr noch tiefer sinken. »Hören Sie ...«

Was hat sie vor?

»Ich mache Ihnen einen Vorschlag.« Sie reißt die Augen weit auf, lächelt sogar, aber das ist alles falsch. Die Mundwinkel vibrieren. Natürlich, sie hat Angst und ändert deshalb ihre Taktik. »Ich verzichte darauf, Sie anzuzeigen, und rufe stattdessen einen Arzt. Sie brauchen Hilfe.«

Sie unterschätzt mich. Ich kann meine Taktik genauso ändern. Also nicke ich schuldbewusst. »Meinen Sie wirklich?«

»Allerdings, das meine ich. Bleiben Sie, wo Sie sind.« Sie dreht mir nicht den Rücken zu, dazu ist sie zu misstrauisch.

Stattdessen geht sie die Stufen hinunter, dann rückwärts in Richtung eines Handys, das am anderen Ende der Kommode liegt. Sie behält mich im Blick, das Gewehr immer im Griff. Sie blufft. Niemals wird sie einen Arzt holen, sondern den Notruf wählen. Doch auch dafür wird sie irgendwann eine Hand frei machen müssen. Das wird mein Moment.

Ich fixiere sie aus halb zugekniffenen Augen. »Sind Sie sicher, dass ich diejenige bin, die Hilfe braucht?«

»Haben Sie alles vergessen?« Jetzt liegt fast etwas wie Mitleid in ihrem Blick, und es wirkt täuschend echt. »Monatelang haben Sie uns aufgelauert. Unser Haus beschattet. Das muss aufhören. Reicht es nicht, dass Sie ihn ins Grab gebracht haben mit Ihrem Stalking?«

Ich kann es nicht glauben. Sie dreht alles um! »Was redest du da, du Miststück – er war der Vater meines Kindes!«

Sie verzieht die Lippen. »Genügt es, wenn ich Ihnen sage, dass mein Mann unfruchtbar war?«

Das Summen in mir explodiert. In dieser Sekunde. Lügen, nichts als Lügen!

Natalies Hand löst sich vom Gewehr und schnappt nach dem Mobiltelefon. Ich schieße auf sie zu. Sie schreit auf, noch bevor ich das Messer in ihre Brust gerammt habe. Das Handy landet krachend auf den Fliesen. Entsetzen glimmt in ihren Augen auf, als sie die Klinge spürt. Ein raues Stöhnen dringt aus ihrer Kehle. Die Lider flattern.

»Merk es dir für immer«, flüstere ich in ihr Ohr. »Er. War. Mein.« Sie soll die Wahrheit in die Ewigkeit mitnehmen.

Fassungslos starrt sie mich an. Erschlafft … und sinkt zu Boden. Der schwarze Stoff über ihrer Haut färbt sich noch dunkler, eine aufblühende Blume, die nass schimmert. Natalie regt sich nicht mehr.

Keuchend lasse ich mich auf die Knie fallen. Ein Wirbel stürmt in meinem Kopf, ich presse die Hände gegen die Schläfen und wiege mich vor und zurück. Zu viel alles, alles zu viel, alles muss an seinen Platz zurück. Ganz schnell. Ich muss zu Atem kommen und hier verschwinden.

Meine Zähne bohren sich in die Unterlippe, bis sie blutet. Ich schließe die Finger um den Messergriff. Mit zugekniffenen Augen ziehe ich die Klinge aus dem Fleisch. Dann lasse ich sie in meine Jacke gleiten.

Das Handy lege ich zurück auf die Kommode. Ein dummer Aufräumreflex. Ansonsten lasse ich alles, wie es ist. Schaue mich nur noch einmal um. Von den Fotos siehst du mich wieder an, und Wärme kehrt in mein Herz zurück. Du raunst mir etwas zu. *Gut hast du das gemacht. Endlich sind wir sie los.*

»Ich mache mich auf den Weg«, flüstere ich.

Ungeniert wie ein Einbrecher trete ich durch die Eingangstür nach draußen. Ich atme tief ein. Luft. Leise lasse ich die Tür hinter mir ins Schloss klicken. Mein Blick streift das Klingelschild. *Bachmann.*

Das Summen fängt wieder an, aber ich blinzele ein paar Mal, und das falsche Bild ist weg. Ich drehe mich um und gehe zum Auto, will endlich zu Milena. Es wäre zu schön gewesen, sie hätte dich kennengelernt. Ich konnte ihr nur von dir erzählen. Was für ein wunderbarer Mann du warst, der nicht bei uns sein durfte, weil Natalie sich zwischen uns stellte!

Aber jetzt ist sie fort. Für immer.

Ich schließe die Wohnungstür auf, streife die Schuhe von den Füßen und werfe Jacke und Handschuhe von mir. Dann gehe ich in die Küche, wasche mir die Finger. Ich stelle den Wasserkocher an. Für den Gute-Nacht-Tee. Die restlichen

Tabletten liegen schon bereit. Sie werden auch für mich noch reichen und lösen sich gut auf. So viele haben sich über die Monate angesammelt. Seit ich dich das erste Mal gesehen hatte, brauchte ich das Zeug ja gar nicht mehr.

Kuhpisse mit Maggi. Ich lächele. Mit der heißen Tasse setze ich mich ans Kinderbett. So friedlich liegt unser Spatz da, Milenas Gesichtszüge sind entspannt. Ob sie dich schon sieht? Ihren Papa, den Jäger.

Ich trinke alles aus und lege mich zu ihr, streichle die kühle Wange. »Bald sind wir bei ihm«, murmele ich zärtlich in ihr Haar. »Dann gibt es endlich nur noch uns.«

TEEKESSELCHEN

Leo Hansen

April 2016

Schreie, Wimmern, Schüsse. Die Ostsee war rot, blutrot. Leichen. Männer, Frauen, Kinder, er mitten drin, auf einem kleinen Boot in der blutigen Ostsee. Eine Leiche erhob sich ausgemergelt aus den Fluten, wurde größer und größer und verwandelte sich in eine riesige Krake, die mit ihren schwarzen Tentakeln nach ihm griff. Er sah sich schon im Maul der alles verschlingenden Krake verschwinden, als er hochschreckte. Gerettet.

Immer noch verstört von seinem Albtraum, saß Knut Rasmussen am Küchentisch. Nacht für Nacht diese furchtbaren Bilder. Immer wieder. Vor ihm stand eine dampfende Tasse Ostfriesentee. Seit ein paar Jahren trank er ihn auch morgens mit Rum. So kam er schneller in den Tag und vergaß die Nacht. Er hatte es auch abends ausprobiert. Aber je mehr Rum, desto heftiger die Albträume.

Er trank einen Schluck, sah aus dem Fenster und lächelte. Es war schön hier in seinem Häuschen an der Schlei. Aber jetzt war die Zeit gekommen, sich nach einer neuen Bleibe umzuschauen. Er war mit seinen 81 Jahren schließlich nicht mehr der Jüngste. Knut nahm einen weiteren Schluck aus seiner Teetasse und nahm seine Lebensliste in die Hand. Die hatte er vor 65 Jahren angefertigt. Als er auf einem Frachtschiff anheuerte und nicht wusste, wann er wieder zurückkommen würde.

Auf der Lebensliste standen Punkte, die er in seinem Leben erreichen und erleben wollte. Die meisten hatte er abgearbeitet. So war er in New York und Shanghai gewesen, hatte drei Kinder in die Welt gesetzt, sich ein Häuschen gekauft und einen Schamanen getroffen. Zwei Punkte waren noch offen. Einen würde er heute erledigen und sich nach einem Altersheim umschauen. Sein Blick wanderte zu dem letzten Punkt, der noch nicht erledigt war – Knut schloss die Augen und murmelte leise: »Tja, das ist so eine Sache.« Er trank seinen Tee aus, stand auf und ging zum Spiegel. Mit einem alten Stielkamm zog er sich den Scheitel nach. Er hörte das Taxi kommen, das ihn nach Eckernförde bringen würde. Von dort sollte es mit der Bahn nach Lübeck gehen. Er schaute auf die Uhr. Es war 8.30 Uhr.

Drei Stunden später bestaunte er die ansprechende Wohnanlage »Meeresrauschen«. Das Besondere war der große Park, der die Gebäude umgab. Wenn die Zimmer und Gemeinschaftsräume ebenso großzügig waren, dachte Knut, dann könnte dieses Altenheim in seine engere Wahl kommen.

Nach zwei Stunden stand Knut wieder im Park. Die Führung durch die Anlage hatte ihm gefallen. Er schaute auf die Informationsmappe, die er bekommen hatte. Hochglanz-Werbung. Knut nickte anerkennend. Die Mappe gefiel ihm. Weniger die Preise, die waren nicht ohne. Aber er würde für sein Häuschen eine Menge Geld bekommen und sich den Luxus leisten können. Er steckte die Mappe in die Tasche und beschloss, noch einen kleinen Spaziergang durch den Park zu machen. Er schlenderte Richtung Springbrunnen, zu dem eine kleine Eichenallee führte. Von Weitem sah er, dass dort zwei Personen auf einer Bank saßen und den Wasserspielen zusahen. Als er näher kam, traute er seinen Augen nicht.

Wenn auch gealtert, war er sich sicher, dass er beide Personen kannte. »Alfred, Helga?«

Der Mann schaute überrascht auf. »Knut?« Alfred Schmidt stand auf und ging auf Knut zu. Sie sahen einander an, nahmen sich wortlos in den Arm und blieben einige Sekunden so stehen. Dann ging Knut zu Helga, die die ganze Zeit lächelnd zu ihm geblickt hatte. Er setzte sich neben sie und nahm ihre Hand.

»Gut siehst du aus«, sagte Helga und strich ihm über die Wange.

Knut war ein wenig verlegen. »Du hast dich auch gut gehalten.«

Alfred setze sich auf die gegenüberstehende Bank. »Ist lange her.«

»70 Jahre«, sagte Knut mit brüchiger Stimme.

»71.«

»Du konntest früher schon besser rechnen als ich.« Er schmunzelte.

Sie saßen eine Weile verlegen zusammen.

»Wann habt ihr beide euch denn wieder getroffen?«, unterbrach Knut das Schweigen.

»Ich besuche Alfred seit ein paar Monaten.« Helga steckte sich eine Zigarette an. »Habe ihn zufällig bei Niederegger in der Stadt gesehen.«

Alfred sah Knut an. »Nach dem Krieg warst du plötzlich weg.«

»Meine Mutter war schon lange tot, mein Vater ist im Krieg gefallen.«

»Und deine Großeltern alt.«

»Genau. Also bin ich nach Kappeln, zu meiner Großcousine.« Knut schaute zu Helga. »Was hast du gemacht?«

Helga zog an ihrer Zigarette, blies den Rauch in die Luft und hustete. »Ich bin wieder zurück nach Hamburg. Es fielen ja keine Bomben mehr.«

Alfred kratzte sich an der Augenbraue. »War langweilig ohne dich. Kein Streunen im Kaiserholz mehr.«

»Oder leere Bierflaschen klauen in der Waldschänke.« Knut grinste.

»Ich war noch lange in Neustadt. Habe eine Zimmermannslehre bei Tornau gemacht.«

»Bei dem Verrückten, der seinen Hof zu einer Ranch umgebaut hatte?« Helga schmunzelte.

»Seine beiden Töchter waren bildhübsch«, sagte Alfred versonnen.

»Die waren doch zwei Klassen über uns«, sagte Knut verwundert.

»Hübsch waren sie trotzdem.« Alfred lachte. »Hat mich aber auch nicht abgehalten, auf Wanderschaft zu gehen.«

»Wie lange?«

»Fünf Jahre. Bin dann im Schwarzwald gelandet.«

»Verheiratet?«

Alfred schüttelte den Kopf.

»Ich auch nicht«, sagte Knut.

»Das wundert mich nicht.« Helga holte ihren Taschenaschenbecher heraus und drückte ihre Zigarette aus. »Ihr wart immer schon Eigenbrötler.«

»Was hast du gemacht?«

»Abitur, studiert und als Lehrerin in der Schule gearbeitet.«

»Hast du einen fürs Leben gefunden?«, fragte Knut neugierig.

Helga blinzelte kurz und schüttelte den Kopf. »War mit der Arbeit verheiratet.«

»Seit wann lebst du eigentlich in Lübeck?«, fragte Alfred.
»Seit fünf Jahren ungefähr.«
»Und was machst du so?«
»Lesen, spazieren gehen.« Sie machte eine kurze Pause und musste wieder husten. »Doch meistens spiele ich Bridge.«

Knut zog die Augenbrauen hoch. »Gewinnst du immer? So wie früher beim Teekesselchen-Spiel?«

Helga hob schmunzelnd ihren Zeigefinger. »Mein Teekesselchen ist ein dummer Mensch.« Sie machte eine kurze Pause. »Und durch mein Teekesselchen kann man gehen.«

Alfred passte sofort. Knut hingegen legte die Stirn in Falten und dachte nach. »Ich hab's! Ein Tor.«

Helga klopfte ihm anerkennend auf die Schulter.

Knut griff zufrieden in seine Manteltasche, holte einen Flachmann heraus und hielt ihn hoch. »Das hält die Gehirnzellen fit.« Dann nahm er einen Schluck und bot den Flachmann Helga an. Die schüttelte den Kopf. Alfred hingegen ließ sich nicht lange bitten und nahm einen kräftigen Schluck. »Leckerer Rum.«

Knut nickte. »Der kubanische ist der beste.«

»Was ist mit dir?«, fragte Alfred. »Bist du in Kappeln geblieben?«

»Bin mit sechzehn zur See gefahren.« Knut lehnte sich zurück. »Habe die ganze Welt bereist.«

»Aber dann wieder zurück in das verregnete Schleswig-Holstein?«

»Wäre Anfang der Neunziger fast auf den Philippinen hängen geblieben.« Alfred schaute Knut überrascht an. »Wollte dort in einem Nationalpark auf Luzon als Ranger anheuern. Hatte schon schießen gelernt.«

»Und?«, fragte Helga neugierig.

»Irgendwann begann der Pinatubo, einer der großen Vulkane, zu dampfen. Da habe ich mir gedacht, auf See ist es doch ungefährlicher.«

»Du Schisser bist abgehauen.« Helga schüttelte den Kopf.

»Ein paar Monate später ist er mit einem mächtigen Knall ausgebrochen.« Knut nahm noch einen Schluck aus dem Flachmann. »Was hat dich aus dem Schwarzwald vertrieben, Alfred?«

»Der Dialekt.«

Knut lachte. »Und sonst?«

»Irgendwann wurde die Sehnsucht nach dem Meer zu groß.«

»Obwohl es so grausam sein kann«, sagte Knut nachdenklich.

»Das spüre ich jede Nacht.« Alfreds Stimme klang verbittert.

»Albträume. Kenne ich.«

Die beiden Männer schwiegen.

Dann schaute Knut zu Helga. »Wie geht es dir?«

Helga zuckte mit den Schultern.

»Denkst du gar nicht an damals?«

»Schon. Aber das meiste habe ich verdrängt.«

Alfred schluckte schwer. »Keine Albträume? Oder Flashbacks?«

»Manchmal wache ich nachts auf und muss daran denken.« Helga zündete sich eine weitere Zigarette an.

»Ich sehe immer noch, wie ihr beide unter meinem Fenster steht und du wild mit den Armen fuchtelst und brüllst: ›Am Strand laufen sie rum. Sehen aus wie Klappergestelle‹«.

Knut nickte. »Ich habe dann gerufen: ›Komm runter, Alfred. Das musst du sehen‹.«

Mai 1945

Alfred zog sich schnell an, setzte seine Mütze auf, sprang von seinem Fenster aufs Dach der Garage und von dort auf die Erde. »Woher wisst ihr das?«

»Helga hat sie von ihrem Zimmer aus am Strand gesehen«, antwortete Knut.

»Dann habe ich Knut geweckt«, sagte Helga.

»Und jetzt habt ihr mich geweckt.« Alfred gähnte.

»Los, lasst uns zum Strand laufen.«

»Aber wir müssen leise sein.« Helga schaute die drei Jahre jüngeren Jungen ernst an. »Ich gehe voran.«

Die drei Kinder schlichen durch das Kaiserholz, das kleine Wäldchen, das bis an den Strand reichte. In der Ferne sahen sie die alte Waldschänke, wo Soldaten müde herumwankten. Hinter der Strandhalle kamen die Kinder aus dem Wald und liefen hinterm Knick parallel zum Strand. Schemenhaft sahen sie Männer, Frauen und Kinder erschöpft und durchnässt am Strand umherirren.

»Wo kommen die alle her?«, fragte Knut.

»Keine Ahnung.« Helga blieb stehen und zog ein Fernglas aus der Manteltasche. Sie richtete sich ein wenig auf und schaute durchs Fernglas.

»Sei vorsichtig«, entfuhr es Alfred.

»Viel kann ich nicht sehen, es ist immer noch ziemlich dunkel.« Helga schaute mit dem Fernglas in alle Richtungen. »Ich glaube, wir müssen zum Lotsenhaus.«

Fünf Minuten später hatten die drei Kinder sich vor dem zweistöckigen Lotsenhaus hinter einem Busch versteckt. Sie konnten nicht glauben, was sie dort sahen. Hundert Meter vom Strand entfernt lagen zwei Schuten. Menschen sprangen ins Wasser, versuchten, an Land zu schwimmen, einige hielten sich an Brettern fest, andere ertranken. Am Strand lagen Menschen, die es geschafft hatten, aber nicht alle bewegten sich mehr. Kinder schrien, jedenfalls die, die noch Kraft zum Schreien hatten, und suchten offensichtlich nach ihren Eltern. Die Kräftigsten unter ihnen liefen langsam am Strand entlang Richtung Neustadt.

»Was meint ihr, wie viele Menschen noch auf den Schuten sind?«, fragte Alfred mit belegter Stimme.

»Keine Ahnung«, antwortete Helga.

»Bestimmt noch viele.« Knut schluckte.

Da zupfte Helga ihn am Ärmel. »Hörst du das auch?«

»Was?«

»Die Schritte.«

»Nee.« Knut schaute gebannt auf das Wasser.

»Bist du taub?«, fragte Alfred. Dann wandte er sich an Helga. »Gib mir mal dein Fernglas.«

Helga reichte es ihm, und Alfred robbte hinter dem Busch hervor. Er stützte sich auf die Ellbogen und spähte durch das Fernglas. Eine halbe Minute blieb er so liegen, dann robbte er zurück, was ziemlich komisch aussah, weil er dabei seinen Hintern hochhob.

»Du sieht aus wie ein Walross«, murmelte Helga.

»Was hast du gesehen?«, fragte Knut, als Alfred wieder neben ihnen lag.

»Da kommen Männer mit Gewehren. Einige laufen schnell.«

»Dann müssten sie gleich hier sein«, sagte Helga leise.

»Was wollen die denn hier?« fragte Knut ängstlich.

»Helfen?«

»Wir werden es gleich sehen, Alfred.« Helgas Stimme zitterte.

Dann waren die ersten Uniformierten an der Landestelle. Sie zückten ihre Gewehre und schossen ziellos auf die entkräfteten Menschen. Alfred stöhnte auf. Helga legte ihren Arm um ihn und raunte ihm zu: »Du musst ganz leise sein. Am besten schaust du nicht hin.« Aber Alfred hob wie Knut den Kopf, und sie sahen, dass einige Männer die Menschen wieder ins kalte Wasser zurücktrieben.

»Die erfrieren doch in dem Wasser«, flüsterte Knut empört.

»Das sollen sie wohl.« Helga liefen Tränen über die Wangen.

»Guck mal, Alfred«, Knut war ganz aufgeregt, »ist das am Strand nicht Bruno, der Sohn vom Arzt?«

Alfred hob das Fernglas. »Ja, das ist er.«

»Mit wem redet er da?«

»Mit einem der Männer, der von den Schuten kommt.«

Jetzt nahm Helga das Fernglas und beobachtete die beiden. Die grauen Wolken rissen ein bisschen auf, sodass die Sicht sich etwas gebessert hatte. Knut kniff die Augen zusammen, um besser sehen zu können. »Hilft er ihm?«

»Er begleitet ihn aus dem Wasser. Jetzt bleiben sie stehen und reden.« Helga schaute angestrengt durch das Fernglas. »Die beiden scheinen sich zu kennen. Der Gerettete lächelt sogar ein bisschen.«

Bruno schob den Mann ein wenig vom Wasser weg. So kamen sie näher auf den Busch zu, wo die Kinder lagen. Die hielten die Luft an. Die beiden Männer gaben sich die Hand, als ob sie einen Pakt abschlössen. Dann griff Bruno mit der linken Hand in seine Manteltasche, zog plötzlich einen Revolver und schoss auf den Mann.

Die Kinder schauten einander entsetzt an und hielten sich die Hände vor die Münder, um nicht laut aufzuschreien.

Sie warteten in ihrem Versteck, bis sich am Strand nichts mehr rührte. Die Menschen aus den Schuten waren einfach tot am Strand liegen gelassen worden. Helga, Alfred und Knut gingen schweigend und verstört zurück nach Hause. Im Kaiserholz stoppte Helga die Jungen.

»Was wir gesehen haben, dürfen wir niemandem erzählen. Auch nicht unseren Eltern oder Großeltern. Am besten vergessen wir alles. Sonst bringen sie uns alle um.« Sie schaute ihnen in die Augen. »Ihr müsst es schwören.«

So hoben sie alle die Hand zum Schwur und gingen auseinander.

April 2016

Knut und Alfred hingen ihren Gedanken nach. Mit starrem Blick drückte Helga ihre Zigarette aus und bekam erneut einen Hustenanfall.

»Berührt dich die Geschichte denn gar nicht mehr?«, fragte Knut verwirrt und irritiert zugleich.

»Doch, natürlich«, schrie sie plötzlich. »Aber ich will nicht mein ganzes Leben unter dieser Sache leiden.« Helga nahm sich ein Taschentuch aus ihrer Handtasche und putzte sich die Nase. »Deshalb habe ich es verdrängt.«

Alfred griff in die Jackentasche und holte eine Zeitungsnotiz heraus. »Die trage ich seit ein paar Monaten immer in meiner Tasche.« Er gab sie Helga.

Helga betrachtete neugierig die Notiz, schluckte und las vor:

»Neustadt in Holstein. Das letzte strafrechtliche Verfahren im Zusammenhang mit der Cap-Arcona-Katastrophe trägt das Aktenzeichen 702 Js 22512/84. Es wurde im November 2015 eingestellt. Die Lübecker Oberstaatsanwältin Dr. Ulla Hingst begründet dies gegenüber den LN mit nicht hinreichendem Tatverdacht.«

»Was im Juristendeutsch ›das letzte strafrechtliche Verfahren‹ heißt«, sagte Alfred leise, »meint die Tötung von über 200 Juden, die sich an den Neustädter Strand retten konnten.« Dann fügte er verzweifelt hinzu: »Niemand ist je zur Rechenschaft gezogen worden.«

»Weil alle geschwiegen haben«, sagte Knut niedergeschlagen.

»Genau wie wir.« Alfred war erregt. »Ich. Du, Knut und du, Helga.«

Helga saß reglos auf der Bank.

»Sag doch was«. Alfreds Stimme klang fast flehentlich.

»Wir waren Kinder«, sagte Helga leise und zündete sich erneut eine Zigarette an.

»Aber nicht unser ganzes Leben.«

»Wir hatten Angst.« Helga blickte auf und zog an ihrer Zigarette. »Irgendwann kam dann der Punkt, wo es kein Zurück mehr gab.«

»Wie meinst du das?« Knut war aufgestanden, lief hin und her und war sichtlich aufgebracht.

»Die Erwachsenen haben nichts gesagt, obwohl viele wussten, wer am Strand war und geschossen hat. Niemand hätte damals hören wollen, dass wir einen Mörder beobachtet haben.« Helga warf ihre erst halb aufgerauchte Zigarette auf den Boden und trat sie wütend aus. »In späteren Jahren wäre es als Kinderfantasie und Wichtigtuerei abgetan worden.«

»Vielleicht. Vielleicht auch nicht«, sagte Alfred resigniert. »Wir haben versagt, dieses verdammte Schweigegelübde hat uns unser Leben versaut.«

»Ich will diese Bilder endlich aus dem Kopf haben.« Knut war stehen geblieben.

»Wie willst du das anstellen?«

»Verdrängen wie Helga kann ich es nicht mehr.«

Alfred nickte und machte ein nachdenkliches Gesicht. »Dieses Verbrechen muss gesühnt werden«, sagte er dann plötzlich.

»Willst du zweihundert Nazis umbringen?«, fragte Helga spöttisch.

Knut warf ihr einen bösen Blick zu.

»Ich verstehe euch«, sagte Helga versöhnlich. »Ich würde das auch gerne ungeschehen machen. Aber jetzt an die Öffentlichkeit gehen?«

»Das ist wahrscheinlich sinnlos«, sagte Knut.

»Bruno Rheinhard hat von seinem Opfer, er hieß übrigens Daniel Goldmann, alles übernommen. Haus, Geschäft und Land. Er hatte nämlich keine Verwandten und Nachkommen mehr.«

»Woher weißt du das alles, Alfred?«

»Wie ich schon sagte, habe ich noch einige Jahre in Neustadt gelebt und habe auch später Nachforschungen angestellt.« Alfred atmete tief ein und aus und fuhr fort: »Sein Sohn Gustav hat nach Brunos Tod alles geerbt, auch seine Gesinnung.« Er machte eine kurze Pause. »Er wäre das richtige Sühneopfer.«

»Aber er ist doch dafür nicht verantwortlich«, bemerkte Helga entsetzt.

»Na ja«, Alfred fuhr sich mit der Hand durch das schüttere Haar, »er hat nicht geschossen, das ist wohl wahr. Doch er hat die Tat seines Vaters nie verurteilt, nie erwogen, sich im Namen seines Vaters zu entschuldigen. Er lebt vom Blutgeld seines Vaters.«

»Also hat auch er Blut an den Händen«, pflichtete Knut ihm bei.

»Davon wird niemand wieder lebendig«, sagte Helga trotzig.

»Aber die Nachkommen der Opfer können so etwas wie Gerechtigkeit erfahren.«

»Es geht euch doch in erster Linie um euer eigenes Seelenheil.«

»Ja, und um deins, Helga«, sagte Alfred.

»Wenn du meinst.« Helga schluckte. »Ihr meint, wir sollten ihn umbringen, nicht wahr?«

Die beiden Männer nickten gleichzeitig.

»Das wäre Selbstjustiz«, sagte sie leise und fügte dann schluchzend hinzu: »Aber vielleicht hat er es ja verdient.«

»Dann sind wir uns ja einig.« Alfred presste die Handflächen gegeneinander. »Wie gehen wir vor?«

»Willst du jetzt einen Mordplan ausarbeiten?«, fragte Helga entgeistert.

»Jetzt sind wir bereit, emotional aufgewühlt. Voller Adrenalin.« Knut setzte sich wieder neben Helga. »Das sollten wir nutzen.«

»Aufgewühlt bin ich schon. Doch ich glaube kaum, dass ich einen klaren Gedanken fassen kann.« Helga machte eine kurze Pause. »Außerdem – wie sollen wir so etwas in unserem Alter bewerkstelligen?«

»Unser Alter ist unser Vorteil,« sagte Alfred mit fester Stimme. »Niemand glaubt, dass wir jemanden umbringen wollen, wenn er uns sieht.«

»Wir können aber wohl kaum zu dritt bei Gustav Rheinhard auftauchen. Das wäre zu auffällig.« Knut blickte Helga und Alfred abwechselnd in die Augen. »Das muss einer erledigen.«

»Willst du dort einbrechen und ihn dann im Bett erschießen?«, fragte Helga aufgebracht.

»Nein, an der Tür klingeln und einfach abdrücken, wenn er sie öffnet.«

»Und wer soll das machen?« Alfred schaute Knut fragend an.

»Weiß nicht.« Knut zuckte mit den Schultern. »Schießen kann jeder.«

»Gut, dann losen wir es aus.« Alfred nahm Helgas Streichhölzer.

»Willst du jetzt eine rauchen und auch Hustenanfälle bekommen?«, fragte Knut ironisch.

»Wir ziehen Streichhölzchen.«

»Ich habe eine bessere Idee.« Die beiden Männer guckten zu Helga. »Wir spielen das Teekesselchen-Spiel.«

Alfred lachte auf. »Dann können Knut und ich das ja gleich unter uns ausmachen.«

»Ich habe nicht immer gewonnen«, sagte Helga.

»Einverstanden.« Knut betrachtete den Springbrunnen. »Das Spiel holt uns da ab, wo wir damals stehen geblieben sind.«

»Sehr philosophisch.« Alfred machte zwar ein skeptisches Gesicht, erklärte sich aber mit dem Spiel einverstanden.

Knut holte seine Informationsmappe aus der Tasche und nahm drei Blätter und einen Stift heraus. »Auf die Rückseite kann jeder von uns seine Teekesselchen schreiben. Wer die wenigstens errät, wird der Mörder sein.«

»Ich würde sagen, der Held.« Aus Helgas Stimme troff der Sarkasmus.

Nacheinander schrieben die drei ihre Teekesselchen auf. Das dauerte einige Zeit, schließlich war es lange her, dass sie dieses Spiel gespielt hatten. Doch dann war es so weit. Helga durfte beginnen.

»Knut, mein Teekesselchen ist ein militärischer Begriff und ein Schmetterling.«

Knut stöhnte auf. »Das geht ja gut los.« Er schloss die Augen. »Pfauenauge.«

Helga lachte. »Weißt du es, Alfred?«

Doch der hob resigniert die Arme. »Keine Ahnung. Sag es einfach.«

»Admiral, ihr Dösbaddel.«

»Mach dich nur lustig über uns.« Alfred klang etwas genervt.

»Jetzt bin ich an der Reihe.« Er schaute auf seine Notizen. »Also, mein Teekesselchen ist eine Verneigung und ein Fisch.«

Helga nahm eine Zigarette aus ihrer Schachtel. »Wenn ich kurz nachdenken darf.« Sie zündete die Zigarette an und nahm einen Zug. »Es ist der Bückling.«

»Scheiße«, sagte Alfred. »Das war mein schwerstes Rätsel.«

»Noch ist nichts entschieden.« Knut klang angriffslustig. »Mein Teekesselchen ist eine Schnapssorte und eine Hundeart.«

»Ich hasse Hunde«, sagte Alfred. »Aber ich liebe Schnaps. Ich sage mal Malteser.«

»Bingo.« Knut klang enttäuscht.

»Wenn ich mal den Zwischenstand mitteilen darf ...«

»Darfst du nicht, Helga«, fuhr Alfred dazwischen. »Wir wissen, dass du schon zwei Punkte hast.«

»Wieso zwei?«, wollte Knut wissen. »Sie hat doch erst ein Teekesselchen erraten.«

»Stimmt, aber wir haben ihres nicht erraten.«

»Ich erinnere mich.« Knut kratzte sich am Kopf. »Diese Regel habe ich schon früher für blöd gehalten.«

So ging das Spiel weiter, und es zeichnete sich schon bald ab, dass Alfred und Knut den Verlierer und damit den Täter unter sich ausmachen würden. Als die beiden Helgas letztes Teekesselchen wieder nicht erraten konnten, war die erste Entscheidung gefallen. Helga war nicht mehr einzuholen.

»Wer kennt auch schon den Begriff für einen *gewölbten Dachziegel* und einen *kastrierten Ziegenbock*«, knurrte Knut frustriert.

»Vielleicht hätte ich bei dem *kastrierten Ziegenbock* auf *Mönch* kommen können.« Alfreds Lachen klang etwas gequält.

»Bist du aber nicht.« Knut war die Erleichterung anzusehen. »Jetzt mach schon«, sagte er zu Alfred.

»Mein Teekesselchen ist ein *Spiel* und eine *Automarke*.«

Helga dachte nach. Sie biss sich auf die Lippen. Dann schüttelte sie den Kopf. »Ich weiß es nicht.«

Alfred blickte gespannt zu Knut. Als er dessen strahlendes Gesicht sah, war ihm klar, dass er es wusste. »Nun sag es schon.«

»Polo.« Stolz lag in Knuts Stimme. »Das war mein letztes Auto.«

Alfred starrte Helga vorwurfsvoll an. Die hob abwehrend ihre Hände. »Ich wusste es wirklich nicht. Aber noch ist nicht alles verloren. Du musst nur Knuts Teekesselchen erraten. Dann hast du einen Punkt mehr.«

Knut blickte auf seinen Zettel. Er holte tief Luft. »Mein Teekesselchen ist ein *Gottesdienst* und eine *Zwischenmahlzeit*.«

Die beiden Männer schauten einander an. Beide wussten, dass jetzt die Entscheidung fallen würde. Eine folgenschwere Entscheidung zumindest für einen von ihnen. Alfreds Herz schlug schneller. In seinem Gesicht bildeten sich hektische Flecken. Mit Kirche und Religion kannte er sich überhaupt nicht aus. Was sollte es schon andere Worte für Gottesdienst geben. Götteranbetung oder Kulthandlung. Er wusste es nicht. Musste er es also mit der Zwischenmahlzeit versuchen. Er kramte in seinem Gedächtnis, und dann erinnerte er sich an eine Bäuerin, die ihn mal zu einer Vesper eingeladen hatte. Und die fand am späten Nachmittag statt. Also zwischen Mittagessen und Abendbrot. Was das mit einem Gottesdienst zu tun haben sollte, wusste er zwar nicht, aber einen Versuch war es wert. »Du meinst *Vesper*.«

Knut schwieg und wischte sich den Schweiß von der Stirn. »Die Würfel sind gefallen. Du hast einen Punkt mehr als ich.« Knut griff in seine Manteltasche und trank den Flachmann aus. »Gut, ich mache es«, sagte er. »Aber die Planung machen wir gemeinsam. Jetzt.«

***

Knut war am selben Tag wieder in sein Häuschen an die Schlei zurückgefahren. Der Plan war schnell geschmiedet gewesen, auch wenn Helga wenig dazu beigetragen hatte. Sie war nach wie vor nicht begeistert von der Idee. Aber sie hatte auch nicht widersprochen. Abends hatte er eine alte Wehrmachtspistole, die er vor vielen Jahren im Hafen von Marseille gekauft hatte, aus dem Schrank geholt und gereinigt. Am nächsten Morgen war er mit dem Taxi erst nach Kiel, dann nach Eutin und schließlich in den Gasthof »Zur Alten Mühle« gefahren. Das war Alfreds Idee gewesen, um Spuren zu verwischen. Von dem Gasthof war es nur ein kurzer Fußweg zu Rheinhards Herrenhaus. Den Nachmittag hatte er genutzt, um die Umgebung zu erkunden. Jetzt saß Knut in seinem Zimmer. In seiner Hand hielt er ein Foto von Gustav Rheinhard und wartete auf den Abend. Er wollte um 19 Uhr bei Rheinhard klingeln. Da der nach Alfreds Informationen alleine lebte, würde er hoffentlich selbst die Tür öffnen. Davon ging er jedenfalls aus. Sollte es anders kommen, würde er darum bitten, die Toilette aufsuchen zu dürfen. Er war schließlich ein alter Mann. Knut lächelte. Ein alter Mann mit einer Walther P38 und acht Schuss im Magazin. Eine Stunde musste er noch warten.

Kurz vor 19 Uhr stand er vor Gustav Rheinhards Anwesen, das von einem Park umgeben war, der auf beiden Seiten in einen Wald überging. Die Pforte, durch die man auf das Grundstück kam, hatte auch schon bessere Tage gesehen. Abschließen ließ sie sich nicht mehr. Ein Gewirr von Sandwegen durchzog den Park, einer davon führte zum Haus. Knut wollte gerade die Pforte öffnen, als er Schritte hörte. Er schaute zur Seite und sah Alfred.

»Was machst du denn hier?«, fragte er überrascht.

»Ich kann doch einen alten Mann nicht alleine lassen«, antwortete Alfred grinsend und zog sich schwarze Handschuhe an. »Die vielen Krimis im Fernsehen müssen doch was bringen.«

Knut nickte, auch er trug schwarze Handschuhe. »Dann wollen wir mal.« Er öffnete vorsichtig die Pforte, die etwas quietschte, und sie betraten leise das Grundstück. Sie gingen auf einen großen Rhododendronbusch zu, vor dem sich der Weg gabelte.

»Wir müssen den rechten Weg nehmen«, flüsterte Knut.

Doch daraus wurde nichts. Helga stand plötzlich vor ihnen. Sie musste sich hinter dem Busch versteckt haben. Das Jagdgewehr in ihrer Hand richtete sie auf die beiden Männer. »Stopp. Ich werde nicht zulassen, dass ihr Gustav Rheinhard tötet.« Sie entsicherte die Waffe. »Ich habe zwei Schuss. Für jeden einen.«

Alfred und Knut starrten Helga entsetzt an. Knut fand als Erster die Sprache wieder. »Helga, was soll das?«

»Ihr geht jetzt nach links, Richtung Wald.« Helga schwenkte den Lauf des Gewehres. »Sofort.«

Die Männer taten, was Helga verlangte. Langsam gingen sie Richtung Wald. Alfred drehte den Kopf. »Wir waren uns doch einig, dass er büßen muss«.

»Ihr werdet«, Helga hustete, »meinen Sohn nicht umbringen.«

»Deinen Sohn?« Knut blieb stehen, wandte sich um und sah Helga überrascht an.

»Das heißt, du hast mit …?«

»Habe ich«, zischte Helga, »und jetzt geht verdammt noch mal weiter.«

Alfred zitterte am ganzen Leib. »Wie konntest du mit einem Mörder ins Bett gehen?«, fragte er stotternd.

»Hast du überhaupt keinen Anstand?« Knut atmete schwer. »Wir waren doch Freunde.«

Helga lachte verächtlich. »Freunde. Ihr wart Kleinkinder und Weicheier.« Helga musste wieder husten, diesmal heftiger. »Außerdem Idioten. Habt euch an den Schwur gehalten«, sagte sie keuchend.

»Du bist ja völlig irre, ohne Moral und Skrupel.« Alfred war jetzt wütend. »Sich mit einem Nazi, der wehrlose Menschen umgebracht hat, einzulassen.« Alfred drehte den Körper und spuckte ihr vor die Füsse. »Widerlich.«

»Ihr müsst euch gerade beschweren. Ihr beide habt die Nazis doch auch bis heute gedeckt.«

Die beiden Männer blieben wieder stehen und drehten sich zu Helga. »Aber wir sind nicht mit ihnen ins Bett gegangen«, Knut ging auf sie zu, »während du dich von blutbesudelten Händen begrabschen ließest.«

»Bleibt sofort stehen, sonst erschieße ich euch auf der Stelle.« Helga schnappte nach Luft, atmete schwer und bekam einen Hustenanfall. Alfred nutzte diesen Moment, stürzte sich auf Helga, und beide fielen zu Boden. Dabei löste sich ein Schuss.

»Alfred«, rief Knut aufgeregt.

»Geht schon«, japste dieser.

»Du blutest.«

Alfred betastete seinen linken Arm. »Nur ein Streifschuss.«

»Ach du Scheiße«, sagte Knut.

»Halb so wild.«

»Das meine ich nicht. Helga blutet auch. Aber am Kopf.« Knut beugte sich zu ihr herunter. »Sie ist auf einen Stein gefallen und scheint tot zu sein.« Er nahm Helgas Gewehr, stand auf und half Alfred auf die Beine. Die beiden sahen einander an.

»Was jetzt?«, fragte Alfred.

Kurt zuckte mit den Schultern. Er blickte zum Haus und sah, wie sich die Tür öffnete. »Er hat den Schuss gehört«, flüsterte er. Seine Gesichtszüge verhärteten sich. »Kleine Planänderung.« Knut ging mit dem Gewehr in der Hand zu einem Baum und legte es auf einen Ast. Dann schaute er durch das Zielfernrohr und sah Gustav in der Tür stehen und sich am Kopf kratzen. Er hielt den Atem an, betätigte den Abzug, und der Schuss löste sich. Kurze Zeit später brach Gustav Rheinhard tot zusammen.

***

Nach Knuts tödlichem Schuss waren sie mit Alfreds altem Mercedes in den Gasthof gefahren. Sie verbanden notdürftig Alfreds Wunde und brachen zu Knuts Haus an der Schlei auf, wo Knut einen Tee aufbrühte. Teetassen und eine Flasche Rum standen auf dem Tisch. Knut schenkte die Ostfriesenmischung ein. Alfred wärmte sich die Hände an der Tasse.

»Mein Teekesselchen kann töten«, sagte er plötzlich.

Knut sah ihn an und nahm den Rum. »Mein Teekesselchen ist ein Teil dieses Getränks in unserem Tee.« Dann gab er in beide Becher einen Schuss Rum.

Alfred nahm einen Schluck und schloss die Augen. »Du kannst gut schießen.«

»Es war Glück. Aber die Chance musste ich nutzen.«

»Hättest du gedacht, dass Helga so ein Miststück ist?«

»Nee.«

»Das hat sie nun davon.«

Knut schüttelte den Kopf. »Ich habe kein Mitleid mit ihr. Sie war ein Naziflittchen.«

»Meinst du, die Polizei wird denken, dass sie Gustav Rheinhards Mörderin ist?«

»Keine Ahnung. Aber auf dem Gewehr sind nur ihre Fingerabdrücke.«

Schweigend tranken die beiden ihren Tee und füllten die sich leerenden Tassen mit Rum auf.

»Denkst du, was ich denke?«

»Vielleicht«, antwortete Alfred und nahm einen großen Schluck vom Rum mit einem Schuss Tee. »Wenn wir uns stellen, alles gestehen, Tat und Motiv beschreiben …«

»… und unser Schweigegelübde brechen …«

»Dann würde vielleicht nach 71 Jahren doch noch die

Gerechtigkeit siegen.« Alfred griff sich an den Arm und verzog das Gesicht.

»Wir gehen morgen früh zum Dorfarzt«, sagte Knut.

»Ja, und anschließend zur Polizei. Was haben wir in unserem Alter schon zu verlieren?«

Dann leerten die beiden Männer die Flasche Rum und hofften endlich auf eine Nacht ohne Albträume.

Anmerkung:
Der Kern der Geschichte beruht auf einer wahren Begebenheit. Über zweihundert Gefangene aus dem KZ Stutthof wurden am Morgen des 3. Mai 1945 in Neustadt i. H. in einer »Sammelaktion« ermordet. Bis heute wurde keiner der Täter ausfindig gemacht. Die Ermittlungen wurden 2015 eingestellt. Niemand wollte etwas gesehen haben.

DIE TEETAUFE

Arnd Rüskamp

Thea schenkte nach. Kalles kräftige Hand griff nach der Tasse aus feinem Porzellan. Er trank in kleinen Schlucken. Der Duft von Orange, Rose und Minze erfüllte die Dachkammer, in der Thea Vorbereitungen getroffen hatte. Heute sollte es passieren.

Der Ruf der Oberin war es gewesen, der ihre Eltern zur herbstlichen Pilgerreise hatte aufbrechen lassen. Thea war allein zu Haus. Endlich. Die Mitglieder der Teeosophischen Gemeinde Querbüll waren auf den Spuren des Heiligen Darjeeling zur Teeverkostung ins Hamburger Speicherstadtmuseum gefahren. Dort würden sie übernachten.

»Thea«, flüsterte Kalle und berührte sanft ihr linkes Knie, »darf ich dich küssen?«

Ein Hund bellte. Dann fegte der erste Herbststurm ums Haus, dass es im Reet nur so rauschte. Es dauerte nicht lange, und Blitze zuckten über den Nachthimmel.

So kam es, dass ein Band der Liebe geknüpft wurde, wo es im Marschland dicht am Deich sonst nur Gräben gab.

Vier Mal schlug die Glocke im Turm von St. Assam, sie wollten voneinander nicht lassen, und doch musste er los. Im fahlen Licht des zunehmenden Mondes warf Kalle einen langen Schatten auf den Holzredder. Sie schaute ihm nach, bis sein langer güldener Zopf, bis die Umrisse seiner hochgewachsenen Gestalt nur noch eine Ahnung waren. Wolken schoben sich vor den Erdtrabanten, schwarz das Wasser der Au. Die Nacht griff nach den Seelen der Menschen. Thea schloss das Fenster. Die Kissen waren zerwühlt, dufteten nach Orange, Rose und Kalle.

Die erotisierende Teemischung hatte gehalten, was der Anbieter auf seiner Internetseite versprach. Der wohlriechende Tee hatte nicht nur den Atem erfrischt. Thea hatte ihn der Anleitung folgend etwa eine Stunde vor dem ersehnten Höhepunkt des Abends aufgebrüht. Dass sich die Kräutermischung für Frauen und Männer gleichermaßen eignete, konnte sie nun bestätigen. Sie würde eine 5-Sterne-Bewertung abgeben. Dass ein Mann aus Sturby, ein Jünger der Kaffeekasper, der Sohn der Kaffeehexe gar, dass ausgerechnet Kalle zu ihr, einer Teeosophin in dritter Generation gefunden hatte, war womöglich auch der Gnade des Heiligen Darjeeling zu verdanken. Während der Teekriege ihrer Kindheit hatte sich Thea unwissentlich zur Agnostikerin entwickelt; sie zweifelte, schloss das segensreiche Wirken eines höheren Wesens jedoch nicht gänzlich aus. Seit dieser Nacht erschien es ihr sogar möglich, dass die von den Kaffeekaspern verehrte Heilige Arabica ihre Finger im Spiel gehabt haben könnte.

***

Der nächste Morgen kam mit Geläut. Es war der Tag der Rückkehr. Unter dem großen Teenetz vor St. Assam empfing die Oberin der Teeosophischen Gemeinde Querbüll die Pilger bei dampfendem Ostfriesentee.

Geschichten waren erzählt und die Messmer-Messe gelesen, als Oberin Käthe von Finja zur Seite genommen wurde, die mit der Oberin während der Pilgerreise das Gemeindehaus gehütet hatte. Finja hatte gute Ohren, gute Augen und war unter den Neugierigen die Neugierigste.

»Du weißt«, begann Finja, »ich gehöre nicht zu denen, die der Inquisition das Wort reden. Tempora mutantur, nos et mutamur in illis, wie ich oft zu sagen pflege, und ja, Veränderung tut Not. Gern gehe ich voran, wenn wir unsere Regeln am Prüfstein reiben. Doch: Genug ist genug!« Ein gewisser Furor klang aus Finjas Rede. »Ich sah in dieser Nacht, wie sich ein Mann aus Sturby, ein Angehöriger der Kaffeekasper, aus den Armen einer Teeosophin ins Dunkel stahl. Ich sage dir, die Sünderin teilte mit ihm ihr Lager.« Dann nannte sie den Ort des Geschehens und berichtete vom Goldzopf.

Oberin Käthe schlug die Hand vor den Mund. Das Entsetzen war ihr ins Gesicht geschrieben. »Finja, du weißt, wer jener ist, den du beschrieben hast? Man ruft ihn Goldzopf, den Sohn der Kaffeehexe.«

Finja nickte. Der lange befürchtete Sündenfall war eingetreten. Nun galt es, alle Kräfte zu sammeln und diesem die Autorität der Teeosophie potenziell unterminierenden Angriff der Kaffeehexe die Stirn zu bieten.

»Die Kaffeehexe hat den ersten Hieb geführt, sie hat das Gleichgewicht der gegenseitigen Anziehungskraft der Schwächsten in unseren Reihen gestört. Sie wird bitter bereuen, dass sie ausgerechnet ihren Sohn, Kalle Lassen jun., geschickt hat. Eine so-called flexible response unsererseits ist unausweichlich.«

Oberin Käthe machte einen Ausfallschritt, streckte die Arme zur Seite und drehte die Handflächen nach vorn. »Darjeeling, wir loben dich.«

»Darjeeling, sei gepriesen«, antwortete Finja und ging ebenfalls in die First-Blossom-Position zu Ehren des bedeutendsten Heiligen ihrer Gemeinde.

***

Am selben Abend rief Oberin Käthe den Geheimen Rat ein. Das war in der Geschichte der Teeosophen erst einmal geschehen. Die Erinnerung an die Folgen war schmerzhaft. Eine offene Wunde, die sich selbst nach dem Genuss der Querbüller Heilkräutermischung nicht schließen wollte. Die Mitglieder des Rates hatten Gewänder der Stärke angelegt, als sie sich um das Stövchen versammelten, in dem das ewige Teelicht brannte.

Oberin Käthe eröffnete die Zusammenkunft mit der Hymne der Teeosophen. Sie stimmte »Tea for the Tillerman« an, und bei »happy day« fielen alle ein, nur um sogleich wieder zu verstummen, endet das Lied doch einigermaßen unvermittelt. Nächtelang hatten die Teeosophen über die tiefere Bedeutung des Textes nachgedacht, den Cat Stevens nach überstandener Tuberkulose geschrieben hatte. Die Interpretation, ohne Koffein-Rausch kaum denkbar, hielt die Oberin unter Verschluss und würde sie eines Tages an ihre Nachfolgerin weitergeben.

Sie setzten sich auf die Stühle mit den hohen Lehnen. Sie waren sieben. Sechs Mitglieder und Oberin Käthe. Drei Frauen, drei Männer und Oberin Käthe, von der manche sagten, sie sei über die Geschlechter erhaben.

Oberin Käthe berichtete. Sie berichtete schonungslos. Dass eine der ihren auf den morschen Steg der fremden Versuchung geraten war, schockierte den Rat. Rund ums Stövchen herrschte Schweigen. Die ewige Flamme flackerte. Dann brach einer das Schweigen, der nicht mehr gesprochen hatte, seit er vor über 20 Jahren aus dem großen Tee-Krieg zurückgekehrt war: »Was Waterboarding in Guantanamo, das ist die Teetaufe in Querbüll«, krächzte Ragnar, der so alt war, dass er im nächsten Jahr aus dem Ältestenrat ausscheiden musste. Seine erhobene Faust war dürr. Seine Knochen klapperten nicht, sie raschelten.

Die ewige Flamme, ein Taschenspielertrick der Gaswerke, aber das wussten nur wenige, füllte den Raum mit fahlem Schein. Erhellt aber war der Geist der Teeosophen. Sie wussten, dass es nicht bei einem Schlag nach außen bleiben durfte. Gefegt werden sollte auch vor der eigenen Haustür. Am besten noch in dieser Nacht.

Ein langes Wochenende kündigte sich mit geschäftigem Treiben an, kaum, dass der Donnerstag vom Morgen in den Vormittag geschlüpft war. Am Bahnhof von Querbüll schauten sich zwei Urlauberfamilien suchend um. Die Quartiere waren gebucht, der Weg zu den Fremdenzimmern noch nicht gefunden. Kinder quengelten, Kescher mit überlangen Griffen bedrohten das Augenlicht Umstehender.

Rudolf Tittelkamp war auf eigener Achse angereist. Er wusste um das enervierende Durcheinander der Anreisetage. Das Zweirad, eine betagte BMW 75/5, Baujahr 1972 parkte er hinter dem Haus der gastgebenden Familie, die er vor Jahren kennengelernt hatte, als er noch Dienststellenleiter der kleinen Wache in Kleingroßrade, der Querbüller Partnergemeinde im östlichen Sauerland, gewesen war. Familie Tötensen, ja, die hieß wirklich so, hatte ihre Tochter Thea aus den Augen verloren. Kommissar Tittelkamp hatte sie im Heu von Schweinebauer Schlochtermeyer wiedergefunden. Sie hatte dem Maunzen eines Kätzchens nicht widerstehen können. Seitdem reiste er im Herbst nach Querbüll, um sein Inneres vom Äußeren zu reinigen. Die alljährliche Teekur belebte und stärkte für den langen Winter. Er war frisch geschieden, frisch in Pension, und er war frisch operiert, aber das tat nichts zur Sache. Die Packtaschen trug er nacheinander, die durch den kleinen Eingriff verursachte Narbe schonend, in den kleinen Anbau. Der Schlüssel hatte, wie stets unter der Matte gelegen. Nun würde er sich in Ruhe einrichten, um später an der Zeremonie teilzunehmen. Er hatte die »Matcha-Woche« gebucht.

Was der pensionierte Kommissar nicht ahnte: Unweit des bequemen Sessels, in den er sich mit wohligem Seufzen gesetzt hatte, öffnete Thea die Haustür und erschrak, wie sie noch nie erschrocken war. Kein Schrei, der ihren Mund verließ. Stumm und starr stand sie da und betrachtete mit weit aufgerissenen Augen, was sich ein Mensch, was sich das kranke Hirn eines Ungeheuers ausgedacht hatte. Aus der Fußmatte wuchs ihr eine Hand entgegen. Um die Hand herum eine Blutlache, die Furchtbares ahnen ließ. Ein kalter Wind, der von Westen über das flache Land nach Querbüll kam, ließ das Fähnchen erzittern. Das Fähnchen in der Bluthand, auf dem zu lesen war: »Finger weg, Thea!«

***

Bei Oberin Käthe klingelte ungefähr zur gleichen Zeit das Telefon. Ein Mitglied des Geheimen Rates meldete: »So gut wie erledigt.« Die Kaffeehexe würde die Botschaft verstehen, da war die Oberin sich sicher. Bliebe abzuwarten, welche Wirkung die erzieherische Maßnahme in der eigenen Gemeinde erzielen würde. Alles war von langer Hand akribisch vorbereitet, um im Falle eines Falles unnachgiebig handeln zu können. Mit dem Vollzug hatte Oberin Käthe den Exekutor beauftragt. Gewiss würde er alsbald zum Rapport vorsprechen.

***

Thea hatte nun schon eine Viertelstunde lang bei Kalle durchklingeln lassen. Er ging nicht ran, ans Telefon. Sie hatte die Bluthand gleich nach hinten auf den Komposthaufen gebracht und die Fußmatte im Kamin verbrannt. Sie ging davon aus, dass Ihr Fehltritt beobachtet und gemeldet worden war. In Erwartung drakonischer Strafen schlich sich Thea durch das rückwärtige Törchen des Gartens in den angrenzenden Wald. Hinter dem Großsteingrab, wo Forstwirt Wiertlich Tannenbäume in Reih und Glied wachsen ließ, hatte Thea an unzugänglicher Stelle einen Graben ausgehoben, so wie sie es aus einem militärischen Lehrbuch abgeschaut hatte. Am Ende des gut vier Meter langen Grabens zweigte im rechten Winkel die Schlafkammer ab. Den Graben hatte sie von oben mit Balken, Zeltplanen, Ästen und Laub gesichert. Die Schlafkammer verfügte über einen Notausgang, sodass sie ihren Häschern entweichen konnte, sollte sie in Bedrängnis geraten. Die Ausstattung des Grabens entsprach jener, die Prepper empfahlen. Thea würde auch bei Minustemperaturen zwei Wochen dort aushalten können.

Rudolf Tittelkamp fühlte sich in Querbüll pudelwohl. Die Terrasse der »Teestube Querbüll« ragte einige Meter weit auf das Wasser der Au hinaus. Er setzte sich auf »seinen« Platz, grüßte den Kopf leicht senkend in die Runde und besann sich auf den Ablauf dessen, was er zu seiner Überraschung gleich bei seiner ersten Teezeremonie genossen hatte.

Er war ein Freigeist. Stets hatte er im privaten Umfeld seine Unabhängigkeit betont. Sein berufliches Leben war von außen betrachtet das eines Beamten gewesen, und oft hatte er erfahren, dass strukturierte Vorgehensweisen im Rahmen polizeilicher Ermittlungen unumgänglich waren. Indes, und das war ihm auch heute noch wichtig, waren Erfolge meist das Ergebnis eines Zusammenspiels von Ordnung und Chaos. Für sein Leben nach der Arbeit hatte sich Rudi, wie ihn Freunde riefen, fest vorgenommen, ein bisschen wild zu sein. Kurz hatte er sogar erwogen, die alte BMW gegen eine Harley einzutauschen. Dass er sich nun bereits zum zweiten Mal klaglos und gar mit gutem Gefühl den strengen Regeln der Tee-Zeremonie hingeben würde: ein kleines Wunder. Was Rudi verdrängte, 42 Jahre öffentlicher Dienst hatten tiefe Spuren hinterlassen. Man konnte mit Fug und Recht auch von Spurrillen sprechen.

Die Zeremonie fußte auf taoistischen Prinzipien. Der in ausgewählten Schalen mit einem Bambusquirl zubereitete Tee wurde dem Hauptgast gereicht, der hier in Querbüll durch Streichholzziehen ermittelt wurde. Dieser bietet die Schale seinem Nachbarn an, der freundlich ablehnt. Der Hauptgast dreht die Schale und trinkt sie in drei Schlucken leer. Nachdem die Schale wieder aufgefüllt ist, wiederholt sich das Prozedere. Rudolf Tittelkamp gefiel besonders, wie höflich die Teilnehmenden miteinander umgingen. Das hatte er in langen Jahren als Drogenfahnder meist ganz anders erlebt und erlitten. Stets hatte er darauf geachtet, das widerborstige Verhalten mutmaßlicher Delinquenten im Wald hinter dem Präsidium derart zu beeinflussen, dass sich diese letztlich kooperativ zeigten. Hier in Querbüll achtete Oberin Käthe auf die Einhaltung guter Sitten. Nachdem alle Gäste ihre Schale mit Matcha ausgetrunken hatten, begann der Hauptgast ein Gespräch über den Tee, bei dem er auch feine Geschmacksnuancen präzise zu beschreiben versuchte.

Kaum neigte sich die Teezeremonie ihrem Ende entgegen, griff Rudolf Tittelkamp in die Umhängetasche, die er stets mit sich führte. In ihr versammelten sich neben allerlei Kleinwerkzeug, Pfefferspray, einer ultra-kompakten Pistole und einem Picking-Besteck auch drei GPS-Sender. Einen dieser Sender befestigte er auf dem Weg zur Toilette am Fahrrad einer jungen Frau, die ihm dadurch aufgefallen war, dass sie den ritualisierten Ablauf nicht beherrschte und das Gesicht verzogen hatte, als sie die Teeschale absetzte. Für Verdächtige hatte er ein Auge – schon immer gehabt –, und er war ein Freund präventiver Maßnahmen. Hier in Querbüll herrschten Recht und Ordnung. Die Teeosophen wussten, worauf es ankam. Auch die Sauberkeit der Gehwege gefiel ihm gut. Womöglich war die junge Frau eine aus dem Lager derer, die die Arbeitsbedingungen in Teeanbaugebieten mit aller Gewalt verbessern wollten. Unlängst hatten zwei dieser Aktivisten in einem Teeladen so laut gesungen, dass man sein eigenes Wort nicht mehr hatte verstehen können. Wer abweichendes Verhalten zeigte, musste mit Repression von staatlicher, inzwischen halbstaatlicher Seite rechnen.

Die Staatsanwaltschaft in Rudis Heimat hatte gefeiert, als er in den Ruhestand gegangen war. Einer wie Tittelkamp stand bestenfalls mit einem Bein auf dem Boden der freiheitlich demokratischen Grundordnung. Aber das wusste der selbst ernannte Verteidiger der Freiheit nicht. Zurück in seinem Reich, das er der Familie Tötensen am liebsten abkaufen würde, verfolgte er den Weg, den die junge Frau auf dem Fahrrad zurücklegte. Er würde ein Bewegungsmuster erhalten. Das schadete nie. Vom Veranstalter der Matcha-Zeremonie hatte er den Namen der Frau erfahren. Dass sie in der Neubausiedlung zwischen Querbüll und Sturby wohnte, war mindestens verdächtig. Dort lebten erfahrungsgemäß gefährliche Wechselwähler, denen man nicht über den Weg trauen durfte. Jetzt schickte er ihr über Instabook eine Freundschaftsanfrage. Sie würde schon sehen, was sie sich mit ihrem seltsamen Verhalten eingebrockt hatte.

***

Jenseits der Au, wo Sturby an die Straße zur Stadt grenzte, stand Kalle Lassen ratlos vor seiner Mutter, der Kaffeehexe, die hemmungslos weinte. Sie schaute in den Spiegel und fuhr sich über den rasierten Schädel. Ihre Hexenhaare – perdu. Jemand hatte ihr am Morgen aufgelauert, als sie die Tagesration Arabica-Bohnen aus dem Kaffeespeicher holen wollte. Wortlos hatte man ihr die Arme auf den Rücken gedreht, eine Haarschneidemaschine an den Nacken gesetzt und sodann damit begonnen, ihre Espresso-schwarzen Locken abzuschneiden. Den Mund hatte man ihr mit feuchten Teebeuteln verstopft. Dass Oberin Käthe hinter dem Anschlag steckte, lag auf der Hand. Nur die Teeosophen wussten um die Bedeutung der Hexen-Locken im Rahmen kultischer Handlungen der Kaffeekasper. Kalle schaute seine Mutter, die Kaffeehexe, ernst an: »Krieg?«, fragte er. Seine Mutter nickte.

Als Kalle das Haus verließ, war ihm, als zerspringe ihm das Herz. Seine Mutter und die Kaffeekasper konnte er nicht im Stich lassen, nicht verraten. Einerseits. Andererseits: Mit

Thea konnte er sich eine gemeinsame Zukunft vorstellen. Sie würden weggehen, vielleicht ins gelobte Land, dorthin, wo Menschen trinken konnten, worauf sie Durst hatten. Ihre Kinder würden eines Tages Wasser, Bier und vielleicht sogar Kakao trinken dürfen. Noch war es nicht so weit. Aber Kalle hatte von einer kleinen Gruppe junger Auswanderer gehört, in deren Familien ganz unterschiedliche Getränke gereicht wurden. Er hatte ungläubig den Kopf geschüttelt, an Thea gedacht und ein bisschen geweint.

***

Vadder Tötensen war von der Pilgerreise ins Speicherstadtmuseum noch ganz beglückt, als er gegen halb zehn in Querbüll die Tür zum Kühllager aufschloss. Die Tötensens waren Schlachter in dritter Generation, und ihre Lammbratwurst, die sie mit dem Slogan »Lamm Lämmer Lecker« verkauften, war ein Muss auf den Grills im kulinarischen Dreieck Klanx-, Walls- und Dagebüll.

Der Gestank, der Vaddern entgegenschlug, war mit infernalisch noch norddeutsch zurückhaltend beschrieben. Er rammte die Tür ins Sicherheitsschloss, dass die Glasscheiben der Frischetheke im Verkaufsraum zitterten. Ihm schoss die Frage durch den Kopf: Hatten die Ökoterroristen denn überhaupt keinen Geschmack? Tötensens Lammbratwurst war ein Muss auf den Grills ... aber das wussten ja alle. Alle? Nein!

Ein von verqueren Gedanken bevölkertes Menschenhirn hörte nicht auf, der Vernunft Widerstand zu leisten. Das Undenkbare sollte geschehen, um das Unausweichliche zu verhindern. Sühne sollte Sünde vergelten. In Querbüll und auf dem ganzen Erdenrund. Hier, jetzt und immerdar. Der Kanister mit Butansäure und Schwefelwasserstoff war beinahe leer. Höchste Zeit, Nachschub zu besorgen, der zum Himmel stinken sollte. Mindestens.

Vadder Tötensen hatte die Schlachterei geschlossen und die Freiwillige Feuerwehr Querbüll alarmiert, deren Wehrführer er selbst war. Ärgerlich, aber nicht zu ändern. Dem Gestank stellte er sich nach dem Ausrücken und nach dem Anlegen von Uniform und Atemschutz erneut. Für den Fall, dass er den Attentäter erwischen sollte, und daran hegte er ob seiner Kontakte keinerlei Zweifel, käme alsbald nicht nur Lamm in die Wurst.

**

Der Exekutor, ein Mann von Ehre, hatte schon immer getan, was getan werden musste. Vom Geheimen Rat, gar von Tee-Oberin Käthe persönlich beauftragt zu sein, war mehr, als er jemals zu erreichen gehofft hatte. Sein Äußeres hatte der Exekutor verändert, um auch auf heimischer Scholle unerkannt agieren zu können. Fischerhemd und Kapitänsmütze waren seine Markenzeichen, die er nun an den Haken gehängt und gegen ein Hawaiihemd, eine Baseballkappe, eine übergroße verspiegelte Sonnenbrille und eine kurze Hose getauscht hatte. Er hatte sich vor Beginn der Mission im Spiegel angeschaut, hatte alle Details auf das Sorgsamste kontrolliert, und er war zu dem Schluss gekommen, dass er aussah wie jeder zweite dahergelaufene Urlauber aus Wanne-Eickel oder Zehlendorf. Um die Tarnung perfekt zu machen, grüßte er nur noch mit »Guten Moin.« Er war damit auf der sicheren Seite, und jetzt war er auf dem Weg zu Thea Tötensens kleinem

Eiswagen. Das Gör, kaum volljährig, hatte einen alten Badekarren ausgebaut und auf den Deich gestellt. Der Bürgermeister hatte das nur genehmigt, weil Vadder Tötensen Wehrführer war. Davon war der Exekutor fest überzeugt. Die da oben hielten immer zusammen – und er? Er tat, was man ihm sagte. Aber in diesem Moment der Leichtigkeit, im Schutze der perfekten Tarnung, kam plötzlich der Revoluzzer in ihm durch. Auf dem Weg zum Einsatzort, den der Geheime Rat vorgegeben hatte, passierte der Exekutor die neue Schnapsbude, die ein geschäftstüchtiger Gastronom nach niederländischem Vorbild so gerade eben noch an der Bebauungsgrenze zum Nationalpark Wattenmeer in den schlickigen Boden gerammt hatte. Sicher nicht zum Schaden des Bürgermeisters und seiner Clique. Der Exekutor lachte kurz, aber hämisch auf. Von seinem Cousin hatte er gehört, dass der Bessen-Genever außergewöhnlich gut sein sollte. Nun, wer mitreden wollte, musste wissen, worüber die anderen sprachen. Kurz den Kopp in' Nacken konnte ja nicht schaden. Seine Einsatzorte hatte die Oberin ihm auf einen Zettel geschrieben. Den holte er noch mal raus, als er das zweite Pinnchen bestellte. Sensationell, das Gesöff. Könnte er doch nur lesen, was Käthe geschrieben hatte. Die Oberin hatte wirklich eine Sauklaue.

**

Dort, wo das Land weit und gleich hinter der Koppel der Tann tief war, also dort, wo Forstwirt Wiertlich den Waldanteil des schönsten Bundeslandes der Welt durch Hege und Pflege seiner Tannenbaumplantage maßgeblich nach oben beeinflusste, herrschte bei großer äußerer Ruhe denkbar große innere Unruhe. Thea Tötensen hockte auf dem Feldbett und kaute Fingernägel. Genauer gesagt, sie hatte Fingernägel gekaut. Nun dachte sie darüber nach, wie nah das Kauen von Fingernägeln an Kannibalismus heranreichte. Auch beschäftigte sie das Wachstum des Horns. Wie sie aus dem Biologieunterricht wusste, wuchsen Fingernägel pro Woche 0,5 bis 1,2 Millimeter. Und das in Abhängigkeit von Ernährung, Hormonstatus und Außentemperatur. Drei Faktoren, die ihr Leben in diesen Stunden in besonderem Maße beeinflussten. Ihr war kalt, sie war hungrig, und sie war heiß. Will sagen: Sie sehnte sich nach Kalle, der ihr in einer beinahe 5-minütigen Sprachnachricht die Hucke vollgejammert hatte. Was interessierten sie die Haare seiner Mutter?

In Forstwirt Wiertlichs Tann fiel ein Schuss. Thea schlüpfte unter das Feldbett. Sicher war sicher. Kalle hatte sie ihren Standort geschickt. Nun würde sich zeigen, ob er als Vater ihrer Kinder infrage kam.

***

Der Exekutor hatte keine Kinder. Aber er würde bald einen Kater haben. Daran konnte nach all dem Bessen-Genever und dem Gerstensaft zum Spülen kein Zweifel herrschen. Gut, dass er in Übung und hart im Nehmen war. Nur wer hart im Nehmen war, war auch hart im Austeilen. Eine Art Universalformel des Gleichgewichts. Apropos Gleichgewicht. Der Exekutor hatte gezahlt. In bar selbstverständlich. Neumodisches Zeug wie EC-Karten und Gendern kamen ihm nicht ins Haus. Jetzt allerdings, da sich die Stufen vom Deich runter auf den Querbüller Deichgrafenweg wanden, wie die Würmer in seinem Kompost, hätte er doch gern Gebrauch von einem modernen Schrägaufzug gemacht. Hatten sie vor zwei Wochen in der Gemeinderatssitzung unter dem Tagesordnungspunkt »Barrierefreiheit 2029« drüber diskutiert. Schrägaufzüge, ein ganz spezieller Spezialmarkt. Da gab es Sachen.

Es war Sören, der Sohn des Apothekers, dessen starker Arm den Exekutor die Stufen unfallfrei bewältigen ließ, Sören, dem der Exekutor das Schwimmen beigebracht hatte, Sören, der ihn nicht erkannte. Ein bisschen schmunzelte der Exekutor. Die Verkleidung war vielleicht die beste Verkleidung seines Lebens. So saß er auf einer der Bänke gegenüber der Touristeninformation, vor der Sitzgelegenheiten in Form von Teetassen aufgestellt worden waren. Der Exekutor hatte seinerzeit gegen die Anschaffung gestimmt. Öfter als einmal hatten ältere Damen aus den Teetassen geborgen werden müssen. Guten Glaubens hatten sie sich gesetzt und waren doch rücklings in die mit abwaschbaren Polstern ausgestatteten Trinkgefäße gepurzelt, weil ihnen der zu hoch angebrachte Tassenrand die Beine unterm Hintern weggezogen hatte.

Die Schrift von Oberin Käthe hatte sich durch die Feuchte eines leicht verkleckerten Bieres zu einem ornamentalen Kunstwerk hin verändert. Der Exekutor war gezwungen, die Ergebnisse frei zu interpretieren. Die nächsten beiden Ziele der drakonischen Strafmaßnahmen versuchte er sich ganz fest einzuprägen. Dann schnappte er sich eines der Dreiräder, die in der nasskalten Jahreszeit sowieso nur ungenutzt vor der Touristeninfo rumstanden. Der Exekutor bog in die Dörpstraat ein und sang *Let it Snow*. Er liebte Weihnachten.

Im Korb des Dreirades lag, was der Exekutor alsbald zur Anwendung bringen würde. Es waren Markenprodukte polnischer Provenienz, die es ohne die Erfindung des Franziskaner-Mönchs Berthold Schwarz nicht gäbe. Im 14. Jahrhundert hatte der neugierige Alchimist ein bisschen herumprobiert und nicht zuletzt den auch unter Pyrotechnikern geschätzten Doppel-Wumms ermöglicht.

Der Fahrtwind blies dem Exekutor in die kurzen Hosenbeine. Er verstand nun, warum die Dreiräder in der dritten und vierten Jahreszeit wenig Zuspruch durch die Touristen erfuhren. Hinter dem Ortsschild von Sturby hielt er sich rechts und stoppte das Gefährt auf dem kleinen Platz, der von allerlei Containern für Altglas, Altpapier und Altkleider umstanden war. Sicherheitshalber wollte er sich noch einmal vergewissern, die Zielangabe der Oberin in Erinnerung behalten zu haben. Der Bessen-Genever, der Fahrtwind. Man konnte es nicht wissen. Er hatte doch früher nach dem Saufen keine Erinnerungslücken gehabt. Mit klammen Fingern fummelte er den Zettel aus der Tasche des Hawaii-Hemdes und murmelte »Café Kirsche wird das wohl heißen.« Das Café Kirsche kannte er. Lag ein bisschen außerhalb inmitten von Bauer Berndts Streuobstwiesen. Eine Viertelstunde später: Pflaumen-Massaker in Sturby. Bauer Berndt erntete Kirschen im Sommer, Pflaumen im Herbst. Jetzt war Spätherbst. Die Polenböller hatten ganze Arbeit geleistet und Bauer Berndts süße Vorräte auf dem Vorplatz verteilt. Der Exekutor betrachtete das Ergebnis aus sicherer Distanz. Die Terrasse, die Tische und Stühle, die Kinderschaukel – alles voller Pflaumenmus. Gut, dass heute Ruhetag ist, dachte er und fuhr dann mit dem Dreirad zurück nach Querbüll. Noch mehr Aufregung konnte er heute nicht ertragen. Hätte er gewusst, was ihn bei Oberin Käthe erwarten würde, wäre er wohl in Sturby geblieben.

»Kaffee-Kirche! Du Döspaddel. Nicht Café Kirsche«, brüllte Käthe ihn an. »Das Kaffeelager hinter der Kirche war das Ziel. Und, wie siehst du überhaupt aus? Wie ein Urlauber aus Wanne-Eickel oder Zehlendorf, aber sicher nicht wie ein Furcht einflößender Exekutor. Ich enthebe dich deines Amtes. Raus!«

Der Ex-Exekutor war daraufhin noch mal zu seinem neuen Freund, dem Bessen-Genever-Dealer, gewankt. Sein Heil konnte er nur noch im Vergessen finden.

***

Ein Prunkstück im technischen Museum von Sturby, das, bei Licht betrachtet, kein Museum im eigentlichen Sinne war, sondern vielmehr in einem Nebengelass der zweizügigen Grundschule von Sturby auf Besucher wartete, war anerkanntermaßen Kalle Lassens Matchbox-Autosammlung. Besucher kamen manchmal sogar von der Ostküste, um zu bewundern, was nach 1953 aus England über den Ärmelkanal den Kontinent erreicht hatte. Kalle war auf Kipper spezialisiert, und neben leicht bespielten Fahrzeugen nannte er auch zwei sein eigen, die im sogenannten »very near mint«, also Beinahe-Originalzustand, waren. Darunter ein Muldenkipper, der sein ganzer Stolz war. Sein ganzer Stolz gewesen war, denn der Muldenkipper war nun reif für den Matchbox-Schrottplatz. Der Hausmeister der Grundschule »Kleine Sturköppe« stand vor den Trümmern der einstigen Schönheit. Jemand hatte, so wie es aussah mit einem Vorschlaghammer, zerstört, was noch Generationen von Liebhabern hätte Freude bereiten können.

***

Im Ohrensessel des Anbaus verfolgte Rudolf Tittelkamp die verschlungenen Wege, die die verdächtige junge Frau auf dem Fahrrad zurücklegte. »Ziellos«, kommentierte er und notierte die bereits angefahrenen Orte mit den dazugehörigen Uhrzeiten: Bushaltestelle am Noor 11:23. Schulzentrum in der Stadt 12:14. Kiosk am Bahnhof 12:45. Kleines Wäldchen südlich von Sturby 13:53, Heißmangel Lassen 14:21. Dorfdisco Sturby 15:00. Kleines Wäldchen 15:24. Wohnhaus Familie Tötensen 16:24.

Rudolf Tittelkamp schaute auf die Uhr. Es war 16:26. Er stemmte sich aus dem Ohrensessel, griff nach der kleinen Pistole und dem Pfefferspray, umrundete das Haus und kam gerade noch rechtzeitig, um unter Zuhilfenahme des Feuerlöschers, der im Carport deponiert war, den verheerenden Brand des Buchsbaums zu bekämpfen, den Mudder Tötensen in Form einer Lammbratwurst geschnitten hatte.

Kaum hatte der heldenhafte Tittelkamp das Schlimmste verhindert, setzte er sich auf sein Pedelec, montierte das Smartphone am Lenker, startete die GPS-Follow-Xpert-App und setzte sich auf die Spur der Brandstifterin, die er in ihrem Elternhaus im Neubaugebiet zwischen Sturby und Querbüll antraf. Dem strengen Blick des pensionierten Drogenfahnders hielt sie nicht stand und gestand, die Bluthand aus dem Fundus des Dorftheaters gestohlen und das Gemisch aus Butansäure und Schwefelwasserstoff im Darknet bestellt zu haben. Den Buchsbaum hatte sie mit Benzin aus dem Reservekanister ihres Vaters begossen und angezündet. Als Tittelkamp nach dem Motiv fragte, öffnete die junge Frau ihre Jacke. Auf ihrem T-Shirt las Tittelkamp »Kira und Kalle – in love forever«.

Rudolf Tittelkamp setzte zu einer seiner gefürchteten Gardinenpredigten an. Er war ein Jünger der Gerechtigkeit und machte Kira deutlich, dass es nicht half, sich in etwas hineinzusteigern.

»Absolutismus führt in die Sackgassen des Lebens, mein Kind.«

Kira nickte, reichte Tittelkamp den GPS-Tracker und radelte davon. Direkt in den Sonnenuntergang, denn das Neubaugebiet lag ja westlich von Querbüll. Der Name des Mädchens kam Tittelkamp beim Gespräch mit Oberin Käthe nicht über die Lippen. Nicht auszuschließen, dass der Geheime Rat sie tatsächlich einer Teetaufe unterzogen hätte. So weit konnte er es nicht kommen lassen.

* * *

Der Exekutor hatte erst spät in der Nacht nach Hause zurückgefunden. Dort hatte er seinen Rausch ausgeschlafen und am folgenden Tag im Internet nach einer Wohnung in der Stadt gesucht. Mit den Extremisten in Querbüll und Sturby wollte er nichts mehr zu tun haben. Die Polenböller hatte er im Restmüll entsorgt. Keine gute Idee, wie man Tage später aus der Zeitung erfuhr. Allerdings kam der Exekutor ungeschoren davon. Der Geheime Rat hat sich bis zum heutigen Tage an das Schweigegelübde gehalten.

* * *

Im Wäldchen, im Graben, in der Schlafkammer: Thea und Kalle, der neue Gaskartuschen mitgebracht hatte. Sie erhitzten sich ein Erbsensüppchen, schworen einander ewige Liebe, dann wurde es dunkel.

***

Nachtrag: Der Chronist der Ereignisse hat für die nächsten Ferien das Fremdenzimmer bei den Tötensens gebucht. Über seine Nachforschungen wird er die Öffentlichkeit informieren. Sollte ihm etwas zustoßen: Ihr wisst, wo ihr suchen müsst.

DER BEIGESCHMACK DES TODES
Sandra Åslund

Welch unglaublich feiner Geschmack das doch war! Hannah Richter trank einen weiteren Schluck ihres weißen Tees. Leicht, rund und kein bisschen bitter schmeckte er, dazu eine dezente Orangennote – nie hätte sie, als eingefleischter Koffein-Junkie, für möglich gehalten, sich derart für Tee zu begeistern. Allerdings hatten die Sorten, die in diesem *Salon de Thé* serviert wurden, auch nichts mit den Beuteltees gemein, die Hannah aus ihrer Kindheit kannte.

Andächtig streichelte sie ihren Bauch. Noch war die Rundung für andere nicht sichtbar. Außer Serge wusste lediglich Penelope Bescheid.

Ihre beste Freundin hatte es ihr vom ersten Moment an angesehen. Jedoch verwunderte es Hannah nicht, schließlich verfügte Penelope über fast hellseherische Fähigkeiten.

An diesem klaren, aber durch den kräftigen Mistral eisigen Wintertag hatten sie einen spontanen Ausflug nach Séguret gemacht. Das pittoreske Dorf am Hang des Sommier mit seiner Kulisse aus Natursteinhäusern und Kopfsteinpflastern, genauer gesagt, der kleine *Salon de Thé* dort, war ihr Ziel. Er befand sich in einem der Häuser, die aus dem Berg zu wachsen schienen, direkt gegenüber des öffentlichen Waschplatzes mit dem alten, runden Steinbrunnen.

In der kalten Jahreszeit wirkte das provenzalische Dorf beinahe wie ausgestorben. Viele Geschäfte hatten geschlossen, und in den engen Gassen, die man nur zu Fuß erkunden konnte, war, von einigen wenigen Einheimischen abgesehen, kein Mensch unterwegs. Außer Penelope und ihr befand sich bloß ein Paar im *Salon de Thé*, das schon bei ihrer Ankunft in der hinteren der beiden Fensternischen saß und sich beharrlich anschwieg.

Die Freundinnen nahmen am Bistrotisch in der vorderen Nische Platz und ließen es sich bei *tarte aux abricots* und *fondant au chocolat* gut gehen.

»Wie schön, dass Anatole heute auf Aurora aufpasst und wir mal wieder Zeit für uns haben.«

»Na, aber hallo! Frauenzeit ist Ehrensache!« Penelope trank einen Schluck von ihrem Sencha-Tee. »Außerdem tut den beiden ein bisschen Papa-Tochter-Zeit gut.«

»Ich kann mir noch gar nicht vorstellen, wie das sein wird, ich meine, zu dritt, so mit Baby.«

»Ach, da wachst ihr rein.« Penelope zwinkerte ihr zu und erhob sich. »Ich komme gleich wieder.« Zwischen dem rustikalen Holztresen und dem Tisch mit dem Kuchenbuffet lief sie zu der schmalen Holzstiege, die zur Toilette im Obergeschoss führte. Hannah richtete ihren Blick aus dem Fenster, auf die Landschaft, die sich unterhalb des Dorfes ausbreitete. Weinfelder, kleine Wälder, ab und an ein Natursteinhaus. Heute schien die Sonne, und der Himmel leuchtete strahlend blau, da wirkte die Kulisse beinahe so idyllisch wie im Hochsommer. Doch in der kalten Jahreszeit gab es durchaus auch andere Tage. Nicht zum ersten Mal ging Hannah durch den Kopf, wie sehr dieses südliche Wohlgefühl, das die Touristen so anzog, vom Licht und der Wärme abhing, und das fehlte zurzeit nun einmal selbst hier recht häufig.

Seit zwei Jahren lebte die deutsche Kriminalkommissarin mit dem Pariser Musikwissenschaftler in der Provence, und bisher hatte sie ihre Entscheidung, Köln zu verlassen, nicht bereut. Dass jetzt eine Schwangerschaft ihr Leben noch weiter verändern würde, war eine Überraschung gewesen, mit der sie fast nicht mehr gerechnet hatte. Abermals streichelte Hannah über ihren Bauch.

Das Paar am Nachbartisch wollte zahlen, und die junge Kellnerin erschien mit der Rechnung. Mit ihrem wippenden Pferdeschwanz wirkt sie wie ein Teenager, aber Hannah wusste, dass Vivianne, die Tochter der Besitzerin des *Salon de Thé*, bereits Mitte zwanzig war.

»Mein Mann fühlt sich nicht wohl.« In der Stimme der Frau schwang echte Besorgnis mit.

Hannah hob den Kopf.

Die beiden gingen an ihrem Tisch vorbei zum Ausgang. Tatsächlich machte der Mann mit seinem fahlen Gesicht und den Schweißperlen auf der Stirn einen alles andere als gesunden Eindruck.

Vivianne schaute ihnen mit einem schwer zu deutenden Gesichtsausdruck hinterher. Ihr Blick traf Hannahs, und sie zuckte zusammen, als hätte diese sie bei etwas Verbotenem ertappt. Verlegen schob sie sich eine Haarsträhne hinters Ohr und begann, mit raschen Bewegungen den Tisch abzuräumen.

Penelope kam von der Toilette zurück und nahm wieder Hannah gegenüber Platz. »Dieses Pärchen, das gerade raus ist, *alors*, der Mann sah echt eigenartig aus. Wenn ich's nicht besser wüsste, würde ich sagen, jemand hat ihm was in den Tee getan.«

***

Am nächsten Morgen erwachte Hannah bereits um Viertel nach fünf. Eines der Resultate der Hormonumstellung: kurze Nächte, und die schlief sie nicht einmal durch. Seufzend richtete sie sich auf. Vermutlich wollte ihr Körper sie schon mal daran gewöhnen, wie es in der ersten Zeit mit Baby werden würde.

Neben ihr schlummerte Serge selig. Am vergangenen Abend war er aus Paris zurückgekommen, wo er ein Seminar an der Sorbonne gehalten hatte.

Hannah ließ ihn ausschlafen, bereitete sich einen grünen Tee zu und begnügte sich mit einem Stück Baguette und einem Klecks von Penelopes Pflaumenmarmelade zum Frühstück. Von Übelkeit wurde sie gottlob nicht geplagt, doch vor der Mittagszeit hielt sich ihr Appetit in Grenzen.

Der Himmel hing voll dicker, grauer Wolken. Wie sich zeigen sollte, ein Vorbote dessen, was der Tag bringen würde: Als Hannah die Gendarmerie von Carpentras erreichte, empfing sie ihr Vorgesetzter Ricard Point bereits in ihrem Büro. »In Séguret gibt es einen ungeklärten Todesfall.« Nachdenklich wiegte er den Kopf hin und her. »Wer hätte das erwartet, in so einem verschlafenen Nest.«

»In Séguret?« Hannah sah ihn überrascht an. »Da bin ich gestern noch gewesen.«

Richard deutete auf eine Akte auf ihrem Schreibtisch. »Wenn du damit durch bist, besprechen wir, wie wir am besten vorgehen.«

Konzentriert arbeitete Hannah die Unterlagen durch. Beim Umblättern hielt sie verblüfft inne. Das Gesicht des Mannes kam ihr bekannt vor. Sie schaute genauer hin. Es bestand kein Zweifel: Bei dem Toten handelte es sich um den Mann aus dem *Salon de Thé*. Sogleich fiel ihr Penelopes salopper Spruch wieder ein.

✳︎✳︎✳︎

Wenig später stand fest, dass ihre Freundin unbewusst ins Schwarze getroffen hatte. Alain Lescut, so hieß das Opfer, war vergiftet worden. In seinem Tee hatte sich eine Mischung aus Eibennadeln, Stechapfelsamen und Tabakblättern befunden. Sofort ordnete Ricard eine Hausdurchsuchung im *Salon de Thé* an.

In der Zwischenzeit besuchte Hannah Alains Frau in deren Haus außerhalb von Séguret. Es war ein typisches Natursteinhaus mit lavendelblauen Fensterläden und Terrakottaziegeln, eingebettet in einen gepflegten Garten mit Obstbäumen und Gemüsebeeten. Ringsherum lagen Weinfelder und Weiden. Ein kleines Paradies, in dem Magali Lescut nun allein lebte.

Hannah betrachtete die Witwe, die zusammengesunken und apathisch auf dem Sofa hockte. Der Hausarzt hatte ihr ein Beruhigungsmittel gegeben. Sie war blass, ihr dunkles Haar fiel strähnig und wirr auf ihre Schultern, und sie blickte Hannah aus geröteten Augen hilflos an.

»Es will mir nicht in den Kopf, dass er nicht mehr da ist.« Sie schluckte. »Wir hatten doch noch so viel vor. Was soll ich denn jetzt …« Tränen liefen über ihre Wangen. »Warum hat sie das getan?«

»Wen meinen Sie, Madame Lescut?«

»Na, Adeline Dupret, die Besitzerin des *Salon de Thé*. Sie muss es ja gewesen sein, die meinen Mann …« Sie stockte kurz, ehe sie leise hinzufügte: »Die ihn vergiftet hat. Warum nur?«

Auch wenn es momentan das Offensichtliche zu sein schien, brauchte Hannah ein besseres Bild vom Opfer. In behutsamem Ton fragte sie: »Madame Lescut, hatte Ihr Mann Feinde?«

»Alain? Er war der charmanteste Mensch, den Sie sich vorstellen können. Immer ein nettes Wort auf den Lippen.« Mit einem Taschentuch tupfte Magali sich die Augen trocken. »Als Zugezogene hatten wir es schwer bei den Einheimischen. Von Anfang an waren wir ›die aus der Hauptstadt‹. Richtig dazugehören wird man in so einem Dorf wohl nie. Aber wir haben uns bemüht, so gut wir konnten, haben versucht, uns einzubringen, uns in die Dorfgemeinschaft zu integrieren.«

»Was könnte denn Madame Dupret gegen Alain aufgebracht haben? Hat es irgendeinen Vorfall gegeben?«

»Überhaupt nicht.« Magali Lescut zuckte mit den Schultern. »Was soll ich sagen – sie ist allein. Sie hat mal so was angedeutet, wie froh ich sein kann, dass ich einen Mann an meiner Seite habe. Sie ... wirkte ziemlich verbittert auf mich. Aber nur weil sie keinen hat, muss sie doch nicht meinen ...« Sie brach in Schluchzen aus.

Hannah gab ihr Zeit, sich zu beruhigen, ehe sie fragte: »Sie sind aus Paris hergezogen?«

»Vor fünf Jahren. Wir waren frisch verheiratet.«

»Warum haben Sie sich ausgerechnet für Séguret entschieden?«

»Wir waren auf unserer Hochzeitsreise hier und haben uns sofort in den Ort verliebt.« Magalis Blick bekam etwas Verklärtes. »Oben bei der Ruine haben wir beschlossen, dass hier unser neues Zuhause sein soll. Viele junge Menschen verlassen ja solche Dörfer. Wir ... wollten den umgekehrten Weg gehen. Ein Häuschen mit Garten, eigenes Gemüse.«

Hannah kamen die Giftpflanzen in den Sinn, die Alain Lescut das Leben gekostet hatten. Sie sprach Magali darauf an, doch diese schüttelte den Kopf.

»Damit kenne ich mich nicht aus. Bei mir wachsen nur Tomaten, Zucchini und so was.«

***

Hannah befand sich gerade auf der Rückfahrt nach Carpentras, da meldete sich Didier Gerbaud von der Spurensicherung.

»Scheint eine ziemlich klare Sache zu sein.« Hannah hörte durchs Telefon, wie Didier an seiner Zigarette zog. »In der Küche im oberen Stockwerk haben wir ein Schraubglas mit getrockneten Kräutern sichergestellt. Die Analyse ist noch nicht abgeschlossen, aber alles deutet darauf hin, dass es die Giftmischung ist.«

Hannah horchte auf. »Wo genau habt ihr es gefunden?«

»In einem Hängeschrank links neben dem Fenster. Ganz hinten stand es, hinter einer Menge diverser Backzutaten.«

»Waren Fingerabdrücke darauf?«

»*Non.* Sorgfältig abgewischt.«

Hannah seufzte. Auf die Besitzerin des *Salon de Thé* kamen einige unangenehme Fragen zu.

***

Keine zwei Stunden später saßen Ricard Point und Hannah im Vernehmungsraum Adeline Dupret gegenüber. Kaum dass sie ihrer Rechte belehrt worden war, öffnete die Besitzerin des *Salon de Thé* den Mund:

»Ich gestehe alles.«

Hannah und Ricard blickten sich überrascht an.

»Ich bin es gewesen. Ich habe Alain Lescut vergiftet. Wie geht es jetzt weiter?«

Automatisch war sich Hannah sicher: Irgendetwas stimmte nicht. Das hier lief zu glatt. Sie hakte nach: »Sie haben also Alain Lescut vergifteten Tee serviert?«

»Das ist richtig.« Ihr Blick war fest auf Hannah gerichtet.

»Aus welchem Grund haben Sie das getan?«

»Er ... er war mir zuwider. Ich habe es getan. Reicht das nicht?«

»Non, Madame Dupret, *je suis désolé*, das reicht nicht.« Ricards Ton war freundlich, aber bestimmt. »Schließlich bringt man nicht gleich jeden um, den man nicht leiden kann, das haben Sie bisher mit Ihren Gästen ja auch nicht so gehandhabt. Warum war Ihnen Alain Lescut zuwider?«

»Ich möchte dazu nichts sagen.«

Hannah hatte eine Idee. Hoffentlich würde Ricard verstehen und mitziehen. »Sie haben dem Tee für Alain Lescut also die Maiglöckchen und Herbstzeitlosen beigemischt, die wir in Ihrem Schrank gefunden haben?«

»*Oui.*«

»Haben Sie die getrockneten Blätter selbst in das Glas eingefüllt?«

»*Oui.*«

»Woher stammen die Pflanzen?«

»Aus meinem Garten.«

»Das heißt, wenn wir dort nachsehen, werden wir Maiglöckchen und Herbstzeitlose finden?«

»Ich habe die Pflanzen im Herbst ausgegraben und weggeworfen.«

Hannahs Augen schnellten zu Ricard. Ihr Chef räusperte sich und lehnte sich nach vorn.

»Madame Dupret, wieso sagen Sie uns nicht einfach die Wahrheit?«

»Aber …«

»Wir wissen, dass Sie Alain Lescut nicht getötet haben.«

»Ich habe Ihnen doch gesagt, dass ich es war.« Auf ihrer Stirn erschienen Schweißperlen.

»Madame Dupret, sparen Sie sich Ihre Lügen.« Ricard legte die Unterarme auf den Tisch. »Alain Lescut wurde mit einer Mischung aus Eibennadeln, Stechapfelsamen und Tabakblättern vergiftet.«

Einen Moment lang schaute Adeline Dupret erst ihn, dann Hannah ungläubig an. Alle Farbe wich aus ihrem Gesicht.

Ricard musterte sie. »Warum wollen Sie die Schuld für etwas auf sich nehmen, das sie nicht getan haben?«

Mit gesenktem Kopf hockte Adeline Dupret auf ihrem Stuhl, knetete ihre Hände und schwieg.

Hannah betrachtete die Frau, die einen völlig gebrochenen Eindruck machte. »Versuchen Sie, jemanden zu schützen?«

Der Ausdruck in ihren Augen schlug in Panik um. »Nein, ich … ich habe wirklich …«

Mit einem Mal sah Hannah wieder vor sich, wie die Bedienung dem Paar hinterhergeschaut hatte. Dieser eigenartige Blick. Aus einem Impuls heraus wagte sie einen Schuss ins Blaue. Mit sanfter Stimme sagte sie: »Es geht um Ihre Tochter Vivianne, *n'est-ce pas?*«

Adeline Dupret sackte in sich zusammen und bedeckte mit den Händen das Gesicht.

***

Vom Moment ihrer Festnahme an beteuerte Vivianne Dupret ihre Unschuld. Hannah und Ricard befragten sie stundenlang, ohne dass etwas dabei herauskam.

Das Beweismaterial sprach gegen sie. Inzwischen lag das Ergebnis vor: In dem Schraubglas hatte sich eine Mischung aus Tabakblättern, Eibennadeln und Stechapfelsamen befunden. Dass ihre Mutter versucht hatte, die Schuld auf sich zu nehmen, machte die Sachlage nicht besser.

Hannah beobachtete Vivianne genau. Immer wieder strich sie sich mit der Hand über den unteren Bauch, eine Geste, die sie nur zu gut kannte. In ihr wuchs ein Verdacht. Sie wandte sich an Ricard: »Ich würde Vivianne gern einen Moment unter vier Augen sprechen.«

Ihr Chef schien dankbar für die Unterbrechung zu sein, denn er erhob sich sofort. »*D'accord*, legen wir eine kurze Pause ein.« An der Tür drehte er sich noch einmal um. »In einer Viertelstunde machen wir weiter.«

Hannah schaltete das Band ab. Einfühlsam schaute sie die junge Frau an. »Sie sind schwanger, *n'est-ce pas?*«

Verblüffung lag in Viviannes Blick. »Woher …?«

»Und der Vater ist Alain Lescut.«

Erneut rannen die Tränen über Viviannes Wangen. »Er war meine große Liebe.«

»Haben Sie ihn getötet, weil er seine Frau nicht verlassen hat?«

»Ich habe ihn nicht getötet.«

»Oder sollte es eigentlich Magali treffen, und die Tasse mit dem Gift ist nur versehentlich bei ihm gelandet? Sagen Sie mir die Wahrheit, nur so kann ich Ihnen helfen.«

»Ich habe nichts damit zu tun! Keine Ahnung, wie das Zeug in unseren Schrank gekommen ist.« Schluchzend verbarg sie das Gesicht in den Händen.

Nachdenklich betrachtete Hannah sie. So sehr die Beweise gegen Vivianne sprachen, sie glaubte ihr. Dennoch – momentan war sie ihre Hauptverdächtige. Sie musste mehr wissen. »Wie lange hatten sie schon eine Affäre mit Alain Lescut?«

»Ein halbes Jahr ungefähr.« Vivianne strich sich eine Haarsträhne hinters Ohr. »Alles begann auf dem Töpfermarkt im letzten Sommer. Alain war allein dort. Magali – sie war verreist. Ein Yogaretreat in Portugal.« Ihr Blick wanderte im Raum umher. »Es ist einfach so passiert.«

»Hat Magali Lescut nichts von Ihrer Affäre mitbekommen?«

»Kann sein, dass sie etwas geahnt hat.« Vivianne verschränkte die Finger ineinander. »Als es klar wurde, dass ich schwanger war ... er wollte seine Frau verlassen.«

Eine neue Ahnung beschlich Hannah. »Wäre es möglich, dass ein Außenstehender das Glas mit dem Gift in den Schrank geschmuggelt hat?«

»Theoretisch schon. Die Küche liegt ja gleich neben der Gästetoilette.«

»Wäre es auch denkbar, dass diese Person den Tee vergiftet hat? Anders gefragt: Gab es von der Zubereitung des Tees bis zu dem Moment, wo Sie Alain und Magali die Bestellung serviert haben, eine Lücke, in der die Tasse unbeobachtet war?«

Vivianne dachte nach. Ein Ausdruck von Überraschung erschien auf ihrem Gesicht. »Warten Sie – ja! Als ich die Bestellung fertig gemacht habe, klingelte das Telefon. Nebenan, in unseren Wohnräumen.«

»Wer war denn dran?«

»Irgendwer von einem Meinungsforschungsinstitut. Ließ sich kaum abwimmeln.«

Die Tür öffnete sich, und Ricard trat ein, in der Hand ein Tablett mit zwei Bechern. »Kaffee für mich, Tee für dich.« Er stellte einen davon vor Hannah ab, dann wandte er sich an Vivianne: »Möchten Sie auch noch etwas trinken?«

»Ricard«, Hannah räusperte sich. »Wir müssen unterbrechen. Es hat sich etwas Neues ergeben.«

***

Hannah brachte ihren Chef rasch auf den neuesten Stand, dann machte sie sich auf den Weg nach Séguret. Unterwegs rief sie ihre Freundin Penelope an. »Ich brauche deine Hilfe als Pflanzenkennerin.« Sie berichtete kurz, worum es ging. »Ich schicke dir gleich eine Adresse. Kannst du in einer halben Stunde dort sein?«

Nachdenklich fuhr Hannah auf der einsamen Landstraße durch die momentan karge Landschaft. Welche seltsame Wendung dieser Fall nahm! Sie atmete tief durch und betrachtete die kahlen Weinfelder, an denen sie gerade vorbeikam. Im ersten Jahr, das sie in der Provence verbracht hatte, war sie erstaunt gewesen, dass der Winter sich auch hier nicht immer mild und sonnig zeigte. Schnee fiel in dieser Gegend nur selten, aber frostig wurde es durchaus ab und zu. Heute wollte es dazu nicht mal richtig hell werden. An solchen Tagen empfand Hannah den Unterschied zu den dunklen Monaten im Rheinland als gar nicht so groß. Bald schon würde das graue Tageslicht in die Dämmerung übergehen.

Vor ihr tauchte die Abzweigung auf, die zu dem kleinen Natursteinhaus der Lescuts führte.

Kaum, dass sie den Wagen am Straßenrand geparkt hatte, sprang Hannah heraus, eilte den Kiesweg entlang zur Haustür und drückte auf die Klingel. Drinnen regte sich nichts, die Tür blieb geschlossen. Hannahs Bauchgefühl schlug Alarm.

Im selben Moment erschien Penelopes klapperiger Renault R4 in der Einfahrt. Hannah ging der Freundin entgegen.

»Sie ist nicht da.«

»Vielleicht ist sie bloß einkaufen?«

»Ich weiß nicht.« Zweifelnd betrachtete Hannah das Haus, das seltsam verlassen wirkte.

※※※

Penelope sah sich in dem winterlichen Garten um. Es dauerte keine fünf Minuten, da winkte sie Hannah zu sich.

»Hast du etwas entdeckt?«

»Jetzt sieht das meiste ja ziemlich unscheinbar aus. Gut, dass sie nicht so etwas wie Schierling oder Bilsenkraut verwendet hat, das wäre schwierig geworden. Schau hier: Volltreffer!« Penelope deutete auf ein vertrocknetes Gewächs, das mittig in einer Rabatte neben der Terrasse wuchs. »Das ist eine Stechapfelpflanze.«

Hannah musterte die stacheligen Früchte, die sie entfernt an Walnüsse erinnerten. »Bist du dir ganz sicher?«

»Aber so was von!« Penelope bückte sich und drückte eine der gestachelten Kapseln ein wenig auf. »Siehst du, hier sind die Samen drin. Alle Pflanzenteile sind giftig, sie enthalten Scopolamin und Alkaloide. Eindeutig abgeerntet.« Sie wies auf einige abgeschnittene Stellen.

»Von wegen sie hat keine Ahnung von so etwas!«

»Mit der Eibe ist es noch einfacher.« Penelope wandte sich um und zeigte auf einen Nadelbaum, der am hinteren Grundstücksrand wuchs. »Siehst du die roten Beeren? Zweifelsfrei eine Eibe.« Sie schaute Hannah an. »Fehlt noch die Tabakpflanze. Sie ist zu empfindlich, um sie draußen überwintern zu lassen. Da müssen wir drinnen nachschauen.«

Gemeinsam liefen sie zur Haustür. Hannah klingelte erneut, jedoch ohne Erfolg.

***

Im Haus war es gespenstisch still.

Mit dem Dietrichset aus ihrer Notfalltasche hatte Hannah sich Zutritt verschafft.

Während Penelope sich auf die Suche nach der Tabakpflanze begab, sah sie sich in den gemütlich eingerichteten Räumen um. Alles wirkte auf eine Art ordentlich, als wäre Magali verreist. Vielleicht war sie das tatsächlich? Noch schwang eine leise Hoffnung in Hannahs Unruhe mit. Doch dieser letzte Funke löste sich vollkommen auf, als sie das Schlafzimmer im ersten Stock betrat. Auf einem altmodischen Sekretär lag ein handbeschriebenes Blatt. Magali hatte auf die linke obere Ecke eine kleine tönerne Vase mit ein paar Trockenblumen gestellt. In Windeseile ließ Hannah ihren Blick über die wenigen Sätze schweifen.

Ich habe mich geirrt. Eigentlich hatte ich erwartet, dass es mir hinterher besser gehen würde. Aber Rache hinterlässt einen bitteren Geschmack. Mein Leben hat seinen Sinn verloren. Ich werde Gleiches mit Gleichem bekämpfen.

Hörbar stieß Hannah die Luft aus und las die Zeilen noch einmal, da ertönte von unten Penelopes Stimme: »Hannah, komm mal!«

Rasch sprang Hannah die Stufen der gekachelten Treppe hinunter. In der Küche traf sie ihre Freundin an, die neben der Anrichte stand. »Die Tabakpflanze habe ich in einem Kübel im Wintergarten gefunden – und sieh mal hier!« Sie wies auf drei kleine Schraubgläser hinter dem Wasserkocher.

Bei ihrem Rundgang waren sie Hannah nicht aufgefallen. Sie ging zu Penelope hinüber und betrachtete deren Fund.

»Stechapfelsamen, da bin ich mir ganz sicher.« Penelope deutete auf eines der Gläser. »Das hier sieht schwer nach Eibennadeln aus. Ob das im dritten Glas Tabakblätter sind, kann ich auf Anhieb nicht sagen, aber es liegt nahe.«

Ahnungsvoll trat Hannah an die Spüle und nahm einen Teefilter in Augenschein, der im Ausguss lag. »*Oh ciel!*« Der Inhalt des Briefes schrillte in ihrem Kopf. »Wir müssen Magali finden!«

Penelopes Blick entnahm sie, dass die Freundin verstand. »Aber ... wo könnte sie sein?«

Fieberhaft dachte Hannah nach. Etwas läutete tief in ihr. Magalis Worte über ihre Hochzeitsreise und den Entschluss, nach Séguret zu ziehen. Damals, als Alain und sie ein glückliches, frisch vermähltes Paar gewesen waren. Plötzlich wusste sie es – natürlich! Ruckartig drehte sie sich zu Penelope um. »Die Ruine – wir müssen zur Ruine!«

***

Wenig später hasteten sie durch den Wald den Sommer hinauf, der Hügel, an den sich Séguret schmiegte, und auf dessen Gipfel sich die Überreste des Châteaus befanden. Mit dem Auto kamen sie nur bis auf die halbe Höhe. Das letzte Stück mussten sie zu Fuß zurücklegen.

Mittlerweile hatte die Dämmerung eingesetzt, und durch die Zweige der immergrünen Pinien fiel kaum noch Licht. Hannah spürte ein Seitenstechen, in den vergangenen Wochen hatte sie nicht mehr so regelmäßig trainiert. Trotzdem trieb sie sich innerlich zur Eile an. Sie durften keine Zeit verlieren!

Endlich erreichten sie das Plateau, auf dem die Ruine lag, eine ehemalige Burg aus dem dreizehnten Jahrhundert. Von einem früheren Besuch mit Serge wusste Hannah, dass man vom Vorplatz aus einen herrlichen Blick auf das Weinbaugebiet Côtes du Rhône Village und den Gebirgszug Dentelles de Montmirail hatte. Ohne dass sie nachdachte, trugen ihre Schritte sie dorthin, vorbei an Mauerresten mit Schießscharten und dem Turm, der über alles andere emporragte.

Schon von Weitem erkannte sie schemenhafte Umrisse einer Gestalt, die auf einer der Steinbänke saß. Vielleicht kamen sie doch noch rechtzeitig.

**

»Madame Lescut!« Die letzten Meter rannte Hannah. Magali Lescut reagierte nicht. Reglos verharrte sie auf der Bank mit der hohen Rückenlehne, auf die linke Armlehne gestützt, der Kopf war seltsam nach links gekippt. Ihr starrer Blick aus dem ausdruckslosen, weißgrauen Gesicht war unverwandt ins Tal gerichtet.

Ohne Hoffnung tastete Hannah nach Magalis Puls. Nichts. Unverzüglich wandte sich zu Penelope um: »Wähl den Notruf! Sie müssen so schnell wie möglich kommen!« Sie holte ihr eigenes Telefon hervor, schaltete die Taschenlampe an und nahm Magali näher in Augenschein. Es dauerte nicht lange, da erkannte sie an den Handflächen violette Totenflecken.

Penelope kam zu ihr herüber. »Sie sind unterwegs.«

Niedergeschlagen schüttelte Hannah den Kopf. »Es ist zu spät.«

Im selben Moment entdeckte sie eine Thermoskanne sowie eine Tasse, die neben der Bank auf der Erde standen. Sie bückte sich. Den Boden bedeckte eine grünbraune Flüssigkeit. Hannah neigte sich noch weiter vor und schnupperte an der Tasse. Ein eigenartiger Geruch stieg in ihre Nase, eine Mischung aus Kräutern, Holz, Honig und einer bitteren Note. Der bittere Beigeschmack der Giftpflanzen. Der bittere Geschmack der Rache. Gleiches mit Gleichem bekämpfen.

Bestürzt richtete sie sich auf. Sie betrachtete Magali, und ein Gefühl abgrundtiefer Endgültigkeit wallte in ihr auf. Sie hatten zu langsam ermittelt, hatten zu spät verstanden.

Hannah wandte sich um und ließ ihren Blick über das Tal schweifen. Im schwindenden Licht der Dämmerung breitete sich vor ihnen das Panorama der provenzalischen Landschaft aus, mit Weinfeldern, Pinienhainen, von Zypressen gesäumten kleinen Straßen und dazwischen gestreuten, terrakottagedeckten Natursteinhäusern. Hier war Magali einst mit ihrem Mann glücklich gewesen.

***

Nach einigen weiteren trüben Tagen riss gegen Mittag endlich die Wolkendecke auf, gerade, als Hannah die Gendarmerie verließ. Das Sonnenlicht ergoss sich über sie, und sie streckte sich wohlig. Wie gut das Licht doch tat!

Der Fall Alain Lescut war abgeschlossen. Die Proben der Kräuter aus Magalis Küche stimmten mit dem Inhalt des Glases überein, das die Spurensicherung im *Salon de Thé* sichergestellt hatte. Den Abschiedsbrief hatten sie eindeutig Magalis Handschrift zuordnen können. Adeline und Vivianne Dupret waren entlastet.

Hannah genehmigte sich einen freien Nachmittag. Gemeinsam mit Penelope fuhr sie nach Séguret. Als sie den *Salon de Thé* betraten, empfing Adeline Dupret sie mit weit geöffneten Armen.

»Ich weiß gar nicht, wie ich Ihnen danken soll!« Sie hatte Tränen in den Augen. »Setzen Sie sich bitte. Sie sind natürlich meine Gäste – von jetzt an für immer. Was möchten Sie haben?«

Dieses Mal wählte Hannah einen grünen Tee, der mit Rosen aromatisiert war. Penelope entschied sich für einen Jasmintee. Sie setzten sich an ihren Lieblingsplatz in der Fensternische. Die Sonnenstrahlen, die zwischen den Sprossen hereinfielen, malten Lichtflecke an die Wand, an der auf einem Regal eine Sammlung an altmodischen Kannen und Tassen stand.

Kurz danach erschien Vivianne mit einem weiß lasierten Holztablett, das sie auf ihrem Tisch abstellte. Neben den beiden Teetassen befand sich darauf eine Auswahl an diversen Kuchenstücken und Gebäck, darunter Zitronentarte, Lavendelkekse und der berühmte, saftige Schokoladenkuchen. »Bitte bedienen Sie sich.«

»*Oh, là, là!*« Penelope zwinkerte Hannah zu. »Was für ein Glück, dass du gerade für zwei isst.«

Vivianne riss die Augen auf. »Sie sind ebenfalls schwanger?«

»Ich ... also ... ja.« Hannah lächelte verlegen.

»Deswegen sind Sie darauf gekommen.« Interessiert sah Vivianne sie an. »Wie weit sind Sie?«

»Erst in der zwölften Woche. Und Sie?«

»In der vierzehnten.« Vivianne senkte den Blick. »Anfangs war ich unsicher, ob ich es behalten sollte. Aber Alain ... als er davon erfuhr ...« Sie schluckte. Leise fügte sie hinzu: »Er und Magali hatten ja keine Kinder.« Sie schüttelte kurz den Kopf, als wolle sie ihre Gedanken verscheuchen, dann sagte sie in leichtem Ton: »Lassen Sie mich wissen, falls Sie noch etwas haben möchten.«

Mit dem Messer teilte Penelope alles in der Mitte und drapierte es auf die beiden Teller. »Ich glaube, wenn wir das hier geschafft haben, können wir die Gassen zum Parkplatz runterrollen.«

Gedankenversunken trank Hannah von ihrem Tee. Sie dachte an Magali Lescut, die an dem Betrug zerbrochen war und alle Beteiligten mit sich in den Abgrund ziehen wollte. Es würde eine Weile dauern, bis sie diese tragische Geschichte verarbeitet hatte. Lange schon war ihr ein Fall nicht mehr so nahegegangen. Möglicherweise lag es auch an ihrer neuen Situation. Die Schwangerschaft machte sie empfindlicher.

Penelope warf einen Blick auf den Platz in der hinteren Fensternische, der heute leer war. »Ganz schön krass, da kommt sie mit ihrem Mann her, in der festen Absicht, ihn umzubringen. Klar, ist nicht die feine englische Art, sich fremd zu verlieben und ein Kind mit einer anderen zu zeugen.«

»Es war nicht nur das.« Hannah stellte ihre Tasse ab. »Bei der Durchsuchung ihres Hauses ist ein Ehevertrag aufgetaucht. Alain Lescut hatte den Hauskauf finanziert. Bei einer Scheidung hätte Magali alles verloren.«

»Während er mit seiner neuen Frau und dem Kind, das sie nie hatte, in dem kleinen Paradies gelebt hätte, das sie beide sich ursprünglich geschaffen hatten.« Penelope nickte verstehend.

Melancholisch schaute Hannah auf ihren Bauch und streichelte ihn sanft.

DÜVELSWOOLD

Charlotte Richter-Peill

Die Größe des Segeberger Forsts reichte für unsere ganze Kindheit. Kein Leben auf Erden schien uns aufregender, als dieses Zauberreich Stunde um Stunde zu durchstreifen, auf der Suche nach Gefahr und Nervenkitzel. Ein moos- und tannengrüner Raum führte in den nächsten, als befänden wir uns in einem ungeheuren Gebäude voller unsichtbarer Türen, hinter denen sich alles Mögliche zutragen konnte, und jedes Mal, wenn wir wieder heil herausgefunden hatten, schritten wir für einige Stunden so aufrecht einher wie Captain Future, die Märchenbraut oder wie ein anderer Held aus dem nachmittäglichen Fernsehprogramm. Nie wiederfuhr uns im Forst ein größeres Übel als ein von Brombeerranken zerkratztes Gesicht oder der Tritt in einen Hundehaufen. Bis zu dem dunklen Tag, an dem wir die Ada trafen. Oma Fritsch hatte uns gewarnt, wir hatten ihre Worte in den Wind geschlagen, es geschah, was geschah.

***

Düvelswoold – Teufelswald –, so nannte Oma Fritsch den Forst. In alten Zeiten, behauptete sie, hätten dort Hexen ihre Feste gefeiert. »In ihre rode Strump rauschten sie im Blutmond am Himmel auf, schossen auf ihren Besen zwischen die Wipfel und fegten um ein Feuer aus Kiefernzapfen und Katzenknochen. Hatten sie sich aber müde geritten, kochten sie in einem Eisenkessel von den Herzen zweiköpfiger Kälber einen Liebesbrei, mit dem machten sie die Mannslüüd kirre«, raunte sie. »Das waren Zeiten, Kinner. Zeiten waren das.«

So sehr uns die Geschichten von Oma Fritsch auch gruselten, sie hinderten uns nicht, wieder und wieder zwischen den Bäumen zu verschwinden, begleitet vom Taponk-Taponk, mit dem Oma Fritschs zwergenhafter Enkel uns folgte, im braun-gelb-orange geringelten Pulli, mit einem abgelatschten Turnschuh am linken Fuß und einem ledernen Ungetüm am Fußklumpen rechts. »LeneHanneHeiko«, krähte er, »wartet ma' auf mir!«

»Der nu wieder«, murmelte Heiko, ratschte den Reißverschluss seines Anoraks bis zum Anschlag hoch und verdrehte die Augen gen Himmel. Ich versetzte meinem Bruder einen Schubs. Er war elf, ein Jahr älter als ich, aber manchmal dumm wie ein Kanten Brot. Er schubste zurück. Meine Brille rutschte mir auf die Nasenspitze.

»Brillenschlange und Krüppelfuß, verliebtes Paar, küsst euch ma'«, sang Heiko.

Ich schubste ihn wieder. Zuweilen hasste ich meinen Bruder.

»Hüpf schneller, Flo!«, rief Lene, und Florians winzige Beine hebelten wie kaputte Kolben.

»Wohin?«, japste er.

»Irgendwohin.« Mit ihren zwölf Jahren war Lene die Älteste, aber keineswegs die Vernünftigste von uns. »Mach einfach los.«

***

Florians Eltern gehörte im Dorf Fuhlenhütten die Bäckerei Fritsch. Moder und Vadder Fritsch waren spillerig, aber potent, und so wurden ihnen in den Raunächten Drillinge mit goldenen Locken geschenkt und im Schlachtmond ein Zwerg mit verkrüppeltem Fuß, das war Florian. Während Moder Fritsch sich dreizehn Stunden lang mit den Wehen plagte, ergrauten ihre veilchenblauen Augen, was nichts Gutes verhieß. Oma Fritsch flüsterte von Zeichen und Omen, guten wie schlechten, und flocht im Akkord bis zur Morgendämmerung ihre Bannmagie um Haus und Backstube, hörte im ersten Stock die Schwiegertochter ächzen und ließ noch rasch einen Schutzgeist aus Strudelteig und Spinnweben folgen. Den knetete sie im Rhythmus ihres Herzschlags und ließ ihn im Ofen bräunen, bis er sich wie unter Schmerzen krümmte und härter als ein Markknochen wurde. Während der Geist noch vor Hitze rauchte, vergrub Oma Fritsch ihn vor der Türschwelle. Ihr Sohn knurrte, sien Moder brächte ihn noch in't Graff, wagte aber nicht, einzuschreiten. Im Hause Fritsch herrschten die Frauen, wie überall in Fuhlenhütten. Im Verein der Taubenzüchter plusterten die Männer sich auf, aber die Frauen bestimmten, was Sache war. Sie entschieden, wer zur Freiwilligen Feuerwehr durfte, wann die neue Motorsäge angeschafft wurde oder der Rasen zu mähen war. Hoheitszeichen der Männer waren allein die Autos, und wer es bis zum Mercedes brachte, hatte sein Lebensziel erreicht.

Bei seiner Geburt, so hieß es, sei Florian nicht größer als ein Maulwurf gewesen. Oma Fritsch fütterte ihn mit Hühnergelee und geriebenen Walnüssen, sodass er in den folgenden acht Jahren der Maulwurfgröße entwuchs und das Stockmaß einer Zwergziege erreichte. Uns wurde Florian Schatten und Kompass. Wenn wir uns, wie es meistens geschah, im Forst verirrten, setzten wir uns auf einen gestürzten Baum, baumelten mit den Beinen und warteten, bis Florian hungrig wurde, aufs Klo musste – nie sah ich ihn seinen Hosenlatz öffnen und, wie Heiko, zwischen die Schösslinge pinkeln – oder sich ein anderes Ungemach einstellte, das er rasch beheben wollte. Dann riss er die Augen weit auf, rutschte vom Baumstamm und humpelte so eilig davon, als riefen Kühlschrank oder Klo lauthals seinen Namen. Ich folgte ihm blindlings, und sogar Lene, unter deren Bluse sich schon winzige Brusthügelchen abzeichneten, ließ sich von dem Zwerg mit dem Klumpenfuß leiten ohne zu zaudern. Nur Heiko behauptete jedes Mal, er hätte den Weg auch so gefunden.

»Hättest du nicht«, sagte ich.

»Verliebtes Paar, küsst euch ma'«, sagte Heiko, was mich zuverlässig zum Schweigen brachte.

In Florian verliebt war ich nicht, schließlich war er zwei Jahre jünger als ich und nur halb so groß, doch ich liebte die Art, wie er vor uns herhinkte, als könne er keinen Gedanken an ein Stehenbleiben oder Umkehren verschwenden, als seien seine Gedanken viel zu gerichtet, als sei es ihm gar nicht möglich, etwas anderes zu finden als den richtigen Weg.

***

»Geht ihr man in'n Düvelswoold, Kinner, mienwegen, aber nich dahin, wo de Ada wohnt.«

So sprach Oma Fritsch eines düsteren Nachmittags im Herbstmond zu uns. Während Florians Eltern in der Backstube ackerten und die Oktoberstürme um die Häuser pfiffen, scharte sie uns um ihren speckigen Sessel und goss Sinalco in unsere Gläser und einen Kringel Sahne in ihren Friesentee.

An ihrer Nase hing ein Tropfen, der abstürzte, als sie ihre Tasse an die Lippen hob. Neben mir schauderte Lene zusammen und schob ihr Sinalco-Glas von sich weg.

Oma Fritsch ließ ihre Tasse zurück auf die Untertasse klirren. »Vor der Ada nehmt euch man beter in Acht.«

»Warum denn, Oma?«, piepste Florian, und auch wir spitzten die Ohren, in Erwartung einer neuer Gruselmär.

»Weil die Ada von finsteren Mächten getrieben ist«, flüsterte Oma Fritsch.

Seit dem Lenzing wurde sie rapide dösig im Kopf, kroch mit einer Flasche Domestos durch die Beete und beträufelte die Schnecken, kratzte tote Igel von der Straße und begrub sie unter der Dorflinde, und wenn es stimmte, was Florian erzählte, hatte sie dem Briefträger, als er an der Tür klingelte, um ein Paket abzugeben, in Socken und Unterhemd aufgemacht. Je weiter ihr Verstand schrumpfte, desto empfänglicher zeigte sie sich für böse Omen und Unglücksboten aller Art und wurde uns eine herrlichere Geschichtenerzählerin denn je.

Nun also die Ada. Von der hatten wir schon gehört, gerüchteweise, es hieß, sie habe früher auf dem Butenhof am Dorfausgang gewohnt. Ihr Mann Bjarne, hieß es weiter, sei eines Nachts fortgegangen, durchgebrannt mit einer anderen, was Adas Verstand leckschlagen ließ.

Als acht Jahre zuvor die Herbstwinde durch Fuhlenhütten gepfiffen hatten wie jetzt, war dann auch die Ada verschwunden, spurlos wie ein Zugvogel im Wind, keiner wusste, wohin. Bis auf Oma Fritsch natürlich.

»Innen Düvelswoold is de Ada gegangen«, flüsterte sie.

In der folgenden atemlosen Stunde erzählte Oma Fritsch uns alles, mit nuscheliger Stimme, weil ihre Zahnprothese mal wieder gebrochen war. Es war eine Geschichte, die mit Bjarne begann, dem mageren Spross und einzigen Erben der alten Butens, denen der Butenhof am Ende des Dorfs gehörte. Als seine Eltern starben, brach Bjarne sein Medizinstudium ab, kehrte nach Fuhlenhütten zurück und übernahm den Hof. Er war seiner Zeit um Jahrzehnte voraus, hatte Visionen von glücklichen Tieren und gesunden Menschen und modelte den elterlichen Betrieb von Grund auf um. Öffnete den Kuhstall für die Mütter aus der Kreisstadt und deren Babys, behauptete, der Kontakt zum Rind und zum Mist sei ein Balsam und schütze die Kleinen vor Allergien und Infektionen aller Art. Erlebnishof, Tiere zum Anfassen, ein Wasserspielplatz zum Matschen, Heubaden, Kuh-Patenschaft. Die Fuhlenhüttener schüttelten die Köpfe.

»Du leev Tied, is Bjarne vun 'n Floh beten? Kinner, de mit Kohschiet spelen.«

Die Sache kam nicht in Schwung – bis Bjarne die Ada kennenlernte. Sie stand am Straßenrand, Daumen raus, Rucksack auf dem Rücken, auf dem Weg nach Hamburg, die große Stadt, das große Glück, nein, gegessen habe sie heute noch nichts. Bjarne nahm sie mit nach Hause, schmierte Schmalzbrote, kochte Tee. Hochzeit fünf Monate später, und als habe der Hof auf die Ada gewartet, begann er zu blühen und zu gedeihen. Sieben selige Jahre war sie eine vielbeschäftigte Frau. Führte die Bücher, mistete Ställe aus (nicht zu oft, der Kohschiet wegen), putzte die Euter der Kühe, auch zwischen den Zitzen, wo es auf anderen Höfen wie im Rinnstein aussah. Buk Zimtförtchen, Apfelförtchen, Förtchen mit Puddingfülle für die Mütter. Oder Friesentorte, zwei Mark das Stück, dazu Tee, neunzig Groschen die Tasse, serviert in rosenbemaltem Porzellan.

Im achten Herbsting ihrer Ehe verschwand dann der Bjarne. Durchgebrannt bei Nacht und Nebel, ohne Gepäck, aber mit einer anderen. Die Ada weinte sich die Augen aus. Dann, eines Morgens, war auch sie nicht mehr da. Wie weggewischt aus Fuhlenhütten.

Gerüchte krochen durch Stuben und Scheunen. Man munkelte, zwischen Fuhlenhütten und der Kreisstadt müsse ein Mörder sein Unwesen treiben, denn eine Frau verschwand nicht einfach so. Die Polizei schaltete sich ein, doch die Suche ging nicht voran. Bei Rosinenstuten und Friesentee mit Kluntjes und Sahnewulkje wurde über Kommissar Baas geschimpft, der die Ermittlungen leitete. Derek oder der Alte hätten das längst auf die Reihe gekriegt.

»Kannste knicken mit dem Döskopp, der tüddelt nur rum«, knurrten die Leute und bliesen in ihre Tassen.

※※※

»Die Ada blieb verschwunden auf immerdar«, flüsterte Oma Fritsch in unser Schweigen hinein. Sie wurde zwar weich in der Birne, wusste aber unzweifelhaft, was Sache war. »Und de Bjarne ok.«

Wir warteten stumm, während sie sich einen weiteren Mandelkeks zwischen die schadhaften Gebisshälften schob.

»Alles war ganz anners, als de Lüüd dachten. Der Bjarne war weg, doch die Ada tat nur so, als würde sie um ihn weinen. Träufelte sich jeden Abend drei Tropfen Pipi in die Augen, was die Tränen am Tage laufen ließ wie Floot. Sie wusste genau, wo der Bjarne steckte.«

»Wo denn, Oma?«, piepste Florian.

»Immer hübsch der Reihe nach.« Oma Fritsch leerte ihre

Teetasse bis zum Grund und kaute den letzten Rest Kandis. Davon gestärkt berichtete sie, was sich wirklich zugetragen hatte.

Bevor er verschwunden war, hatte sich Bjarne Buten mit einer schönen Kuhstall-Mutter im Düvelswoold getroffen. Nicht ein- oder zweimal, sondern viele Mal. Von ihrem Liebreiz angestachelt, hatte er sich zu der Mutter ins Moos gelegt, und an dieser Stelle senkte Oma Fritsch den Kopf, pulte einen weiteren Keks aus der Schachtel und raunte von der Lust, gegen die kein Kraut gewachsen sei und keine Bannmagie wirke. Lene stieß mich in die Seite und kicherte, ich wusste nicht, warum.

»Verliebtes Paar, küsst euch ma'«, trällerte Heiko.

»Das hätten sie man lever bleiben laten«, sagte Oma Fritsch mit krümeligen Lippen und schenkte Tee nach. Denn die Ada hatte in der Hochzeitsnacht einen Wahrheitszauber um das Ehebett gewoben. So erfuhr sie von der schönen Mutter und dem Bjarne im Moos, litt Herzensqual und sann auf schreckliche Rache.

»Was denn für Rache?«, flüsterte ich atemlos, während Oma Fritsch einen weiteren Keks in die Tasse tunkte. In der Stille zisselten über dem Esstisch die Fliegen am Honigstreif.

»Darüber«, raunte Oma Fritsch und schob sich den tropfenden Keks in die Schnütt, »sann die Ada lange nach. Aus Zeckenmehl, Fichtenharz und Schneckeneiern kochte sie schließlich einen Tee, den sie mit Laushonig süßte und ihrem Bjarne zum Klöben auftischte, als er wieder mal mit Moos im Haar und Flecken auf der Hose aus dem Forst heimkehrte. Er stippte den Klöben in den Tee, lutschte daran ...«, Oma Fritsch holte tief Luft, »... und wurde winzig as een Fingernagel. Da griff ihn die Ada mit ihrer silbernen Zuckerzange und ließ ihn in eine rote Teedose fallen, en Arvstück vun ehr Urgrootmoder. Denn Rot, Kinner, ist die Farbe der Liebeslust.«

Ohne Bjarne, erzählte Oma Fritsch, habe die Ada den Butenhof abgelegt wie eine Jacke, die nicht mehr passt. Warf die Förtchenpfannen in den Müll, schickte die Mütter zum Teufel und die Kühe zum Schlachter. In einer stürmischen Herbstnacht dann verriegelte sie den Hof, ging in den Düvelswoold und fand die Stelle, wo ihr Mann mit der schönen Mutter gelegen hatte, denn nach all den Monaten war das Moos noch immer zerdrückt von ihrer Leidenschaft. Sie streute Salz und Spinnenbein auf die Stelle und baute dort eine Hütte. Die Wände flocht sie aus Alraunenwurz und verfugte die Ritzen mit zerkochten Kröten, auf dass niemand ihr Zuhause fände und ihren Seelenfrieden störe, solange sie es nicht wünschte.

»Und in dieser Hütte«, mümmelte Oma Fritsch, »wohnt die Ada noch immer. Führt das Leben auf ihre Art, mit einem Kater, den sie mutterlos im Wald fand und in ihrem Bett wärmte und fütterte.«

»Wie ein Baby, du weißt schon«, flüsterte Heiko mir zu und blickte bedeutungsvoll auf Lenes Bluse. Ich erschauerte.

Der Kater, sprach Oma Fritsch weiter, wurde stark wie ein Wolf und wachte über die Ada. Witterte jeden, der sich der Hütte näherte, lief dem Besuch entgegen und strich ihm um die Beine, dass sich die Sinne verwirrten und Warzen an fürchterlichen Stellen sprossen. Welche Stellen, darüber schwieg Oma Fritsch sich aus, was unsere Fantasie beflügelte. Florian piepste, die Warzen müssten wohl auf den Augäpfeln wachsen.

»Noch manch andere Lüüd sind seither verschwunden, nicht nur der Bjarne«, flüsterte Oma Fritsch.

»Wer denn, Oma?«, zwitscherte Florian.

Sie zuckte die Schultern. »Die Ada wird's wissen. Sie ist auf den Geschmack gekommen. Wen sie in ihre Hütte einlässt, mit dem isses aus, den füttert sie mit ihrem Zaubertee.«

»Wie die Hexe aus dem Knusperhaus, Oma, nich?«, trillerte Florian.

»Gar nich wie die Hexe aus dem Knusperhaus.« Oma Fritsch legte ihre greise Stirn in Falten. »Zu essen gibt's nix bei der Ada. Nur Tee. Und der macht nich dick wie die Pfefferkuchen von der Hänsel-Hexe, der macht dich klein, min Jong, lütt as en Fingernagel. So kann die Ada dich in die rote Dose stecken, zu den anderen Lütten, die schon darin hocken und sich übereinanderstapeln. Und wenn die Ada hungrig wird, langt sie mit ihrer Zuckerzange in die Dose und ist wieder satt und zufrieden für ein Jahr.«

»Wie die Hexe aus dem Knusperhaus.« Florian war ein beharrliches Kind. Sein Gesicht war weiß wie ein Meelbüdel.

»Ist doch nur eine Geschichte, Flo«, sagte Lene.

»'ne echt blöde Geschichte.«, murmelte Heiko, kippte seine Sinalco wie einen Korn und knallte das Glas auf den Tisch.

»Geht ihr man innen Düvelswoold, kann euch keiner dran hindern. Aber sucht niemals nach dem Haus der Ada«, hauchte Oma Fritsch mit geschlossenen Augen, während draußen die Herbststürme heulten.

***

Es war am Tag nach den Stürmen, als Florian mit Windpocken erwachte und Schauriges geschehen sollte. Die Herbstnebel segelten tief. Zu Mittag gab es Grünkohl mit Kochwurst, danach radelten Heiko und ich zu Lene, die uns von Flo und den Pocken erzählte. So brachen nur wir drei in Richtung Forst auf.

Lange standen wir an dem rostigen Schlagbaum, hinter dem der Wald begann, und spähten zwischen die Bäume, in das dunkelgrüne Meer aus Geheimnis, das sich vor uns dehnte, bereit, nach uns zu greifen und uns davonzutragen.

»Flo ist nicht da«, sagte ich.

»Na und«, sagte Lene.

»Schietegal«, sagte Heiko.

»Ich weiß nicht«, sagte ich.

»Schiss oder was?«, fragte Heiko. »Angsthase, Pfeffernase, morgen kommt der Osterhase!«

Ich boxte ihn gegen den Arm.

»Lene und ich, wir suchen jedenfalls«, sagte er.

»Was sucht ihr denn?«, fragte ich, dabei wusste ich es längst.

»Die Hütte, du Döösbaddel.«

»Seid ihr bescheuert?«

»Du glaubst doch nich den Tüddelkram von dem Kerl in der Dose?« Lene lachte. »Der Typ hatte Sex mit 'ner anderen und ist abgehauen. Oder vielleicht hat die Ada ihn rausgeschmissen. Das andere, das ist nur wieder Oma-Fritsch-Gesabbel.«

»Und warum wollt ihr dann die Hütte suchen?«, fragte ich.

»Hanne is'n Bangbüx«, sagte Heiko zu Lene.

»Gar nicht«, log ich und straffte die Schultern. Ihre Entschlossenheit pustete mich davon wie eine Kiefernnadel im Oktoberwind, mitten hinein in das Herz des Düvelswoold.

Unser Weg verlief dann folgendermaßen:

Nach einer Viertelstunde hatten wir uns verirrt. Eine weitere Viertelstunde verschwiegen wir einander, dass wir keine Ahnung mehr hatten, in welche Richtung wir liefen. Eine dritte Viertelstunde brauchte es, bis wir uns eingestanden: Ohne Flo würden wir den Heimweg nicht finden.

Wir setzten uns auf eine gestürzte Kiefer und ließen die Köpfe hängen.

»Du und deine blöde Hütte«, sagte ich zu Heiko.

Stumm blickte mein Bruder auf seine Turnschuhspitzen.

»Guckt mal, bei dem Stumpf mit dem Ziegenbart, da ist doch die Stelle«, sagte Lene.

»Welche Stelle«, sagte ich.

»Da, wo Flo letztes Mal links is«, sagte Lene eine Spur entschiedener.

»Echt?«

»Echt. Ich erkenn das. Nach links war das.«

Hoffnungsfroh hob Heiko das bleiche Gesicht. »Also, ich erkenn das auch, glaub ich«, sagte er und starrte entschlossen auf die orangenen Pilzfädchen.

Wir rappelten uns auf. Heiko fasste nach Lenes Hand, ließ aber gleich wieder los. Dann stapften wir los, Richtung Südostnordwest.

Die folgende Stunde war düster. Es war ein fahler Tag im Steinpilzherbst, und der Geruch nach Nässe und geschwollenem Moos hing schwer unter den Fichten. Die letzten Mücken des Jahres taumelten planlos um unsere Köpfe, notankerten auf unseren Wangen und Händen, stachen zu und stiegen wieder auf, einen letzten Blutstropfen im Leib. Wir gingen stumm, mit gesenkten Köpfen, und sehnten uns nach unseren Eltern. Wo waren sie, wo war unser Dorf? Kein Straßengeräusch, kein ferner Ruf, nicht einmal ein Hahnenschrei verriet uns die Rätsellösung. Erst als ein Schwall Sonnenlicht vor unsere Füße fiel und die Mücken auf einen Schlag zu Boden stürzten, blickten wir auf.

Vor uns öffnete sich eine von Brombeersträuchern umsponnene Lichtung. Wir rührten uns nicht, es ging auch kein Wind, obwohl es in den Bäumen heftig raschelte. Am anderen Ende der Lichtung spähte uns unter einem Schopf aus Reet eine Hütte entgegen. Sie war zwischen die Lichtung und einen niedrigen Hang geschmiegt, als wäre sie aus dem Hügel herausgewachsen und nur die Fortsetzung eines viel größeren, geheimen Hauses, tief im Innern der Erde, verborgen unter Brombeergestrüpp, mannshohen Schösslingen und Polstern aus Moos. An den Fensterläden wuchsen Flechten wie vielfarbige Gardinen. Die Holzwände waren so dicht mit wilden Rosen und Geißblatt bewachsen, als würden nur deren Ranken die Hütte noch aufrecht halten.

Auf einer Bank neben der Tür saß eine Frau. Das zimtfarbene Haar hatte sie zu einem Zopf geflochten und wie eine Krone auf ihrem Kopf hochgetürmt. Den braunen Rock und die Wolljacke zierten Glassplitter, die im Sonnenlicht blitzten. An den Füßen trug sie keine Schuhe. Weder umschwirrten schwarze Falter ihren Kopf, noch ringelten sich Würmer zwischen ihren Zehen; und doch war es der bis dahin unheimlichste Anblick meines Lebens.

Die Blätter der Bäume raschelten nicht mehr, außer unserem eigenen Atem gab es kein Geräusch.

»Hallo«, sagte die Ada mit einer Stimme wie ein Pusteblumenbausch. Sie lächelte. Ihre Zähne waren blank und klein und spitz, was nichts Gutes verheißen konnte. Wir hätten laufenlaufenlaufen sollen, doch wir standen starr.

»Habt ihr euch verirrt?«, fragte die Ada und erhob sich von ihrer Bank.

Lene und ich nickten stumm.

»Hrr«, röchelte Heiko.

»Na, dann bring ich euch wohl mal nach Hause. Aber erst kommt ihr rein und trinkt einen Schluck. Bevor ihr mir umkippt. Ihr seht ja ganz kaputt aus.«

Ihre Stimme war gar kein Pusteblumenbausch. Ihre Stimme war ein Wind und mein Denken der Bausch, und jetzt blies der Wind den Bausch davon, ich flog über allem, nichts ging mich noch etwas an, ich war nur kurz hier und bald an einem anderen Ort.

»Hrr«, röchelte Heiko.

Groß und hell wie eine Birke stand die Ada vor ihrer Hütte. Streckte einen Arm nach der Tür aus und drückte dagegen, sodass sie mit leisem Knarren zurückschwang.

Ich starrte auf das Rechteck der Türöffnung. Dahinter war Licht. Ich blickte in das Licht, und mit einem Schlag erschien mir kein Leben auf Erden himmlischer als ein Leben im Haus der Ada.

»Was denn«, sagte sie sanft. »Muss ich euch erst holen?«

Langsam überquerten wir die Lichtung, erst Lene, dann Heiko, dann ich; langsam traten wir über die Schwelle.

Hinter uns klackte die Tür ins Schloss.

Es gab keinen Flur, wir standen gleich in der Küche. Der Raum war dämmrig und warm und groß; zu groß, als dass er in die Hütte hineingepasst hätte. Und doch war er da. Es roch nach Honig und Harz. Auf der Bank vor dem Kachelofen blinzelte uns ein grauer Kater entgegen. Die Ausmaße eines Wolfes hatte er nicht, aber mir erschien er gewaltig.

Die Ada hängte ihre Wolljacke an einen Nagel in der Wand. Scheu blickte ich auf ihre Bluse, unter der sich ihre Brust abzeichnete, blickte zum Kater und bekam heiße Wangen. Das Tier sprang von der Ofenbank und schlenderte uns mit aufgestelltem Schwanz entgegen. Ich wich zurück, spürte ein

Kribbeln auf den Augäpfeln, schob zwei Finger unter meine Brille und rieb mit den Fingerkuppen.

»Na, na«, sagte die Ada zu dem Kater.

»Mjö«, sagte der Kater und setzte sich.

Die Ada stellte einen Teekessel auf den rußgrauen Herd, nahm ein Päckchen und eine Kanne aus dem Regal, öffnete das Päckchen, klopfte ein Pulver in die Kanne und schob das Päckchen zurück an seinen Platz, zwischen ein Einmachglas, in dem orangegelbe Stücke schwammen, und eine rote Dose.

Noch immer fühlte ich mich weit weg, wie losgelöst von meinem Körper, dessen Knie nun flüssig wurden. Ich sank auf einen der Stühle, die den zerkerbten Holztisch in der Küchenmitte umstanden. Auch Lene und Heiko setzten sich. Lenes Hände lagen wie zum Gebet gefaltet auf der Tischplatte. Heikos Augen waren leer. Draußen ditschte ein Vogel gegen die Scheibe. Aus den Augenwinkeln spähte ich zu der Dose, von unten her, so, wie man etwas anschaut, von dem man nicht glaubt, dass es wirklich da ist, und das war merkwürdig, denn Oma Fritsch hatte uns ja von der Dose erzählt.

Der Teekessel pfiff. Ich riss mich vom Anblick der Dose los. Wirre Gedanken wehten durch mich hindurch wie ein Wind durch eine dünnwandige Hütte. Die Ada goss das sprudelnde Wasser auf und stellte einen Teller mit dünnen Keksen vor uns hin, dazu die Kanne und das Teegeschirr. Der Tee, den sie in die rosenbemalten Tässchen plätschern ließ, war von einem wässrigen Rot. Heiko blickte in seine Tasse und öffnete den Mund, als wollte er etwas sagen, doch seine Stimme hatte sich nun vollends aufgelöst.

»Trink, mein Junge«, sagte die Ada. »Trinkt alle. Tee ist was Gutes, der bringt euch in Gang.« Ihre Stimme hatte leise schwirrende Untertöne, als käme sie aus dem Wurzelwerk des Waldes.

Lene klimperte mit ihrem Teelöffel. Heiko schob seinen Zeigefinger durch den Tassenhenkel. Auch ich griff nach meiner Tasse und hob sie zeitlupenhaft langsam zum Mund, als ein schweres Gewicht auf meinem Schoß landete.

»Mjö«, sagte der Kater, rollte sich zusammen und begann zu schnurren.

»Schubs ihn runter, wenn er dich stört«, sagte die Ada.

Doch ich saß da wie gelähmt. Meine Augen juckten. Ein Kribbeln stieg mir in die Nase. Ich nieste heftig. Tee spritzte aus der Tasse auf meine Brille. Der Kater sprang zu Boden. Rötliche Tropfen rannen an meinen Brillengläsern herab. Endlich sah ich klar.

»Heiko«, rief ich, »Heiko, lass!«

Über den Rand seiner Tasse hinweg blickte Heiko mich an.

»Der Tee«, zischte ich.

Langsam schaute er in seine Tasse, langsam setzte er sie auf die Untertasse und legte eine Hand über seinen Mund.

Mit aller Kraft, die mir geblieben war, drückte ich mich von meinem Stuhl hoch. Doch der Blick der Ada war schauerlich. Ich sank zurück. Nuschelte mit taubem Mund:

»Wir dürfen keinen Tee. Wir haben Allergie.«

»Und Infektion«, flüsterte Lene.

Heiko saß schweigend da, die Arme um seinen Leib geschlungen. Die Ada rückte ihre Krone aus zimtfarbenem Haar zurecht und furchte die Stirn.

»Unsinn«, sagte sie. »Mein Tee tut euch gut. Der hilft gegen Allergie und Infektion und jedes Leid.«

Mein Herz hämmerte gegen meinen Brustkorb wie ein durchgedrehter Specht. Vom Regal herunter glaubte ich leise

Schreie zu hören, einen Trommelwirbel winziger Fäuste gegen Wände aus Blech. Mit einem Fingernagel, glatt wie ein von der Sonne gebleichtes Knöchelchen, tippte die Ada gegen einen spitzen Schneidezahn.

Es klopfte an der Tür.

Die Ada wandte den Kopf. Wieder klopfte es.

Die Ada stand auf und öffnete.

Über die Schwelle stolperte Florian, im marmeladeverschmierten Schlafanzug, ohne Strümpfe und Schuhe. Sein Klumpenfuß sah aus wie eine geballte Faust. Sein Gesicht glühte vom Fieber und vom schnellen Hinken. Die Windpocken leuchteten wie Johannisbeeren.

»Wo sind sie?«, keuchte er und drängte an der Ada vorbei. Der Kater machte einen Buckel und fauchte. Florian bannte ihn mit einem Blick, sodass er rückwärts unter die Ofenbank kroch.

Auf einmal kam mir Florian sehr groß vor. Riesig geradezu. Fast berührte sein borkenbrauner Schopf das Deckengebälk.

»Ich nehm sie mit«, sprach der Riese Florian. »Ich bring sie nach Hause.«

Die Ada öffnete den Mund. Der Blick des Riesen senkte sich in ihren. Ein Knall ertönte, als die Teekanne in tausend Splitter zersprang. Der Tee spritzte bis an die Decke. Der Riese trat vor und fegte mit einem Handstreich die Tassen vom Tisch. Mit geschlossenen Augen stand die Ada im Sturm der Scherben und schwieg.

Lene holte zischend Luft und stieß ihren Stuhl zurück. Ich zog Heiko an den Armen hoch. Er wimmerte, war pitschnass von Angstschweiß und Tee. Lene und ich nahmen ihn an den Händen und zerrten ihn zur Tür, wo der Riese auf uns wartete. Wir folgten ihm über die Schwelle, hinaus in den Wald.

Draußen war kühler Spätnachmittag. Heikos Hose war feucht vom Pipi, ansonsten waren wir unversehrt. Der Riese schrumpfte auf Flo-Größe zurück, wischte sich die Nase, knibbelte an einer Windpocke, bis sie blutete, und wankte los. Murmelnd und stolpernd lief er vor uns her, bis die Bäume sich lichteten. Als wir den rostigen Schlagbaum erreichten, kauerte er sich unter einen Weißdorn, flüsterte von Katern und Hexensud und erbrach sich. Die untergehende Sonne färbte die Herbstfelder rot.

Unser Verstand, zerknickt vom Besuch bei der Ada, richtete sich nur langsam wieder auf. Wir verließen den Forst und bogen auf die Straße zum Dorf ein. Ohne ein Wort führten wir den wachsbleichen Florian zu dem Haus neben der Backstube, aus der es nach Hefe und Roggenteig duftete, und stopften ihn zurück durch das Fenster, durch das er sich davongemacht hatte. Als er in seinem Zimmer und im Bett verschwunden war, sorgten wir dafür, dass auch wir nach Hause kamen.

Lene übernachtete bei uns, das durfte sie oft am Wochenende. Still lagen wir mit offenen Augen, bis vor dem Fenster der Rotschwaz und die Drosseln erwachten und wir endlich zu schlafen wagten.

Im Traum kam die Ada zu mir. Sie zuckte und zappelte durch ihre Hütte und schüttelte eine rote Dose, aus der winzige Schreie schrillten.

Das hatte man davon, wenn man es wagte, den Düvelswoold herauszufordern. Man durchstreifte ihn wie einen Wald, in dem man Versteck und Schnitzeljagd spielen konnte, und zahlte dafür mit winzigen Schreien in seinen Träumen, ein Leben lang.

Ich hatte Angst vor den Träumen. Stundenlang saß ich im Bett, um mich am Schlafen zu hindern, halb zusammengesunken, todmüde, aber wach, auf den Knien ein Buch über Mädchen auf Ponyhöfen, Mädchen in Internaten, Mädchen, die Reitturniere gewannen und Mitternachtspartys feierten und auch noch ganz nebenbei das geheimnisvolle Verschwinden des Hofhunds oder ein anderes, kindgerechtes Verbrechen aufklärten.

Als Weihnachten nahte, weigerten wir uns, im Forst Tannenzapfen und Fichtenzweige zu sammeln, wir waren ja nicht verrückt. Die Geschichten von Oma Fritsch mochten wir nicht mehr hören und verabschiedeten uns hastig, wenn sie mal wieder ihren Sabbel nicht halten konnte.

※※※

Im Windmond des folgenden Jahres verschwand Bauer Herbig aus Hasenfelde. Seine Frau erzählte der Polizei unter Tränen, er habe sich früh morgens in den Forst geschlichen, um ein Reh zu schießen, für Geschäfte an der Hintertür. Im Jahr darauf reisten im Wandelmond drei Kiffer aus der Kreisstadt an und kehrten nicht aus dem Forst zurück. Ihren Ford Fiesta fand man vor dem rostigen Schlagbaum; unter den Fichten verloren sich ihre Spuren im Moos.

Unsere Eltern verboten uns den Forst, doch wir gingen ja sowieso nicht mehr hin.

Oma Fritsch fackelte fast den Gasherd ab, sie war jetzt so tüddelig, dass Vadder Fritsch einen Platz im Pflegeheim suchte.

Im Herbsting ging ein Zugezogener in die Pilze und ward nicht mehr gesehen.

Der Butenhof, lange Jahre verriegelt, wurde an ein Paar aus Hamburg verkauft, das dort Alpakas züchten wollte.

Die Bäckerei Fritsch baute an, Wintergarten mit IKEA-Möbeln, in der Auslage jetzt neumodische Kuchen: American Cheesecake und Blaubeer-Tarte. Aber sonntags: friesische Tee-Zeremonie.

Der Borkenkäfer hielt Einzug im Forst. In den Steinpilzen hausten Würmer, und die Geweihe der Rehböcke bluteten und fielen ab. Moder Fritsch meinte, es ginge nicht mit rechten Dingen zu. Vadder Fritsch sagte: »Fang du nich ok noch an.«

Oma Fritsch begann von Sommern im Heu zu faseln und lief nackt durch die Flure des Pflegeheims, lächelte in seliger Verwirrung und starb. Ihre letzten Worte sind unverbürgt.

»Die Lüdd mennt, se is slecht. Aver se hungert bloot nah Leevd. Sie kann dar nicht noog vun kriegen. Darüm is se so as se is.«

Frühmorgens, so stellte ich es mir manchmal vor, pirschte die Ada in einer Joppe aus Katerhaar durch den Forst, knallte Mistkäfer und Schmetterlinge ab und kochte sie zu Brei, sie grüßte die Krähen und drehte Steine um, weil ihr gefiel, was darunter zum Vorschein kam. Und manchmal, wenn es sie überkam, nahm sie die rote Dose vom Regal und langte hinein.

Leute verschwanden.

Und so fort.

***

Heiko und Lene, Flo und ich, wir wurden erwachsen, verließen Fuhlenhütten und gingen unserer Wege. Heiko wohnt jetzt in Hamburg-Ottensen, eine Gegend, in der es, wie er betont, keine Wälder gibt. Lene studierte Mathematik und bereitet sich darauf vor, der Welt das Universum zu erklären.

Flo hat sich zuletzt aus Australien gemeldet, wo er Backpacker durch die Wüste führt; ein hinkender Guide mit einem Kompass im Hirn.

Ich schreibe Geschichten.

Alle paar Wochen besuche ich meine Eltern in Fuhlenhütten. Wir spielen Rommé und Rummikub, und mein Vater kocht Tee, weil er jedes Mal vergisst, dass ich, genau wie mein Bruder, ausschließlich Kaffee trinke. Bei Schmandkuchen und Trümmertorte aus der Bäckerei Fritsch (derzeit ist das Traditionelle wieder angesagt) erzählen meine Eltern dies und das.

Zwei junge Männer aus der Kreisstadt sind im Forst in die Pilze gegangen und nicht wiedergekehrt. Ihren Korb, in dem eine Handvoll Maronen und ein Bitterling faulten, entdeckte man eine Woche später, auf einem Waldtümpel treibend.

Oder dies: Ein Pfleger aus dem Altenstift in Fuchsfelde verschwand auf dem Heimweg von der Spätschicht ohne Spur. Am Rand der B 206, die den Forst durchschneidet, entdeckte man nur sein Basecap, das schief über einer Brombeerranke hing.

Die Liste der Vermissten ist lang. Ich verfolge die Fälle nicht wirklich. Die Suchaktionen der Polizei führen manchmal in den Forst und häufiger nicht. Mal stöbern sie einen alten Turnschuh auf, mal eine vergilbte Autozeitschrift oder ein leeres Portemonnaie, das niemandem zuzuordnen ist. Auch einen Terminkalender mit einem letzten Eintrag, dass jemand um 15 Uhr mit Tanja zum Kinderarzt in der Kreisstadt muss, haben sie gefunden.

Sonst nichts.

Nachts, im Traum, höre ich zuweilen winzige Schreie, das Trommeln kleiner Fäuste gegen Wände aus Blech.

SETZLINGE

Till Raether

Die Shiroyama-Schwestern stehen am Feldrand und betrachten Jannis voller Abneigung. Die Hitze schließt alles ein, wie ein Geräusch oder eine Atmosphäre. Die Haut der Fukaya-Negi-Setzlinge ist ganz glatt an den Fingern. Leonie hat Durst.

***

Fukaya Negi ist eine berühmte Lauchzwiebel, die in der Region um die Stadt Fukaya angebaut wird. Es ist die heißeste Gegend von Japan. Vierzig Grad im Sommer. Luftfeuchtigkeit an die hundert Prozent. Leonie hat sich ihr Leben lang nicht mit Lauchzwiebeln beschäftigt. Jetzt tut sie nichts anderes, diesen heißen, feuchten Sommer lang. Die Negi, also Lauchzwiebeln, werden in Leonies Heimat Frühlingszwiebeln genannt oder Winterzwiebeln. Leonie findet das einen ziemlichen Widerspruch. Beide Jahreszeiten liegen zwar Rücken an Rücken wie sie früher mit Jannis, aber sie könnten doch unterschiedlicher nicht sein, Winter und Frühling.

Leonie sehnt sich nach Winter und Frühling. Der Sommer auf der japanischen Hauptinsel ist unerbittlich, im Grunde keine Jahreszeit, sondern ein Zustand, eine Naturkatastrophe. Ein Leiden, das den ganzen Körper und die Seele befällt. Wer kann, flieht in klimatisierte Räume, ans Meer, in die Berge, ins Ausland. Niemand möchte auf den Feldern arbeiten, Negi setzen. Darum kommen die ausländischen Backpacker mit ihren Birkenstocks und ihren Zopfgummis.

Die Hitze und die Luftfeuchtigkeit geben Leonie das Gefühl, zugleich zu verdursten und zu ertrinken. Ihr Mund ist trocken und klebt wie Washi-Tape, während ihr der Schweiß über den Rücken, die Brust und unterm Arm hinunterläuft. Als stünde sie unter einer schwachen, aber geduldigen Dusche. Jannis hat sich die Haare hochgebunden mit einem ihrer Zopfgummis, sein Nacken glänzt, dass er die Sonne reflektiert.

※※※

Morgens gibt Frau Shiroyama allen, die hier arbeiten, jeweils eine spülmaschinenmatte Plastikflasche mit Mugicha in die Hand. Die erste halbe, Dreiviertelstunde ist der Mugicha eiskalt, die vierzehn Flaschen haben über Nacht in der Scheune im großen Kühlschrank gestanden. Jeden Abend setzt Frau Shiroyama den Mugicha an für die Freiwilligen aus dem Ausland, die im Sommer auf dem Lauchzwiebel-Hof ihrer Familie arbeiten.

Leonie lebt für den Mugicha. Am ersten Tag hat sie viel zu früh davon getrunken. Da dachte sie noch, sie würden jederzeit eine neue Flasche bekommen. Aber es gibt genau eine pro Tag. Der Hof und die Unterkunft sind zu weit von den Feldern entfernt, um zurückzulaufen. Morgens fahren die Shiroyama-Schwestern das Backpacker-Personal auf einem Trecker-Anhänger zur Arbeit. Dann stehen die beiden Schwestern in ihren Jogginghosen am Feldrand und schauen zu, wie die jungen Leute aus dem Ausland auf dem Feld arbeiten. Die Schwestern trinken nur ganz wenig, ab und zu nippen sie an einer Dose Kaffee oder Oolong-Tee, die sie sich aus dem Automaten an der Landstraße geholt haben. Um den Automaten zu bedienen, braucht man japanische Münzen oder japanische Bankkarten. Beides haben Leonie und Jannis nicht, und die anderen auch nicht.

Am zweiten Tag, als Leonie den Schwestern erklärt hat, dass sie Durst hat, haben sie auf Leonies leere Plastikflasche mit Mugicha gezeigt und dann auf die Sonne, dann auf den Horizont, dann auf den Hof, und nach einer Weile hat Leonie begriffen, dass sie sich das Getränk besser einteilen soll. Die Shiroyama-Schwestern haben so getan, als würden sie hastig aus unsichtbaren Flaschen trinken, dann haben sie sich mit übertriebenen Bewegungen die flachen Bäuche gerieben und die Gesichter theatralisch verzerrt. Man bekommt also, meinen sie, Bauchschmerzen, wenn man zu viel oder zu schnell trinkt.

Vielleicht haben sie recht.

»Warum arbeiten die beiden nicht?«, hat Jost, der viel zu große Holländer, geschrien, bevor er auf dem Feld zusammengebrochen ist. Es gab einen ernsten Vortrag Herrn Shiroyamas, den Leonie und Jannis nicht verstanden, und an dessen Ende Herr Shiroyama die Schuluniformen seiner beiden Töchter von einer Leine gerissen und in der Luft geschwenkt hat. Wie sollen sie hier auf den Feldern arbeiten, hat Leonie das für sich interpretiert, das sind doch noch Kinder. Leonie schätzt, dass die Shiroyama-Schwestern siebzehn sind. Sie hält sie für Zwillinge, aber vielleicht ist das einfach rassistisch von ihr: als würden die Japanerinnen einander so ähnlich sehen, dass Leonie denkt, sie wären Zwillinge. Die Shiroyama-Familie ist eigentlich sehr nett. Die Betten sind sauber und bequem, das Essen ist gut. Es fällt nie ein böses Wort, soweit

Leonie das beurteilen kann. Nur, dass sie während der Arbeit auf dem Feld immer nur eine Flasche Mugicha bekommen.

»Die Japaner haben einfach nicht so viel Durst«, sagt Jannis. »Die schwitzen ja auch nicht.« Leonie wundert sich, dass es eine Zeit gegeben hat, in der sie dachte, Jannis wäre klug. Nach kaum einer Woche versteht Leonie, warum eine Flasche Mugicha für den ganzen Tag reicht. Die Flasche fasst vierzig amerikanische Flüssigunzen, das steht unten in den Plastikböden geprägt, das sind knapp 1,2 Liter. Genug, um nicht zu verdursten. Wenn man morgens genug trinkt, grünen Tee und Miso-Suppe. Jannis ist vielleicht der einzige Japan-Fan, der grünen Tee und Miso-Suppe nicht mag. Und Leonie merkt: Die Disziplin beim Trinken hilft, den Tag zu strukturieren, der sonst womöglich unerträglich würde in seiner Monotonie. So ist er wie eine Übung, eine Meditation.

***

Mugicha ist ein Tee aus gebrannter Gerste. Er wird entweder heiß aufgegossen und kühlt dann ab, oder er zieht von vornherein kalt, über Stunden. Da Frau Shiroyama sparsam ist, geht Leonie davon aus, dass sie den Tee ziehen lässt, ohne das Wasser vorher aufzukochen. Der Mugicha hat eine leicht goldene Farbe, ganz durchsichtig, und er ist das am stärksten, am liebevollsten erfrischende Getränk der Welt. Mugicha schmeckt, als würde die Erde Leonie einen Zungenkuss geben und dabei mit der Hand in ihren Haaren ihren Hinterkopf halten. Wie Jannis es früher getan hat, aber viel besser als er.

Alle, die über die internationale Biobauern-Organisation auf den Hof in der Nähe von Fukaya gekommen sind, um hier für Kost und Logis zu arbeiten, leben für den Mugicha. Den Mugicha zu trinken, in zwei, drei hastigen Zügen, oder in kleinen Schlucken, über den Tag verteilt: Das ist das Beste hier. Der Mugicha ist ihr Lebensinhalt geworden und ihre Währung. Abends, zum Essen, gibt es Wasser, Bier und Dosenlimonaden, die nach süßer Batterie schmecken. Morgens gibt es grünen Tee zur Miso-Suppe. Aber den Tag über, der glühend, drückend und monoton ist, tritt der Mugicha in ihr Leben wie ein Sinn.

Eine Zeit lang haben ein paar von ihnen einander für Schlucke von Mugicha Küsse verkauft. Ein Spaß. Es sind viele Singles hier. Dann ist Pernille aus Kopenhagen mit Ches aus Glasgow in einer der vielen Bodensenken verschwunden, und als sie wieder hochkamen, hatte Pernille einen roten Kopf und ein rotes Dekolleté, und Ches durfte ihre halb volle Flasche Mugicha austrinken. Nachmittags hatte Pernille furchtbaren Durst, ihre Bewegungen wurden immer langsamer, aber sie sagte zu den lachenden Italienerinnen, das sei es wert gewesen, sie sei noch nie so gut geleckt worden. »Never been eaten out like this. Absolutely worth it.« Leonie war entsetzt oder entsetzt, weil sie entsetzt war. Die Männer haben Ches auf die Schulter gehauen und High five gegeben. Jannis auch. Jannis vielleicht als Erster. Leonie hat sich abgewendet.

***

Die Shiroyama-Schwestern reden über Jannis. Es hat zwei Wochen gedauert, bis Leonie das klar geworden ist. Sie machen kein Geheimnis daraus. Sie suchen Leonies Blick, und wenn sie ihn gefunden haben, zeigen sie auf Jannis und schütteln mit den Köpfen. Leonie hebt fragend die Schultern, aber die Shiroyama-Schwestern verstehen die Geste nicht oder ignorieren sie. Sie reden laut, denn sie brauchen über Jannis nicht zu tuscheln. Niemand von den vierzehn Gaijin, die hier auf dem Bauernhof des Shiroyama-Vaters in der messergrauen Julisonne Negi-Setzlinge in den schwarzen Boden drücken, versteht dieses schnell abgefeuerte Teenager-Japanisch. Manche denken, sie könnten Japanisch oder haben es gedacht, als sie hier ankamen. Zum Beispiel Jannis. Jannis hat einen Volkshochschulkurs gemacht: Ich heiße Jannis, ich komme aus Deutschland, ich wohne in Braunschweig, meine Familie sind zwei Personen, meine Freundin und ich. Meine Hobbys sind Manga und Anime. Am Wochenende mache ich gern nichts. Das ist das Ausmaß und der Inhalt seiner Japanischkenntnisse. Am Flughafen hat Jannis auf Japanisch gesagt: Ich habe meinen Pass verloren. Wieder und wieder. Nichts ist passiert. Auf Englisch musste er es nur einmal sagen, da haben sie ihn sofort verstanden. Aber tun konnten sie nichts.

Leonie hat mit Jannis Abi gemacht, da waren sie schon anderthalb Jahre ein Paar. Er war eine Zeit lang der schönste Junge der elften Klasse. Leonie wollte endlich mal verliebt sein. Sie war spät dran. Jannis hat ihr gepasst, weil er so schön war, und weil er sie aussuchte. Das bedeutete was in den Augen ihrer Mitschülerinnen, also auch in ihren.

Jannis hatte ein Samurai-Schwert an der Wand und zeichnete Manga-Figuren in kurzen Röcken und mit großen Augen. Nach der Schule zogen Leonie und Jannis zusammen, weil es billiger war, und studierten zusammen, was auf Lehramt, weil es einfacher war. Jetzt stehen sie kurz vorm Abschluss. Meist geht Leonie zur Uni, Jannis schaut sich später zu Hause ihre Notizen an. Jannis wollte immer nach Japan.

Ihr Geld reicht nie, sie arbeiten beide in der großen Filiale der Modekette New Yorker in der Fußgängerzone, im Flagshipstore. Lange Zeit hätte Leonie gern mal Jannis Eltern kennengelernt, aber Jannis sagt, er würde nicht auf diese Familiensache stehen. Wenn ihre Eltern sie besuchen, macht er Witze über Leonie. Sie lacht. Ihre Eltern wären froh, wenn Leonie sich von Jannis trennen würde. Sie glaubt, Jannis und sie brauchen vielleicht einfach mehr Zeit füreinander. Einen Neuanfang oder so. Sie ist treu, findet sie.

Dann hat Leonie dieses Biobauern-Netzwerk gefunden: zwei Monate Japan umsonst, man muss nur den Flug bezahlen. Klar, und fünf Tage die Woche arbeiten. Negi setzen. Sich den Mugicha einteilen. Sie sind extra in den Großraum Tokio gekommen, damit sie am Wochenende in die Stadt fahren können. Anderthalb Stunden mit dem Zug. Kein Ding. Aber Jannis hat eben unmittelbar hinter der Passkontrolle den Brustbeutel verloren, mit dem sie schon in der Zwölften Interrail gemacht haben. Sein Pass ist weg, sein Bargeld, seine Karten. Er hat seitdem zweimal am Flughafen angerufen. Als Leonie ihn gefragt hat, ob er sicher ist, dass sie ihn verstanden haben, ist es sehr wütend geworden.

Wenn er wütend wird, dreht Jannis sich weg und ballt die Fäuste. Dann sieht sie an seinem Rücken, wie er atmet. Weil sie lange mit ihm zusammen ist, weiß sie, dass er dann gerade zählt: sieben Sekunden einatmen, sieben Sekunden ausatmen. Dann dreht er sich wieder um und schaut sie an mit diesem Blick: Sei froh, dass ich mich so gut unter Kontrolle habe.

Beim Konsulat wollte er auch anrufen. Bis dahin streckt Leonie ihm alles vor. Bier in der Dorfkneipe, Nudeln im Udon-Laden. Leonies Geld geht langsam zur Neige.

***

Vom ersten Tag ist es, als hätten die Shiroyama-Schwestern Jannis auf dem Kieker. Vielleicht, weil er sie bei ihrer Ankunft so angestarrt hat. Jannis starrt oft. Je länger sie zusammen sind, desto mehr fällt Leonie das auf. Vielleicht hat sich Leonies Blick dafür geschärft. Oder Jannis hat es früher nicht gemacht. Es ist ihr ein bisschen peinlich für ihn, weil sie registriert: Er denkt, man merkt es nicht. Er guckt so von schräg unten, oder aus dem Augenwinkel, als wäre er dann unsichtbar, und er guckt viel zu lange. Schon in der U-Bahn vom Flughafen Narita zum Treffpunkt hat er die japanischen Frauen angestarrt, als müsste er sie auswendig lernen. Als Leonie und er in Fukaya endlich aus dem Kleinbus von Herrn Shiroyama steigen, sitzen die Schwestern am Rande des Hofes auf dem Zaun, in kurzen dunklen Schottenmuster-Röcken und weißen Blusen, ihren Schuluniformen. Letzter Schultag, erfährt Leonie später. Jannis guckt, als wären seine Mangas lebendig geworden. Er hört nicht mehr damit auf.

Daraus ist eine Art Krieg mit den Shiroyama-Schwestern geworden. Die anderen interessieren sich nicht dafür, alle sind mit sich selbst beschäftigt. Mit ihren Flirts und ihrem Drama. Und damit, sich ihren Mugicha einzuteilen. Leonie ist die einzige Zeugin. Nachdem sie es einmal gemerkt hat, kann sie nicht mehr übersehen, wie Jannis den Shiroyama-Schwestern auf die Waden und die Oberarme starrt. Seitdem die Mädchen es auch gemerkt haben, starren sie zurück. Sie zeigen auf Jannis und reden über ihn.

***

Als sie die Ökobauernhof-Webseite gefunden hat, hat Jannis gesagt: Ey, das machen wir! Bisschen auf dem Feld helfen, schön an der frischen Luft, braun werden, dann am Wochenende in die Stadt. Sugoi! Das heißt super. Sein Japanisch ist komplett nutzlos. Am Anfang hat er den anderen beim Abendessen erklärt, wie die Gesellschaft hier aufgebaut ist, und warum die Japaner so sind, wie sie sind. Dann hat er gemerkt, dass mindestens vier von den anderen Japanologinnen aus Maastricht sind. Jannis und Leonie studieren Sport und Bio.

Leonie richtet sich auf und streckt ihren Rücken. Ein wunderbarer Moment. Vor allem, weil sie weiß, dass sie genau richtig geschätzt hat, noch bevor sie auf ihre kleine Timex schaut. Es ist besser, nicht die ganze Zeit auf die Uhr zu sehen. Sie hat sich da richtig trainiert. Es ist genau zur vollen Stunde, der Zeitpunkt, wenn sie den nächsten großen Schluck Mugicha trinken darf. Sie hat sich selbst einen inneren Plan gemacht: jede Stunde einmal kräftig ziehen, dann hält der Inhalt der Flasche bis zum Feierabend.

Es ist elf Uhr vormittags, die Flasche ist noch zu mehr als zwei Dritteln voll, der Mugicha hat noch Restkühle vom Morgen. Der erste Moment, in dem die Flüssigkeit auf Leonies Zunge trifft, ist einfach nur pure Erleichterung. Ein Schmerz, der mit einem Schlag aufhört. Heilung, Hoffnung, Liebe. Das Gefühl, in Sicherheit zu sein. Dann entfaltet sich ganz langsam der Geschmack. Erde, Feuer, ein Spaziergang an einem Herbstnachmittag, wenn man sich gerade über etwas klar geworden ist. Oder wenn man weiß, dass gleich etwas Gutes passieren wird.

Leonie setzt ab und weiß, warum Frau Shiroyama ihnen ausgerechnet Mugicha macht. Nicht nur, weil der Gerstentee

DAS Sommergetränk der Japaner ist, wie Jannis ihnen erklärt hat. Sondern, weil der tastende, sanfte Geschmack einem danach so lange im Mund bleibt. Es scheint für zehn, fünfzehn Minuten, als hätte man gerade eben erst getrunken. Und danach dauert es nur noch eine Dreiviertelstunde bis zum nächsten Zug. Mittags essen sie kalte Reisbällchen auf dem Feld.

»Darf ich auch mal?«, fragt Jannis und streckt die Hand aus. Er macht sich darüber lustig, dass sie so streng mit sich ist. Indem sie sich den Mugicha so einteilt. Er trinkt, wann er will, und durstet oft den Nachmittag hindurch. Manchmal guckt er dann Richtung Pernille.

Leonie ärgert sich, wenn er sie fragt, ob er was von ihrem Mugicha haben darf. Er will sie doch nur provozieren. Es ist ein Scherz. Er meint es nicht böse.

»Ich will dich doch nur provozieren«, sagt Jannis und lässt die Hand sinken. »Es ist ein Scherz. Ich mein's nicht böse. Meine Güte.«

Niemand hier versteht seine Scherze. Leonie merkt, dass sie zu lange mit ihm allein war, in der Braunschweiger Wohnung. Durch die Augen von anderen betrachtet, sind seine Witze immer noch auf Elfte-Klasse-Niveau, kurz über Stuhlwegziehen. Einmal versucht er Pernille zu erklären, was Nille auf Deutsch bedeutet. Sie tut, als würde sie ihn nicht verstehen. Sie wendet seinen Witz gegen ihn, weil er jetzt fünfmal hintereinander in unterschiedlichen Worten Penis sagen muss.

»Du bist ja besessen von Penissen«, sagt Pernille. Alle lachen. Als er merkt, dass Pernille ihn verarscht hat, dreht Jannis sich zur Seite und zählt und atmet. Er dreht sich zu der Seite, wo Leonie sitzt, dadurch sieht sie ihn zum ersten Mal, sonst dreht er sich ja von ihr weg. Sein Gesichtsausdruck ist der pure Hass.

Leonie schraubt die Flasche zu und legt sie in ihren Jutebeutel. レオニー steht auf dem Washi-Tape-Streifen auf ihrer Flasche, das heißt Leonie. ジャニス steht auf Jannis' Flasche, also Jannis. Sie bückt sich und nimmt fünf weitere Negi-Setzlinge aus dem Bastkorb. Jannis schaut über ihre Schulter zu den Shiroyama-Schwestern.

Vielleicht stört es sie plötzlich besonders, weil es sie davon ablenkt, den Mugicha-Nachhall auszukosten. Sie will die Minuten, in denen sein Geschmack sich entfaltet, ganz für sich haben.

»Warum glotzt du die beiden eigentlich immer so an?«, fragt sie und lässt die Hacke sinken, mit der sie gerade die nächsten fünf Setzlöcher in ihrer Reihe vorbereitet hat. Sie braucht kaum noch hinzuschauen, sie trifft immer genau den richtigen Spot. Die anderen sind vor oder hinter ihnen, außer Hörweite, nur manchmal sieht Leonie über der Erdkrume ein Kopftuch oder eine Basecap wippen.

Jannis fährt herum, fast erschrocken. Er wirkt ertappt oder verständnislos, sie kann es in der dicken, quecksilbernen Atmosphäre des Vormittags nur schwer entschlüsseln.

»Was?«

»Die beiden Schwestern. Warum du die …« Sie merkt, wie mit jedem Wort die Feuchtigkeit und der Geschmack in ihrem Mund weniger werden, es ist eine Schande.

»Ich hab dich schon verstanden«, sagt Jannis. »Ich finde es nur einfach unglaublich, was du mir hier unterstellst.«

»Gar nichts.« Leonie will nicht mehr reden.

»Ich interessiere mich eben für meine Umwelt«, sagt Jannis und bückt sich zu den Setzlingen. Er macht sich nicht kaputt dabei. Seine Worte. Das respektiert sie. Sie kann irgendwie nicht anders, als sich bei Sachen kaputtzumachen, die sie einmal angefangen hat. »Im Gegensatz zu manchen anderen Leuten«, fügt er noch hinzu.

Leonie hält inne. Er tut ihr ein bisschen leid, weil er offenbar nicht weiß, wie das aussieht. Von außen. Wie er rüberkommt. Sie hat das Gefühl, sie kann ihn davor beschützen. Und weil sie es kann, muss sie es auch.

»Ich meine nur«, sagt sie, widerwillig, weil sich die warme Luft auf ihre Zunge legt, »das sind Schülerinnen, und das sieht aus, als würdest du die anstarren, also …«

Jannis wendet sich ab, und sie sieht an seinem Rücken, wie er atmet. Ein, eins zwei drei vier fünf sechs sieben. Aus, eins zwei drei vier fünf sechs sieben. Er dreht sich um und sieht sie an, als hätte sie noch mal Glück gehabt.

Leonie sieht die Ausbuchtung der Mugicha-Flasche in ihrem Jutebeutel. Das Versprechen einer Linderung. Sie greift in den Beutel und trinkt noch einen Zug. Heute Nachmittag wird sie Durst haben, aber jetzt geht es ihr besser.

※※※

Beim Abendessen in der Scheune kommt Herr Shiroyama aus dem Haupthaus und fängt an, ihnen etwas auf Englisch zu erklären. Leonie merkt, dass er sich den Vortrag sorgfältig zurechtgelegt hat. Er zeigt mit den Armen in eine bestimmte Richtung, in der ein anderer Teil seiner Felder liegt. Dort haben sie noch nicht gearbeitet. Er ist schwer zu verstehen, und sie sieht, dass er darunter leidet. Sie nickt. Einige andere nicken auch. Sie werden es nachher zusammensetzen, was er gemeint hat.

Jannis unterbricht und sagt, »Nihongo kudasai«, Herr Shiroyama soll bitte Japanisch sprechen. Herr Shiroyama hält inne, als hätte Jannis ihn beim Singen eines Liedes unterbrochen. Herr Shiroyama legt die Stirn in Falten und wird rot, er schließt den Mund. Leonie schlägt die Augen nieder. Sie hört, wie Herr Shiroyama nun einige Sätze auf Japanisch sagt.

»Was sagt er?«, fragt sie Jannis.

Jannis dreht sich weg und zählt.

»Nächste Woche können wir mit der Ernte auf einem der anderen Felder beginnen«, sagt eine der Japanologinnen. »Wir sind fast fertig mit dem Setzen.«

Jannis nickt. »So ungefähr, ja«, sagt er.

Die Japanologin schaut nur Leonie an, lächelt und sagt auf Englisch: »Endlich was Neues. Yay!« Die Negi werden bei den Shiroyamas fast das ganze Jahr über angepflanzt und geerntet, vom Winter bis zum Sommer verändern sie ein bisschen den Geschmack.

»Ey, ich esse nie wieder Frühlingszwiebeln«, sagt Jannis.

※※※

Hin und wieder macht Jannis auf dem Feld eine Pause und spielt ein Handyspiel. Dabei muss er Formen miteinander verbinden, um sie aufzulösen, ständig fallen von oben neue bunte Formen herunter. Er ist sehr gut darin, sagt er. Es hilft ihm auch, den Durst zu vergessen. Er braucht dann länger für seine Setzlinge, aber Leonie ist richtig gut inzwischen mit der Hacke, es fällt ihr nicht schwer, die eine oder andere Handvoll aus seinem Korb zu übernehmen. Sie braucht keine Pausen außer dem stündlichen Zug aus der Mugicha-Flasche.

Jetzt steht Jannis am Rande des Feldes, wo eine Furche endet und die nächste beginnt. Er beugt sich über sein Telefon. Die Shiroyama-Schwestern sitzen nah der Furche am Straßenrand, nur zwei, drei Meter von Jannis entfernt. Sie springen auf und ziehen sich die Shorts glatt, die sie heute anhaben. Sie zeigen auf Jannis und rufen. Die eine – die Jüngere, falls es keine Zwillinge sein sollten – springt mit einem Satz über den Graben, wobei sie einen Flipflop verliert, und reißt Jannis das Telefon aus der Hand.

Leonie lässt die Hacke fallen und geht zu Jannis, als wäre sie für ihn zuständig. Der Weg ist nicht weit, aber er führt auf die Sonne zu, es ist, als würde man durch ein anderes Element gehen, ein Gefühl in den Beinen und in der Brust wie Wassertreten. Hitzetreten.

Die andere Schwester ist jetzt auch bei Jannis, er hält das Telefon über den Kopf, und weil die Schwestern kleiner sind als er, kommen sie nicht ran. Die eine tritt Jannis mit dem bloßen Fuß in den Bauch. Jannis klappt nach vorn, die andere entreißt ihm das Telefon. Leonie steht jetzt daneben. Die Shiroyama-Schwestern halten ihr das Telefon von Jannis hin, der Bildschirm ist noch entsperrt, er hat es ja eben noch benutzt. Darauf ist nicht das Spiel mit den bunten Formen zu sehen, sondern ein Foto der Shiroyama-Schwester von schräg unten, der Blick geht, ob man will oder nicht, ihre Füße und Beine hinauf, in ihre Shorts, wo sie nicht ganz anliegen, und unter ihre T-Shirts, wo sie vom Bauchnabel oder den Rippen abstehen.

»Das ist eine Vorlage«, sagt Jannis, »für meine Zeichnungen. Für meine Mangas. Ich sammle überall Eindrücke.«

Leonie spürt nur die Hitze. Sie weiß, dass sie noch acht Minuten bis zu ihrem letzten Zug hat. Einmal ganz tief am Mugicha ziehen, sich mit Mugicha füllen, bis nur noch Luft aus der Flasche kommt. Oder drei-, viermal nippen, als würde der Mugicha sie langsam füllen mit Trost und Zuversicht. Sie fährt mit den Zähnen über ihre trockenen Lippen. Sie löscht das Bild, und das nächste taucht auf. Dann noch eins. Immer die beiden Mädchen. Sie gibt ihnen das Telefon, weil sie das Gefühl hat, es gehört nicht mehr Jannis. Die eine hat inzwischen ihren Flipflop aus dem Graben geholt. Sie steckt das Telefon in die Shortstasche, die nicht tief genug ist, es guckt oben raus. Dann sagt sie in elegantem, schön geschwungenem Englisch zu Leonie: »Er bekommt das wieder, wenn er hier abreist. Bis dahin behalten wir das. Er macht das schon die ganze Zeit.«

Leonie nickt. »Gomennasai«, sagt sie. Es tut mir leid.

Die Schwestern sitzen wieder auf der Straßenseite am Grabenrand. »It's hardly your fault«, sagt die andere.

Jannis arbeitet weiter, als wäre nichts. Er ist ein paar Meter weiter vorgerückt und bückt sich geschäftig in die Setzfurche, als ginge ihn das alles nichts an.

Leonie kann nicht mehr zwischen der Nachmittagshitze und der Nachmittagsscham unterscheiden, sie geht durch beides hindurch, und beides wird mit jedem Schritt tiefer. Sie sieht den gekrümmten Rücken von Jannis, und wie die Muskeln trotzig um seine Schulterblätter arbeiten. Sie hackt drei, vier, fünf weitere Löcher in die Erde und schaut dabei auf ihre am glänzenden Handgelenk vorbeifliegende Uhr. Noch zwei Minuten. Noch eine.

Sie bückt sich nach ihrer Jutetasche, die Jannis mitgezogen hat. Sonst ist er nicht so hilfsbereit. Das schlechte Gewissen vielleicht. Es ist ihr egal. Es geht jetzt nur noch um ihre Zunge, ihren Gaumen, ihre Mundhöhle, ihre Kehle. Ihre Zunge klebt an ihrem Gaumen wie ein Karamellbonbon am Papier, sie kann den Moment nicht erwarten, in dem der Mugicha in ihren Mund fließt, ihre Zunge vom Dach ihrer Höhle löst und ihren ganzen Körper wieder mit Leben und Hoffnung füllt. Sie greift in ihre Tasche und spürt bis in die äußersten Enden ihres Körpers, wie leicht die Flasche ist.

Sie hält sie in die Sonne. Leer.

Leonie schüttelt sie, als bekäme sie dadurch magische Kräfte. Als wäre es vielleicht eine optische und eine haptische Täuschung. Sie wendet die Flasche, bis sie die Katakana-Zeichen auf dem Washi-Tape lesen kann. Sie denkt, es ist vielleicht eine Verwechslung.

レオニー steht auf dem Washi-Tape-Streifen auf ihrer Flasche, das heißt Leonie. Sie lässt die Flasche sinken. Sie hört ein Zischen, und es hört auch nicht auf, als ihr längst klar geworden ist, dass es von ihr kommt.

Jannis dreht sich um. »Jetzt mach kein Drama«, sagt er. »Auf den Schreck musste ich erst mal einen ...«

✳✳✳

Leonie betrachtet ihre Hände. Sie hat die Hacke fallen gelassen, ihre Hände sind schmutzig von der Erde, aber nicht unappetitlich. Es ist guter Dreck, Muttererde. Ihre Hände sind schön. Die Shiroyama-Schwestern ziehen Jannis in den Graben und erklären Leonie auf Englisch, dass seinen leblosen Körper da bis heute Abend niemand finden wird, und später werden sie sich um ihn kümmern. »We will deal with him.« Sie zeigen auf den Bereich, wo sie morgen und übermorgen die nächsten Reihen Negi setzen wollen.

Beim Abendessen deckt Frau Shiroyama nur für dreizehn.

Die anderen rücken auf, man sieht gar nicht, dass am Tisch jemand fehlt.

»Dein Freund ist abgereist?«, fragt Pernille.

Leonie schaut auf ihren Algensalat. »Welcher Freund?«, sagt sie und blickt auf. Pernille lächelt. Die anderen klopfen auf den Tisch wie in der Uni, und weil sich das plötzlich sehr steif anhört, johlen sie ein bisschen. Als es wieder still wird, hört man vom Feld den Trecker: Die Shiroyama-Schwestern bereiten die Furche für morgen vor.

Leonie sieht, dass Frau Shiroyama dabei ist, den großen Kühlschrank in der Ecke der Scheune mit dem Mugicha für morgen zu bestücken. Sie traut ihren Augen nicht. Als Frau Shiroyama wieder in der Küche ist, steht Leonie auf und öffnet die schmatzende große Kühlschranktür. Doch, sie hat richtig gesehen. Da stehen sechsundzwanzig Flaschen. Ab dem nächsten Tag bekommen sie jeweils zwei Flaschen Mugicha.

※※※

Monate später fährt ein ziviler Toyota der Präfekturpolizei auf den Hof, eine Routineangelegenheit, zwei Kriminalbeamte mit dünnen Übergangsjacken über den grauen Anzügen. Am Flughafen ist im Juni in einem Mülleimer der Pass eines Deutschen gefunden worden, ein gutes Vierteljahr ist der Pass nicht abgeholt worden im Fundbüro. Im Pass steckte eine Wegbeschreibung zum Shiroyama-Hof.

Herr Shiroyama studiert seine Unterlagen und schüttelt den Kopf. Nein, ein Walstein Jannis-Luka sei nicht hier angekommen. Die Polizisten nicken und sind froh, dass das schnell ging. Illegale Einwanderung von westlichen Touristen mit verqueren Japan-Ideen, ein banales Problem. Es liegt auch keine Vermisstenanzeige vor. Vermutlich jemand, der glaubt, er könnte in Tokio untertauchen. Diesen Leuten ist nicht zu helfen, sagen die Polizisten.

Die Shiroyama-Zwillinge stehen im Türrahmen. Sie nicken zustimmend. Eine von ihnen trinkt aus einer matt gespülten Plastikflasche, auf der ジャニス steht. Die andere winkt den Polizisten zum Abschied hinterher.

EINE TASSE GRÜNER TOD

Claudia Wenk Santana

NDR Info, Donnerstag, 17. November 2022

Guten Abend, meine Damen und Herren. Herzlich willkommen zu NDR Info – Die Nachrichten für den Norden. Wir beginnen die Sendung mit einer Meldung der Polizei Hamburg:

Am gestrigen Mittwoch wurden Beamte zum Fundort zweier männlicher Toter in einer Wohnung im Hamburger Stadtteil St. Pauli gerufen. Es handelt sich dabei um den 45-jährigen Mieter der Wohnung sowie dessen 37-jährigen Arbeitskollegen. Die Polizei wurde alarmiert, nachdem der Wohnungsmieter zunächst noch selbst einen Notruf über 112 abgesetzt hatte, sich die Rettungskräfte beim Eintreffen jedoch mithilfe der Feuerwehr Zugang zur Wohnung verschaffen mussten und nur noch den Tod der beiden Männer feststellen konnten. Noch geben die Umstände Rätsel auf, denn nach bisherigen Informationen gibt es keine Anzeichen äußerer Gewalteinwirkung. Die Toten wurden in das rechtsmedizinische Institut im Universitätsklinikum in Hamburg-Eppendorf überführt.

Mittwoch, 16. November 2022

Als die Kriminalbeamten am Tatort eintrafen, überzog ein hauchfeiner Sprühregen die Hansestadt. Er ließ die Wischerblätter auf der Frontscheibe des Einsatzwagens quietschen, weil es für sie nicht genug zu tun gab, sorgte aber dafür, dass sich der Brillenträger der beiden Männer mit dem Jackenärmel immer wieder über die Gläser wischte, als sie geparkt und den Wagen verlassen hatten.

Die Beamten schlugen die Kragen hoch und schoben die Hände in die Jackentaschen. Sie beschwerten sich nicht. Einen Tag zuvor hatte es noch wie aus Eimern geschüttet. Außerdem war es nichts Neues. Es war Hamburg.

Die Wohnung, zu der sie gerufen worden waren, lag in einer Ecke von St. Pauli, in der man sich zum Feierabend eher eine Currywurst oder ein Fischbrötchen und dazu ein Astra genehmigte als einen veganen Wrap und eine Bio-Limo. Graffiti ohne Kunstanspruch bedeckte die Hauswände, verblasste Sticker blätterten von den Türen. Mülltonnen standen am Straßenrand und warteten auf die Leerung. Aus einem offenen Fenster auf der gegenüberliegenden Straßenseite plärrte eine Punkband.

Today it's time for anarchy
But I bent the law and the law broke me.

Die beiden Beamten sahen sich an, grinsten und hofften, dass dies eine prophetische Liedzeile war.

Das Treppenhaus roch nach scharfen Reinigungsmitteln. Immerhin. Es hätte schlimmer sein können. Neun Briefkästen hingen an der Wand, sieben von ihnen quollen vor Post über, als wären die dazugehörenden Mieter seit Tagen oder gar Wochen im Urlaub. Alles andere war so unauffällig wie in jedem anderen Mietshaus auch.

Zwei Streifenbeamte nahmen vor der Wohnung, auf die sie zusteuerten, die Personalien eines Mannes auf. Offen verärgert besah er sich den Schaden, der durch die Notfalltüröffnung entstanden war. Offenbar der Hausmeister. An einer Schlaufe seiner Arbeitshose war mit einem Karabinerhaken eine Kette mit erstaunlich vielen Schlüsseln befestigt. Man musste ihn bei jedem Schritt hören können, selbst wenn er noch etliche Meter entfernt war. Heute schien er sehr weit entfernt gewesen zu sein. Mit seiner Hilfe hätte man auf das gewaltsame Aufbrechen der Tür verzichten können.

»Moin«, sagte der Brillenträger und wies sich einem weiteren Streifenbeamten gegenüber aus, der sich im Korridor aufgebaut hatte und niemanden ohne Befugnis durchlassen würde. »Wo sind die Toten?«

»Geradeaus, im Wohnzimmer. Der Erkennungsdienst ist auch schon da.«

Zusammen mit seinem Kollegen, der einfach nicht begreifen wollte, dass ein beachtlicher Schimanski-Schnauzer nicht notwendig war, um ein tougher Bulle zu sein, ging er weiter.

Im Wohnzimmer herrschte das Durcheinander, das sie immer vorfanden, wenn die Spurensicherer bei der Arbeit waren. Drei Kollegen knieten am Boden. Weiße Kapuzenoveralls, Überzieher über den Schuhen, Einmal-Latexhandschuhe, medizinische Gesichtsmasken. Nummerierte Schilder markierten die Stellen, an denen sie etwas Relevantes gesichert hatten. Kurz sahen sie auf und nahmen das Eintreffen der Beamten mit einem Kopfnicken zur Kenntnis. Jemand machte Tatortfotos und bat die Kommissare, zur Seite zu treten, um aus allen Blickwinkeln Aufnahmen machen zu können.

»Tschuldigung, darf ich mal? Gehen Sie am besten da rüber. Nein, hier entlang. Passen Sie auf, dass Sie keine neuen Spuren setzen.«

Die beiden Kommissare hoben gleichzeitig die Augenbrauen, wie ein altes Ehepaar, das wie aus einem Munde antwortete.

Dann waren da noch die Toten. Die unfreiwilligen Protagonisten, die keinen Einfluss mehr auf die weitere Handlung hatten. Zwei Männer zwischen Mitte dreißig und Mitte vierzig, durchschnittlicher Körperbau, durchschnittliche Kleidung. Ohne jede Spur von äußerer Gewalteinwirkung. Keine Stich- oder Schusswunden. Keine Hämatome oder sonstige Anzeichen für stumpfe Gewalt. Keine Male am Hals, die auf eine Strangulation hinwiesen.

»Wie weit seid ihr?«, fragte der Schnauzbärtige einen der Männer am Boden.

»Fast fertig. Gab ja nicht viel. Wir haben Zigarettenkippen sichergestellt, zwei Tassen mit eingetrockneter Restflüssigkeit. Das Übliche. Aber keine Tatwerkzeuge, keine Kampfspuren. Keine Ahnung, was hier passiert ist.«

»Eine Vergiftung? Alkohol, Tabletten …«

»Nicht auf den ersten Blick. Dann gäbe es Erbrochenes.«

»Gibt es eine Heiztherme? Irgendeinen Ofen? Oder einen Lüftungsschacht?«

»Nichts dergleichen. Kohlenmonoxid können wir wohl auch ausschließen.«

»Gab es Spuren eines gewaltsamen Eindringens?«

»Negativ. Wenn hier eine dritte Person beteiligt war, oder sogar mehrere, dann muss die einen Schlüssel gehabt haben oder eingelassen worden sein.«

»Dann lasst sie abholen. Sollen die in der Rechtsmedizin

schauen, was sie rausfinden. Wir sehen uns hier noch ein wenig um.«

Sie schwärmten aus. Der Brillenträger nahm sich das Schlafzimmer vor, der Schnauzbärtige begann im Wohnzimmer. Zur Erscheinung der Toten passend, war auch die Einrichtung durchschnittlich. Ein durchgesessener Kunstledersessel vor einem Fernsehbildschirm, der für die Enge des Zimmers viel zu groß war. Eine Regalwand mit einer überschaubaren Anzahl an Büchern, dafür einer beachtlichen Sammlung von Kampfsport-DVDs und Dokumentarfilmen zur Schifffahrt und zum Pferdesport.

»Das ist ja mal eine Kombi«, murmelte der Kommissar und ließ den Blick hinüber zum Schreibtisch schweifen. Kein Laptop.

»Hey, habt ihr einen Computer sichergestellt?«, rief er in den Korridor, wo die Kollegen in den Overalls gerade ihre Koffer zuschnappen ließen.

»Jo, geht in die KTU zur Auswertung.«

»Alles klar.«

Sein Kollege kam schulterzuckend und offenbar ebenso ratlos zurück.

»Der schläft in HSV-Bettwäsche«, sagte er.

»Falscher Club. Oder falscher Stadtteil, wie man es nimmt. Ob das etwas mit seinem Tod zu tun hat?«

Sie grinsten einander an, für eine Sekunde nur, um dann wieder dem Anlass entsprechend ernst zu werden.

»Weißt du, was mir die ganze Zeit durch den Kopf geht?« Der Schnauzbärtige strich sich mit den Fingerspitzen nachdenklich über die Barthaare, die die Oberlippe vollständig unter sich begruben. »Ich weiß, dass die Leute vom Zoll keine bombastischen Gehälter beziehen, nicht mal die Jungs von der Schwarzen Gang damals.«

»Die gibt es doch nicht mehr.«

»Deswegen sag ich ja damals. Aber eben auch nicht die Männer heute von der Fahndung, die direkt an vorderster Front auf die Schiffe gehen.«

»Die beiden haben zu einer Spezialeinheit vom Hafenzoll gehört?«

»Hast du beim Briefing nicht zugehört?«

Sein Kollege nahm die Brille ab, hauchte auf die Gläser und rieb mit dem Ärmel darüber, als könne er sich so auch im übertragenen Sinn mehr Durchblick verschaffen.

»Hältst du es für möglich«, fragte er dann, »dass die jemandem einen Strich durch die Rechnung gemacht und ihn bei seinen illegalen Geschäften gestört haben? Dass das hier die Vergeltung ist?«

»Möglich ist alles. Aber jetzt sieh dich hier doch mal um. Ich würde das noch nicht als heruntergekommen bezeichnen, vielleicht hatte der Mann einfach kein Händchen für Wohnbehaglichkeit…«

Der Brillenträger schnaubte. »Wohnbehaglichkeit… Wo hast du das denn gelesen?« Er übernahm die Sichtung der Schreibtischschubladen.

»Ernsthaft. Ich finde das hier doch sehr bescheiden. Keinerlei Annehmlichkeiten, kein Komfort. Bis auf diesen überdimensionierten Fernseher.«

»Vielleicht hat das etwas hiermit zu tun.« Sein Kollege hielt mehrere Zettel in die Höhe. »Sportwetten. Einzelwetten und Kombiwetten. Die Einsätze sind nicht von Pappe.«

»Interessant. Dann würde ich sagen, wir sehen uns zuerst noch die zweite Wohnung an, kontaktieren etwaige Angehörige, und dann nehmen wir uns zwei Bereiche vor. Wir werden die Finanzen der beiden genau unter die Lupe nehmen, im Hinblick auf eventuelle Schulden im Sportwettenmilieu. Vielleicht auch noch bei anderen Arten des Glücksspiels. Wir sehen uns dazu noch ihre letzten Arbeitseinsätze an, mit welchen Schiffen und welchen Ladungen sie zu tun hatten.«

»Dann lass uns verschwinden. Nach dem Abtransport sollen die Kollegen die Wohnung versiegeln.«

Bevor sie auf der Straße wieder in ihr Auto stiegen, warfen sie einen letzten Blick auf die graue Fassade des Hauses, in dem eine Wohnung jetzt ein Tatort war. Oder nur ein tragischer Unglücksort. Das würden sie herausfinden müssen.

Dienstag, 15. November 2022

Das Wasser kam von überall. Der Himmel hatte seine Schleusen geöffnet, es goss seit Stunden. Der Starkwind ließ Elbwasser über die Pontons schwappen, und die Barkassen tanzten. Die Zollprüfung auf der AOCL Osaka war abgeschlossen, und die Männer der Zollfahndereinheit verließen das japanische Containerschiff über die Gangway an Backbord. Eine Windbö erfasste die ausgefahrene Treppe und rüttelte an ihr. Regenwasser klatschte den Beamten ins Gesicht. Sie fluchten leise.

Michael S. tat es seinen Kollegen gleich, und wie sie konnte er es kaum abwarten, wieder in den beheizten Räumen der Zolldienststelle zu sein und die klammen Finger an einem Pott Kaffee zu wärmen. Doch für ihn gab es vorher noch etwas anderes zu tun. Nachdem das Zollboot Albis den aufgewühlten Fluss überquert hatte und sie an der Überseebrücke anlegten, entschuldigte er sich kurz und machte sich davon in die überdachte Fußgängerbrücke, wo er ungestört telefonieren konnte. Er zog sein Smartphone aus der Tasche, tippte eine Nummer ein, und einen Augenblick später vibrierte ein anderes Telefon in der Tasche eines Zollbeamten an der CPA, der Containerprüfanlage in Hamburg-Waltershof.

»Michi, was gibt's?«, meldete sich gleich darauf eine männliche Stimme.

»Moin Carsten. Ich hab was für uns.«

»Was?«

»Asiatische Genussmittel.«

»Willst du mich verarschen?« Carsten schnaubte.

»Hör zu, wir schicken euch einen Container zur Warenüberprüfung rüber. Jede Menge Zeug aus Japan. Trockenalgen, Gewürze und …«

»Und? Jetzt sag schon. Computer?«

»Tee.«

»Du willst mich doch verarschen. Elektronik. Darauf müssen wir uns konzentrieren. Das hab ich dir schon hundertmal gesagt.«

»Du bist zu gierig, Carsten. Das hab ich dir schon hundertmal gesagt. Es ist viel zu auffällig, wenn plötzlich zwei oder drei große Flachbildfernseher fehlen. Der Abtransport ist auch schwieriger.«

»Trotzdem. Wer will denn so einen verdammten Tee kaufen?«

»Pass auf, der Container enthält Gitterboxen mit etlichen Kartons, in die jeweils zehn Kilogramm Tee gepackt sind. Laut Deklaration schon hübsch vorportioniert in 30-Gramm-Päckchen für den Ladenverkauf. Das ist hochwertiger Matcha, so ein modisches und teures Zeug. Ich hab mir mal den Verkaufspreis angesehen und überschlagen. Ein Karton bringt in etwa 15.000 Euro.«

Carsten pfiff durch die Zähne.

»Sag ich doch. Den können wir in kleinen Einheiten absetzen. Hier mal ein bisschen über Ebay, da mal ein bisschen unter der Hand an ein japanisches Restaurant.«

»Gut, gib mir die Containernummer. Es ist besser als nichts.«

»QSCU0015653.«

»Alles klar, ich lass' den Container einmal durch den Röntgenscanner laufen, und dann sehe ich zu, dass er ein besonderes günstig gelegenes Plätzchen bekommt. Wie immer. Meine Schicht endet um 18 Uhr.«

»Ersetz einen Karton mit irgendwas anderem. Oder zwei. Die kriegst du locker in den Kofferraum. Danach treffen wir uns bei mir.«

»In Ordnung. Bis später.«

Drei Stunden später, es war bereits stockfinster, klingelte es an der Tür von Michael. Er schob die Küchengardine zur Seite, erkannte das Auto seines Kollegen in der Parkbucht gegenüber und eilte zur Haustür. Er öffnete.

In the dark a battle cry
Hand them over, they're gonna die.

Die Punkriffs prallten gegen die Hausfassaden und wurden als Echo in die Gasse zurückgeworfen.

Carsten stellte eine Kiste vor Michael ab.

»Bring die schon mal rein, ich hol die zweite aus dem Auto.«

Michael hob die Kiste an und trug sie in die Wohnung, durch das Wohnzimmer, über die Terrasse zu einem Geräteschuppen, kaum größer als eine Hundehütte. Fast wäre er auf dem Weg der Länge nach hingefallen, der Rasen war vom Regen durchweicht und der Untergrund matschig. Er schloss die Tür auf und wühlte sich durch Gartengeräte, einen Holzkohlegrill, den er nach dem Sommer noch nicht gereinigt hatte, Rasendünger und ein altersschwaches Fahrrad bis in eine Ecke vor, in der er die Kiste absetzte. Hier würde die so schnell niemand finden.

»Hier ist die andere«, sagte Carsten, der schon in der Tür des dunklen Verschlags stand.

Michael nahm ihm die Kiste ab und stapelte sie auf die andere.

»Und jetzt?«, fragte er seinen Kollegen.

»Jetzt machen wir einen Plan, wie wir das Zeug verticken können. Vorher will ich das aber mal sehen. Mach eine Kiste auf und hol so'n Paket raus.«

Michael murrte, nahm dann aber einen Teppichcutter, der zwischen anderen Werkzeugen lag, und durchtrennte die Klebestreifen mit einem sauberen Schnitt. Er langte in die Kiste und zog ein Bündel hervor. In transparentem Plastik eingeschweißte Päckchen aus dunkelgrünem Glanzpapier. Eine Art Siegel mit japanischen Schriftzeichen verschloss jedes einzelne Päckchen. Jedenfalls hielten Michael und Carsten es für japanische Schriftzeichen, hatten jedoch beide überhaupt keine Ahnung. Man hätte ihnen genauso gut chinesische oder vietnamesische Zeichen präsentieren können.

»Und der Scheiß ist so teuer? Ist das so ein Verjüngungszeugs, das mich hundert Jahre alt werden lässt? Oder ein Aphrodisiakum?« Carsten gluckste.

»Frag mich nicht.«

»Los, lass uns probieren.« Aufgeregt rieb sich Carsten die Hände.

»Mann, das ist grüner Tee. Der schmeckt wahrscheinlich nach nichts. Ein anständiger Grog wäre mir lieber nach dem Schietwetter den ganzen Tag.«

»Hast du Rum? Dann pimpen wir das Zeug mit einem ordentlichen Schuss.«

»Dann lass uns reingehen.«

In der Küche schmiss Michael den Wasserkocher an, während Carsten bereits begann, im Netz nach potenziellen Abnehmern für kleine Einheiten des Tees zu suchen.

»Ich hab keine Zubereitungsanweisung. Check doch mal, wie viel wir pro Tasse davon nehmen müssen«, rief Michael Carsten zu, der sogleich zu googeln begann.

»Wenn du keinen speziellen Bambuslöffel namens Chashaku für Matcha hast, wovon ich ausgehe, dann nimmst du einen normalen Teelöffel, und umgerechnet wären dann anderthalb Löffel mit diesem Chashaku etwa ein halber Teelöffel. Eine Tasse Matcha hat ungefähr so viel Koffein wie ein Espresso.«

»Okay, ein halber Teelöffel …«

»Nimm ruhig einen ganzen. Ein Espresso ist doch gar nichts. Wer soll denn davon munter werden?«

Michael füllte jeweils einen Teelöffel des intensiv grünen Pulvers in eine Tasse, goss es mit heißem Wasser auf und rührte um.

»Du brauchst einen Chasen, das ist so etwas wie ein Schneebesen aus Bambus, um das Zeug schaumig zu schlagen«, murmelte Carsten, der immer noch in den Text zur Zubereitung versunken war.

»Sonst noch was?«

»Ja, der Rum.« Carsten sah endlich auf und grinste.

»Kommt.« Michael nahm eine Flasche aus dem Schrank

und öffnete sie. Vorsichtig gab er einen Schuss in das nicht sehr appetitlich aussehende Gebräu, auf dem kleine Blasen schwammen.

»Geizkragen«, meuterte Carsten. »Musst du sparen mit dem Rum? Irgendwann kommt bestimmt mal eine Ladung Spirituosen an, dann füllen wir deine Vorräte wieder auf.«

Als sie beide am Tisch saßen, hoben sie die Tassen und stießen an. Michael nippte erst nur skeptisch. Er bevorzugte Kaffee und trank das Gebräu lediglich, weil er nicht mit Carsten diskutieren wollte. Der hingegen schüttete den teuren Tee in sich hinein wie sein Feierabendbier.

»Pfui Deibel«, stieß er aus, als er die leere Tasse mit einem Knall auf dem Tisch absetzte. »Das ist ja widerlich. Gallebitter. So viel Rum kann man da gar nicht reinkippen, damit das schmeckt.«

»Du bist zu gierig, sag ich doch. Wenn du das Zeug angemessen dosierst, schmeckt es sicher irgendwie ... grün. Also grasig oder so«, sagte Michael und nahm mehrere kleine Schlucke. »Hast du noch nie schwarzen Tee getrunken? Der ist auch bitter, wenn man zu viel davon nimmt und ihn zu lange ziehen lässt. Aber nun lass uns zum Absatz kommen. Gib mir mal einen Taschenrechner und etwas zu schreiben, dann machen wir einen Plan, in welchen Einheiten wir ihn absetzen und welchen Preis wir veranschlagen.«

»Verdammt, ist mir heiß«, sagte Carsten wenige Minuten später und fuhr sich mit dem Handrücken über die Stirn. »Ich schwitze wie ein Schwein.«

»Du bist zu gierig. Sag ich doch immer. Viel zu viel Koffein auf einmal.«

»Mein Herz. Zu schnell ...«, stammelte Carsten.

Ehe Michael seinen Kollegen auffangen konnte, sackte der am Tisch in sich zusammen, rutschte vom Stuhl und knallte auf den Küchenboden.

»Verdammt, Carsten, mach keinen Scheiß!«

Michael kniete sich neben ihn, fühlte seinen Puls, versuchte Herzmassage und Atemspende, bevor er spürte, wie auch ihm plötzlich der Schweiß ausbrach, er schlechter Luft bekam und sein Herz so heftig in seiner Brust wummerte, wie er es noch nie zuvor erlebt hatte. Er kroch zum Tisch, auf dem sein Telefon lag, und wählte den Notruf, bevor er plötzlich grell explodierende Farben sah. Bis es schließlich dunkel um ihn wurde.

At the very end a sigh
We all gotta die.

Thailand, zwei Monate zuvor

Das Hinterland von Koh Phi Phi Don. Die Sonne steht tief über der Andamanensee. In wenigen Minuten wird sie hinter einem der felsigen Kalksteinhügel in der Bucht verschwinden. Ein feudales Anwesen krallt sich an einen steilen Hang, eingebettet in ein Dickicht aus Palmfarnen, Schraubenbäumen und Pfeffersträuchern. Als die Außenlampen um den Pool eingeschaltet werden, beendet der Hausherr seine letzte Runde, steigt aus dem Wasser und lässt sich ein Handtuch reichen. Dann schlüpft er in seine unauffällige helle Leinenkleidung. Er ist ein Mittsechziger mit grauen Haaren und Bauchansatz. Ein Ehemann, Vater und Großvater. Letzteres ist auch der Name, den man ihm in seinen Kreisen gegeben hat, unter dem man ihn auf der Insel, im Rest des Landes, über seine Grenzen hinaus kennt: der Großvater. Er akzeptiert es nicht nur, er mag die Bezeichnung sogar, denn Familie geht ihm über alles.

Seine Frau und die beiden Töchter geben im Haus die letzten Anweisungen für das Abendessen, zu dem einige Gäste erwartet werden, denn es gibt etwas zu feiern. Die Enkelkinder tollen mit zwei Hundewelpen über den Teppich, der so dick ist, dass er beinahe alle Geräusche schluckt. Auch die aus dem Geschoss unter den Kulissen, die das Leben eines rechtschaffenen Geschäftsmannes abbilden, der sein Vermögen mit Luxushotels macht. Bevor er sich für den Abend dem Anlass entsprechend umzieht, steigt er hinab in die von ihm geschaffene Hölle unter dem Salon, der Bibliothek und der Küche, in der sein Lieblingsenkelsohn gerade mit süß-klebrigen Roti verwöhnt wird.

Hier unten gibt es keine Fenster, nur Neonröhren. Eine von ihnen flackert. Ihre Zeit ist beinahe abgelaufen. Ventilatoren verteilen die stickige Luft um, an die sich die Männer in der tarnfarbenen Kampfkleidung schon längst gewöhnt haben. Sie tragen vollautomatische Waffen an Riemen über der Schulter und nicken nur stumm, als der Mann, der ihren Kindern eine Schulausbildung ermöglicht, an ihnen vorbei durch die Tür zum Labor tritt, um sich zu vergewissern, dass auch wirklich nichts das abendliche Vergnügen trüben wird.

Ein Mann in weißem Kittel blickt auf.

»Großvater.« Er beugt den Kopf und legt die Hände zum traditionellen Wai zusammen.

»Zeig mir die Probe«, sagt der Großvater, ohne den Gruß zu erwidern. Er will es schnell hinter sich bringen. Er mag weder den scharfen Geruch von Säuren und Lösungsmitteln noch das grelle weiße Licht der Laborlampen.

Der Mann im Kittel dreht sich um, nimmt zwei Schälchen aus dem Regal und setzt sie auf dem Arbeitstisch ab. Sein Arbeitgeber zieht eine Brille aus der Brusttasche seines Hemdes und beugt sich darüber.

»Welches ist das Original?«, fragt er und bemerkt nicht, wie ein erleichtertes Lächeln über das Gesicht des Chemikers huscht.

»Dies hier.« Der Mann tippt an eines der Gefäße. »Ich habe den Rand der Schale präpariert. Eine winzige Kerbe. Sonst könnte auch ich nicht mehr sagen, welches von beiden der Tee ist.«

»Gut.« Ein Wort nur. Doch das genügt dem Mann im Kittel. Seine Anspannung lässt nach. Er wird seinen nächsten Geburtstag noch erleben.

Das Gewölbe nebenan könnte sich nicht gewaltiger vom Labor unterscheiden. Auch hier leuchten Deckenstrahler den Raum bis in den letzten Winkel aus, das müssen sie auch, damit keine Handbewegung der etwa zwanzig Frauen, die um einen langen Tisch sitzen, unbemerkt bleibt. Doch hier riecht es nach Schweiß und Angst. Die Frauen tragen nur Slips und ärmellose T-Shirts, dazu medizinische Masken und Einmalhandschuhe. Es gibt nichts, worin sie schnell etwas von der Ware auf dem Tisch verschwinden lassen können. Vor der Hälfte von ihnen steht jeweils eine Waage. Sie wiegen die Ware, schaufeln sie mit sterilen Löffeln in grün glänzende Päckchen. Danach reichen sie sie wie am Fließband an die anderen Frauen weiter, die sie mit einem Klebesiegel verschließen und ein Etikett mit Lebensmittelkennzeichnung anbringen.

Nur eine Handbewegung des Großvaters, und ein beflissener Aufseher reicht ihm ein Päckchen. Er dreht es hin und her.

»Wo ist der Japaner?«

Man ruft nach Ishida, und gleich darauf eilt ein kleiner Mann mit kreisrunden Brillengläsern herbei. Als er sieht, wer ihn zu sehen wünscht, verbeugt er sich so tief, dass sein Gesicht fast die Beine berührt.

»Du garantierst mir, dass das hier fehlerfreies Japanisch ist? Hier und auf den Frachtpapieren? Dir darf kein Fehler unterlaufen.«

»Das ist meine Sprache, auch wenn ich schon viele Jahre nicht mehr …«

»Garantierst du mir das?«

»Ja, *o-jīsan*.« Seine Stirn berührt erneut fast die Knie.

Wieder geht der Großvater weiter, bis er in einen Konferenzraum gelangt, in dem ein Mann bereits auf ihn wartet. Dutzende Dokumente sind über einen Tisch verstreut. Angaben zu Schiffspositionen in Echtzeit flimmern über Laptop-Bildschirme.

»Sind wir so weit?«, fragt der Großvater.

»Ich nehme persönlich noch eine letzte Kontrolle vor, in etwa zwei Stunden beginnen wir mit dem Transport. Unser Boot liegt wie immer in der Phak Nam Bucht vor Anker. Es wird stockfinstere Nacht sein. Niemand wird uns sehen. In Laem Chabang stehen unsere Männer bereit, nehmen die Ladung in Empfang und warten auf die AOCL Osaka. Unsere Leute auf dem Schiff sind vorbereitet. Es wird kein Problem damit geben, die Ware an Bord zu bekommen. Die Zollpapiere sind einwandfrei.«

»Und dann?«

»Dann geht hochwertiger japanischer Matcha auf die Reise nach Europa, und niemand wird merken, dass er das nicht ist. Die Ladung wird in drei Teilen gelöscht. In Livorno,

Zeebrügge und Bristol. Unser Verteilsystem an Land funktioniert wie ein Uhrwerk.«

»Gut.«

In der Tür dreht sich der Großvater noch einmal um.

»Komm später zu uns rauf und iss mit uns.«

Überrascht und dankbar nickt der andere Mann. Noch nie zuvor durfte er der Familie seines Arbeitgebers so nahekommen.

»Dem Anlass der Feier entsprechend haben wir einen japanischen Koch eingeladen. Ein Meister auf dem Gebiet der Zubereitung von Fugu. Du weißt, was Fugu ist? Der Meister zeichnet sich vor allen Dingen dadurch aus, dass er präzise arbeitet. Seine Handgriffe funktionieren wie ein … Was hast du gesagt? Wie ein Uhrwerk. Er darf sich keinen Fehler leisten, sonst verlieren unschuldige Menschen ihr Leben.«

Damit dreht er sich um und geht. Er muss sich nun beeilen, wenn er vor dem Eintreffen der ersten Gäste seinen Enkelkindern noch eine gute Nacht wünschen will, so wie er es jeden Abend tut.

NDR Info, Montag, 21. November 2022

Guten Abend, meine Damen und Herren. Herzlich willkommen zu NDR Info – Die Nachrichten für den Norden.

Eine spektakuläre Meldung erreichte uns an diesem Morgen aus Bristol. Den Zollbeamten im dortigen Hafen gelang es, an Bord eines japanischen Containerschiffes vierhundert Kilo Kokain mit einem Straßenverkaufswert von umgerechnet etwa 30 Millionen Euro sicherzustellen. Trotz der guten Tarnung, denn die Droge war zuvor eingefärbt und als japanischer Matcha verschifft worden. Während Kokain noch vor wenigen Jahren fast ausschließlich aus Lateinamerika nach Europa kam, gewinnen südostasiatische Länder beim Anbau der Kokapflanze immer mehr an Bedeutung. Die Produktion großer Mengen der Droge in Japan ist jedoch ungewöhnlich.

Ob der Tod zweier Zollbeamter im Hamburger Hafen, über den wir in der letzten Woche berichtet hatten, mit dem Drogenfund an Bord der AOCL Osaka in Verbindung steht, wird derzeit ermittelt. Der letzte Hafen, den das Schiff vor seinem Eintreffen in Bristol angelaufen hatte, war Hamburg.

Bevor es mit den aktuellen Sportmeldungen weitergeht, kommen wir zum Wetter. Es hört nicht auf zu regnen in der Hansestadt ...

DIE DARJEELING-SONATE

Oliver Buslau

Ich erwache in der kalten Zelle. Die Luft ist feucht, die Decke auf meiner Pritsche klamm. Ich fühle mich wie in einem Grab. Mein Körper ist steif. Ich massiere meine Finger, die ich kaum noch spüre.

Meine Finger, die vor nicht ganz zehn Stunden eine immens schwere Sonate gespielt haben.

Die »Darjeeling-Sonate«, komponiert von Sir Nathan Campbell, einer der größten Autoritäten im Musikleben des gesamten Vereinigten Königreiches.

Das Werk, mit dem Campbell die Eindrücke einer Indienreise in Musik gegossen hat und dessen Uraufführung er einem Nachwuchstalent am Klavier anvertrauen wollte.

Auch ich hatte auf die Chance gehofft. Ich wollte derjenige sein, der die Sonate erstmals öffentlich spielen durfte. Ich, Felix Aschersleben aus Leipzig. Student am Konservatorium. Bis vor zehn Stunden Kandidat für eine große Virtuosenkarriere …

In einigen Monaten, am 29. Januar 1887, wird die Uraufführung der »Darjeeling-Sonate« stattfinden, und das nicht irgendwo, sondern in der Londoner Royal Albert Hall, dem bedeutenden Konzertsaal im Herzen der Hauptstadt. Verbunden mit allen Ehren eines solchen Debüts. Und natürlich mit einer fürstlichen Gage.

Vor sechs Wochen hatte mich die Nachricht erreicht. Ich

war unter den Auserwählten. Nun war nur noch das Vorspiel zu bestehen, das in Sir Nathans Landhaus zwischen Oxford und Coventry stattfinden sollte.

Meine unbändige Freude wurde schnell im Keim erstickt, als ich mir die Komposition genauer ansah. Die Noten lagen natürlich der Einladung bei. Es gab mächtige Akkordballungen, komplizierte mehrstimmige Strecken, auch seltsame harmonische Wendungen – und das alles in einer so komplexen Dichte, dass dem Komponisten die üblichen zwei Notensysteme, in die man Klaviermusik normalerweise notierte, nicht genügten. Demjenigen, der das spielen sollte, hätten dafür noch mindestens zwei weitere Hände mit weiteren zehn Fingern wachsen müssen. Das Stück, das übrigens mit insgesamt einer guten Stunde Dauer auch von der Länge her außergewöhnlich war, brach mit allen Traditionen. Als habe der Komponist eigentlich eine groß besetzte Sinfonie im Kopf gehabt, sich dann aber doch für das Klavier entschieden.

Eigentlich hatte Sir Nathan vorgehabt, das Stück nach seiner Rückkehr nach England selbst am Klavier vorzustellen. Leider hatte er bei einem Sturz auf einer Gebirgswanderung eine schwere, schlecht verheilte Armverletzung davongetragen, die ihm Auftritte als Pianist von nun an unmöglich machte. Ich wusste von dem Schicksalsschlag. Die Zeitungen in ganz Europa hatten darüber berichtet.

Man erwartete mich am 15. November. Dann würde sich zeigen, ob ich als Interpret der Uraufführung infrage kam. Ich erhielt etwas Geld für die Reise, gebuchte Plätze auf den Eisenbahnstrecken und auf dem Schiff für die Route über den Ärmelkanal. Außerdem eine Übernachtung in London vor dem letzten Teil der Reise.

Mit der Akribie, die ich von meinen deutschen Lehrern in Berlin und Leipzig gelernt hatte, verließ ich mich nicht darauf, die gewaltige Komposition nur mit einem gewaltigen Übungspensum am Flügel technisch und emotional zu durchdringen. Ich kaufte mir ein Notenheft und legte eine genaue Analyse der harmonischen Strukturen an. Ich ging der Konstruktion der gesamten Sonate auf den Grund. Ich zerlegte Akkorde und melodische Bögen. Stellte Betrachtungen über die wechselnden Tonarten und die Verwendung von Konsonanzen und Dissonanzen an. Zeichnete sogar die komplexe Form der Komposition als grafische Darstellung nach. Das würde Sir Nathan sicher zusätzlich beeindrucken.

Schon immer hatte mich diese Seite der Musik sehr interessiert. Ich verfolgte auch die neuesten Entwicklungen auf dem Gebiet der Akustik und wusste, dass es seit einiger Zeit gelungene Versuche gab, Musik in Wachsplatten zu gravieren und beliebig oft hörbar zu machen.

Der Komponist hatte in den Noten ein paar wenige Notizen gemacht, die darauf hinwiesen, was die Sätze, aus denen das Werk bestand, bedeuten sollten: Der erste beschrieb die Stimmung am legendären Mahakal-Tempel, der zweite hieß einfach »Sonnenaufgang« und stellte in seiner von äußerstem Pianissimo bis zum vielstimmigen Gleißen weiträumiger Akkorde in dreifachem Forte die Pracht ebendieses Naturschauspiels dar. Der dritte Satz trug den Titel »Basar« und war ein tänzerisches, ausgelassenes und höllisch schnelles Durcheinander von Melodien und Rhythmen, zu deren Umsetzung die Finger fast auf allen achtundachtzig Tasten der Klaviatur zugleich herumrasen mussten.

Nach einem Monat, den ich fast rund um die Uhr am Instrument verbrachte, hatte ich die technischen Schwierigkeiten gemeistert, und mein Analyseheft war gut gefüllt. Aber ich wollte es nicht dabei belassen. Ich wollte noch weitere Punkte bei Sir Nathan erringen. So nahm ich mir vor, in London ein Geschenk für den Gastgeber zu besorgen. Was lag bei der Sonate, die nach der Heimat des Darjeeling-Tees benannt war, näher als eine Packung mit erstklassigem First Flush?

In London hatte ich eine Übernachtung in einem Hotel ganz in der Nähe des Bahnhofs, von dem aus es weiterging. Ich bat den Mann an der Rezeption mir den besten Darjeeling First Flush zu besorgen, den er auftreiben konnte. Ich zahlte im Voraus, und keine Stunde später gab ein Bote das Gewünschte bei mir ab. Der Mann hatte eine Mütze tief in die Stirn gezogen, sodass ich sein Gesicht nicht erkennen konnte. Als ich ihm ein paar Münzen Trinkgeld gab, fiel mir eine V-förmige Narbe an seinem Handgelenk auf. Natürlich war mir nicht klar, welche Bedeutung diese Beobachtung noch erlangen sollte. In diesem Moment dachte ich mir nichts dabei.

Hatte ich eigentlich geglaubt, dass Sir Nathan Campbell zu dem Novembertermin mich allein auf seinen Landsitz eingeladen hatte?

Wenn ich ehrlich bin, habe ich das. Aber dann …

Dann stand ich am Bahnhof, der Zug fuhr stampfend ein, der Bahnsteig war mit Dampf erfüllt. Ich suchte meinen Waggon, und da standen inmitten des wabernden Nebels zwei andere junge Leute, deren Plätze – wie sich bald herausstellte – im selben Abteil reserviert waren und deren Reiseziel ebenfalls Sir Nathan Campbells Haus war. Es waren zwei Konkurrenten.

Der eine war ein elegant gekleideter rothaariger Jüngling mit blasiertem Gesichtsausdruck, dessen Lippen irgendwie zu kurz geraten waren, sodass er sie kaum über die Zähne bekam.

Er stellte sich als Harry Scarford vor. Neben ihm stand eine junge Frau. Mit starkem französischem Akzent erklärte sie, ihr Name sei Marguerite Lefleur. Ihre Heimatstadt sei zwar Rouen, aber sie studiere bei Clara Schumann in Frankfurt.

Somit war sie also eine von den vielen jungen Virtuosinnen, die neuerdings auf die Konzertpodien drängten. Dass die Witwe des Komponisten Robert Schumann seit fast zehn Jahren an einem Konservatorium unterrichtete, sorgte dafür, dass immer mehr Frauen die Ausbildung zur Konzertpianistin einschlugen. So mancher sah diese Entwicklung mit Verwunderung. Meine Lehrer in Berlin zum Beispiel. Sie waren der Ansicht, dass Frauen mit ihrem Klavierspiel bestenfalls bürgerliche Salons verschönern sollten. Aber keinesfalls mit Klavierkonzerten öffentlich auftreten.

»Ich dachte mir schon, dass Sir Nathan uns um die Wette spielen lässt«, sagte Scarford in perfektem Deutsch. »Wer ihn kennt, weiß, dass er immer für spannende Überraschungen gut ist.« In seinem Blick lag Hohn. Die Wendung, die besagte, dass Scarford unseren Gastgeber bereits bestens kannte, sollte wohl einschüchternd wirken.

Mademoiselle Lefleur schwieg. Vielleicht waren ihre Kenntnisse des Deutschen und Englischen mangelhaft, oder sie war einfach zurückhaltend. Dafür sprach Scarford immer mehr. Über seine Erfolge, seine guten Verbindungen und seine brillanten Abschlüsse.

Er war noch Schüler des ebenso genialen wie legendären Franz Liszt gewesen. Der Übervater der Klaviervirtuosen war im vergangenen Jahr im Alter von fast fünfundsiebzig Jahren verstorben. Seine Freunde und Bekannten bildeten die Crème de la Crème der Musik. Wer bei ihm gelernt hatte, war aus erster Hand in den Besitz der Interpretationsgeheimnisse solcher Größen wie Chopin, Schumann oder Mendelssohn gekommen. Sogar den Titanen Ludwig van Beethoven hatte Liszt noch persönlich getroffen und Unterricht von dessen Freund und Schüler Carl Czerny erhalten. All dies lag nun in Scarfords Fingern. Kein Zweifel, dass er ein besonders gefährlicher Gegner war.

Während der Zug London verließ und durch die nebelverhangene englische Herbstlandschaft eilte, keimte ein immer stärker nagender Zweifel in mir auf, ob ich wirklich gut genug vorbereitet war. Ob ich es bei dieser Konkurrenz jemals hätte sein können.

Scarford erzählte und erzählte. Mademoiselle Lefleur hatte sich ihm gegenüber in die Polster gedrückt und beobachtete ihn mit einem Gesichtsausdruck, der nicht zu deuten war. Ich schweifte mit den Gedanken ab, wurde unkonzentriert und hakte erst wieder bei seinem Redeschwall ein, als ein Stichwort fiel, das mich aufschrecken ließ.

»... habe ich mir ein Duell geliefert«, hörte ich Scarford sagen, »und wurde sogar dabei verletzt. Haben Sie schon mal mit einem Degen gekämpft, Herr Aschersleben? In Deutschland soll die Übung im Fechten ja in den Burschenschaften der Studenten gang und gäbe sein ... Was haben Sie, mein Herr?« Er sah mich spöttisch an. »Hat Sie die Erwähnung einer tödlichen Waffe erschreckt? Ich wusste nicht, dass Sie so empfindlich sind. Verzeihen Sie.«

Ich hatte nicht geantwortet, weil mir plötzlich etwas eingefallen war, was sich wie ein glühender Pfeil in meinen Körper zu bohren schien.

Ich hatte bereits von Scarford gehört.

Nach meinem ersten Jahr in Leipzig hatte sich herumgesprochen, dass sich ein junger Pianist nahe von Liszts

Weimarer Residenz in den Ilm-Auen mit einem Künstlerkollegen einen Kampf geliefert hatte. Es war nicht tödlich ausgegangen. Aber einer hatte dem anderen dabei vorsätzlich einen Finger gebrochen, und dessen Karriere hatte damit ein schnelles Ende gefunden. Der andere war ein Engländer gewesen. Es musste Scarford gewesen sein.

So gut es ging, verbarg ich meinen Schrecken darüber, dass dieser aufgeblasene Wicht offenbar nicht davor zurückschreckte, unliebsame Konkurrenten nicht nur mit Können, sondern auch mit Gewalt aus dem Weg zu räumen.

Ein Kommentar von Mademoiselle Lefleur zeigte mir, dass sie wohl doch etwas von dem verstanden hatte, was gesagt worden war. Sie schüttelte lächelnd den Kopf und sagte leise: »*Les hommes sont malins.*«

Ich kramte in meinem Französisch.

Die Männer sind schlau. Die Männer sind Schlauberger. Meinte sie das ironisch? Ich konnte es ihrem Gesicht nicht ansehen.

Der Rest der Reise verlief in eisigem Schweigen. Ich kämpfte innerlich gegen die Bangigkeit an, die mich erfasst hatte, und versuchte, mir einzureden, dass im schlimmsten Fall ein interessanter Ausflug nach England bei der Sache herauskäme.

An dem kleinen Landbahnhof holte uns ein dunkelhaariger Mann namens Blake ab, der wohl Sir Nathan Campbells Diener war. Er verfrachtete uns samt Gepäck in eine Kutsche und fuhr uns zu dem Landhaus. Es war ein zweistöckiges Gebäude mit efeubewachsenen Mauern und einem Turm.

Blake führte uns hinein und erklärte uns, Sir Nathan werde bald erscheinen. Wir hätten jetzt Gelegenheit, uns kurz frisch zu machen und für den Vortrag vorzubereiten. In drei voneinander entfernten Zimmern stünden je ein kleiner Imbiss und ein Klavier bereit, an dem wir uns einspielen könnten. Sir Nathan sei darauf eingerichtet, hin und wieder Schüler zu empfangen. Dann informierte er uns darüber, dass wir nach dem Vorspiel im Hause übernachten dürften. Am nächsten Tag hätten wir wieder abzureisen. Für Mademoiselle Lefleur erklärte er alles auch auf Französisch.

»Wer Sir Nathan kennt, weiß, dass er eigentlich keine Gäste um sich herum mag«, sagte Scarford in seiner herablassenden Art, während wir die Treppe hinaufgingen. »Das war Ihnen unbekannt. Oder, Herr Aschersleben? Wir können froh sein, dass er uns nicht heute schon wieder rausschmeißt. Er ist eigentlich ein Einsiedler, der die Zeit nur mit sich und seiner Musik verbringt.«

Nein, das wusste ich nicht. Ich sah Mademoiselle Lefleur an, die auf der anderen Seite neben mir die Stufen erklomm. Sie lächelte kurz zurück, als wolle sie sagen: Lassen Sie den Schwätzer nur reden. Dann sagte sie wirklich etwas.

»Allez, on va faire de la musique.«

Machen wir jetzt endlich Musik.

Wie recht sie hatte. Denn nur darauf kam es doch an.

Die Worte gaben mir Kraft. Ich beschloss, mich nicht irremachen zu lassen. Nicht schon aufzugeben, bevor es begonnen hatte. Ich wollte zumindest versuchen, Scarford zu besiegen. Und die junge französische Kollegin sowieso.

Das Klavier in meinem Zimmer war hervorragend und wunderbar gestimmt. Aber etwas hemmte mich, frei loszuspielen. Immer wieder versuchte ich nach ein paar kurzen Fingerübungen eine besonders schwierige Stelle aus dem »Basar«-Satz, in dem die schwarzen Noten wie ein Insektenschwarm zu wimmeln schienen. Aber nach einem kurzen

Anlauf brach ich ab. Lauschte. Spielte wieder. Brach wieder ab und hörte wie aus weiter Ferne anderes Klavierspiel.

Ich ging hinaus, eilte einen mit dicken Teppichen bedeckten Gang entlang zu dem Raum, hinter dessen Tür ich Scarford hatte verschwinden sehen.

Darin rauschten die überwältigenden Kaskaden der Sonate. Verdammt noch mal, er spielte gut. Die Klänge rasten und glitzerten nur so. Das Tonspektrum des Klaviers erinnerte an einen Regen aus Milliarden Tropfen, die sich auf einmal unter der wundersamen Kraft eines Lichtscheins in einen Regenbogen verwandelten. Tropfen, die, alles Wasserhafte hinter sich lassend, als eigenes Farbwunder neu auferstanden.

Wie gefangen hörte ich zu und bekam kaum mit, dass Scarford drinnen eine Pause eingelegt hatte. Ich verstand erst wieder, wo ich war, als die Tür aufgerissen wurde und die Gestalt des Konkurrenten vor mir stand.

»Wünschen Sie etwas, Herr Aschersleben? Ah, ich verstehe ... Sie wünschen zu hören, wie man die Sonate richtig spielt. Ich freue mich, dass Sie durch mich etwas lernen konnten. Aber ich möchte Sie bitten, sich doch selbst ans Instrument zu begeben und zu üben. Nur auf diese Weise nämlich können Sie Ihr eigenes Spiel verbessern. Nur zuzuhören hilft nicht viel. Haben Ihnen das Ihre Professoren nicht gesagt?«

Er hatte gewusst, dass ich lauschte! Ich stand immer noch völlig verdattert da und musste mitansehen, wie er die rechte Hand, die das Türblatt fasste, herunternahm und eine Geste machte, als wolle er ein lästiges Tier verscheuchen. Noch während ich nach Worten suchte, um diese Unverschämtheit zu parieren, sah ich, wie an seiner Hand der Ärmel nach hinten rutschte. Scarford zog den Stoff sofort wieder zurück, aber der Sekundenbruchteil hatte ausgereicht, um etwas zu erkennen, was mich erschreckte.

Die V-förmige Narbe!

Die Narbe des Mannes, der mir im Londoner Hotel den Tee gebracht hatte.

Völlig verwirrt ging ich zurück. Was hatte das zu bedeuten? Es war nicht eine ähnliche Narbe. Es war exakt dieselbe, da war ich sicher. Scarford war der Mann gewesen. Ich hatte ihm nicht in die Augen gesehen. Er hatte eine Mütze getragen, sodass seine roten Haare nicht zu erkennen gewesen waren.

Die Narbe stammte wahrscheinlich von dem Kampf, von dem er selbst berichtet hatte. Den er als »Duell« bezeichnet hatte, der aber den Gerüchten zufolge nichts Ehrenhaftes an sich gehabt hatte.

Dass er gewusst hatte, in welchem Hotel ich nächtigte, war möglich. Dass er mir den Tee gebracht hatte, auch. Arbeitete er nebenbei in London als Bote für ein Hotel oder eine Teehandlung, um sich Geld für sein Studium zu verdienen?

Das passte nicht zu den Erfolgsgeschichten, die er andauernd zum Besten gab.

Ich versuchte, meine Finger so gut es ging auf das Vorspiel vorzubereiten. Irgendwann kam Blake und erinnerte daran, dass Sir Nathan uns nun begrüßen wollte. Er bat uns, in den Salon im Erdgeschoss zu kommen.

Ich sah auf die aufgeschlagenen Noten der »Darjeeling-Sonate«, und die runden Köpfe, die Hälse, Notenlinien, Schlüssel und Vortragszeichen wurden zu einem tanzenden Schwarm, während in mir die Gewissheit wuchs, dass Scarfords eigenartiger Auftritt als Tee-Bote Teil einer perfiden Intrige sein musste, mit der er den Kampf gewinnen wollte. Ich glaubte nicht an die Theorie, dass er sich als Bote Geld verdiente. Das passte nicht zu ihm.

Meine Angst kehrte zurück.

Als ich mich erhob und die Noten an mich nahm, waren meine Beine weich. Ich wankte auf den Gang. Noch bevor ich die Treppe erreichte, fiel mir ein, dass ich das Päckchen Tee für unseren Gastgeber liegen gelassen hatte. Ebenso meine Analysen der Sonate, auf die ich doch so stolz war.

Ich musste zurückgehen und beides holen. Während ich mich wieder auf den Weg ins Erdgeschoss machte, ging mir ein weiterer Gedanke im Kopf herum. Plötzlich sah ich vor meinem inneren Auge Scarford, der sich mit einem Gegner blutig duellierte. Dann wechselte das Bild, und ich stellte mir vor, wie er etwas an dem Tee manipulierte, den er mir dann als Mitbringsel ins Hotel brachte. Als ich am Fuß der Treppe um die Ecke ging und mich der Tür zum Salon näherte, hatte sich das alles zu einem schlimmen Verdacht verfestigt: Irgendetwas musste es mit diesem Tee auf sich haben. War er minderwertig, sodass ich mich vor Sir Nathan blamieren sollte? War in dem Päckchen gar kein Tee, sondern etwas Unappetitliches? Oder war er verdorben? Vielleicht sogar vergiftet, sodass ich am Ende als Schuldiger für eine Magenverstimmung des Komponisten dastand?

Die Gedankenfetzen in mir rasten nur so. Ich spürte, wie mir Schweiß ins Gesicht rann.

Gift?

Jemand, der einem anderen Pianisten einen Finger brach, war vielleicht auch dazu fähig, für die Karrierechance seines Lebens einen Mord zu begehen.

Ich hatte mich der offenen Salontür genähert und konnte in den Raum hineinsehen. Es war eher ein großes Arbeitszimmer, ausgestattet mit einem Flügel, gut gefüllten Bibliotheksregalen an den Wänden und einem riesigen Schreibtisch mit Stapeln von Noten, bei denen es sich größtenteils um handgeschriebene Manuskripte handelte.

In einem Kamin im Hintergrund brannte ein prächtiges Feuer. Scarford und Mademoiselle Lefleur waren bereits herunterkommen. Neben dem Schreibtisch stand Sir Nathan Campbell. Er war ein bärtiger, großer Mann von Anfang sechzig im Tweedanzug mit einer attraktiven silbergrauen Mähne. Er hatte sich gerade mit meinen Konkurrenten unterhalten und sah mich an. Einen Moment überlegte ich, den Tee einfach wieder hinaufzubringen, aber dafür war es zu spät.

»Herzlich willkommen, Herr Aschersleben. Schön, dass nun alle drei Kandidaten für die Auswahl anwesend sind. Wie ich sehe, haben auch Sie ein Mitbringsel dabei ...« Er lächelte mich seltsam an, und im nächsten Moment wusste ich auch, warum. Auf einem Tablett, das Blake in der Hand hielt, lagen zwei andere Päckchen, die meinem zum Verwechseln ähnlich sahen.

»Ihre Mitstreiter hatten dieselbe originelle Idee«, erklärte der Gastgeber, der meinen verdutzten Blick bemerkt hatte. »Nun, wenn es darum geht, eine Sonate mit dem Titel ›Darjeeling‹ aus der Taufe zu heben, liegt es nahe, einen solchen Tee beizusteuern ... machen Sie sich nichts daraus, junger Freund. Es sind noch viel mehr Menschen auf die Idee gekommen, mich nach meiner Rückkehr mit Tee zu beehren. Dabei saß ich dort am Himalaya gewissermaßen an der Quelle ...«

Wieder ratterten meine Gedanken, während wir eingeladen wurden, auf einem Fauteuil Platz zu nehmen. Ich versuchte weiter, eine Antwort auf die Frage zu finden, was Scarford mit der Intrige im Hotel bezweckt hatte, wenn er doch die

Absicht hatte, selbst auch Tee mitzubringen. Leider verdeckte das Grübeln in meinem Kopf das, was uns Sir Campbell sagte, fast vollständig. Meine Gedanken waren wie ein Schleier, der sich über das Gespräch legte. Ich bekam aber mit, dass er noch einmal von seiner Reise berichtete und uns die Eindrücke, die ihn zu der Musik inspiriert hatten, mit eigenen Worten schilderte. Dann wandte er sich mir zu, wies auf das Heft mit den Analysen und fragte mich, was das sei.

Ich versuchte, Ordnung in meinem Kopf zu bringen und riss mich zusammen. In kurzen Worten erklärte ich, dass ich die Sonate gründlich analysiert hatte und dass dies Teil meiner Vorbereitung war.

»Das klingt ja sehr interessant«, sagte Sir Nathan. »Ein Beispiel für deutsche Gründlichkeit? Lassen Sie mal sehen.« Ich hielt ihm das Heft hin. Er schlug es auf und blätterte es langsam durch, während Mademoiselle Lefleur eher teilnahmslos zusah und Scarford mit konzentrierter Miene das Geschehen beobachtete. Jetzt erschien auf seinem Gesicht noch ein anderer Ausdruck als der höhnischer Herablassung, den ich schon kannte. Es war Verschlagenheit.

»Glauben Sie wirklich, dass Sie das weiterbringt?«, fragte Sir Nathan mit einem bitteren Beigeschmack von Enttäuschung, wie man sie bei Lehrern erlebt, die eigentlich mehr von einem erwartet hätten. »Die reine Vermessung von Musik, das Abzählen von Tonschritten, Akkorden, Motivzusammenhängen und formalen Proportionen ... das alles kann doch niemals zu der wirklich wahren künstlerischen Kraft führen, die man als Musiker benötigt.«

Ich wandte ein, dass er damit natürlich nicht falschlag, aber meine Arbeit doch nicht ganz unnütz sein konnte, da sie ja auch nur als Ergänzung, als Brücke zum tieferen Verständnis gedacht war. Aber er schnitt mir das Wort ab. »Stellen Sie sich vor, Sie hätten die ewigen Denkmäler des Altertums niemals gesehen – den Tempel auf der Akropolis, die Pyramiden, den Petersdom oder die herrlichen gotischen Kathedralen ... Und ich würde Ihnen anstelle des leibhaftigen Eindrucks nur deren mathematische Vermessung in einem Lehrbuch voller Zahlen anbieten.« Er lächelte, und es war sogar ein gütiges Lächeln. »Sicher, Sie sind jung, Sie haben diese großen Bauwerke noch nie gesehen, aber ich denke, Sie verstehen, was ich meine.« Er blickte in die Runde, fasste alles noch einmal in fließendem Französisch zusammen, und natürlich stimmten ihm Scarford und Mademoiselle Lefleur nickend zu.

»Das Erlebnis von Darjeeling, die unverwechselbare Atmosphäre Indiens kann ich Ihnen nicht vermitteln«, fuhr er fort. »Nicht mit Worten. Nicht mit Berechnungen. Bestenfalls mit meiner Musik. Aber wir können diesen Eindruck ergänzen. Anders als Herr Aschersleben es versuchte. Ich werde Blake anweisen, uns etwas von dem Tee zuzubereiten, den Sie mitgebracht haben. Ich bin sicher, der Geschmack wird Ihnen helfen, sich noch einmal auf besondere Weise in die Welt meines Werkes einzufügen, bevor ich Sie auf die Probe stelle ...« Er sah sich um. Aber der Diener, der die Teepackungen nach meiner Ankunft weggebracht hatte, war nicht zu sehen.

Scarfords Gesicht zeigte so etwas wie Triumph, und in diesem Moment wusste ich, dass er es genau darauf angelegt hatte. Dass der mitgebrachte Tee geöffnet wurde, dass es daraufhin zu irgendeiner Blamage kam, die mit dem Tee zu tun hatte. Dass nur sein Tee den Ansprüchen des Gastgebers genügen würde ...

»Wo ist der Bursche nur?«, fragte Sir Nathan ungehalten und wollte aufstehen. In einem schnellen Entschluss kam ich ihm zuvor. Ich erhob mich, entschuldigte mich kurz und bot an, selbst dem Diener Bescheid zu geben.

Schon war ich durch die Tür hinausgegangen und wandte mich einem Gang zu, an dessen Ende ich beim Herunterkommen eine offene Küchentür gesehen hatte.

Wärme schlug mir entgegen. Auch hier brannte Feuer in einem großen Herd. Auf einer Anrichte lagen die drei Teepackungen. Drei weiße, fast identische Papiertüten, die sich nur durch die unterschiedlichen Etiketten der Händler unterschieden. Zwei verwiesen auf denselben Londoner, die dritte auf einen Frankfurter Händler.

In der Eile konnte ich nicht unterscheiden, welchen Tee ich mitgebracht hatte und welcher von dem herablassenden Liszt-Schüler kam. Aber das war sowieso gleich, denn ich wollte, dass weder mein Mitbringsel noch das Scarfords zum Zuge kam. Meines war sicher irgendwie manipuliert und das andere besaß wahrscheinlich eine so hohe Qualität, dass der Konkurrent damit nur gewinnen konnte. In einer plötzlichen Eingebung riss ich alle Etiketten ab, warf sie in das Herdfeuer und nahm das Päckchen der Französin in die Hand.

»Kann ich Ihnen helfen, Sir?«, fragte Blake, der plötzlich hereingekommen war.

Ich erklärte hastig, Sir Nathan wünsche Tee für uns alle, und zwar aus dieser Packung.

»In Ordnung, Sir«, sagte Blake mit der typischen Mischung aus Distanziertheit und Verbindlichkeit englischer Butler. »Vielen Dank für den Hinweis, Sir. Bitte entschuldigen Sie. Ich hatte einen Moment draußen zu tun und stand daher nicht zur Verfügung.«

Ich erklärte, dass er sich mir gegenüber nicht zu rechtfertigen brauchte, und kehrte in den Salon zurück, wo ich Sir

Nathan Campbell und meine Konkurrenten in ein Gespräch auf Französisch vertieft vorfand. Es ging um die Frage, ob es wirklich angemessen war, dass junge Frauen eine Karriere als Konzertpianistinnen anstreben sollten.

»Sehen Sie«, sagte unser Gastgeber, als er mich hereinkommen sah, »eigentlich wäre es als Frau Ihre natürliche Aufgabe gewesen, sich um die Erfordernisse in der Küche zu kümmern. Was freundlicherweise Herr Aschersleben übernommen hat. Stattdessen verbringen Sie Ihre Zeit damit, das Klavierspiel zum Beruf zu machen. Ist das nicht widersinnig?«

So gut ich es verstand, erwiderte Mademoiselle Lefleur, dass sie sich wundere, warum sie überhaupt eingeladen worden sei, wenn Sir Nathan einer Frau das Recht absprach, seine Sonate in der Royal Albert Hall zu spielen.

Doch unser Gastgeber lächelte nur. »Sie haben Talent«, sagte er. »Ein Geschenk Gottes. Oder des Schicksals. Wie Sie wollen. Sie sollten es nicht verkümmern lassen. Ich sage nur, dass Sie das keinesfalls als Frau beruflich tun sollten. Überzeugen Sie mich. *Convainquez-moi.*« Er räusperte sich. Dann erkundigte er sich eingehend nach der pädagogischen Methode von Clara Schumann in Frankfurt, und auch ich durfte etwas über meine Lehrer in Leipzig und Berlin zum Besten geben. Dabei versuchte ich nach Kräften den schlechten Eindruck wettzumachen, den ich mit meinem Analyseheft offenbar hervorgerufen hatte. Scarford fing wieder mit seinen Geschichten über den Unterricht bei Liszt an. Dann kam Blake mit dem Tee.

Als er ihn servierte, bemerkte ich zum ersten Mal Sir Nathans Behinderung am linken Arm, die er sich bei dem Sturz im Gebirge zugezogen hatte. Der Ellbogen blieb steif, als er nach der Kanne greifen wollte.

»Wären Sie so freundlich und würden uns einschenken?«, fragte er Mademoiselle Lefleur auf Französisch. »Nicht, weil Sie eine Frau sind, sondern weil Sie gerade so günstig sitzen und es mir wegen meiner Einschränkung nicht mehr vergönnt ist. Möge Ihnen dieser Genuss helfen, das Beste bei dem Vortrag der Sonate vorzuführen. Wir werden gleich die Reihenfolge auslosen, in der Sie an dem Flügel dort drüben die Komposition vorspielen. Es wird aber mehrere Durchgänge geben. Wir werden jede Interpretation gemeinsam diskutieren. Vielleicht können Sie, Herr Aschersleben, ja dabei noch etwas lernen. Es ergibt sich die Gelegenheit, Ihre Analysemethoden vom Schriftbild auf die eigentliche klingende Musik auszuweiten. Wer gewonnen hat, werde ich heute noch nicht bekannt geben. Sie sollen ganz in Ruhe mit mir den Abend genießen und morgen zur Rückreise aufbrechen. Sie erfahren meine Entscheidung später brieflich.«

Kurz darauf waren unsere Tassen gefüllt. Es war für mich das erste Mal, dass ich Darjeeling-Tee vorgesetzt bekam, und ich hoffte, davon – da ich nun wohl alles, was Scarfords Intrige mit diesem Getränk betraf, ausgeräumt hatte – die Inspiration für meinen musikalischen Vortrag zu erhalten, die ich benötigte. Trotzdem wollte die Last in mir nicht weichen. Noch hatte ich das Gefühl, dass ich außer dem Vortrag selbst noch eine Barriere überwinden musste. Sir Nathans nochmalige Erwähnung meiner Analysen hatte mir einen Stich versetzt.

Der Gastgeber nahm seine Tasse. Scarford und Mademoiselle Lefleur taten es ihm gleich. Ich ergriff das Wort und kündigte an, den Ratschlag, was die Analyse betraf, ernst zu nehmen. Wie von selbst kam ich auf eine Idee, mit der ich weiter Boden zu gewinnen versuchte. Ich brachte mein Wissen über

Edisons vor einigen Jahren erfundenen Phonographen an, der der Menschheit die Möglichkeit bot, Musik nicht als etwas Flüchtiges wahrzunehmen, sondern Klänge festzuhalten.

Sir Nathan erwiderte, dass er davon gehört habe und es sehr interessant fand. Er schätze es, dass sich der musikalische Nachwuchs auch mit diesen Dingen beschäftige. Die im Moment gespielte Musik sei ihm aber lieber als eine tönende Konserve.

»Aber nun lassen Sie uns ...«, begann er, aber ein hässliches, grunzendes Schnauben unterbrach ihn.

Es kam von Scarford. Er starrte uns aus aufgerissenen Augen an und ließ die Porzellantasse fallen, aus der er offenbar gerade getrunken hatte. Das Gefäß prallte auf den Tisch und zerbrach. Scherben fielen auf den Teppich, ein nasser Fleck entstand. Scarford, offenbar von heftigen Krämpfen geschüttelt, fasste sich an den Hals. Wie ein wachsender Wattebausch erschien Schaum vor seinen Lippen und tropfte herab, während ein besonders heftiger Anfall ihn packte und vom Fauteuil stieß. Dann blieb Scarford, uns mit aufgerissenen toten Augen noch anstarrend, liegen.

Schon während dieses kurzen, aber entsetzlichen Schauspiels war Mademoiselle Lefleur mit einem Schrei aufgesprungen. Blake kam herbeigerannt. Ich war wie erstarrt vor Schreck. Ebenso Sir Nathan, der, mit einem Schlag blass geworden, das Geschehen ungläubig beobachtete.

Jetzt, in meiner Zelle, an diesem kalten Morgen, erscheint mir alles in einem Wirbel der Erinnerungen. Die Bilder gleichen bunten Fetzen, die vor meinem inneren Auge vorüberziehen.

Blake, der aufbrach, um einen Arzt zu holen.

Ein Polizist in dunkler Uniform, der zusammen mit dem Arzt ankam.

Der Arzt, der uns erklärte, der Tee habe Strychnin enthalten.

Der Polizist, der uns alle in der Küche neben dem Herd befragte und sich sehr eingehend mit mir unterhielt. Wobei mir nach und nach klar wurde, dass er mich immer weiter in die Enge trieb.

War nicht ich es gewesen, der plötzlich in die Küche geeilt war? Der das offenbar vergiftete Teepäckchen ausgewählt hatte?

War nicht ich es gewesen, der die Etiketten vernichtet hatte? Damit ich das vergiftete Päckchen als das von Mademoiselle Lefleur ausgeben konnte, um den Verdacht von mir abzulenken?

Hatte ich nicht mit meinen plötzlichen Ausführungen über den Phonographen vor dem ersten Schluck dafür gesorgt, dass Sir Nathan und ich selbst verschont blieben, um nur die beiden Konkurrenten zum Opfer des Anschlags zu machen?

Nur ein Zufall hatte Mademoiselle Lefleur davor bewahrt.

Die Untersuchung der drei Packungen ergab: eine hatte vergifteten Tee enthalten, eine erstklassigen Darjeeling First Flush, und die dritte gemahlenes Heu.

Man brachte mich ins Gefängnis. In die Zelle, wo ich auf Weiteres warten sollte und in der ich jetzt sitze.

Mademoiselle Lefleur wird die »Darjeeling-Sonate« spielen. Ihre Konkurrenten sind aus dem Weg geräumt. Der eine ist tot, der andere des Mordes beschuldigt.

Ich sehe zum vergitterten Fenster hinauf. Und ich höre in mir wie in einer fernen Erinnerung Mademoiselle Lefleurs leise Stimme.

»Les hommes sont malins.«

JOHNNY WAR EIN TEEMANN

Peter Gerdes

Gerade hatte Johnny den Tee aufgegossen, da kam das Signal von der Schleuse. »De Kluntje maar binnenkomen«, krächzte es aus dem Sprechfunk. »Dit Kleintje past nog steeds in.« Im Hintergrund wurde gelacht. Johnny fluchte.

Das Rumpeln des anspringenden Diesels scheuchte Decksmann Dave aus seinem Verschlag. Johnny steckte seinen Schädel aus der Steuerhaustür. »Vorleine los«, rief er, »und vergiss nicht wieder die Handschuhe!«

Dave guckte finster und verständnislos, wie immer. Seine muskulösen Arme waren mit Tattoos gesprenkelt, aber kein einziges maritimes Motiv war darunter. Von Seefahrt hatte Dave keinen Schimmer. Wenigstens zog er sich jetzt seine ledernen Arbeitshandschuhe über, ehe er die alte Stahltrosse vom Poller löste. Stahlseile bestanden aus Drähten, die zu Litzen und Kardeelen gedreht und geschlagen wurden; mit den Jahren brachen einzelne Drähte, und die Enden konnten einem schmerzhaft die Hände verletzen. Seeleute wusste so was. Dave wusste das nicht. Er wusste vieles nicht, und wenn es ihm einer erklärte, guckte er böse. Dave guckte fast immer böse.

Johnny wirbelte das Ruderrad herum, dass die Speichen flimmerten, und ließ das Kielwasser schäumen. Die Groninger warteten nicht gerne; jede Verzögerung würde weiteren Spott provozieren. Aber nicht mit Johnny Teemann! Mit einem rasanten Manöver würde er den Käseköpfen die Mäuler stopfen. In einem eleganten Bogen hielt die kleine alte Kluntje auf die Schleuseneinfahrt zu.

Vor den Schranken beiderseits des offenen Tores warteten Autos und Radfahrer. Auch eine Fußgängerin war dabei, eine junge Frau mit einem prallvollen Wanderrucksack. Eine hübsche Person, dachte Johnny. Er mochte Frauen, an denen etwas dran war. An der da oben war eine Menge dran, das sah man, weil sie sich vornübergebeugt auf die Schranke stützte. Johnny konnte den Blick gar nicht abwenden. Als sie lächelte und ihm zuwinkte, fühlte er sich ertappt. Schnell guckte er wieder nach vorne.

Keine Sekunde zu früh. Das Schleusenbecken war gestopft voll; der Schleusenmeister hatte Optimismus bewiesen, als er sagte, ein kleines Schiff wie die Kluntje passe allemal noch rein. Wenn, dann nur knapp und mit viel Augenmaß. Johnny Tesmanns kleines Binnenschiff rauschte auf eine massive Wand aus Stahl zu.

Johnny fluchte, seine rechte Hand kurbelte wie besessen am Ruderrad, seine linke riss die Einhebelsteuerung der Maschine zurück in die Senkrechte. Rückwärts, voll Kraft rückwärts, schrie eine panische Stimme in seinem Kopf. Los, gib Schub! Aber er wusste, dass er warten musste, bis der Drehzahlmesser der alten Maschine Leerlauftouren anzeigte, ehe er umsteuern und volle Kraft zurück geben durfte, ohne Gefahr zu laufen, dass ihm das Getriebe um die Ohren flog. Währenddessen rauschte die Kluntje weiter auf die großen Containerschiffe zu, die die Schleusenkammer bis auf diese kleine Lücke ausfüllten. Dave stand ungerührt am Bug, auf seiner Glatze spiegelte sich die Sonne. Er hatte beide Hände auf die Schanz gestützt und beobachtete das Manöver, ohne mit einem seiner eindrucksvollen Muskeln zu zucken. Das sah nach Coolness aus, aber Johnny wusste es besser. Dave hatte einfach keine Ahnung, was vor sich ging. Mit etwas Pech würde er gleich dumm sterben.

Endlich war die Drehzahl unten. Johnny zog den Getriebehebel zurück, spürte das Einrasten in seiner hornigen Handfläche, zog weiter, bis der Schiffsdiesel unwillig zu grollen begann. Ein lautes Gurgeln verriet ihm, dass die Schraube sich rückwärts drehte. Gott sei Dank! Eine andere Bremse hatte so ein Schiff nicht. Johnny biss die Zähne zusammen und drückte den Hebel herunter bis auf das fleckige Holz des Steuerstandes. Aus dem Grollen wurde ein Brüllen, aus dem Gurgeln ein lautes Donnern. Starke Vibrationen schüttelten das kleine Schiff; die Teekanne klirrte auf ihrem Stövchen, hielt aber die Stellung. Die Kluntje wurde langsamer, stoppte schließlich ganz. Dave legte das Auge des Festmachers über einen Poller in der Schleusenwand, als sei das das Normalste der Welt. Johnny drückte den Hebel zurück in die Senkrechte, dann wischte er sich erleichtert die Stirn.

Zu früh gefreut. Dave hatte sich nur um den Bug des Schiffes gekümmert, nicht um das Heck. Das hatte noch so viel Schwung, dass es mit lautem Getöse gegen die Schleusenwand krachte. Auf den anderen Schiffen schüttelten Skipper und Steuerleute missbilligend die Köpfe, auf der Kluntje kippte die Teekanne nun doch vom Stövchen. Johnny fluchte und suchte nach einem Wischlappen. Während sich das Schleusentor hinter ihm langsam schloss, spürte er die Schamesröte im Gesicht.

Als er das Heck ordnungsgemäß festmachte, näherte sich jemand oben dem Rand der Schleusenkammer. Der Schleusenmeister, dachte Johnny ohne aufzublicken. Jetzt gab es wohl den fälligen Rüffel für sein stümperhaftes Anlegemanöver! Viele Niederländer genossen es, einem Moffen bei jeder Gelegenheit eins reinzuwürgen. Früher, wenige Jahrzehnte nach dem 2. Weltkrieg, konnte man das verstehen. Aber hatte es danach nicht eine Normalisierung, eine Annäherung gegeben? Seit einiger Zeit war davon nichts mehr zu spüren. Manchmal kam Johnny sich vor wie im Fußballstadion. Mit dem falschen Trikot.

»Moin, Herr Kapitän!« Das klang überhaupt nicht feindselig, auch nicht niederländisch. Vor allem klang es weiblich. Überrascht hob Johnny den Blick. Das war doch die junge Frau von vorhin, vom Schleusenhöft! Die mit dem prallen Rucksack. »Ich habe ihre Flagge gesehen«, sagte die Frau, »und dass ihr Heimathafen Emden ist. Fahren Sie nach Hause? Oder in die Richtung?«

Johnny antwortete nicht gleich. Aus den Augenwinkeln sah er, dass Dave ihn anstarrte. »Wieso?«, fragte er zurück.

Die junge Frau lächelte ihn an. Ihr Mund war breit, ihre Zähne blitzten, und in ihren leicht gebräunten Wangen bildeten sich Grübchen. »Ich bräuchte eine Mitfahrgelegenheit«, sagte sie und beugte sich vor. »Letzte Nacht hat mir einer mein Portemonnaie gestohlen, jetzt bin ich völlig pleite. Bus und Bahn fallen flach. Ob Sie wohl so nett wären, mich mitzunehmen?«

»Portemonnaie gestohlen, was?«, fragte Johnny. »Wo denn, im Hotel? Oder in der Jugendherberge?«

Die Frau lächelte noch breiter. »Nee, auf einer Party. Nach dem Open-Air-Konzert gestern Abend. Wir haben die ganze Nacht durchgefeiert, und als ich mir etwas zum Frühstück kaufen wollte, hab ich's gemerkt. Tja.« Sie breitete die Arme aus. »Hätten Sie vielleicht einen Kaffee für mich?«

Johnny musste schlucken. Er schüttelte den Kopf. »Keinen Kaffee«, antwortete er heiser, »ich bin ein Teemann.«

»Tee würde ich auch nehmen.« Die Frau schaute besorgt nach beiden Seiten. Eigentlich durfte sie dort, wo sie stand, überhaupt nicht stehen. »Hauptsache, Sie nehmen mich mit. Ich weiß nämlich nicht, was ich sonst tun soll! Was ist, darf ich an Bord kommen?« Sie zeigte auf die eiserne, algenbewachsene Leiter, die hinab in die Schleusenkammer führte.

»Haben Sie keine Bankkarte?«, fragte Johnny. Es klang wie ein letztes Aufbäumen.

Sie schüttelte den Kopf: »Die war auch im Portemonnaie.«

»Ihr Personalausweis auch?« Jetzt kommt es darauf an, dachte Johnny. Gottesurteil, quasi.

»Der nicht.« Sie zog das Ausweiskärtchen aus der Gesäßtasche ihrer engen Jeans und hielt es ihm hin, so weit sie konnte. Johnny starrte daran vorbei in ihren Ausschnitt.

»Ist gut«, krächzte er. »Komm an Bord, mien Deern.«

»Au fein, danke vielmals!« Sie reichte ihm ihren prallvollen Rucksack hinunter. Dave schickte ihm einen bitterbösen Blick. Johnny streckte ihm die Zunge heraus. Dann widmete er sich der jungen Frau, die die Leiter herabstieg. Nicht, dass sie auf den glitschigen Stufen ausrutschte! Aber sie erwies sich als trittsicher. Johnnys erhobene Hände kamen trotzdem zum Einsatz, denn sie warf ihm ihren Rucksack zu. Der war nicht nur prallvoll, sondern auch schwer.

»Moin. Ich bin Mary.« Sie streckte ihm ihre Hand hin. »Eigentlich Annemarie Janssen, so steht's im Perso. Aber alle nennen mich Mary.«

»Moin, Mary.« Johnny schloss seine Pranke um ihre weiche Hand wie um ein frisch geschlüpftes Vögelchen. »Ich heiße Johnny. Eigentlich Johann Theermann, aber alle nennen mich

Johnny, den Teemann. Weil ich eine Vorliebe habe für das Zeug.« Mit einer Bewegung seines Kinns deutete er in Richtung Bug: »Das ist mein Decksmann Dave.«

»Hallo, Dave!« Mit einer Hand winkte sie dem finstern Glatzkopf zu, mit der anderen zog sie ihren Rucksack an sich. »Kann ich den irgendwo unterstellen, bis wir in Emden sind?«

»Klar. Komm, ich zeig's dir.« Er führte sie zu einer Stahltür am Steuerhaus, gleich hinter den Ladeluken. Der kleine Raum dahinter war als Werkzeugkammer gedacht, sah aber aus wie eine Rumpelkammer. Mary legte ihren Rucksack auf eine Rolle Tauwerk. Ganz vorsichtig.

Von vorne ertönte gedämpftes Maschinenrumpeln. Wasser begann zu rauschen, aufgeschäumt von langsam rotierenden Propellern. Offenbar war die Schleusung schon beendet, das vordere Tor stand offen, und die größeren Binnenschiffe rüsteten sich zur Ausfahrt. Während Dave die Festmacher klarierte, kam Mary zu Johnny ins Steuerhaus und sah zu, wie er die Maschine startete und die Kluntje gefühlvoll in Fahrt brachte. Diesmal lief alles wie geschmiert, nichts polterte, schrammte oder rumste. Seinen angeschlagenen Ruf als Skipper würde er damit wohl kaum retten können, das war Johnny klar, aber wenigstens setzte es nicht abermals Hohn und Spott.

»Was summst du denn da vor dich hin?«, fragte Mary, als das Schiff das vordere Schleusentor passierte.

»Wer summt? Ich?« Ja, er, stellte Johnny fest. Ganz unbewusst. »Ach, nichts. Bloß so ein altes Lied. Kennst du bestimmt nicht.«

»Sag das nicht, ich kenne eine Menge Lieder.« Sie trat näher an ihn heran. Er konnte ihre Körperwärme spüren. Er konnte sie auch riechen. Sie roch gut, frisch und fruchtig. Gar nicht so, als hätte sie die Nacht auf Konzerten, Partys und in ihren Klamotten verbracht. »Wie heißt der Song denn?«

»Er heißt ›Die Story von Mary‹«. Johnny musste lachen. »Muss mir wohl eingefallen sein, als du dich vorgestellt hast. Uralter Schinken, der war schon antik, als ich noch jung war.« Er riskierte einen Seitenblick. Jetzt könnte sie etwas Nettes sagen, dachte er.

Tat sie aber nicht. »Ist das ein fröhliches Lied oder ein trauriges?«, fragte sie stattdessen.

»Och, ganz lustig. Diese Mary möchte nach Batavia, zu ihrem Freund, und lässt sich von zwei Seeleuten auf einem Schiff mitnehmen. So wie du.« Johnny musste sich auf das Steuer konzentrieren. Im aufgewühlten Wasser außerhalb der Schleuse tummelten sich mehrere Jachten, die Kringel drehten, während ihre Skipper ungeduldig auf Einlauferlaubnis warteten. Johnny betätigte das Signalhorn der Kluntje, das viel tiefer und kräftiger klang, als es dem Schiffchen entsprach. Die Segeljacht, die sich anschickte, seinen Kurs zu kreuzen, machte förmlich einen Satz zur Seite.

»Lustig, so wie ich, das ist schön«, sagte Mary. »Von wem ist das Lied?«

»Keine Ahnung«, log Johnny. Tatsächlich wusste er das ganz genau. Die alte Single von Richard Germer, einem ehemals bekannten Hamburger Sänger, hatte er von seinem Vater geerbt und so oft abgespielt, bis das Knistern zu laut wurde. Die Ballade auf der Schallplatte war wirklich lustig, allerdings nicht für das Mädchen Mary. Die wurde gründlich verarscht, und nicht nur das. Gelacht wurde vor allem auf ihre Kosten.

Sie näherten sich der Kanalkreuzung. Rechts ging es in die Groninger Altstadt hinein, geradeaus nach Süden in Richtung Veendam, nach links führte der Eemskanaal nach Delfzijl. All die großen Pötte vor ihm wollten nach links, und Johnny nahm etwas Fahrt aus dem Schiff, denn bis diese Europaschiffe mit ihren 1350 Tonnen Ladung um die Kurve herum waren, konnte es dauern. Seine Kluntje fasste kaum 200 Tonnen, das war heutzutage nicht mehr rentabel. Unmöglich, mit solch einem Schiff auch nur die Betriebskosten einzufahren, geschweige denn einen Gewinn zu erwirtschaften, von dem man leben konnte. Johnny war sich dessen bewusst, aber was sollte er machen?

»Wohnst du hier auf dem Schiff?«, fragte Mary, während Johnny seinen Oldtimer durch die von großen Propellern aufgewühlte Kanalbrühe zirkelte. Exakt 90 Grad, Stützruder im richtigen Moment, fein dosiert. Kielwasser wie mit dem Lineal gezogen. Gelernt war eben gelernt. Ach ja, die Frage! »Ja«, antwortete er. »An Land habe ich nur noch einen Postkasten. Wer mich besuchen will, kann auf meine Homepage kommen.« Er merkte selbst, dass sein Lachen unecht klang. Die Eignerkajüte der Kluntje war ihm viel zu eng, aber eine Wohnung an Land konnte er sich nicht leisten.

Der Eemskanaal war breit und führte bis kurz vor der Küste stur geradeaus, mit einem Knick auf halber Strecke. Wie eine Autobahn, bloß mit Tempolimit. Die großen Schiffe drehten trotzdem auf, soweit es die Angst vor der Rijkspolitie te Water, der niederländischen Wasserschutzpolizei, eben zuließ. Johnny ließ die Kluntje etwas zurückfallen und hielt sich dann im Kielwasser der Vorausfahrer. Wozu hetzen, das trieb nur den Spritverbrauch in die Höhe. In Delfzijl würden sie vor der Schleuse sowieso wieder warten müssen.

»Mir wurde Tee versprochen.« Mary lächelte Johnny auffordernd an. »Wie sieht es damit aus? Durst hätte ich.«

»Tee ist leider aus.« Johnny deutete auf die umgefallene

Kanne, das erloschene Stövchen und den nassen Wischlappen. »Kleine Opfergabe beim Schleusenmanöver. Ich würde ja neuen ansetzen, aber leider kann ich momentan vom Ruder nicht weg.«

»Kann Dave das nicht übernehmen?« Der Glatzkopf stand immer noch am Bug und schaute finster von vorn nach achtern und zurück.

»Um Gottes willen!« Johnny schüttelte den Kopf. »Fachkräftemangel, schon mal gehört? Aber vielleicht könntest du Wasser heiß machen. Den Tee machen wir dann zusammen, direkt hier oben.« Er beschrieb ihr den Weg zur kleinen Kombüse, was nicht weiter schwer war, denn die lag gleich am Fuß des Niedergangs. Als Mary nach unten verschwand, schnupperte Johnny ihr noch kurz hinterher. Sie duftete so gut, wie sie aussah.

Im nächsten Moment tauchte Dave neben ihm auf. »Was sollte das denn?«, knurrte der Decksmann seinen Skipper an. »Warum hast du die Schlampe an Bord gelassen? Bist du auf Ärger aus? Du weißt doch genau, was die im Schilde führt!«

»Was meinst du damit?« In Johnnys Kopf war gerade nur Platz für die Erinnerung an Marys Duft. Und ihre Wärme und den Anblick ihres T-Shirts. »Was soll die Kleine im Schilde führen? Denkst du, sie will dir an die Wäsche?«

Dave schnaubte verächtlich. »Wenn hier einer an Wäsche denkt, dann ja wohl nicht ich! Aber was ist mit ihrem Rucksack? Glaubst du etwa, da ist nur Wäsche drin?«

Nein, das glaubte Johnny nicht. Marys Wäsche war bestimmt sehr platzsparend und nicht so schwer. »Was glaubst du denn, was da drin ist?«, fragte er.

»Na was wohl? Der ist randvoll mit Drogen!« Daves finsteres Gesicht war noch finsterer geworden. »Ist doch sonnenklar! Madamchen war ordentlich shoppen, hat in der Groninger Altstadt den Jahresbedarf für sich und ihre Freunde zu Hause eingekauft! Oder Ware zum Dealen, wer weiß. Damit will sie an der Grenze natürlich nicht aufgegriffen werden. Die Autobahnen und Verbindungsstraßen werden engmaschig überwacht, das weiß sie bestimmt, daher ist sie nicht mit dem Auto gefahren. Per Anhalter wäre viel zu gefährlich, und auch in den Zügen gibt es Kontrollen. Alles zu riskant! Also hat sie sich einen anderen Weg gesucht. Und einen Dummen, den sie dafür einspannen kann.«

»He, nun mal sachte.« Natürlich war Johnny dieser schwere Rucksack auch aufgefallen, aber er hatte den Gedanken nicht weiterverfolgt. Irgendwas hatte ihn abgelenkt … Moment mal, dachte er. Konnte das wirklich alles Absicht sein? War Mary solch ein berechnendes Luder?

»Die hat dich doch um den Finger gewickelt«, fuhr Dave fort. »Ist schon verdächtig, dass sie überhaupt an der Schleuse stand! Die liegt weit außerhalb des Zentrums, da kommen Touristen gar nicht hin. Normal wäre, dass sie im Jachthafen gefragt hätte, ob jemand gerade nach Deutschland fährt. Der Hafen liegt gegenüber vom Bahnhof, dort liegen immer deutsche Jachten. Aber Jachties treten meist paarweise auf, Mann und Frau. Da hätte sie es nicht so leicht gehabt, sich mit Arsch und Titten ein Gratisticket zu verschaffen. Also ist sie lieber zur Schleuse gepilgert und hat nach einem Schiff ohne Frau an Bord Ausschau gehalten. Dafür mit einem geilen alten Bock am Ruder.«

»Jetzt reicht's aber!«, fauchte Johnny. Am liebsten hätte er Dave beim Kragen gepackt, aber das ging nicht, solange er das Ruder bediente, und war wohl auch sonst nicht empfehlenswert. Einige von Daves Tätowierungen sahen nämlich nicht nach Profiarbeit aus, sondern nach Knast. Johnny war zwar größer und schwerer als sein Decksmann, was aber nicht hieß, dass er bei einer Schlägerei nicht den Kürzeren ziehen konnte. »Reg dich nicht auf über ungelegte Eier«, sagte er stattdessen. »Sie fährt doch nur bis Emden mit, dort steigt sie aus. Dann sind wir sie los, und du musst dir keine Sorgen mehr machen.«

»Bis Emden! Das meine ich doch!« Dave dachte gar nicht daran, sich zu beruhigen. »Sie fährt mit uns über die Grenze, und in Emden wartet der Zoll. Was ist, wenn die Schwarze Gang an Bord kommt? Das sind Spezialisten, mit allen Wassern gewaschen, die nehmen alles auseinander. Spürhunde haben die auch! Wenn da auch nur ein Gramm Hasch oder so in dem Rucksack ist, dann wittern die das sofort, und wir haben den Ärger. Glaubst du, da hab ich Bock drauf?«

Unten am Niedergang klirrte und klapperte es. »Für diese steile Treppe habe ich echt zu wenig Hände!«, ertönte Marys Stimme. »Ich stelle das Tablett mal lieber ab und bringe die Sachen einzeln hoch.«

»Super, das ist lieb«, rief Johnny. Mit einer Kopfbewegung wies er Dave an, seinen Platz an Deck wieder einzunehmen. Der Glatzkopf trollte sich, finsterer dreinschauend denn je.

Mary balancierte den Niedergang hoch, zwei Henkelbecher in der einen, den dampfenden Wasserkocher in der anderen Hand. »Teedose, Kluntjes und Sahne stehen noch unten«, sagte sie. »Bloß Filtertüten habe ich keine gefunden. Wo hast du die denn versteckt?«

»Filtertüten? Geh mir weg mit dem Schiet!« Johnny schüttelte sich. »Echter Ostfriesentee kommt ohne Beutel aus! Ehrlich, das wäre wie …« Er biss sich auf die Zunge. Sex mit Lümmeltüte hatte er sagen wollen, konnte sich aber gerade noch bremsen. »Die Teeblätter kommen lose in die vorgewärmte Kanne«, erklärte er stattdessen. »Ausgeschenkt wird durch ein kleines Teesieb. Nach jeder Runde wird heißes Wasser nachgegossen. So funktioniert das. Das kleine Sieb ist in der Besteckschublade. Bring auch den Schwanenhalslöffel mit!«

Eine Brückendurchfahrt stand an, daher war Johnny für die nächsten Minuten beschäftigt. Als das erledigt war, hatte Mary bereits alles aufgebaut, zwischen Echolot und Funkgerät, wo genügend Platz war. Das Teelicht im Stövchen brannte, die Kanne war handwarm. »Tu mal drei kleine Löffel Tee rein«, ordnete Johnny an. »Zwei für uns beide, einen für die Kanne. Erst nur ein bisschen Wasser aufgießen. Es muss richtig sprudeln.« Mary tat, wie ihr geheißen. Die Milch in der flachen Schüssel, die sie im Kühlschrank gefunden hatte, musterte sie naserümpfend. »Ist die noch gut? Da ist eine Haut drauf!«

»Das muss so!«, rief Johnny durch den Motorenlärm. »Das ist keine Haut, das ist die Sahne! Die schöpfst du nachher mit dem Schwanenhalslöffel ab und gibst in jede Tasse ein Wulkje.« Er lachte, weil sie so verständnislos guckte. »Eine Wolke! So sieht das nämlich aus, wenn man die Sahne ganz vorsichtig in den Tee gibt. Erst den Kluntje in die Tasse, dann den Tee, das knistert so schön! Danach das Wulkje. Und niemals umrühren! Das tun nur Banausen und Binnenländer. Bist du doch beides nicht, oder? Als Emderin?«

»Zugereiste.« Mary zuckte mit den Schultern. »Eigentlich bin ich aus dem Sauerland. Ich habe in Emden an der Fachhochschule studiert, Gesundheitsmanagement. War aber nichts für mich. Hab's aufgegeben. Irgendwie bin ich trotzdem in Emden hängen geblieben.«

»Gesundheitsmanagement?«, fragte Johnny. »Wie geht das denn? Was macht man da?«

»Frag mich nicht.« Mary verzog ihren hübschen Mund. »Bin nicht oft genug hingegangen, um das sagen zu können.« Das Thema schien ihr unangenehm zu sein, aber nach einem Achselzucken waren die Mundwinkel wieder oben.

Nach der nächsten Brückendurchfahrt konzentrierten sich die beiden auf ihr Teezeremoniell, amüsierten sich darüber, wie die Löffel durch die Vibrationen der Maschine in den Bechern klirrten, versuchten trotz des Lärms das Knistern der Kluntjes zu erlauschen, übten das richtige Ausbringen des Sahnewölkchens, kosteten die geschmacklichen Unterschiede des unverrührten Tees von sahnig über bitter bis zum zuckersüßen Bodenbereich, diskutierten die Veränderungen nach jedem Aufgießen der Teeblätter in der Kanne. »Hätte nie gedacht, wie faszinierend Teetrinken sein kann!«, staunte Mary. Mit jedem Nachschenken rückte sie näher an Johnny heran, bis kein Teeblatt mehr zwischen die beiden passte. Dave, der auf den Seitendecks zwischen Bug und Steuerstand patrouillierte, schaffte es tatsächlich, immer noch finsterer dreinzuschauen.

»Wo hast du denn diesen Miesepeter aufgegabelt?«, fragte Mary und schüttelte sich. Die feinen Härchen auf ihren sonnengebräunten Unterarmen hatten sich aufgerichtet.

Johnny spürte ein irritierendes Prickeln. »Lange Geschichte«, sagte er knapp und abwehrend. »Hat vor allem mit Geld zu tun. Kannst du dir vorstellen, wir haben schwere Zeiten.«

»Klar. Einer wie der arbeitet bestimmt unter Tarif.« Mary versuchte Daves Blick zu imitieren. »Ex-Knacki, wetten? Immer schlecht drauf und sauer auf Gott und die Welt, weil alle schuld sind an ihren versauten Leben, bloß nicht sie selbst.

Ersaufen in Selbstmitleid, statt sich selbst aus ihrem Elend rauszustrampeln.«

Wie denn, Mädel, dachte Johnny. Indem sie Rucksäcke voller Drogen schmuggelten? Schnell nahm er einen Schluck Tee, um sein breites Grinsen zu verbergen. Dann fragte er: »Hast du denn keine Angst, mit solchen Leuten allein auf einem Schiff zu sein? Ich meine, so als Frau?« Jetzt sagt sie bestimmt etwas Nettes, dachte er. So in der Art: Nee, du bist ja auch hier, du bist in Ordnung, du würdest mich doch beschützen.

Sie sagte: »Nee, habe ich nicht. Ich bin auf alles vorbereitet.« Wie zufällig legte sie die rechte Hand auf die Seitentasche ihrer Jeans. Ihr Blick wurde spöttisch.

Johnny hatte sich bisher nur für den rückwärtigen Anblick von Marys Hose interessiert. Dass die Seitentasche stark ausgebeult war, fiel ihm erst jetzt auf. Was mochte sie da drin haben, Pfefferspray? Oder einen Elektroschocker? Für ein Springmesser war die Beule zu breit und für einen Schlagring zu dick. Was immer es war, es verlieh der jungen Frau offensichtlich ein Gefühl der Unangreifbarkeit. Johnny sah sie plötzlich mit anderen Augen. Hätte er nicht am Ruder gestanden, wäre er ein Stück abgerückt.

Die Kluntje hatte den Knick im Eemskanaal erreicht, die einzige Stelle, an der die Eintönigkeit des Geradeausfahrens auf dem Weg nach Delfzijl kurz unterbrochen wurde. Das Land war flach, zwischen einzelnen Baumgruppen hatte der Wind freie Bahn. Eine Böe packte das kleine Schiff von der Seite, und Johnny hatte ordentlich zu kurbeln, um es auf Kurs zu halten. Die vorausfahrenden Dickschiffe schienen solche Probleme nicht zu haben.

»Warum ragen wir eigentlich so weit aus dem Wasser?« Mary hatte die Ursache der Abdrift erkannt. »Die anderen

Binnenschiffe liegen viel tiefer! Haben wir keine Ladung an Bord?«

»Doch, schon«, antwortete Johnny. »Aber keine volle. Wir fahren in Teillast, wie man so sagt. Ist nicht leicht heutzutage, immer volle Ladung zu organisieren, bei Schüttgut sind die Großen einfach billiger. Wir müssen nehmen, was wir kriegen.«

»Was haben wir denn geladen?«, fragte Mary. Sie schenkte sich den Rest aus der Teekanne ein und führte den Becher zum Mund.

»Vogelfutter«, sagte Johnny.

Sie prustete ihren Tee über den ganzen Steuerstand. »Was? Vogelfutter, das ist alles? Eine Packung oder zwei?«

»Fünf Tonnen«, knurrte Johnny. Das hier ging ihm gegen seine Schifferehre. »In Säcken. Gemischt und genau abgestimmt für die Vogelhaltung in Volieren. Das ist hochwertiges Zeugs!« Er seufzte. »Natürlich keine volle Ladung. 200 Tonnen wären mir lieber gewesen, aber was will man machen? Die Säcke gehen an einen Abnehmer in Wiesmoor, der verteilt sie an Züchter. Wird gut bezahlt.«

»So gut, dass es sich für dich lohnt? Mit deinem 200-Tonnen-Schiff?«

Sie näherten sich Delfzijl, es gab Gegenverkehr, Johnny musste sich aufs Steuern konzentrieren. So kam er um eine Antwort herum.

Mary trippelte von einem Fuß auf den anderen. »Wo ist eigentlich euer Klo?«, fragte sie. »War eine Menge Tee, der will wieder raus.«

Johnny beschrieb ihr den Weg. Kaum war sie den Niedergang heruntergestiegen, stand Dave wieder neben Johnny. »Was hast du ihr erzählt?«, zischte er ihm ins Ohr. »Worüber habt ihr gesprochen? Über mich? Oder über …« Dave schnaufte wütend. »Kein Risiko, verstanden? Wir gehen auf Nummer sicher! Sowie wir durch die Schleuse und aus dem Hafen raus sind, geht die Kleine über Bord. Den Rest erledigt die Emsströmung! Das Wasser dort ist brauner als dein komischer Tee. Da reißt die Ische nur noch einmal ihre Klappe auf, und das war's dann.«

»Bist du wahnsinnig?« Johnny war so fassungslos, dass ihm das Steuerruder entglitt. »Das wäre Mord, du Blödmann! So haben wir nicht gewettet. Da mach ich auf keinen Fall mit!«

»Als ob du dabei was tun müsstest.« Der Glatzkopf schnaubte verächtlich. »Du machst deinen Job und kommst mir nicht in die Quere, verstanden? Das ist alles.«

Das laute Dröhnen eines Schiffshorns ließ sie aufschrecken. Die steuerlose, fast unbeladene Kluntje war vom Kurs abgekommen und drohte nach Backbord in den Gegenverkehr zu laufen. Eilig griff Johnny nach dem Ruder und wirbelte es nach rechts herum. Mit der üblichen Verzögerung folgte der Bug der Ruderbewegung, die Kollision war vermieden. Der Entgegenkommer rauschte in geringer Distanz vorbei, die abfällige Geste der Steuerfrau war deutlich zu erkennen. Der Flagge nach eine Niederländerin. Johnny stöhnte.

Auf der Niedergangstreppe ertönten Schritte. »Was ist denn das für ein Geschlinger?«, fragte Mary. »Sind wir schon auf der Ems?«

»Nein, kurz vor der Schleuse!«, rief Johnny zurück. Leise zischte er: »Dave, ab nach vorne, Schleusenmanöver vorbereiten – und wehe, du vergreifst dich an dem Mädel! Ich warne dich!«

»Du warnst mich? Dass ich nicht lache.« Daves Tonfall war noch viel geringschätziger als die Geste der Steuerfrau. Mit finsterem Blick trollte er sich auf seine Station.

Als Mary die Brücke betrat, hatte sie ein Smartphone in der Hand und einen Knopf im Ohr. »Endlich wieder Verbindung«, sagte sie. »Ich hab mir mal das Lied rausgesucht, das du vorhin gesummt hast. Die Story von Mary. Echt hammerhart. So was findest du lustig?«

»Wieso hart?« Johnny hatte alle Hände voll mit dem Ruder zu tun und den Kopf voll von Daves Mordplänen. »Ist doch witzig! Die Frau denkt, sie fährt nach Batavia zu ihrem Geliebten, und zwei Seeleute verfrachten sie stattdessen auf die Fähre zwischen St. Pauli und Blankenese, bis der Kapitän sie nach vier Tagen entdeckt und sich schlapplacht. Was soll daran hammerhart sein?«

»Checkst du das nicht?«, fauchte und funkelte Mary ihn an. »Die Frau muss dafür bezahlen! Sie wird missbraucht! Oder was glaubst du, was das heißt: ›Schenk ich euch als Lohn 1000 Küsse dafür‹?«

»Na ja, Küsse eben«, stammelte Johnny. »Küssen ist doch schön.« Kaum ausgesprochen, kamen ihm seine Worte unsagbar dämlich vor.

Mary sah das genauso. »Red keinen Scheiß!«, schrie sie. »Das ist doch nur verklausuliert! Sie kann nicht weg und muss sich von zwei Kerlen gegen ihren Willen immer wieder durchbumsen lassen. Das ist Vergewaltigung! Oder mindestens Unzucht mit Abhängigen. So was findest du witzig? Wahrscheinlich träumst du davon! Aber da kannst du lange träumen.«

Mit einem verächtlichen Lachen verließ sie das Steuerhaus, baute sich mit verschränkten Armen auf dem Seitendeck auf und wandte ihm den Rücken zu. Genauso wie Dave vorne am Bug. Johnny hätte schreien können, aber das Funkgerät kam dazwischen. Die Kluntje wurde aufgefordert, an den

Dickschiffen vorbei direkt in die Schleusenkammer einzulaufen. Anscheinend war wieder einmal eine Lücke frei, für die alle anderen zu groß waren. Normalerweise hätte Johnny sich über solch schnelle Abfertigung gefreut, aber jetzt brach ihm der kalte Schweiß aus.

Während des Schleusenmanövers hatte er alle Hände voll zu tun. Dave zum Glück auch, und zwar vorne, wo er ihn im Auge behalten konnte. Immer wieder zuckte sein Blick zu Mary hinüber. Sie war sauer auf ihn, klar, aber wie sauer genau? Sauer genug, um ihm einen Denkzettel zu verpassen – und falls ja: Was genau hatte sie in ihrer Hosentasche?

Schon war die Schleusung beendet, die Kluntje nahm wieder Fahrt auf. Johnny steuerte nach rechts, vorbei an riesigen Chemieanlagen. Hier, dicht an der Grenze, zeigten sich die Niederlande von ihrer hässlichsten Seite. Johnny wollte gar nicht wissen, was da aus mächtigen Schloten und riesigen Abwasserröhren quoll. Der Zeitpunkt, zu dem sie den Vorhafen von Delfzijl verlassen und vom niederländischen ins deutsche Fahrwasser wechseln würden, rückte näher. Dann waren sie allein in der Weite der Emsmündung, allen neugierigen Blicken entzogen. Er starrte auf Mary und Dave. Die beiden fixierten einander. Und dann beide ihn. Die Anspannung war mit Händen zu greifen. Nicht mehr lange bis zum großen Knall, dachte Johnny.

Dann war es so weit, und alles geschah auf einmal.

Dave griff nach dem großen Schraubenschlüssel, der zum Entriegeln der Ladeluken diente, ließ ihn in seine Handfläche klatschen und machte einen Schritt auf Mary zu. Mary griff in ihre ausgebeulte Hosentasche. Johnny stieß ein heiseres Krächzen aus, das vom Dröhnen des Schiffsdiesels verschluckt wurde. Mary zog einen Gegenstand aus der Tasche –

es war eine Spraydose. Dave näherte sich. Mary beachtete ihn nicht, sondern machte einen Satz auf die hinterste Ladeluke und begann pinkfarbene Buchstaben zu sprayen: M – A – C – H – O. Nach jedem Buchstaben schaute sie böse zu Johnny hinauf. Mit jedem Buchstaben kam Dave ihr näher. Jetzt erhob er den Schraubenschlüssel zum Schlag. Johnny schrie vor Entsetzen, fühlte sich machtlos. Wie sollte er Mary helfen, wo er doch das Steuerruder …

Das Steuerruder! Er wirbelte es herum, die Speichen flirrten, die Kluntje drehte abrupt nach Steuerbord. Mary ließ ihre Spraydose fallen und klammerte sich mit beiden Händen an der Laderaumabdeckung fest. Auch Dave taumelte gegen die Schanz, wäre beinahe ins schlickige Emswasser gestürzt. Der Schlüssel entglitt ihm und versank in der trüben Brühe.

Hinter ihnen dröhnte ein Schiffshorn. Eine schnittige Silhouette schob sich längsseits, ein Kreuzer mit Uniformierten an Deck. Die Wasserschutzpolizei, dachte Johnny, Gott sei Dank! Aber er irrte sich. Es war der Zoll.

Was sich in den nächsten Minuten abspielte, übertraf Johnnys schlimmsten Albtraum. »Kurs und Geschwindigkeit halten, wir kommen an Bord!«, dröhnte eine Megafonstimme. Fünf Mann in dunkler Kampfmontur sprangen über die Reling – die Schwarze Gang mitsamt Drogenspürhund. Der Hund begann umgehend zu bellen und zerrte seinen Leinenführer zur ersten Ladeluke. Der Beamte öffnete die Stahltür direkt davor und zog Marys prallvollen Rucksack herum. Der Hund schnupperte daran und bellte erneut. Zwei Männer öffneten den Rucksack. Jetzt kommt's, dachte Johnny. Marihuana, Crack und Meth, Beutel voller Pillen – was mochte es sein?

Es waren Klamotten. Mäntel und Hosen, Kleider und Blusen. Mary schien sämtliche Boutiquen Groningens leer gekauft zu haben. Kein Wunder, dass sie pleite war! Aber warum hatte der Köter gebellt?

Der Grund fand sich in einer Seitentasche des Rucksacks: vier Joints, fertig gebaut und in einem Blechdöschen verstaut.

»Eigenbedarf!«, sagte Mary und verschränkte trotzig die Arme. »Dafür können Sie mich nicht verhaften.«

»Eine Anzeige gibt es trotzdem«, erwiderte der Chef des Enterkommandos. »Kommen Sie freiwillig mit, das Protokoll unterschreiben? Oder sollen wir Sie vorladen?«

»Natürlich komme ich mit«, antwortete Mary, raffte ihre Einkäufe zusammen und folgte den Beamten auf den längsseits fahrenden Zollkreuzer. Ihre Spraydose ließ sie stehen. Der Hundeführer hatte Mühe, sein Tier zu beruhigen, das erneut zu bellen begonnen hatte. Wütend schnauzte er es an, bis es den Schwanz zwischen die Beine klemmte und Ruhe gab.

Dann war der Spuk vorbei. Dave, der sich unter Deck verkrümelt hatte, tauchte wieder auf. »Was für ein Scheiß!«, schimpfte er.

»Wieso?«, fragte Johnny. »Ist doch alles top gelaufen.«

Am frühen Abend erreichten sie Marcardsmoor kurz hinter Aurich am Ems-Jade-Kanal. Die Rocker erwarteten sie schon. Neben den blitzenden Harley-Davidsons standen vier Pickup-Trucks mit abgedeckten Ladeflächen. Dave, der den Aufenthalt in der Emder Kesselschleuse genutzt hatte, um Marys Hinterlassenschaft mit dem Rest aus der Spraydose unkenntlich zu machen, öffnete die Ladeluke mit dem Ersatzschlüssel. Die Muskelmänner bildeten eine Kette und schafften die Vogelfuttersäcke auf die Transporter.

»Hanfsamen«, sagte der Rockerboss grinsend, »sind in Vogelfutter immer enthalten. Aber nicht solche! In dieser Spezialmischung sind wahre THC-Granaten drin. Die sieben wir heute noch aus, dann werden sie auf unsere vorbereiteten Zuchtanlagen verteilt, und ab morgen beginnen wir mit der Großproduktion! Wiesmoor wird das neue Amsterdam. Nicht zuletzt dank euch, Jungs!« Er überreichte Johnny einen dicken Umschlag.

»So hat die Sache doch noch ein gutes Ende gefunden«, sagte Dave und nickte Johnny zum Abschied zu. Einer der Rocker reichte ihm seine Kutte. Dann düsten sie los.

»Ende?« Johnny schüttelte den Kopf. Von Ende konnte keine Rede sein. Im Gegenteil, jetzt ging es erst richtig los.

FALLHÖHE

Anke Küpper

»Serviert ihr nur Tee?«, fragt die Frau vor mir am Empfang des Stimbekhofs. »Was ist, wenn ich etwas anderes trinken will?«

»Ihr habt unsere Heide-Teezeit gebucht.« Der schlanke junge Mann hinterm Tresen lächelt. Er heißt Hagen und duzt hier offenbar jeden. »Aber du kannst auch gern einen Kaffee bekommen.« Er weist auf die chromglänzende Kaffeemaschine hinter sich auf der Anrichte.

»Probier den Tee doch wenigstens mal aus«, mischt sich der Begleiter der Frau ein.

»Wozu?« Sie wickelt sich fester in ihren Schal. Rot, die Farbe der Aggressivität. Mit ihrer Hakennase und den hohlen Wangen gleicht sie im Profil einem hungrigen Raubvogel.

Langsam werde ich ungeduldig.

Das Pärchen ist kurz nach mir auf dem Parkplatz angekommen, mit diesem weißen Škoda, der auf den letzten Kilometern Landstraße immer mal wieder hinter mir im Rückspiegel aufgetaucht ist. Während ich die Reisetasche aus dem Kofferraum gezerrt und Pumps gegen Wanderstiefel getauscht habe, sind sie mit ihren Rollkoffern Richtung Empfang an mir vorbeigerumpelt. Ich hatte den Eindruck, als hätten sie es eilig. Hätte ich geahnt, dass sie jetzt mit ihrem Gezänk den Betrieb aufhalten, hätte ich mich erst auf dem Zimmer umgezogen. Oder zumindest Hagens Angebot angenommen und im Kaminzimmer gewartet.

Ich verlagere mein Gewicht auf ein Bein und tappe mit dem Fuß des anderen hart auf die Fliesen.

Prompt dreht der Begleiter der Frau sich um, die Brauen zusammengezogen. Ich erwarte, dass er gleich losschnauzt. Stattdessen strahlt er plötzlich, ein Leuchten in den hellblauen Augen. Er nickt mir zu, als würden wir uns kennen. Was soll das? Außer auf dem Parkplatz habe ich ihn noch nie gesehen, und prominent bin ich auch nicht. Oder ist man das hier schon, wenn man einen Artikel über die Kräutermanufaktur drei Dörfer weiter schreibt?

Er kneift ein Auge zu und sagt: »Manchmal könnte ich meine Frau umbringen.« Sein Blick haftet dabei auf meinen Brüsten.

Ich drehe den Kopf zur Seite und gucke demonstrativ aus dem Fenster. Draußen jagt der Wind das Laub über den Vorplatz, hinter den Baumskeletten zeigt sich ein blauer Streif am Himmel. Ich werde nur schnell meine Sachen im Zimmer abstellen und dann loswandern. *Wenn ich endlich mal drankomme!*

Als die beiden schließlich hinter Hagen Richtung Treppenhaus gehen, zögert der Mann und sieht mich etwas zu lange an. Flirtet er etwa mit mir, während seine Frau dabei ist? Unmöglich!

»Ich möchte auch zur Teezeit«, sage ich, als Hagen wenig später zurück ist. Zur Not setze ich mich mit dem Rücken zu den beiden.

»Du hast Glück, es hat gerade jemand abgesagt.«

Meint er die Frau? Das war ja nicht zu überhören!

»Von 15:30 bis 17:00 Uhr bieten wir im Teezimmer eine große Auswahl feinster Blatt- und Blütentees an«, erklärt er. »Dazu servieren wir eine Etagere mit herzhaften und süßen

Kleinigkeiten, frisch gebackene Scones sind natürlich auch dabei.«

Deshalb dieser Duft! Ich habe mich schon gewundert. Die Küche scheint ganz in der Nähe zu sein. Prompt bekomme ich Appetit. Aber es ist erst kurz nach eins, ich muss noch warten.

Nachdem wir das mit der Teezeit geklärt haben – für mich ohne Extra-Kaffee –, geht das Einchecken schnell. Ich habe mich gerade gebückt, um meine Tasche aufzunehmen, da ertönt eine Frauenstimme aus Richtung Empfang: »Hast du schon gehört? Franjo ist seit heute Morgen verschwunden. Entführt, wie es aussieht.«

»Franjo? Der Wirt vom *Birkengrund*?« Hagen klingt ungläubig. »Du hörst zu viele Krimi-Podcasts. Vielleicht ist er einfach verreist.«

Ich bleibe unten und schnüre meine Schuhe auf und wieder zu.

»Er war zu Hause, hatte gerade angefangen zu frühstücken«, fährt die Frauenstimme fort. »Sie haben sein Blut an der Stuhllehne gefunden, es gibt Spuren eines Kampfes. Überall lagen die Splitter eines zerbrochenen Tellers. Mittendrin hockten zwei Katzen und haben die Marmelade von den Broten geleckt, hat Lennart gesagt.«

»Oh nein!« Jetzt klingt Hagen doch nervös.

Wer ist Lennart? Der Dorfpolizist? Ich stütze eine Hand auf mein Knie und drücke mich wieder hoch.

Schräg neben Hagen steht eine junge Frau in schwarzer Bluse, ihre Augen hinter den runden Brillengläsern wirken schreckgeweitet. Wo kommt sie auf einmal her?

Hagen hebt seinen Finger an die Lippen, als er mich sieht, aber sie redet einfach weiter. »Die Mutter seiner verstorbenen

Frau hat eine Nachricht aufs Handy bekommen. Der Erpresser verlangt 100.000 Euro in kleinen Scheinen. Keine Polizei – bei der Übergabe und auch sonst nicht. Die Summe ist für die steinreiche Alte zum Glück ein Klacks.«

»Interessant!« Ich räuspere mich. »Ich bin Journalistin. Passieren hier häufiger Verbrechen?« Ich ziehe mein Portemonnaie hervor, klappe es auf und zeige den Presseausweis.

»Nein!«, behauptet Hagen schnell.

»Na ja«, meint die junge Frau. »Denk an den Heidemörder und die Göhrde-Morde.« Nach einem Blick von Hagen schiebt sie hinterher: »Aber das ist ewig her, und hier bei uns im Naturpark war das Schlimmste ein totes Schaf.« Sie macht eine Pause. »Und jetzt hat es Franjo erwischt.«

»Aber der ist doch nicht tot!« Hagen schüttelt den Kopf.

»Woher weißt du das? Er ist Diabetiker, wenn er nach dem Spritzen nichts gegessen hat, wird's gefährlich.«

»Nu hör aber auf!« Hagen wendet sich an mich: »Hör nicht auf Janna, du musst keine Angst haben. Dennoch empfiehlt es sich, bei Spaziergängen besser auf den Hauptwegen zu bleiben, wenn du allein unterwegs bist.«

»Keine Sorge, ich wüsste nicht, wer mich entführen sollte.« Ich ringe mir ein Lächeln ab.

Als ich Hagen nach oben zu meinem Zimmer folge, befallen mich trotzdem Zweifel. Ob das hier der richtige Ort zum Entspannen ist? Den Gasthof hat man mir in der Kräutermanufaktur empfohlen, sie beliefern die Küche mit ihrem Tee. Außerdem habe ich mir eine Auszeit verdient, in der Redaktion in Siegburg werde ich frühestens Montag erwartet. Aber mein Herz schlägt Haken wie ein Kaninchen auf der Flucht. Und das liegt weder an den Treppenstufen, so viele sind es nicht, noch an dem Mann, der mich zu lange angesehen hat.

✳✳✳

Der schmale sandige Pfad schlängelt sich durch die Landschaft. Wacholderbüsche wie hingetupft, ein paar weißstämmige Birken und überall dieses schmutzig braune Gestrüpp, das an den Waden kratzt. Reich wird man nicht mit dem Sammeln und Trocknen des Heidekrauts. Auch wenn der Tee, den die Leute von der Kräutermanufaktur verkaufen, hier als regionale Spezialität angepriesen wird. Was wäre, wenn man zum Beispiel von Heidschnucken vorverdautes Heidekraut als besonders edel und schmackhaft deklariert? Warum soll bei Tee nicht das Gleiche wie bei Kaffee funktionieren? Nachdem ich in der Manufaktur vorgeschlagen habe, das mal auszuprobieren, haben sie lachend abgewunken. Schade, das wäre ein knalliger Aufmacher für meinen Artikel gewesen!

Als ein vielarmiger Eichenriese am Wegrand aufragt, hole ich mein Handy hervor und knipse ein Foto – was der normale Tourist so macht. Mit jedem Schritt, den ich durch die Heide spaziere, fällt die Anspannung von mir ab, denke ich weniger daran, was ich im Gasthof über die Entführung gehört habe. An einem steinernen Wegweiser mit der Aufschrift *Totengrund 2 km* entscheide ich mich trotzdem zum Umkehren. Man muss das Schicksal ja nicht herausfordern. Außerdem zieht eine graue Wand am Himmel auf und verjagt das wenige Blau wieder.

Ich bin noch nicht weit zurückgegangen, da tauchen in der Ferne zwei Spaziergänger auf. Sie bewegen sich in meine Richtung. Am Hals des einen weht ein roter Schal. Das Pärchen, das sich vor mir angemeldet hat! Jetzt winkt die Frau mir zu, der Mann legt einen Arm und sie.

Dann lieber doch der Totengrund! Seit Felix sich vor einem

halben Jahr von mir getrennt hat, ertrage ich glückliche Paare noch weniger als streitende.

Ich tue so, als würde ich das Winken nicht bemerken, drehe um und beschleunige meine Schritte – gerade so viel, dass sie nicht denken, ich würde vor ihnen weglaufen. Als hinter einer Biegung der erste Tropfen auf meine Nase fällt, renne ich los, da vorn ist ein Kiefernwald, unter den Bäumen bleibe ich hoffentlich trocken.

Normalerweise entspannt mich das Laufen. Zehn Kilometer sind kein Problem. Aber als ich jetzt nach höchstens fünf Minuten den Wald erreiche, bin ich völlig außer Atem. Keuchend bleibe ich stehen, beuge mich vornüber und stütze die Hände auf die Oberschenkel.

Einatmen.

Ausatmen.

Als ich wieder hochkomme, rast mein Herz immer noch. War es vorher schon so düster um mich herum? Hinter jedem Stamm könnte jemand lauern. Ich zerre mein Handy hervor, um in der Kartenapp zu gucken, wie groß der Wald ist.

Kein Empfang.

Mist! Immerhin bleibe ich hier trocken, solange es nicht stärker regnet.

Das hast du jetzt davon! Mit mir selbst schimpfend, dass ich unbedingt wandern musste, statt mich bis zur Teezeit aufs Bett zu legen und dem Regen zuzuhören, wie er ans Fenster prasselt, stolpere ich weiter über den Weg, immer tiefer in den Wald hinein. Das wenige Licht, das die Kronen der Kiefern durchdringt, flackert plötzlich wie eine alte Glühbirne kurz vorm Durchbrennen. Gewittert es über mir? Ich höre keinen Donner.

Einatmen.

Ausatmen.

Weiterlaufen.

Vor mir knackt es, als breche jemand durchs Unterholz. Abrupt bleibe ich stehen. Mein Herz klopft. Ich lausche angestrengt. Aber bis auf das Rauschen des Windes in den Wipfeln ist nichts mehr zu hören. War das ein Wildschwein? Oder gar ein Wolf?

Da steht plötzlich der Mann am Ende des Weges. Zuerst halte ich ihn für eine optische Täuschung, auch, weil er allein ist.

Ich reibe mir die Augen, aber er verschwindet nicht. Er kommt näher, wirkt gehetzt und sieht sich beim Gehen ständig um. Mich scheint er sonderbarerweise noch nicht bemerkt zu haben. Ich springe zur Seite und verstecke mich so gut es geht hinter dem nächsten Baumstamm.

Meine Gedanken rasen. Wieso kommt er plötzlich von vorn? Er war doch eben erst hinter mir. Ist das hier etwa ein Rundweg? Ich habe nicht gemerkt, dass es um die Kurve ging. Irgendetwas stimmt hier nicht! Er könnte seine Frau umbringen, hat er gesagt.

Hat er sie vorhin auf dem Weg gar nicht umarmt, sondern festgehalten, damit sie nicht weglaufen konnte? War ihr Winken kein freundliches Wiedererkennen, sondern ein Signal, dass sie Hilfe brauchte?

Und jetzt bin ich sein nächstes Opfer!

Zitternd taste ich nach meinem Handy. Immer noch kein Empfang. Wie war das? Wenn man es aus- und wieder einschaltet, kann man auch ohne Netz den Notruf wählen. Hektisch wische ich über das Display. Wieso dauert das so lange?

Jetzt höre ich schon das Rascheln seiner Schritte. Das war's dann wohl!

Während ich mich in Gedanken bekreuzige, schallt ein Ruf durch den Wald: »Nick, warte doch mal!« Die Stimme der Frau. Ich luge hinter dem Baum hervor. Sie kommt angerannt und zieht ihren Gürtel unter der Jacke fest.

Vor Erleichterung lache ich auf. Ich springe auf den Weg, tue so, als hätte ich auch gerade pinkeln wollen und wäre von ihnen gestört worden.

»Hallo, wir sind uns doch schon im Stimbekhof begegnet.« Der Mann bleibt stehen.

»Hallo«, sage ich nur.

Auf ein Gespräch habe ich jetzt gar keine Lust. Aber da muss ich wohl durch, wenn ich mich nicht verdächtig machen will.

Wir reden über das Wetter, das mal wieder verrücktspielt. Die Frau will wissen, ob ich zum ersten Mal in der Heide bin. Ich bejahe und erzähle von der Kräutermanufaktur. »Und Sie?«, frage ich.

»Ja, für uns ist es auch das erste Mal.«

»Sonst treiben wir uns eher in Wiener Kaffeehäusern rum«, wirft der Mann ein. »Jetzt will ich ein einziges Mal Teetrinken und sie kneift.« Er zwinkert wie vorhin an der Rezeption.

Ich betrachte seine Hände. Er hat einen hellen Streifen am rechten Ringfinger, sonst sind die Finger nackt. Die Frau trägt weder einen Ring, noch gibt es einen hellen Streifen oder Abdruck davon. Ist sie Single und er ihr verheirateter Geliebter? Wusste er deshalb nicht, dass sie keinen Tee mag? Eins ist jedenfalls klar: Ein normales Ehepaar im Urlaub sieht anders aus.

»Haben Sie auch von dieser Entführung gehört?« Seine Frage reißt mich aus meinen Gedanken.

»Äh, ja.« Will er mir Angst machen?

»Das kam im Radio«, erklärt er. Wieder dieser Blick, als würde er mein Innerstes erkennen. Ob ich doch die Teezeit absage? Aber dann müsste ich bis nach Bispingen fahren, um etwas zu essen zu bekommen. Und Scones gibt's da bestimmt nicht.

Die Frau tippt auf die Uhr an ihrem Handgelenk. »Es ist gleich drei. Wollen wir zusammen zurückgehen?«

»Ich muss mal«, behaupte ich. »Gehen Sie ruhig vor.«

»Bis später«, verabschiedet sich der Mann. »Wenn meine Frau nicht will, komme ich allein zur Teezeit.«

Hoffentlich nicht! Ich hocke mich hinter einen Kiefernstamm und zähle rückwärts von hundert bis eins. Als ich wieder rauskomme, sind die beiden nicht mehr zu sehen. Mit meiner Ruhe ist es trotzdem vorbei. Am besten trinke ich gleich einen Heidekräutertee. Der soll nicht nur entzündungshemmend, sondern auch entspannend wirken.

※※※

Ich bin ein bisschen zu früh. Die Tür zum Teezimmer ist noch geschlossen, im angrenzenden Raum brennt ein Feuer im Kamin. Kaum sitze ich davor auf dem Sofa, erhebt sich jemand aus einem der Ohrensessel in der Ecke.

Der Mann aus dem Wald.

»Meiner Frau ist nicht gut, sie hat sich hingelegt«, erklärt er ungefragt.

Wieder dieser Blick. *Lügt er mich an?* Aber wenn er sie hätte umbringen wollen, hätte er das doch eher vorhin im Wald getan.

Bevor er sich neben mich setzen kann, stehe ich auf. Zum Glück kommt in diesem Moment die junge Frau, die vorhin am Empfang war, und schließt die Tür zum Teezimmer auf. Die Tische sind schon vorbereitet, auf jedem stehen mindestens zwei Gedecke.

»Wo sitze ich? Ich habe einen Einzelplatz gebucht.«

»Oh!« Janna errötet. »Ich dachte, ihr gehört zusammen. Leider sind alle Tische belegt. Stört es euch sehr, wenn ihr zusammensitzt? Ihr könnt euch auch den Tisch aussuchen.«

»Nein«, sagt der Mann.

»Eigentlich schon«, widerspreche ich.

»Ach kommen Sie, ich bringe Sie schon nicht um.«

Findet er das witzig?

Ich gehe zu dem Tisch in der Ecke und setze mich mit dem Rücken zur Wand. Als der Mann mir gegenüber Platz nimmt, verschiebe ich mein Gedeck auf die andere Seite.

»Bleiben Sie bloß sitzen«, zische ich. Endlich gehorcht er mal. Er lehnt sich in seinem Stuhl zurück und guckt aus dem Fenster. Oder vielleicht tut er nur so, denn draußen ist es dunkel. Was gibt es da zu sehen?

Leise Musik plätschert um uns herum, vor dem Kachelofen ist ein Teebuffet aufgebaut, das Wasser im Samowar schnauft und brodelt.

»Einen Winzersekt zum Start?« Jannas Stimme neben mir lässt mich zusammenzucken. Ich habe nicht gemerkt, dass sie an unseren Tisch getreten ist.

»Ja, gern«, sage ich.

Der Mann nickt: »Für mich bitte auch.«

Wenig später hebt er sein Glas mit der goldgelb glänzenden Flüssigkeit. »Ich heiße Nick.«

Als hätte ich das nicht im Wald gehört! Ich hebe ebenfalls mein Glas und schweige. Es muss nicht jeder wissen, wie ich heiße.

Der Raum füllt sich. Eine Familie mit drei Kindern und Hund. Ansonsten nur Paare.

Der Wein ist ausgetrunken, ich schnappe mir meine Teekanne. Am Buffet stopfe ich den Teefilter bis zum Rand mit Heidekräutern voll.

Kaum bin ich wieder zurück am Tisch, erscheint Janna mit zwei Etageren. »Ich dachte mir, ihr habt lieber jeder eine.«

Vom mittleren Teller lächeln mir die Scones entgegen. Ganz oben sind eine Scheibe Früchtebrot, eine Vanillecreme mit Orangen, Mandelkrokant und drei Brownie-Pralinen drapiert. Auf dem untersten Teller liegen drei zugeklappte Brote. »Das sind unsere Kartoffel-Buchweizenbrote mit drei verschiedenen Belägen«, erklärt Janna. »Klassisch Gurke-Minze, Lachsforelle mit Dill, und Heidschnuckenschinken mit Remoulade.«

Lecker! Am liebsten würde ich sofort zugreifen, aber ich fange besser mit den Scones an, solange diese warm sind.

»Eine schöne Teezeit«, wünscht sie und verschwindet.

Als ich mir den ersten Bissen Scone mit Clotted Cream und Marmelade in den Mund schiebe, fällt für einen Moment die Anspannung von mir ab. Bei allem Stress hat der Tag doch noch eine gute Wendung genommen.

Während ich zwei köstliche Brote und danach die Vanillecreme esse, schaffe ich sogar etwas Small Talk mit meinem Schräg-Gegenüber.

»Ich habe hier in der Nähe für einen Artikel über Teekräuteranbau recherchiert«, erkläre ich auf die Frage, ob ich im Urlaub bin.

»Spannend«, findet Nick. Er macht ganz schnöde Ferien mit seiner Frau – behauptet er zumindest. Wirklich glauben kann ich ihm das immer noch nicht.

Wir reden über dies und das, wie es mir bis jetzt in der Heide gefällt, ob ich nach Lüneburg fahre, ob ich weiß, wie hoch der Wilseder Berg ist.

Weiß ich nicht, aber er klärt mich auf: »169 Meter.« Er lacht. »Steigeisen brauchen Sie da nicht.«

Als ich mir den ersten Brownie in den Mund schiebe, fragt er: »Was denken Sie über die Entführung?«

Ein Krümel rutscht in meinen Hals, bleibt stecken, ich muss husten.

»Nichts.« *Und jetzt würde ich gern in Ruhe weiteressen.*

»Mir geht das nicht aus dem Kopf«, fährt Nick fort. »Das arme Opfer! Er soll Diabetiker sein.« Er kramt in seiner Jacke, die über der Stuhllehne hängt. »Haben Sie Lust auf ein Quiz?« Abrupt wechselt er das Thema.

Er wartet meine Antwort nicht ab, zieht eine kleine Schachtel aus der Jackentasche und nimmt einen Kartenstapel heraus. Kurz blättert er durch die Karten. Dann hat er offenbar gefunden, was er sucht.

»Warum fällt ein Brot immer auf die Butterseite?« Er verbirgt die Karte in seiner Hand, damit ich die Antwort auf der Rückseite nicht lesen kann.

»Keine Ahnung, Murphy's Law?«

»Nein, das ist Physik. Fällt ein Brot von einem normal hohen Tisch, reicht die Zeit bis zum Boden nur für eine halbe Drehung. Dementsprechend landet das Brot mit der Butterseite unten.« Er klaubt den letzten Brownie von seiner Etagere und kaut. »Erst aus über zwei Meter Höhe würde der Schwung für eine ganze Drehung reichen und das Brot mit der Marmelade oben landen.« Triumphierend sieht er mich an.

Langsam wird er mir lästig. Kein Wunder, dass seine Frau eine Pause von ihm gebraucht hat.

»Glauben Sie mir nicht?« Er greift das letzte Brot vom Teller, klappt es auf, nimmt den Schinken herunter und stopft ihn sich in den Mund. Dann steht er auf, eine Brothälfte in der Hand. Er streckt den Arm in die Höhe und lässt das Brot fallen. Es landet mit der Remoulade oben.

»Alles eine Frage der Fallhöhe.« Er bückt sich nach dem Brot, legt es an die Tischkante und schnipst es herunter. Mit der Remouladenseite glitscht es über den Boden.

Widerlich! Ich rücke vom Tisch ab, um aufzustehen.

Aber er ist schneller und baut sich vor mir auf, sodass ich gefangen bin zwischen Wand und Tisch. Hilfe suchend sehe ich mich um. Was wird das hier? Warum habe ich nicht gemerkt, dass bis auf uns beide niemand mehr im Raum ist? Und der Letzte, der gegangen ist, hat die Tür verschlossen.

»Lassen Sie mich durch!«, verlange ich.

Er rührt sich nicht. »Bei Franjo hätten die Brote auch mit der Marmeladenseite nach unten liegen müssen. Taten sie aber nicht!« Er wird laut. »Können Sie mir erklären, warum?«

»Weil Marmelade schwerer als Butter ist?«, stottere ich. Woher weiß er von den Broten? So was kommt doch nicht im Radio, und als ich Janna belauscht habe, waren er und seine Frau auf ihrem Zimmer. Nach Hagens Ermahnung wird Janna kaum ein zweites Mal darüber geredet haben, schon gar nicht vor den Gästen.

»Unwesentlich.« Er fixiert mich mit seinem Blick. »Ich denke, es lag daran, dass die Brote gar nicht vom Tisch gefallen sind. Sie haben den Überfall inszeniert, den Teller fallen lassen und dann die Brote dazugelegt.«

»Ich? Sind sie verrückt? Was habe ich damit zu tun?« *Was läuft hier schief?*

Hinter ihm öffnet sich die Tür. Seine Frau steckt den Kopf ins Zimmer. Krank sieht sie nicht aus.

»Das wurde auch Zeit!«, schimpft er.

»Wir hätten tauschen können, aber das wolltest du ja nicht!« Sie kommt herein, mit einem Arm stützt sie jemanden.

Ich halte die Luft an. Franjo? Wieso ist er hier und nicht in Niederhaverbeck?

»Ist sie es?« Sie zeigt auf mich.

Franjo nickt.

Was geht hier vor? Die Geldübergabe ist doch erst morgen.

»Sie hätten den Schuppen nicht von außen verriegeln sollen!« Sie schüttelt missbilligend den Kopf. »Wir sind zufällig dort vorbeigekommen und haben sein Rufen gehört. Es war knapp. Zum Glück hatte ich ein paar Hustenbonbons dabei. Sobald er halbwegs wieder hergestellt war, hat er uns verraten, wer ihn dort hineingeschubst hat.«

»Ich? Lachhaft!« Ich gebe mich empört. Franjo kann viel erzählen. Sein Wort steht gegen meins. Ein hoch verschuldeter Gastwirt, vorbestraft wegen räuberischer Erpressung, oder eine unbescholtene Journalistin. Wem glauben sie eher?

Im Stillen verfluche ich trotzdem, dass ich ihm vertraut habe. Halbe-halbe hatte er mir angeboten. Aber mit dem Journalismus geht es bergab, da muss ich vorsorgen. Also, warum 50.000 nehmen, wenn man mehr haben kann? Ich wollte ihn natürlich nicht umbringen. Ich zwei Drittel und er eins, hätte ich ihm vorgeschlagen, wenn ich ihn morgen wieder rausgelassen hätte. Jetzt gibt's nichts. Ich seufze. Das ist nicht meine Schuld! Böse funkle ich Franjo an. Warum hat er mir nicht gesagt, dass er Diabetiker ist?

»Lennart, du kannst reinkommen!«, ruft die Frau.

»Danke, Kollegin!« Ein korpulenter Mann in Uniform tapst auf mich zu.

Nick tritt zur Seite und macht ihm Platz.

»Tanja Riegert«, nennt der Uniformierte meinen Namen. »Sie sind vorläufig festgenommen wegen des Verdachts auf vorgetäuschte Entführung und Freiheitsberaubung.« Erstaunlich flink legt er mir die Handfesseln an. Dann schnappt er sich einen Brownie von der Etagere und schlingt ihn hinunter.

Das war meiner! Aber einer ist zum Glück noch da.

Als hätte Nick meine Gedanken gelesen, nimmt er den letzten Brownie zwischen Daumen und Zeigefinger und hält ihn mir hin. Bevor ich zubeißen kann, zieht er die Hand wieder weg.

»Dumm gelaufen«, sagt er und schiebt ihn sich selbst in den Mund.